Marosella Di Francia
Daniela Mastrocinque

La donna che visse nelle città di mare

GIUNTI

Questa è un'opera di fantasia. Ogni riferimento a fatti accaduti e a persone esistenti o realmente esistite è puramente casuale.

www.giunti.it

Via Bolognese 165 – 50139 Firenze – Italia
Via G. B. Pirelli 30 – 20124 Milano – Italia

Prima edizione: febbraio 2023

Alle nostre amate sorelline Annalisa e Mariliana.

Il mare non ha paese nemmen lui,
ed è di tutti quelli che lo stanno ad ascoltare,
di qua e di là dove nasce e muore il sole.

Giovanni Verga, *I Malavoglia*

Prima parte

MESSINA

1

Gli abitanti di Messina pensarono che il temporale che si scatenò sulla città, la notte tra il 27 e il 28 agosto del 1904, lo avrebbero ricordato per tutta la vita.

L'afa e il caldo soffocante avevano fatto sì che quel sabato il lungomare fosse affollato come non mai. Persone di tutte le età si intrattenevano ancora a tarda sera per strada e cercavano un po' di refrigerio camminando a passo indolente sotto una luna piena in gran parte nascosta dalle nuvole.

«Guardate lì, sul mare, una tromba d'aria!»

Qualcuno disse che non vedeva niente e se ne tornò a passeggiare, qualcun altro che forse era solo una nuvola di fumo. Ci fu pure chi sollevò l'ipotesi che fosse un temporale sul continente, al di là dello stretto: difficile capirlo, con quel buio. Ma la massa scura, delineandosi sempre più nel grigio dell'afa, avanzava verso il litorale fino a che un'improvvisa scarica di fulmini nell'acqua e un forte boato tolsero ogni dubbio. Nel fuggi fuggi generale i marinai, sbucati dal nulla, scontrandosi con la folla, correvano a rinforzare gli ormeggi. La bufera si avvicinava veloce verso il molo.

«La pioggia di sangue, la pioggia di sangue!» gridò una vecchia, e le donne intorno a lei lo ripeterono facendosi il segno della croce. «Santa *Barbaredda*, proteggici tu!»

«Che sciocchezze andate cianciando» dicevano gli uomini, mentre con una mano cercavano di tenersi il cappello sul capo e con l'altra afferravano sottobraccio le mogli. «La vostra pioggia di sangue, solo pioggia di sabbia del deserto è!» Si sforzavano di mantenere un atteggiamento composto, ma poi si giravano a dare occhiate preoccupate al lungomare spazzato da raffiche di vento e spruzzi d'acqua che investivano persino la statua del dio Nettuno. Pregavano, piuttosto, che non si ripetesse la mareggiata che aveva devastato Galati quell'inverno.

Non ci sta pericolo, non ci sta pericolo, ma intanto spingevano in tutta fretta le donne verso le abitazioni.

Ruggero era zuppo d'acqua e ansimante per la corsa quando riuscì a infilarsi dentro il portone di casa, uno dei primi edifici della Palazzata. La mezzanotte, pensò scrollandosi la pioggia dalla testa bruna, doveva essere passata da un bel po'. Aveva perso la cognizione del tempo, intento com'era a baciarsi con una sartina dentro un androne, e adesso i suoi, se ancora svegli, gli avrebbero fatto una bella ripassata per l'ora tarda e per il temporale, come se fosse colpa sua anche questo. Non voleva tirar fuori l'orologio dal taschino del gilet con le mani bagnate, e poi, a che sarebbe servito! Salì le scale in punta di piedi e infilò la chiave nella serratura cercando di fare meno rumore possibile. Nell'ingresso si tolse le scarpe divenute due barche. «Accidenti» esclamò vedendo la luce accesa nello studio. Suo padre doveva essere ancora lì, a lavorare o ad aspettarlo.

Sperò che non l'avesse sentito e si diresse a passi felpati verso la sua camera, in fondo al corridoio. Si liberò degli abiti inzuppati e si buttò sul letto. Sentiva ancora sul corpo l'odore della ragazza, mentre le mani conservavano l'impronta del suo seno pieno sotto la veste bagnata. Rosina, così aveva detto di chiamarsi, sul più bello si era spaventata per i tuoni, e lo aveva abbandonato in tutta fretta. "Ah, se non ci fosse stato il temporale", ripeteva a sé stesso mentre fantasticava su quello che avrebbe potuto fare. Si alzò, prese una rivista francese che teneva ben nascosta tra i libri di giurisprudenza e se ne tornò a letto.

A un tratto un boato più forte degli altri echeggiò nella casa, come se il fulmine fosse caduto lì, a due passi da lui. Un istante dopo Guglielmo si materializzò sulla porta della stanza comunicante, avvinghiato a un cuscino alto quasi quanto lui, i riccioli biondi arruffati, i calzoncini del pigiama che gli cascavano come sempre di dosso.

«Che ci fai qui? Fila via.»

«Non riesco a dormire.»

Ruggero imprecò e nascose la rivista sotto il materasso. Ma poi, intenerito, gli fece spazio nel letto.

«Forza, pulce, salta!»

Guglielmo non attese oltre e si rannicchiò accanto a lui, mentre la camera si illuminava tutta sotto la luce di un lampo. Stettero in silenzio ad aspettare il tuono.

«Tu pensi che Colapesce ce la farà a reggere tutta l'isola sott'acqua, con questa bufera?»

«Chi? Ma di che parli?»

«La storia di Colapesce. Me l'ha raccontata Costanza. È lui che regge l'isola.»

«È una favola, stupido.»

Guglielmo restò zitto, sovrappensiero.

«Ma Cocò...»

«Perché non cominciamo a chiamarla Costanza? È una donna, ormai.»

«Va bene. Costanza andrà a vivere in un'altra casa, ora che si sposa?»

Ruggero allungò una mano alla ricerca del pacchetto di sigarette e dei fiammiferi sul comodino. Si sistemò il guanciale, si tirò su e se ne accese una.

«Sì, ma non subito. Ci vorrà qualche mese ancora. Adesso cerca di dormire.» Fece due tiri.

Si era dimenticato che il giorno dopo ci sarebbe stata la festa di fidanzamento. Forse per questo nessuno aveva fatto caso all'ora del suo rientro.

«Dio sia lodato, ha smesso di piovere!»

Dietro i vetri del balcone di pietra, Agata scrutava il mare ancora agitato e il cielo color manto della Beata Vergine, come era solita dire sua nonna.

Uscì fuori. Raffiche di vento attraversarono il leggero *matinée* di fiandra che indossava sulla camicia, facendola rabbrividire, ma almeno avevano spazzato via le ultime nubi e l'aria soffocante del giorno prima. Era vento del nord o scirocco? Non sapeva mai distinguere, anche se Domenico le aveva spiegato tante volte la differenza. La mareggiata e la bufera avevano lasciato le loro tracce lungo tutto il litorale; giù in strada il tendone della bancarella del pesce di don Gaetano era volato via, e il corso Vittorio Emanuele era tutto un tappeto di rami spezzati, foglie, assi di legno e detriti che galleggiavano nelle pozze d'acqua e invadevano anche le rotaie del tram. Allungando lo sguardo verso il porto e il mercato di ghisa vide che stavano trasportando lì tutte le botti rotolate in strada, o almeno quelle che non si erano ancora sfasciate. «Madonna mia santissima!» sospirò, quasi spettasse a lei dover rimettere tutto in ordine e riparare i danni. Aveva trascorso una notte agitata con il vento e la pioggia che battevano contro le persiane, tuoni come cannonate e Ruggero ancora per strada! Finalmente lo aveva sentito rientrare, aveva ringraziato la Vergine Maria ed era crollata senza nemmeno avere la forza di alzarsi per rimproverarlo.

Domenico nel letto non c'era: sicuramente si era addormentato di là nello studio, sul divano. Le aveva dato un bacio, aveva detto: «Aspetto io che rientri Ruggero, e poi torno a letto». E invece ancora una volta era restato sveglio fino a tardi a studiare qualche caso grave di un paziente. Era sempre così. Non aveva nessuna cura per la sua salute, pensò mentre si lavava il viso nel catino.

Infilò la vestaglia, si sedette davanti allo specchio della toeletta e si passò forti colpi di spazzola tra i capelli color rame appena striati di bianco. Era proprio vero, Costanza aveva ereditato da lei i colori chiari e dal padre i lineamenti: gli occhi distanti, come tutti gli Andaloro, e le labbra grandi e carnose, che le davano un aspetto scontroso. Un velo di cipria, forse, le avrebbe attenuate. Sapeva come poteva essere arcigno e impietoso lo sguardo di una suocera, e Costanza stava per averne una. Le doveva ricordare di non gesticolare troppo e di non ridere a squarciagola quella sera, alla festa di fidanzamento. Come le sarebbe mancata quella sua risata allegra!

Sorridere con grazia, ecco cosa piace a una suocera. E a quella suocera, poi... Sua cugina Immacolata, che sapeva sempre tutto di tutti, le aveva detto di aver sentito, non si ricordava più dove, che in famiglia Maria Orlando faceva la madre badessa. Come sarebbe andata d'accordo con Costanza, che voleva fare sempre di testa sua? Si raccolse i capelli alti in un tuppo, e fissò le ciocche con delle forcine di osso. E che non le venisse in mente di parlare di football, e di come si erano conosciuti lei e Alfonso. Madonna santa, ci sarebbe mancato solo questo, che la suocera sentisse che andava a vedere le partite. Lei e quel maledetto football inglese! Domenico le avrebbe dovuto impedire di frequentare il campo di calcio, con tutti quei giocatori stranieri. Avevano rischiato che portasse a casa un fidanzato inglese o tedesco. Ma lui non avrebbe mosso un baffo anche in quel caso; come non aveva detto niente alla figlia del fidanzamento con Alfonso, anche se si vedeva che non era poi così contento. Alfonso non aveva ancora una sua professione e si faceva mantenere dal padre, e Domenico non aveva in simpatia queste situazioni. I giovani, secondo lui, non dovevano sfuggire alla responsabilità di guadagnarsi da vivere. Ma aveva comunque lasciato libera la figlia di fare le sue scelte. Meglio così. A lei Alfonso sembrava tanto un bravo ragazzo, educato e inoltre di famiglia benestante. Il che non guastava.

Costanza, la sua piccola Cocò… Non poteva crederci: fidanzata e poi sposata, così giovane! Per lei era sempre la piccola Cocò e invece oggi ci sarebbe stata la festa di fidanzamento e presto il matrimonio. Doveva ricordare a Domenico di non chiamarla con quel vezzeggiativo in presenza del fidanzato e dei suoceri. Non voleva più essere chiamata con quel nomignolo, ma il padre, invece, si divertiva a stuzzicarla e continuava imperterrito, chissà, forse perché si rifiutava di ammettere che la sua bambina era ormai cresciuta.

Agata passò una matita castana sulla riga dei capelli per nascondere due o tre fili bianchi che cominciavano a spuntare e, mentre si spalmava l'unguento di acqua di rose e glicerina sul viso e sul collo, ricordò a sé stessa che era arrivato il momento di affrontare quel discorsetto sul matrimonio e i doveri di una sposa. C'era stata la questione incresciosa dei *pannucci*. Costanza li aveva scoperti nella cassapanca del corredo, quando l'avevano aperta per prendere i capi da esporre per la festa, e le aveva chiesto a che servissero. Agata aveva balbettato un vago «Lo capirai, tutte le spose li hanno», ed era arrossita. Sospirò. Era un discorso che la imbarazzava molto: non sapeva neanche da dove cominciare. A sua madre, buonanima, erano stati risparmiati questi supplizi e lei era andata all'altare così com'era, senza sapere un bel nulla. Sorrise al ricordo della sua prima notte di nozze. Si diede un'ultima sbirciata nello specchio e si alzò, la mente ora ingombra dalle tante incombenze. Una bottiglia di rosolio per le signore non era sufficiente, doveva ricordarsi di dire al cocchiere di chiederne qualche altra a sua cognata Germana, quando fosse andato a prenderla. Non tutte bevevano il liquore al mandarino o gradivano quello al cacao, anche se non capiva come si potesse resistere al cioccolato di Modica. Con quel tempo che si era messo al fresco gli spumoni sarebbero stati adatti? Forse sarebbe stata meglio la pignolata, sia al limone sia al cioccolato, come aveva suggerito sua zia Giustina. Ma ormai erano stati ordinati.

Aprì il cassetto del comò per prendere il foglio con la lista delle cose ancora da fare, ma la sua attenzione si soffermò sull'astuccio della collana di corallo di Sciacca che era di sua madre. La tolse dalla scatola. Com'era bella con quel pendente a forma di fiore con una piccola goccia! Se la poggiò sul petto. L'avrebbe indossata quella sera, piaceva tanto a Costanza... Diceva sempre che la voleva come dono di nozze e così sarebbe stato, ma lei ancora non lo sapeva. La ripose con cura nell'astuccio.

Chiuse il cassetto e si avviò verso la cucina.

L'elettricità diffusa nell'aria dai fulmini e il frastuono dei tuoni non avevano impedito a Costanza di addormentarsi tranquilla, cullata com'era dai suoi sogni di futura sposa.

Una sensazione di felicità l'aveva svegliata più presto del solito.

Saltò giù dal letto e, ancora scalza, corse ad aprire le imposte, spalancò le finestre, sicura che il cattivo tempo, come spesso avveniva in Sicilia, fosse definitivamente passato. C'era il sole, infatti; un sole che emanava persino più luce degli altri giorni, quasi Messina le avesse voluto fare un regalo.

Gli invitati sarebbero venuti tutti senza problemi e lei avrebbe potuto indossare il leggero vestito di organza che Anna, la sarta, le aveva consegnato qualche giorno prima. La vita era meravigliosa, pensò sorridendo, e fissò lo sguardo all'orizzonte, senza accorgersi del caos provocato dalla mareggiata giù al porto.

Si voltò a guardare la sua camera, il comò di acero bianco, la scrivania di cui conosceva ogni scalfittura e ogni macchia di inchiostro, il parato con le rondini scarabocchiato dai suoi primi tentativi di disegno; provò un senso di estraneità, la sua mente volava già verso case e stanze future che l'avrebbero ospitata.

Non resistette alla tentazione di indossare l'abito ancora

una volta. L'aveva già provato, ma non era sicura che le stesse proprio bene. Lei lo aveva disegnato più accollato, era magra e aveva poco seno, ma la mamma e Anna si erano coalizzate e glielo avevano fatto con un'ampia scollatura. Era estate, dicevano, e cercavano di convincerla che sarebbe stata bene così. Comunque mai avrebbe accettato, come le aveva suggerito la sarta, di usare quei riempimenti che vendevano le bustaie!

Si sfilò rapidamente la camicia da notte e indossò il vestito, attenta a non sgualcirlo. L'immagine che le rimandava lo specchio dell'armadio tutto sommato era gradevole. L'azzurro pervinca dell'abito donava al suo incarnato chiaro e ai grandi occhi azzurri una luminosità particolare. Era alta, snella e il vestito le cadeva a pennello. Le spalle, però, erano troppo scoperte e si vedevano le ossa. Pensò che avrebbe potuto coprire il decolleté appuntando sul seno alcuni dei fiori freschi che doveva mettere in testa. Avrebbe acconciato i suoi lunghi capelli color rame in una treccia da legare intorno al capo. Fece subito una prova, ma non fu contenta dell'effetto. Una volta sposata avrebbe studiato una pettinatura più moderna. Certo, si sarebbe liberata di quella treccia da bambina. Avrebbe fatto finalmente di testa sua, senza dover rendere conto alla mamma, alla zia, al fratello e a chicchessia! Solo suo padre l'appoggiava sempre, qualunque cosa volesse fare. Diceva che era abbastanza grande ormai per decidere da sé e assumersi la responsabilità dei suoi sbagli. Forse anche sul suo matrimonio la pensava così. Negli ultimi tempi aveva colto negli occhi del padre un velo di tristezza che spariva non appena si accorgeva di essere osservato. Forse non gli piaceva Alfonso, o era perché tra poco se ne sarebbe andata via di casa? Anche a lei rincresceva lasciarlo. Questo era l'unico suo cruccio. Certamente non avrebbe più potuto fare tutte le cose esaltanti che suo padre organizzava per lei. Le escursioni in barca la domenica mattina, quando lui la veniva a svegliare al sorgere del sole e sgattaiolavano fuori come due ragazzini, prima che Agata si alzasse e li potesse fermare. Come si divertivano! Il mare a quell'ora era una tavola. Il padre pagava qualche marinaio per farsi portare in giro fino al faro e lei si divertiva a sporgersi dall'imbarcazione per immergere le mani nell'acqua o per calare il retino per i pesci. Al ritorno, portavano un cesto di cefali alla mamma per ammansirla prima che si infuriasse a vederla rientrare con le vesti zuppe e il viso arrossato dal sole. Un atteggiamento indegno di una signorina perbene! Forse aveva ragione, e purtroppo ora doveva imparare a comportarsi in maniera più consona a una donna sposata. Una ruga le segnò la fronte, ma fu un attimo, e lasciò il posto a un sorriso malizioso nel momento in cui tirò fuori dal cassetto chiuso a chiave il suo diario e lesse ancora una volta quelle parole: *Caro diario, oggi ci siamo baciati. È stato bellissimo. Un bacio vero, come quelli di cui parlava a scuola Giuseppina.*

Certo, c'erano stati altri baci prima di allora, un lieve sfiorarsi di labbra che le aveva fatto battere forte il cuore, ma niente a che vedere con quello sconvolgimento. Ed era rimasta male quando Alfonso, con uno scatto brusco, si era staccato da lei. Forse non gli era piaciuto? Era rimasto deluso? E dire che lei, invece, aveva vinto con naturalezza ogni ritrosia, infischiandosene delle rigide regole materne su come si deve comportare una ragazza perbene. Sarebbe restata così, stretta al suo petto, per sempre.

Questi erano i suoi pensieri. Si apprestava a quello che,

all'epoca, era il passo più importante per una giovane donna, il fidanzamento e con esso il matrimonio e i figli. Il destino per lei pareva già segnato, e di questo, in parte, era contenta. Sapere come sarebbe stata la sua vita la rassicurava. Nello stesso tempo, però, sentiva di voler fare tante altre cose che temeva, una volta sposata, non fossero contemplate. Aveva una grande ammirazione per le sorelle Gonzenbach, le fondatrici dell'Istituto femminile dove aveva studiato, che avevano vissuto una vita non ordinaria, una dedicandosi addirittura al giornalismo e l'altra, quella che sentiva più vicina a lei, alla raccolta di antiche fiabe e leggende. Allora, si chiedeva, era possibile anche per una donna di buona famiglia fare qualcosa che le piacesse e che non fosse solo l'accudimento di una casa, di un marito e dei figli? Lei non voleva rinunciare a niente, a nessuna possibilità che la vita le poteva offrire.

Costanza annotò questi pensieri nel suo diario, come sempre faceva per fare chiarezza nella mente spesso confusa. Le piaceva ritornare sugli avvenimenti della giornata, compiacersi di quello che aveva fatto di buono, di bello, di divertente, ma anche riflettere sui propri errori. Solo mettendo ogni cosa nero su bianco riusciva a guardare la sua vita in maniera distaccata, con più lucidità, come se tutto fosse accaduto a qualcun altro. Da piccole cose, in apparenza senza importanza, riusciva ad afferrare il senso di tante altre. Era come guardare la fotografia di una persona e vederla diversa da come era sembrata: ti accorgi allora di una fossetta mai notata, di uno sguardo cinico o di una gamba storta.

Dopo avere riposto con cura il diario sotto la cartella dei disegni, prese dalla libreria gli spartiti della romanza che aveva scelto di cantare per la festa. Nel farlo l'occhio le cadde sugli amati libri di Verne, ben allineati sullo scaffale, accanto a una collana di romanzi per signorine, mai aperti. I primi erano appartenuti a suo fratello che glieli aveva passati, quando aveva dovuto far posto nella sua libreria ai testi del liceo. Li aveva divorati tutti in pochi mesi. Se li sarebbe portati con sé, una volta sposata, insieme alla raccolta in tedesco delle fiabe popolari siciliane di Laura Gonzenbach, perenne fonte di ispirazione per i suoi disegni. Un domani, chissà, li avrebbe letti ai suoi bambini.

Ma i fiori erano poi arrivati?

Si infilò le scarpe e si diresse correndo verso la sala d'ingresso.

Passando davanti allo studio del padre, si accorse che la luce della lampada filtrava da sotto la porta. Forse l'aveva dimenticata accesa. Ma era più probabile che lui stesse ancora lì, colto dal sonno, come accadeva quando si attardava a lavorare nel suo studio fino a notte fonda.

Decise di non bussare e aprì lentamente la porta: voleva sorprenderlo col suo abito da festa.

Dalla soglia, Agata vide zia Giustina che, nonostante avesse passato i sessant'anni, dopo una notte burrascosa era già tutta indaffarata, con il suo solito sovracamice a fiori, a versare la farina a fontana sul marmo del tavolo da cucina. Ma da dove prendeva tutta quella energia? La salutò con voce allegra.

«Buongiorno, buongiorno, ti sei svegliata finalmente!» rispose Giustina. «È arrivato il ghiaccio!»

«Oddio, il ghiaccio!»

«Meno male che avevo detto io a Carmelina di passare dal pescivendolo a ordinarlo.»

Alzò gli occhi al cielo ed emise un profondo sospiro, mentre con le mani ossute e nodose cominciava a impastare. Agata, sua nipote, era una brava donna, adorava il marito e i figli ma, come la buonanima di sua madre, non era dotata di nessun senso pratico, non sapeva governare una casa e tanto meno la servitù; così che ognuno faceva ciò che voleva in quella famiglia. La lavandaia portava il bucato quando le faceva più comodo, Francesco, il cocchiere, bisognava sempre cercarlo giù al porto quando serviva la carrozza. Quella alice secca di Carmelina, poi, era proprio un'impertinente. Come gli era venuto in mente a Domenico, per fare una cortesia a una sua paziente, di prendere a servizio una cameriera napoletana, una *cataprasima* che si dava arie di sapere tutto lei sulla cucina? E ce n'era voluto per insegnarle qualche ricetta siciliana! Per fortuna lei aveva sempre amato cucinare, ma non poteva certo sobbarcarsi da sola un ricevimento per tutta quella gente!

«Agata, dobbiamo sbrigarci» disse grattandosi un occhio col dorso della mano. «Sto preparando la pasta per i cannoli. Ce ne vogliono almeno una cinquantina.»

«Niente meno? Ma quanti siamo con esattezza?» Agata prese dalla tasca della vestaglia la lista degli invitati e le diede una scorsa. «Spero solo che insieme a Gemma non si presenti pure Antonino e inizi a fare cane e gatto con Domenico; lui non lo voleva invitare, ma vi pare zia, come si faceva a non invitarlo? Gemma sì e lui, il fratello più grande, prete pure per giunta, no?»

«E gli arancini?»

«Adesso li preparo io. Meno male che ieri abbiamo finito di cuocere il ragù.»

«Se almeno sua altezza Carmelina si degnasse di passare al setaccio la ricotta...»

«*'O café* è appena uscito, se ve lo versate voi...» la interruppe innervosita Carmelina. «Io di mani ne ho solo due. Sto in piedi non so nemmeno io come, dopo *'sta nuttata*!»

«Carmelina, prendi il vaso di sugna, per favore! Bisogna ancora tagliare i canditi. Se lo vuoi fare tu, Agata...»

«Un attimo, zia. Fatemi respirare! Non vedete che sono ancora in vestaglia?» disse Agata mentre tirava fuori dal buffet tazzine e piattini per la colazione. «Ora sistemiamo tutto. Carmelina, il caffè lo prendo col dottore, nello studio. Non nella sala. Porta dentro un vassoio con...»

Un grido inatteso, acuto, echeggiò nella casa. Subito dopo si spense in un silenzio ancora più inquietante.

Le tre donne, impietrite dalla paura di una disgrazia che ancora non aveva un nome e che istintivamente rifiutavano di conoscere, restarono immobili, ma fu un attimo. Subito si precipitarono fuori scontrandosi nel corridoio con Ruggero che, la faccia ancora piena di sapone da barba, nella fretta di precederle finì col travolgerle. Entrò per primo nello studio che aveva la porta spalancata. Un insolito odore di zolfo lo colpì, prima ancora di accorgersi della sorella a terra svenuta e del padre accasciato sulla scrivania, il volto in una pozza di sangue, il braccio teso verso una pistola.

Ruggero ebbe un conato di vomito. Gli si annebbiò la vista. Aspettò che il respiro represso in gola gli tornasse, prese l'aria fino in fondo ancora una volta e si girò di scatto nel tentativo di impedire alle donne di entrare. Ma erano già là dietro di lui.

Le espressioni incredule, le facce sconvolte, le grida disperate. Il panico di Ruggero e le sue parole strozzate e mai pronunciate. La lacerazione, lo strazio di chi all'improvviso si trova di fronte a ciò che mai avrebbe lontanamente immaginato. I mille pensieri che, in un attimo, passano davanti agli occhi. Uno su tutti: perché?

«Porta Costanza di là!» gridò zia Giustina. «Ruggero, portala in camera sua! Carmelina, prendi i sali.»

«Madonna santa!» Carmelina si fece il segno della croce e uscì dalla stanza singhiozzando. Tornò di corsa.

«Il prete! Vado a chiamare il prete.»

«Ma che prete e prete! Occupati di Guglielmo, piuttosto, trattienilo di là con una scusa, anzi portalo sopra, dalla signorina Elsa. Ma non dire niente, non dire ancora niente *a nessuno*. Hai capito?» aggiunse.

Agata era rimasta paralizzata in un angolo. Guardava imbambolata gli altri piangere, darsi da fare, come fossero lontanissimi. Era Ruggero quell'uomo che entrava di corsa nello studio con la faccia pallida, mezza chiazzata di spuma bianca? E perché urlava «non parla, non parla»? *Chi* non parlava? E perché zia Giustina lo aveva fatto sedere e lo reggeva sulla sedia? Perché gli macchiava di rosso il pigiama nuovo che gli aveva regalato per il suo compleanno?

«Che vuol dire "non parla", Ruggero?» chiese zia Giustina.

«Si agita, trema tutta, ma non riesce ad articolare le parole. Si sforza, ma dalla bocca le escono solo strani suoni.»

Incapace di stare fermo, Ruggero si alzò di nuovo dalla sedia.

«Che bisogna fare? Chiamare un dottore, darle un calmante? Oddio, che sta succedendo?» gridò portandosi le mani alla testa. E scoppiò finalmente in un pianto dirotto.

«Agata, per l'amor di Dio, muoviti, vai da Costanza!» urlò Giustina, scuotendo la nipote per un braccio.

Come un automa lei obbedì e sull'uscio della sua stanza si trovò di fronte Costanza in piedi, con le mani alla gola, stravolta. Agata tornò bruscamente alla realtà.

«Stai calma! Adesso chiamiamo il dottore.»

Il dottore, sì, il dottor Santoro, lui li avrebbe aiutati. Era così legato a Domenico e voleva bene a tutta la famiglia. Ci avrebbe pensato lui, magari non era ancora morto. Lo avrebbe salvato.

Nell'accarezzare la figlia, si accorse che aveva indosso l'abito della festa di fidanzamento.

Ruggero, ancora scosso dai singhiozzi, scese dal portiere per dirgli di portare un biglietto urgente al dottor Santoro. Rimase allibito quando, rientrando nello studio, sorprese la zia lì, sola, chiusa nella stanza accanto al cadavere, con uno straccio in mano. Che stava facendo?

Si guardarono. Poi sua zia lasciò cadere la pezza in un secchio d'acqua che subito si tinse di rosso, si pulì le mani sulla veste da casa, come fossero sporche di farina, e prese con cautela dalla scrivania la pistola.

«Falla sparire» gli disse. «Non si deve sapere. Bisogna evitare uno scandalo.»

Lui prese l'arma, era fredda. La tenne in mano osservandola con disgusto.

«Ma la polizia… noi non possiamo…» balbettò.

«Niente polizia. Non verrà, se stiamo zitti.» Lo guardò dritto negli occhi, come quando da bambino lo obbligava a confessare una marachella. «Il medico… Ci parlo io. Lo farà, è un amico di famiglia. Lo farà per noi. Voi siete troppo sconvolti. Lascia fare a me. È stata un'emorragia cerebrale. Ricordati, una emorragia cerebrale. Questo dovrà scrivere sul certificato di morte.»

«Ma la mamma, Carmelina...»

«Ne parliamo dopo. Ora non c'è tempo da perdere.» Riprese lo straccio e tornò a pulire.

Lui restò immobile a fissarla.

«Benedetto ragazzo, fai come ti ho detto. Nascondi quell'arnese da qualche parte. Tra poco qui arriverà il medico e tutti gli altri. Ci sarà un putiferio. Vuoi che la salma non venga ammessa in chiesa? Perché è questo che succederà.»

Ruggero scosse il capo.

«Non capisco, zia. Ma perché, perché l'ha fatto?»

Fu allora che Giustina estrasse dalla tasca il telegramma che aveva trovato per terra, vicino al corpo, e glielo porse.

> NEW YORK ORE 15 – PROGNOSI INFAUSTA. CONDANNA SICURA ET DOLOROSA. AUGURO FINE VELOCE TUO PAZIENTE ONDE EVITARE ATROCI SOFFERENZE. MICHELE

Si rigirò mille volte tra le mani quel foglietto giallo. Le parole gli ballavano davanti agli occhi senza che lui riuscisse a dar loro un senso.

2

Alfonso Orlando aveva fatto la corte a Costanza per tutto l'inverno, da quando si erano conosciuti in una domenica insolitamente afosa di novembre.

Al campo Raineri, giù al porto, si era disputato un incontro amichevole di football tra la squadra universitaria e i marinai inglesi. Ruggero giocava nella squadra degli studenti come mediano. La partita era finita e Costanza, scalmanata e ancora eccitata, incurante della treccia ormai del tutto sciolta per la foga con cui aveva seguito il match, sventolava il cappello saltellando, nella speranza di farsi riconoscere da Ruggero tra la folla degli spettatori. A un tratto lo vide arrivare in compagnia di un ragazzo bruno, molto alto, dal sorriso timido e le guance ancora accaldate dal gioco.

«Alfonso Orlando, collega di università e compagno di questa sventurata partita» lo presentò Ruggero.

Alfonso, impacciato dalla sacca del calcio, strinse la mano a Costanza con la sinistra e, colpito dalla massa color rame dei suoi capelli, non trovò di meglio che balbettare stupidamente: «Davvero siete fratelli? Non vi assomigliate affatto».

«Già, Costanza non ha i baffi.»

La ragazza scoppiò a ridere e, prendendo il fratello sottobraccio per incamminarsi, subito passò disinvolta a commentare la partita. Era dispiaciuta che avessero perso. Ma aveva da raccontare loro un fatto che li avrebbe resi felici, disse rivolgendo un sorriso privo di civetteria ad Alfonso che camminava al suo fianco. Dunque, lei era seduta proprio accanto alle due più grandi autorità del Messina Football Club: nientemeno che il reverendo Huleatt, l'allenatore, e a Oates, il segretario, venuti entrambi ad assistere alla partita.

«Dici sul serio, c'erano Huleatt e Oates?»

«Vi dico di sì!»

«Hai visto, Alfonso, e tu che non credevi sarebbero davvero venuti! Sicuramente erano qui per te. Sono certo che ti prenderanno nella squadra.»

«Ma tu come mai stavi lì, tra gli inglesi?» chiese Ruggero, rivolgendosi di nuovo alla sorella.

«Non è questo il punto, testone!» Costanza aveva sospirato spazientita. «Era il posto migliore per vedere.»

Il punto era un altro: Huleatt, l'aveva sentito con le sue orecchie, rivolgendosi a Oates e a Sanderson, aveva fatto grandi complimenti alla loro squadra. Aveva ammesso che quegli studenti giocavano bene e che alcuni di loro avevano delle grandi potenzialità.

«A very good team» esclamò Costanza con accento nasale rifacendo il verso al reverendo, e scoppiò a ridere lei stessa.

Intanto Alfonso non riusciva a spiccicare parola. Sentiva Costanza che raccontava dell'allenatore del Messina e di quello che aveva risposto Oates, ma in realtà non capiva nulla. Osservava, piuttosto, il movimento sensuale della sua bocca con il labbro superiore morbido e un po' sporgente che le dava un'espressione imbronciata... Tutto di lei gli piaceva:

il modo in cui lo guardava dritto negli occhi, la sua risata spontanea, la massa dei capelli tra il rosso e il biondo, la pelle bianchissima, le guance rosee che facevano pensare ai dipinti che aveva ammirato nei libri di storia dell'arte.

Sì, si era innamorato all'istante e, se non fosse stato sconveniente, l'avrebbe chiesta in sposa quel giorno stesso.

Si erano rivisti poi spesso al campo Raineri, dove lei veniva a guardare il fratello giocare. Costanza si accalorava e fischiava come un maschio. Il suo più grande rammarico, gli andava ripetendo, era che non ci fosse una squadra femminile. Come le sarebbe piaciuto anche a lei tirare calci in rete! Alfonso non aveva mai fatto la corte a una ragazza prima di allora e non capiva se lei avesse o no compreso i suoi sentimenti. Gli sembrava che fosse contenta quando si incontravano, ma non sapeva come farle capire quello che provava. Sua sorella maggiore gli aveva detto che doveva avere uno sguardo languido, che alle signorine piace ricevere complimenti, e che all'occorrenza poteva fare un po' il cavalier servente, ma a lui sembrava che con Costanza non si creasse mai il momento giusto. Quale sguardo languido poteva colpire una ragazza che non stava zitta un attimo, parlava di calci di rigore, canticchiava l'ultima aria in voga e pretendeva di insegnargli l'inglese?

Un pomeriggio che, come ormai sempre più spesso accadeva, si trovò a passare in visita a Ruggero, questi chiese a Costanza il favore di intrattenere l'amico, perché un forte mal di denti lo obbligava a correre dal dentista. Nel salotto, dove i due sedevano uno accanto all'altra, subito si precipitò anche il piccolo Guglielmo, che aveva una gran simpatia per Alfonso.

Lui lo tirò su e lo fece saltare in alto più volte, tra grida entusiastiche.

«Andiamo a giocare a d'Artagnan» esclamò Guglielmo, e lo prese per mano per trascinarlo nella sua stanza.

«Ora non posso. Costanza rimarrebbe sola. Devo farle compagnia.»

«Perché, sei il suo fidanzato?»

Alfonso scoppiò a ridere rumorosamente, ma a Costanza sembrò di cogliere tra le risate un «Magari!». Divenne di fiamma e, non osando più guardare in faccia Alfonso, disse ad alta voce: «Io non sposerò nessuno. Diventerò una scrittrice di fiabe e, se non la smetti di importunare Alfonso, non te ne racconterò più».

Senza neanche rendersene conto, da quel giorno Costanza cominciò a curare di più il suo aspetto quando pensava di poterlo incontrare. Non si sentì più a suo agio con lui. E anche dargli del tu, come aveva fatto da subito, le divenne difficile. Fu come se le parole innocenti e spontanee del bambino le avessero svelato una realtà chiarissima, che per qualche strano motivo fino ad allora non aveva saputo scorgere.

Era mai possibile, si chiedeva, che un così bel giovanotto – perché sì, Alfonso era innegabilmente molto affascinante – potesse essere attratto da lei? Era per questo che veniva a trovarla così di frequente? La sola idea le dava le vertigini. Pensò spesso, in quei giorni, a Giuseppina: se fosse stata lì sicuramente le avrebbe saputo dare una risposta, lei che si vantava di saperne tante in fatto di ragazzi. Ma, purtroppo, si doveva fidare solo del suo istinto, e della sua scarsissima esperienza.

Un giorno Alfonso le portò una splendida foglia raccolta in giardino, pensando all'erbario che lei teneva con cura.

Lo sfogliarono insieme per trovare la pagina giusta, le mani si sfiorarono più volte, nessuno dei due le ritrasse. Quando giunse Ruggero li trovò così, seduti vicini, l'uno accanto all'altra, in silenzio.

Quella sera, dopo che tutti furono andati a dormire, Ruggero bussò alla stanza di sua sorella e la trovò che si spazzolava i capelli davanti allo specchio.

«Che succede tra te e Alfonso?» chiese senza preamboli.

«Niente, che deve mai succedere?» rispose lei con un'alzata di spalle.

«Sei diversa. Non dire di no. E lui sta sempre qua. Non credo proprio che si sia innamorato di me. Ti ha detto qualcosa? Si è dichiarato?»

Costanza, fingendosi intenta a farsi la treccia per la notte, non gli rispose.

«Bene, visto che non rispondi, lo chiederò a lui.»

«Non ti azzardare a fare una cosa simile!» gridò Costanza, rossa di rabbia. Si alzò di scatto. «Hai sentito?»

«Ecco qua la risposta» disse lui ridendo, e uscì dalla stanza.

Le cose erano ormai chiare, sebbene non dichiarate. Ruggero non capiva come un giovane così prestante, simpatico, capace di avere tutte le ragazze di Messina, fosse così impacciato nei rapporti con le donne. In quanto a sua sorella, aveva l'impressione che l'amore l'avesse instupidita. Se ne andava in giro per casa con aria sognante e, se le rivolgevi la parola, sembrava non ascoltarti. Decise che avevano bisogno di un piccolo aiuto.

«Perché non andiamo a fare una passeggiata, magari verso la statua di Nettuno?» propose Ruggero una sera che erano tutti e tre a prendere il fresco sul balcone di casa Andaloro.

«È una serata così limpida, il cielo è pieno di stelle! Costanza, chiedi ad Alfonso di indicarti le costellazioni: ne conosce tante.»

«Che bella idea!» rispose lei.

«Intanto che prendo la giacca, avviatevi voi. Vi raggiungo subito.»

Costanza e Alfonso non se lo fecero ripetere. Uscirono svelti senza badare a Ruggero, e si avviarono l'una a fianco all'altro parlando fitto fitto.

«Davvero conosci tutti i nomi delle stelle? Quella per esempio la vedi, laggiù...»

Alfonso non la lasciò finire. Era il momento giusto, per strada non c'era nessuno, tranne qualche marinaio sulle barche che non faceva caso a loro. Raccolse tutto il coraggio che aveva.

«Lascia perdere le stelle... ho da dirti...»

Ma non era mai stato bravo con le parole. Le prese la mano, se la portò alle labbra e la baciò.

Si guardarono negli occhi e Costanza, credendo che a sua volta dovesse fare qualcosa, e che se non lo avesse fatto sarebbe finito tutto, lo attirò a sé e lo baciò sulla bocca.

«Costanza» disse allora Alfonso, improvvisamente rinfrancato. «Io ti ho sempre amata, fin da quando ti ho visto la prima volta, e ti amerò per sempre.»

La prima persona con cui Costanza volle condividere la sua gioia fu, naturalmente, il padre. Domenico, seduto in poltrona con il giornale sulle ginocchia, la guardò negli occhi. Era perplesso.

«La mamma lo sa?»

Costanza fece una smorfia e scosse la testa in un gesto di diniego.

«Volevo prima dirlo a te, papà caro.»

«Lo credo bene che lui si è innamorato di te. E tu, tu sei sicura dei tuoi sentimenti?»

«Ma a te piace?» chiese lei di rimando, sedendosi sul bracciolo della poltrona.

Domenico restò a lungo in silenzio. Poi disse: «È a te che deve piacere, Cocò. A nessun altro».

A lei piaceva, certo che sì. Era bello, gentile, simpatico. Poi, finalmente un ragazzo più alto di lei che non la faceva sentire a disagio. E quando le carezzava anche solo furtivamente una mano o la nuca sotto i capelli provava un languore, un brivido che le faceva accelerare i battiti. Come sarebbe stato bello, fantasticava, andare alle partite avvolta in un abito bianco e blu, come i colori della squadra, e dire a tutti di essere la moglie di Alfonso Orlando, sì, proprio lui, il giocatore del Messina Football Club. Sanderson e Huleatt glielo avevano lasciato capire chiaramente, che lo avrebbero preso nella squadra. Sarebbero stati felici, immensamente felici.

«Sì, papà. Io lo amo.»

Per considerarsi fidanzata adesso c'era solo da aspettare che i genitori chiedessero ufficialmente la sua mano, e Costanza non vedeva l'ora di poterlo dire a tutti. Attese che arrivasse sua cugina Palidda, come ogni giovedì, per confidarsi. Da quando Giuseppina, la sua migliore amica, era partita, la paffuta Palidda, che la guardava con i grandi occhi sgranati e a bocca aperta, era stata eletta da Costanza sua confidente.

Certo, l'amicizia con Giuseppina era un'altra cosa: erano come sorelle, loro due, e, la sera stessa che Alfonso le aveva fatto la proposta, si era subito precipitata a scriverle e a raccontarle tutto per filo e per segno.

Ma adesso lei era lontana, e doveva così accontentarsi di parlarne con la cuginetta. A quattordici anni Palidda aveva ancora un fisico goffo e sgraziato che non sapevi come vestire, diceva avvilita sua madre Immacolata. Ma per Costanza aveva il vantaggio, essendo più piccola di due anni, di rimanere ad ascoltare in adorazione tutto quello che lei raccontava.

Mentre aspettava Palidda, Costanza si chiese se l'anziana signorina Elsa del piano di sopra, ancora con in testa il cappello a sottolineare che era passata su *proprio un momento solo per salutare*, e che invece si piantava lì tutti i santi pomeriggi, avrebbe mai smesso di parlare. Seduta di traverso, protesa verso Giustina per farsi meglio udire, spettegolava sui fatti della portinaia, dei figli della portinaia, di certe signorine sue acerrime nemiche per scortesie avvenute anni prima, e di tanti altri. Non capiva come la mamma e la zia riuscissero a sopportarla. Se ne stavano pazienti sedute sul divano, una china sul suo ricamo, l'altra occupata in un lavoro d'ago, e facevano ogni tanto di sì con la testa. Troppo eccitata per stare seduta a sentire quelle malevolenze, Costanza se ne andò sul balcone ad aspettare gli zii e i cugini.

"Fidanzata, mi sono fidanzata, io e Alfonso ci siamo fidanzati!" Mentre guardava giù in strada, faceva le prove per studiare come ottenere l'effetto migliore sulla cugina. E, finalmente, la carrozza apparve in fondo alla via.

Il giovedì era la giornata di ricevimento degli Andaloro.

Tutte le famiglie rispettabili ne avevano una: pomeriggi senza pretese, che a volte si protraevano fino a sera inoltrata, in cui i bambini e i ragazzi si mischiavano agli adulti in una allegra confusione. Quasi sempre zia Gemma si metteva al pianoforte e i più giovani si intrattenevano a provare qualche passo di danza o a cantare una romanza in voga.

Ospite fisso di queste serate era Corrado Andaloro, cugino di Domenico, con moglie e quattro figli. Era un pezzo d'uomo, alto come tutti gli Andaloro, con dei grandi baffi grigi ai quali riservava una cura maniacale. Era molto amato da Costanza e Ruggero perché scherzava con loro e li faceva divertire.

I due cugini, Corrado e Domenico, erano tanto legati come, a suo tempo, lo erano stati i loro padri. Il padre di Corrado, stimato patologo dell'Università di Messina, dopo che Domenico si era laureato in Medicina aveva sostenuto molto la sua carriera. Corrado, invece, pur laureatosi con lode in Giurisprudenza, non aveva voluto saperne di seguire le orme dello zio Ferdinando ed entrare nel suo prestigioso studio notarile. Così, era riuscito da solo a costruirsi una brillante carriera come giornalista. Aveva cominciato a scrivere prima su piccole riviste e poi, un po' alla volta, si era dedicato a inchieste di carattere sociale. Da un paio d'anni, ormai, era entrato nella redazione della *Gazzettino di Sicilia*, dalle cui pagine prendeva posizione sulle mille questioni aperte dalla legge sull'emigrazione ed era una delle voci più prestigiose.

Quelle giornate di ricevimento erano attese con piacere dall'intera famiglia. Quando gli ospiti se ne andavano, zia Giustina brontolava che sembrava fosse passata una truppa di garibaldini, ma sotto sotto era contenta che la casa si animasse, e si compiaceva osservando i ragazzi che si divertivano tra di loro. Prima dell'arrivo degli invitati, Costanza e Agata si dedicavano a sistemare il grande salotto. Disponevano con cura i cuscini sui sofà, i fiori nei vasi, spostavano sedie e tavolini perché ci fosse più spazio e i bambini non travolgessero tutto. Aprivano la grande porta a vetri tra la camera da pranzo e il salotto e collocavano in un vassoio sulla tavola i ballon da cognac per gli uomini, e i bicchierini con le amarene sotto spirito, per le signore. Domenico, dal canto suo, borbottava per tutto quel trambusto e affermava che avrebbe preferito starsene nel suo studio a lavorare, o a leggere un buon libro, ma poi quando arrivavano gli ospiti si vedeva che era contento. Il guaio di queste giornate di visita, ripeteva sempre Agata, mentre si affaccendava avanti e indietro, era che non sapevi mai quante persone sarebbero passate a fare *un breve saluto*, che poi breve non era mai. Avrebbero rimpianto per sempre quei momenti, anche se ancora non lo sapevano.

Quel giovedì, Costanza si premurò di mettere in salvo nell'argentiera la gabbietta d'ottone con gli uccellini meccanici ricoperti di piume che cantavano il loro inno d'amore ad ogni scoccare d'ora. Era un regalo di Alfonso ed era valso un acceso battibecco con sua madre, che pretendeva lo restituisse: non poteva assolutamente accettare un regalo così costoso prima che i genitori del fidanzato fossero venuti ufficialmente a chiedere la sua mano. Alla fine Domenico aveva fatto da mediatore, sentenziando che l'orologio, che non gli piaceva nemmeno tanto, fosse collocato sulla consolle dell'ingresso e considerato un regalo per la casa.

«Come sarei contenta se stasera trascorressimo una serata

tranquilla solo noi di famiglia!» Agata posò il suo lavoro di ricamo sul tavolino e si alzò per andare ad accogliere i cugini che erano arrivati.

«Spero proprio che non vengano i Tommaselli del primo piano con quei loro sorrisi falsi. Chissà chi si credono di essere...» confidò sottovoce a Immacolata, aiutandola a liberarsi dalla mantellina.

Agata non sopportava quelli che chiamava "i nobilucci del palazzo", che la squadravano dall'alto in basso e a stento la salutavano quando si incontravano per le scale, ma poi venivano il giorno delle visite per approfittare di Domenico e chiedere questo e quello dei loro malanni. Con Immacolata, invece, che aveva qualcosa nel volto placido che ricordava la regina Margherita, sentiva una grande affinità e, anche se era solo la moglie di un cugino, le voleva bene come a una sorella. L'aveva trattenuta nell'ingresso, in disparte, a raccontarle dell'innamorato della figlia e dei mille pensieri che solo lei avrebbe potuto capire, quando Domenico aprì la porta di ritorno dall'ospedale, e lei si zittì. L'osservò mentre riponeva la borsa e il giornale sulla panca e notò sul suo volto pallido i segni della stanchezza. Era proprio vero: Domenico stava invecchiando. Lo vedeva da tanti piccoli indizi. La sera prima, per esempio, le aveva fatto un discorso strano, non da lui: voleva chiedere a Corrado di fare il compare d'anello a Costanza, senza nemmeno aspettare che Alfonso l'avesse chiesta in moglie. «Quanta fretta!» gli aveva risposto Agata, ridendo. «Sei diventato un sentimentale.»

Anche verso Guglielmo si era fatto più tenero, più permissivo. Lasciava che giocasse nel suo studio sotto la scrivania, mentre lui lavorava alle diagnosi dei suoi pazienti, o che stesse alzato fino a tardi la sera. Sì, stava proprio invecchiando, rifletteva Agata con malinconia. Dov'era finito l'uomo tutto princìpi che aveva cresciuto i primi due figli con tanta severità? Il suo rigore si stava sciogliendo come neve al sole ai primi capelli bianchi. Solo verso sé stesso, verso i propri obblighi morali, nella sua professione, restava l'uomo integerrimo di cui si era innamorata.

«Ma che vedo, c'è una ragazza che avanza leggera come una Venere di Botticelli, cammina come sulle nuvole, tanto è felice!» Zio Corrado sorrise, ammiccando alla nipote.

Costanza arrossì fino alla radice dei capelli e lanciò un'occhiataccia a Ruggero, di certo responsabile di quella soffiata. Avrebbe pensato dopo a qualcosa per vendicarsi, qualcosa di terribile, anche se in quel momento non le venne in mente niente.

Costanza non ebbe il tempo di rispondergli che fu travolta da Palidda, tutta sudata per aver fatto le scale di corsa, e dai due fratellini che se la contendevano tirandole più volte la treccia come fosse la corda di una campana. Guglielmo, mezzo nascosto da una tenda con una lancia di carta in mano, aspettava con ansia che i due cuginetti più grandi si accorgessero di lui.

Arrivarono gli altri ospiti. Germana che, nonostante i suoi acciacchi dovuti all'età, non mancava mai la domenica di venire a salutare il fratello, fece il suo ingresso zoppicando vistosamente. Il professor De Dominicis, un calabrese di grande affabilità, direttore di un prestigioso collegio, giunse accompagnato dalle due figlie che avevano stretto amicizia con Costanza alla scuola Berlitz. Appena entrato nel salotto si precipitò da Agata, batté i tacchi e si esibì in un elegante baciamano. Come d'abitudine venne un collega di Ruggero, che era simpatico a tutti per le sue imitazioni spiritose dei professori e dei politici al governo. Aveva portato con sé, per la prima volta, la sorella più piccola che si sedette imbarazzata in un angolo. Naturalmente venne la temuta baronessa Tommaselli, senza il marito per via di una infreddatura di cui voleva chiedere al dottore.

Sulla soglia del salotto, senza che lo avessero sentito arrivare, comparve all'improvviso Alfonso, che fu presentato come un caro amico di Ruggero.

3

E così il 3 giugno, giorno della Madonna della Lettera, sul balcone del salotto di casa Andaloro fu esposta una preziosa coperta di damasco azzurro, la più bella del corredo. Agata e Giustina l'avevano esibita, dicevano, in vista della processione. Ma Domenico, tornando a casa quella mattina, aveva notato che non era il solito drappo un po' stinto che sua moglie e la zia esponevano tutti gli anni. Niente gli toglieva dalla testa che la coperta facesse bella mostra di sé non tanto per devozione alla Santa Vergine, quanto per fare buona impressione sugli Orlando, i genitori di Alfonso, attesi quella sera per la processione.

Seduti sul divano nel salotto di casa Andaloro, si guardavano intorno fissando i quadri alle pareti, le porcellane, i tendaggi e le specchiere.

Agata aveva consegnato a Carmelina il gran mazzo di rose rosse che il cavaliere Orlando le aveva portato, raccomandandole di metterle in un vaso. Il dottore li aveva invitati tutti ad affacciarsi al balcone per ammirare la vista, che dalla Palazzata era davvero superba: il viavai delle imbarcazioni che scomparivano verso l'orizzonte, l'approdo delle navi, la punta del faro, mentre corso Vittorio Emanuele ai loro piedi pulsava di vita con quell'andirivieni di carrozze, carretti, il tram, la gente a passeggio. La Palazzata, quell'ampia e uniforme distesa di palazzi di marmo che abbracciava a perdita d'occhio l'intera cortina del porto, era una delle meraviglie di Messina e dell'intera Sicilia, ed era la prima opera monumentale che i naviganti scorgevano arrivando in città.

«E voi qui, caro dottore, state a teatro. Che incanto!» ripeteva estasiato Salvatore Orlando. «*U paradiso ri frunti e a città ai vostri pedi!* Stasera ci godiamo dall'alto la processione!» disse fregandosi le mani. «E quella scalinata di marmo, poi... Che cosa è, Palazzo Reale!»

Quando rientrarono la signora Maria si lasciò cadere con tutta la sua mole sulla poltrona, bevve un sorso di limonata salata e prese subito a sventolarsi.

«Oggi è stata una giornata davvero calda» disse Agata, pensando che le guance della sua consuocera pendevano ai due lati, come quelle di un mastino.

«No, non è il caldo, è *quella cosa lì...*» puntualizzò l'altra, abbassando la voce perché gli uomini non sentissero.

Agata arrossì e si rigirò tra le dita le perle che portava al collo, chiedendosi perché mai zia Giustina non venisse fuori da quella benedetta cucina a darle un aiuto. Girò gli occhi intorno: Ruggero, accanto al balcone, aveva catturato il povero Alfonso che stava sulle spine e gli parlava ininterrottamente di calcio. Costanza, naturalmente, era ancora nella sua camera. Sarebbe entrata solo dopo, come avevano stabilito. Domenico se ne stava seduto in un angolo del divano, di fronte a Salvatore Orlando, con le gambe accavallate e un irritante sorriso di circostanza stampato sulle labbra, palesemente assente.

Irritata, Agata gli fece un cenno.

«Loro abitano fuori Messina, quindi?» chiese allora Domenico, come facesse fatica a parlare.

«Se vogliamo dire così. Abitiamo a Tremestieri, vicino alla stazione, dove c'è la fabbrica Sanderson, quella di prodotti agrumari, insomma quelli delle marmellate Sanderson & Sons. *Sapiti unni sta, no?* Ci vogliono pochi minuti con il tram, ma noi abbiamo l'automobile. Siamo solo tre in tutta Messina. La prossima volta porto alle signore una bella scatola di pelle con l'acqua di colonia che si fa lì, alla Sanderson.»

Agata lo ringraziò con un sorriso.

«Buona parte del terreno dove sorgono i capannoni, sapete, era nostra, l'ho venduta io agli inglesi.»

Domenico alzò impercettibilmente un sopracciglio.

«Ma guarda!»

«Lo so, lo so, le terre non si vendono, ma rendono poco e poi i mezzadri truffano. Mi fecero un'offerta…» Si chinò con fare confidenziale verso il consuocero abbassando il tono di voce «… stratosferica.»

Salvatore Orlando si accarezzò i baffi.

«Così misi qualcosina nella Peirce Brothers. Grandi imprenditori, gli inglesi. I Peirce, gli armatori, qui a Messina *sunnu* loro i re, altro che Vittorio Emanuele. Tra i maggiori azionisti della Banca siciliana, con le mani nelle concerie, pastifici, oliveti, vigneti, e cento altre attività, persino la squadra di calcio. Un siciliano se ne restava felice al sole a godersi questo ben di dio, ma invece a quelli non gli basta mai! Vedrete che riusciranno a farne della loro compagnia di navigazione ora che Messina divenne porto d'imbarco internazionale.»

«Sì, è vero. Gli stranieri hanno trasformato questa città,

non solo sotto l'aspetto economico, ma soprattutto culturalmente, nel modo di vivere. Messina oggi è una città cosmopolita, grazie a loro si è sprovincializzata,» disse Domenico nel suo italiano impeccabile.

«Ci hanno questi!» Don Salvatore sfregò pollice e indice. «Le ville più belle si fecero costruire gli inglesi. Prendete villa Berta. La sapete no, villa Pessi a Spartà? Quella che i Peirce si fecero progettare da quel giovane architetto di Firenze che ha il nome come una gallina.»

«Coppedè.»

«Bravo. Lui. Io ci sono stato, in quella villa. E vi dico questo: chissà se un giorno non mi viene pure a me lo schiribizzo e me la faccio fare anch'io una così. Certo: non sono ricco come Peirce, ma volendo posso mantenere non una, ma tre famiglie.»

E suo figlio, concluse soddisfatto, se gli piaceva, poteva fare il giocatore di *fotballo* o come diavolo si chiamava, per tutta la vita. Si appoggiò allo schienale della sedia spingendo avanti la pancia e infilò le mani nei taschini, godendo lui stesso dell'effetto delle sue parole.

Domenico si trattenne a stento dal rispondergli, girò la testa dall'altro lato e il suo sguardo cadde sulla mensola dove era esposto il volume *I Normanni, storia di una civiltà*. Si chiese che fine avrebbero fatto, dopo la sua morte, i suoi libri, tutti quei libri a cui lui teneva tanto.

«Avete visto che bella la funzione in cattedrale stamattina? Più bella degli anni passati» riprese la signora Maria.

«Sì, molto bella» convenne Agata, sovrapponendo la sua voce a quella del marito che stava dicendo «Non vado mai alle funzioni».

Gli Orlando lo guardarono sbalorditi e si scambiarono un'occhiata di disappunto. Agata pensò che fosse il caso di pregare la Madonna che quella serata si risolvesse per il meglio.

«Io e Maria ci siamo stati come tutti gli anni, e ci siamo messi in fila subito dietro le confraternite.»

Nessuno degli Andaloro interloquì, così la signora Orlando interruppe il silenzio imbarazzante chiedendo, con fare quasi inquisitorio: «La sapete la storia della Madonna della Lettera?».

Contenta di cambiare discorso, Agata rispose che non la ricordava bene.

«Dunque,» iniziò la signora Maria mettendo su un tono da maestrina «otto anni dopo la morte di Gesù, l'apostolo Paolo sbarcò a Messina.»

«Nella cala San Paolo, vicino Giampilieri» specificò il marito, rivolto al medico. «Lo sapete dov'è?»

Gli Andaloro fecero un cenno di assenso con la testa.

«Sì, a Giampilieri» continuò la signora lanciando un'occhiataccia al marito che l'aveva interrotta. «E iniziò a predicare il Vangelo. E talmente i messinesi furono presi dal fervore religioso che espressero il desiderio di conoscere Maria, la madre di Gesù, che all'epoca era ancora viva. Mandarono così una nave a Gerusalemme con degli ambasciatori tra cui lo stesso San Paolo, e la Madonna inviò in risposta ai messinesi una lettera, legata con i suoi capelli, che ancora oggi si trovano nella varetta d'argento su cui la statua viene portata in processione. Capite? Siamo l'unica città al mondo che ha questo onore.»

«È brava, eh? *Comu cunta idda*, nessuno. Sapete, fa catechismo ai bambini» commentò orgoglioso il marito «nella chiesa di San Francesco. Sì, ma per il resto... donna di casa è!»

La verità, interloquì improvvisamente Domenico Andaloro, spazientito, mentre Agata continuava sempre più tesa a rigirarsi la collana tra le dita, era che lui non era credente. Certo, lasciava libera la moglie di andare in chiesa, aveva battezzato i figli, la comunione e tutto il resto, per farla contenta, ma non gli parlassero di miracoli e processioni. Sapeva bene lui che cos'erano la vita e la malattia per la povera gente. Lui che due volte alla settimana prestava servizio volontario al porto come medico di controllo per gli emigranti e vedeva sfilare quella umanità dolente, donne rinsecchite dalla fame con bambini ancora attaccati ai seni svuotati, uomini affetti dalla pellagra, vecchi cenciosi e malfermi, e doveva far forza su sé stesso perché andavano rimandati indietro. Tutta quella miseria la Madonna non la vedeva? Non vedeva quei laceri braccianti o quei piccoli proprietari impoveriti dalle tasse, che lasciavano le loro catapecchie per l'America. Si vendevano tutto. Tutto! Che faceva la Chiesa per loro? Per Costanza, disse, aveva preteso un'educazione laica, l'aveva fatta frequentare un istituto svizzero per fanciulle, il Gonzenbach, che si fondava su nuovi princìpi pedagogici, dove si studiavano il disegno e le lingue straniere, non le favole della Bibbia.

«Non ho voluto affidare l'educazione di mia figlia...» stava dicendo, ma la moglie lo interruppe.

«Domenico, non ti sembra che basti?» Agata lo fulminò con lo sguardo, mentre i suoi ospiti si scambiavano occhiate a disagio, senza sapere che dire. Anche i due ragazzi avevano smesso di parlare.

Il medico si scusò.

«Va bene. Volevo solo dire che l'Istituto Gonzenbach è un'ottima scuola.»

Alfonso, per togliere tutti dall'imbarazzo, andò a sedersi vicino al padre e gli fece segno di finirla con questi discorsi e di venire al punto.

Salvatore Orlando capì finalmente che era arrivato il momento. Si schiarì la voce, si soffiò il naso, si alzò in piedi come per una conferenza e, con toni altisonanti che misero ancora più in luce il suo accento dialettale, chiese la mano di Costanza per suo figlio. La mano fu accordata dal dottore con un sobrio «sì». Subito Ruggero corse a chiamare Costanza, che aspettava nella sua stanza con Guglielmo, mentre gli altri si alzarono in piedi e, un po' impacciati, si fecero reciprocamente le congratulazioni.

Zia Giustina, tutta in ghingheri, era comparsa nella sala con un vassoio di cannoli e spumoni, seguita da Carmelina con i calici da champagne. Solo alla fine entrò Costanza, rossa in volto e intimidita, tenendo Guglielmo per mano.

«Ecco mia figlia.»

Costanza si girò sorridente verso il padre.

4

Ci doveva essere la festa di fidanzamento quel giorno e invece il portone era rimato chiuso in segno di lutto e la casa si era riempita di gente che veniva a porgere le proprie condoglianze.

Erano tutti seduti in circolo nel salotto, che un tempo era stato di velluto marrone mentre ora, per volontà di Costanza, era rivestito di chintz colorato. "Sarebbe stato molto più appropriato il vecchio rivestimento", pensò amaramente Giustina mentre i primi ospiti arrivavano.

Dal tavolo, al centro della stanza, ricoperto da un tappeto di velluto ricamato a fiorami, erano state tolte le coppette per il gelato, i piattini per gli spumoni, le posate d'argento già lucidate da qualche giorno. I fiori che erano stati mandati dal fidanzato e dai suoi genitori erano stati spostati nella camera ardente, preparata nello studio del professore. Tutto sembrava in ordine, quell'ordine apparente che dovrebbe tranquillizzare gli animi inquieti.

Il pianoforte a coda che il maestro di canto avrebbe dovuto suonare per accompagnare le romanze preparate da Costanza per rallegrare la festa, era stato spostato in fondo e coperto da un manto scuro pieghettato. L'unico segno rimasto di quella festa fallita era un piccolo "amorino", un sofà *vis-a-vis*, dove avrebbero dovuto sedersi i fidanzati, che era stato dimenticato vicino alla stufa. Vuoto.

Nella stanza le persiane erano state socchiuse per riparare l'ambiente dalla dolce violenza del sole e dell'aria. Si sentiva solo il sommesso mormorio del rosario recitato da quattro compunte signore che, il capo circondato da una specie di cuffia nera, tenevano gli occhi bassi, sollevandoli di tanto in tanto verso l'alto come per accompagnare il profondo sospiro che pareva significare "Che disgrazia, Dio che disgrazia!".

Dinanzi a loro, le mani appoggiate su una specie di seggiolone, era seduta Agata, immobile, legnosa, inanimata quasi come gli oggetti che la circondavano.

In fondo, nella penombra, stava Guglielmo, il figlio piccolo. Con le mani sulle ginocchia e gli occhi, dietro gli occhiali, fissi nel vuoto.

Costanza non c'era. I tranquillanti che le aveva dato il dottore avevano fatto effetto. Si era calmata, aveva riacquistato la parola, ma non voleva comunicare. Si era chiusa in un ostinato mutismo e, quando era cominciata ad arrivare tutta quella gente che aveva preso a baciarla e abbracciarla, si era sentita soffocare. Allora era fuggita via ed era andata a nascondersi in un angolo buio della cucina.

Palidda era corsa a cercarla. Intimidita dal dolore che vedeva sul volto gonfio di lacrime della cugina, però, era rimasta in silenzio. Poi si era fatta forza e, prendendola per mano con dolcezza, aveva cercato di convincerla a venire di là, dove gli altri chiedevano di lei, ma si era vista respinta in malo modo.

«Non voglio vedere nessuno. Non sopporto quegli abbracci, quei baci!»

Solo all'arrivo di Alfonso, Costanza si riscosse leggermente. Accettò il suo bacio sulla guancia e i suoi segni di affetto, anche se non si volle muovere dalla cucina.

Antonino, il fratello di Domenico, era stato il primo ad arrivare. Nel suo abito talare nero, era bianco in volto ma con gli occhi asciutti, consapevole di dover dare l'esempio: rassegnarsi e accettare la volontà di Dio. Si era avviato dritto verso la camera ardente, seguito solennemente da due monaci che portavano l'acqua santa e da una coppia di chierichetti con l'incenso. Si era già preparato le parole di rassegnazione da porgere come conforto alla vedova e ai nipoti, ma quando vide la cassa chiusa senza aver potuto dare l'estremo saluto al fratello, di colpo si raggelò. Lo colse una collera violenta, e il viso gli si chiazzò di rosso. Rimandò in gola tutte le frasi misericordiose che aveva intenzione di pronunciare, si guardò intorno e fissò con occhi di fuoco tutti i presenti, che al suo ingresso erano scattati in piedi.

Nella camera cadde un silenzio assoluto. Cessarono, come per incanto, persino i lamenti. Con la mano che gli tremava, Antonino benedì la bara del fratello e pronunciò le parole di rito in latino, mentre i chierichetti spargevano incenso. Dopo di che, muto, non si sa se assorto nel dolore o nella collera, se ne restò seduto senza rivolgere la parola a nessuno.

Sua sorella Gemma, invece, arrivata sulla soglia della camera ardente, alla vista del catafalco, delle corone di fiori, dei panni neri alle finestre, non riuscì a reggere l'emozione. Prima che svenisse, Ruggero la sorresse e la portò fuori.

Corrado, appena aveva saputo del cugino, si era precipitato lì, sconvolto, senza nemmeno aspettare Immacolata. E ora, addolorato e angosciato, tra i singhiozzi a stento repressi non la finiva di chiedere a Ruggero com'era successo, se aveva chiamato aiuto, se l'avevano trovato già morto e dettagli su dettagli a cui il nipote rispondeva a monosillabi, balbettando per paura di contraddirsi.

Arrivava gente in continuazione: parenti, signori del palazzo, colleghi dell'università, studenti, amici, conoscenti, pazienti. Il salotto, il corridoio, l'anticamera, non riuscivano più a contenere tutta quella folla e l'aria si era fatta molle, satura di lacrime, lamenti, sospiri.

Esausto, sulla soglia della porta, Ruggero accoglieva compunto le loro condoglianze. Carmelina li accompagnava nella camera ardente. Il tempo di recitare una breve preghiera e andavano via, non senza trattenersi giù al portone a commentare tra loro, sottovoce, la stranezza di quella bara chiusa così in fretta e l'atteggiamento offeso del fratello. E, mentre firmavano il registro delle condoglianze, cercavano di carpire qualche particolare in più al portinaio che non sapeva a chi dare retta, tanta era la ressa tra chi continuava a portare fiori, chi lasciava biglietti da visita, chi offriva qualche guantiera con cibarie e chi si fermava solo a guardare, come se fosse uno spettacolo.

La sera, finalmente, la casa si spense in un silenzio profondo. Solo Giustina si dava ancora da fare. Camminava avanti e indietro per la casa e il rumore dei suoi tacchi risuonava, al suo stesso udito, cupo e lugubre. Bisognava preparare gli abiti per il funerale e risolvere il problema di Costanza che si rifiutava di vestirsi di nero. E poi dovevano pur mangiare qualcosa, non avevano toccato niente di tutti quei vassoi carichi di dolci preparati per una festa e finiti a una veglia funebre; almeno il brodo caldo che avevano mandato i vicini, se no come avrebbero potuto reggere al funerale del giorno dopo?

Ruggero era rimasto l'intera notte da solo accanto alla bara, rifiutando con fermezza la compagnia che gli aveva offerto affettuosamente Corrado. E, per tutto il tempo, continuavano a scorrergli davanti agli occhi quelle atroci immagini del padre riverso sulla scrivania in una pozza di sangue, quel sangue di cui lui aveva scoperto di avere tanto orrore da dover abbandonare la facoltà di Medicina dopo le prime lezioni.

Grazie a Dio riuscirono a celebrare la funzione in chiesa. Erano pure comparsi, sui quotidiani di Messina, vari necrologi e trafiletti che esprimevano *il cordoglio dell'Università e della città intera per l'improvvisa dipartita di uno dei suoi membri più eccelsi a causa di un colpo apoplettico, mentre era al lavoro nel suo studio.*

Ma questo era per gli occhi del mondo.

Giustina sapeva che ora, dopo lo schock iniziale, dopo il dolore ottenebrante che impediva loro di pensare, sarebbero iniziate le domande, e le loro vite serene ne sarebbero uscite devastate. Seduti in salotto, finalmente soli, non osavano guardarsi in faccia, mentre cercavano risposte che non c'erano.

Perché l'aveva fatto?

«E se fosse stato veramente un incidente, mentre puliva la pistola?» La zia avanzò questa pietosa ipotesi, ma nessuno rispose.

«Potrebbe avere commesso un errore. Forse una diagnosi sbagliata. Si è ucciso per il senso di colpa. Chi era quel paziente di cui si parla nel telegramma?»

Anche questa volta non vi fu risposta.

«Mamma, tu ne sai qualcosa? Con te parlava sempre dei suoi ammalati» chiese Ruggero accarezzandole una mano.

Agata provò a parlare, ma le labbra tremavano, come tutto il corpo. Quanto a lungo doveva aver sofferto, si diceva, senza che lei se ne rendesse conto. Perché non aveva chiesto il suo aiuto? E da quando, da quando l'aveva in mente? Cercava nelle parole, in un abbraccio, in un bacio qualcosa che non era riuscita a cogliere, qualcosa che avrebbe dovuto capire.

«È strano che non abbia lasciato una lettera. Una spiegazione. Agata, tu hai visto se...» Giustina guardò la nipote e non ebbe il coraggio di completare la frase. Avrebbe cercato lei, era meglio così, avrebbe guardato nelle tasche, nei cassetti, nell'armadio. Temeva, però, che se non aveva lasciato niente sulla scrivania difficilmente avrebbero trovato qualcosa. Spararsi così, solo un attimo di follia lo poteva spiegare. Oppure quel telegramma, quella diagnosi infausta. Quel paziente misterioso. Chi era?

«Ruggero, scrivi stasera stessa a quel Michele. Chi hai detto che è?»

«Michele Minasi. È un vecchio collega di papà. Si trasferì tempo fa a New York, adesso insegna all'università di Yale. Certo, scrivo subito, ma ci vorrà tempo per avere una risposta. Sempre che quel telegramma c'entri qualcosa.»

Costanza se ne stava rannicchiata nella poltrona, con gli occhi chiusi. Un'unica domanda le ronzava nella testa in maniera confusa: "perché proprio il giorno del suo fidanzamento?".

Ruggero andava avanti e indietro nella stanza, avanzando ogni tanto una congettura in cui non credeva nemmeno lui.

Era stato un gesto improvviso, non meditato? Questo avrebbe spiegato come mai non avesse lasciato nessun biglietto di addio. Ma soprattutto era oppresso dal ricordo di quella notte. Se fosse stato più presto, sarebbe entrato, come aveva fatto tante volte, gli avrebbe tolto quel sigaro puzzolente dalle mani e lo avrebbe convinto ad andarsene a dormire. Se solo fosse entrato nello studio, lo avrebbe potuto salvare.

Si sentiva gelare al pensiero che suo padre si fosse ucciso mentre lui era lì, a letto, sfogliando quella lurida rivista. Quel botto, quel tuono che aveva tanto spaventato Guglielmo, era stato il colpo dell'arma da fuoco. Avrebbe voluto condividere la sua pena con Costanza. Ma lei era distante, come estranea al resto del mondo.

Nei giorni seguenti non si dissero più niente, trincerandosi dietro alle piccole cose quotidiane, ai mille problemi urgenti che bisognava affrontare. Le grandi domande restarono irrisolte nei lunghi silenzi, nei pianti soffocati.

5

Passarono i giorni, ma la casa bianca in fondo alla Palazzata restava immersa in un silenzio che strideva con l'animazione della strada, il cigolio delle ruote dei veicoli, i rumori del porto, le voci provenienti dal mercato. Il portone rimaneva chiuso e la carrozza non usciva più.

Arrivò una valanga di biglietti di condoglianze e di telegrammi. Persino il vecchissimo barone Santini, intimo amico del padre di Domenico, il prefetto, i proprietari della Banca peloritana, il presidente del circolo di piazza Cairoli avevano inviato le loro condoglianze; mentre la lettera di Minasi che loro aspettavano con grande ansia non arrivava.

Nella controra Giustina aveva preso l'abitudine, per avere un po' di compagnia, di trattenersi nella stanzetta dove la signora Anna Squillace, la sarta, era seduta alla macchina da cucire. Veniva quasi tutti i giorni ormai per confezionare gli abiti a lutto per l'inverno.

Presa dalle sue preoccupazioni e dalla posta che stava sfogliando, Giustina non si era accorta che il pedale della macchina da cucire si era fermato.

«Donna Giustina, è finito. Che dite, glielo porto di là? *O rinaccio prima 'a biancheria*? Glielo volete *purtari vuautri?*»

Giustina guardò con affetto quella donna minuta dai capelli precocemente ingrigiti, sempre così discreta e silenziosa, e le venne in mente che erano ormai quasi vent'anni che veniva a casa loro. Aveva cucito lei il corredino dei bambini. Era una di famiglia. Fu tentata di chiederle un consiglio, di raccontarle tutto.

«No, Anna. Fatemi il piacere di portarglielo voi. Siete l'unica a cui Costanza risponde con garbo. Sapete come ci tiene a voi.»

«*Sugnu iu ca ci tengo* alla signorina. Non sapete quanto mi dispiace vederla così. Una ragazza tanto buona! Mi ha disegnato tutti quei figurini per le mie clienti. Speriamo che la Madonna ci fa la grazia e si convince.»

«Sì, la grazia...» sospirò l'altra.

Se Costanza avesse ancora una volta rifiutato l'abito nero avrebbe fornito un bell'appiglio alla famiglia di Alfonso, che solo quello andava cercando: una buona scusa per sciogliere il fidanzamento. E quel matrimonio, se pure non si fossero opposti, quando l'avrebbero celebrato? Non prima certamente di due anni. E un giovane avrebbe aspettato tanto? Ormai, pensò, mentre rimetteva i biglietti nelle buste, i tempi erano cambiati: avrebbe facilmente trovato un'altra ragazza da sposare, o peggio avrebbe trovato qualche *scupina* che l'avrebbe aiutato ad aspettare di consumare il matrimonio.

«Anzi, fatemi il favore di portarle anche questa lettera. È della sua carissima amica Giuseppina Vitale. Le vorrà fare le condoglianze.»

Ma Anna tornò dopo pochi minuti tutta agitata.

«Donna Giustina, Costanza si sente male, piange, strepita. Come ha iniziato la lettera, è scoppiata in lacrime e l'ha buttata via.»

«Vado a vedere io, grazie Anna.»

Quando entrò nella camera, Costanza era sul letto con il volto congestionato dalle lacrime, mezzo nascosto dal lenzuolo.

«Ma che succede?» chiese vedendo che aveva appallottolato la lettera buttandola a terra.

«Leggete voi, zia. Leggete che mi scrive!»

La zia si chinò, prese i fogli spiegazzati, li lisciò con la mano e lesse in silenzio.

Cara Costanza!
Congratulazioni! Non hai idea di come questa notizia mi abbia reso felice! Io l'ho sempre saputo che sarebbe capitato prima a te, anche se non eri del mio parere.

Giustina si interruppe sbigottita, poi lesse la data: New York, 30 luglio 1904.

Davvero hai preso tu l'iniziativa di baciarlo? Sono quasi saltata dalla sedia quando l'ho letto. Poi ho riso tanto, pensando ai nostri lunghi discorsi sugli innamoramenti e alle nostre esercitazioni sui baci davanti allo specchio.
Ti devo confessare con vergogna che ho raccontato un sacco di fandonie sulle mie esperienze amorose. Le mie sono quasi tutte conoscenze teoriche, prese dai libri. Ma non ne potevo più di quelle smorfiose a scuola che si davano tante arie perché erano fidanzate! L' unico bacio che ho dato è stato quello che scambiai con un amico di mio fratello che si imbarcava per fare il militare. Ti ricordi, mi chiedesti se sapevo come si fa e io ti risposi: "Io no, ma lui sì." E ridemmo a crepapelle.

E ti ricordi quando da ragazzine fingevamo di essere due fidanzati e a turno ci facevamo la dichiarazione? Che spasso! Oggi invece per te è diventata realtà. Ma sei proprio sicura che sia quello giusto? Non devi pensare che, poiché lo hai baciato, lo devi sposare per forza. Tu lo descrivi come fosse l'uomo perfetto, bello, buono oltre misura, sensibile. L'unico difetto che gli attribuisci è la timidezza eccessiva che però ti riempie di tenerezza. Se fossi in te non mi preoccuperei, sono sicura che questo lato del suo carattere svanirà a contatto con la tua esuberanza. Mi dovrai raccontare tutto della festa di fidanzamento. Come vorrei esserci! Sarebbe bello se vi faceste fare una fotografia e me la mandassi.
Cara Costanza, quanto mi manca la nostra vita. Mi manca persino la scuola! Le vedi ancora le giovani che erano in classe con noi? La nipote dei Peirce è vero che se n'è tornata a Londra? E quella Marlene Schultz, che succhiava in continuazione bastoncini di zucchero, davvero si è sposata? Non riesco a crederci. Ancora mi viene da ridere al pensiero degli scherzi che le facevamo. E quell'altra sciocca di Maria Sofia che puzzava sempre di sudore e noi dovevamo spruzzare acqua di colonia dappertutto? La chiamavamo "sua maestà". In fondo erano quasi tutte simpatiche, anche quelle che all'inizio sembravano darsi delle arie. Ti ricordi Miss "The Bible"? Quant'era arcigna quell'insegnante! Non l'ho mai vista sorridere. Comunque conoscere già un po' d'inglese, qui, altroché se mi è servito. Pensa che ci sono dei siciliani, tra cui mia madre, che hanno imparato giusto quattro parole di americano e allora è un inferno: se non parli la lingua, ti senti sempre uno straniero. Adesso ti saluto, perché la sera crollo per la stanchezza. Il lavoro in ambulatorio mi prende così tanto tempo! Ti ho scritto

che faccio servizio come volontaria a Little Italy? Non ricordo, ma te ne parlerò nelle prossime lettere.
Cara amica, mi manchi tanto. Chissà quando ci rivedremo.
Con il consueto affetto,
la tua Giuseppina.

«Ma cara ragazza, è solo una lettera finita per sbaglio tra quelle delle condoglianze! Sicuramente stava sul tavolino della posta non so da quanto tempo, ma non ci avevamo fatto caso...»

Costanza scosse la testa, continuando a singhiozzare.

«Non te la prendere. E anzi, leggila fino in fondo. Ti distrarrà un poco dalle tue pene.»

§

Ruggero e Giustina avrebbero voluto esaminare le carte: lettere, documenti, appunti di Domenico, nella speranza di trovare un biglietto o un qualunque indizio che spiegasse l'insano gesto. Ma Agata si opponeva. Diceva che l'avrebbe fatto lei, chiedeva solo un po' di tempo. Si era eretta a fedele e unica custode della memoria del marito e non permetteva a nessuno di entrare nello studio, divenuto un sacrario. Tutto doveva essere lasciato come se lui fosse solo uscito per andare alla clinica universitaria: il blocco delle ricette, la penna con le iniziali, il calamaio d'argento accanto alla barchetta di legno portapennini che Costanza aveva costruito per lui a scuola, il quaderno di pelle dove annotava notizie sui Normanni per il libro che da sempre voleva scrivere.

La loro camera da letto conservava ancora il suo odore;

gli abiti, le camicie, la veste da camera e persino i suoi oggetti sapevano di lui. Stavano lì a testimoniare che era vissuto. E lei non era ancora pronta a separarsene.

Da quando era morto il marito, Agata era caduta in una specie di stato letargico. Si aggirava per casa con l'abito nero che emanava un sentore malsano, i capelli annodati senza garbo, come una vecchia. A momenti, provava una rabbia feroce contro Domenico. Se n'era andato senza preoccuparsi delle conseguenze del suo gesto, senza lasciare due righe, come se lei non si fosse presa cura di lui per tanti anni, come se non fosse stata una moglie amorevole. Ma poi pensava che era proprio così: era stata una cattiva moglie. Non si era accorta della sua sofferenza. Non si era accorta che era infelice. Era cambiato negli ultimi tempi, ma lei, stupida, l'aveva attribuito all'età, alla stanchezza. E ora non si dava pace perché gli sembrava di non aver capito niente di lui.

Anche lei, spinta da Giustina, aveva preso l'abitudine di ripetere come una nenia, a quanti ancora venivano a porgerle le condoglianze, quella bugia dell'emorragia cerebrale, senza accorgersi dell'imbarazzo che suscitava. Carmelina, infatti, giurava e spergiurava agli Andaloro che lei non aveva parlato, che non aveva detto a quanti continuamente la fermavano per strada, che il dottore si era sparato. Solo con Francesco, il cocchiere, ammetteva, si era lasciata andare a qualche mezza confidenza. Ma lui non contava, era uno di famiglia.

Intanto, raccontando qua e là che al povero dottore era esploso il cervello, che l'avevano trovato in un lago di sangue, aveva finito con l'alimentare ogni tipo di pettegolezzo.

Tutta Messina ormai era venuta a sapere la verità su quella morte.

Costanza sembrava estranea a tutto ciò, a quanto accadeva intorno a lei. Guardava zia Giustina e Carmelina camminare con passi felpati per la casa, scambiarsi poche parole a bassa voce, preparare da mangiare, tirare fuori dagli armadi i vecchi abiti da lutto che avevano indossato per la morte del nonno, cucire le fasce nere alle giacche, addirittura stirare le lenzuola, in un affaccendarsi continuo. Si chiedeva come potessero fare tutto questo, dopo quanto era successo.

Vagava nella penombra delle stanze incapace di stare ferma e passava e ripassava davanti alla porta chiusa dello studio. Perché si era ammazzato? Ci si ammazza solo se si è infelici, se la prospettiva della vita futura ti pare buia, insopportabile. Come potevano pensare che era tutto legato a quel maledetto telegramma? Sapeva solo che si era ucciso nel giorno del suo fidanzamento.

Non lo avrebbe più visto, non le avrebbe mai più parlato. L'improvvisa consapevolezza di quella verità le procurava un'angoscia a tal punto insopportabile da spingerla a conficcare le unghie nella carne per non sentirla. Nelle sue notti insonni quella scena si ripeteva all'infinito davanti ai suoi occhi. Ricordava il sangue schizzato dappertutto, ma non i particolari del volto, ridotto a una maschera. E ora si faceva mille domande: la pistola l'aveva puntata alla tempia, alla gola? Se non fosse svenuta lo avrebbe potuto ancora salvare? E perché non avevano voluto che lo rivedesse un'ultima volta prima di chiudere la bara? Non capivano il suo bisogno di congedarsi da lui.

«Hai avuto un duro colpo, meglio di no, è solo un corpo inanimato,» le dicevano «lo spirito di tuo padre non è più qui, è volato in Paradiso e da lì ti starà sempre accanto.»

Quello che loro chiamavano freddamente *corpo inanimato* era il corpo che l'abbracciava, erano le mani che la curavano, che le facevano il solletico per farla ridere, era la voce che la rimproverava, erano i baffi che la pungevano nel baciarla.

Quel corpo lei lo rivoleva, non sapeva che farsene di uno spirito!

Quando alla luce del mattino si rendeva conto che un'altra giornata l'aspettava, allora si rabbuiava e diventava sgarbata con tutti. Solo con Alfonso, che veniva a trovarla quasi tutte le sere, tornava a essere la ragazza dolce e affettuosa di un tempo, anche se il suo silenzio, il volto pallido e il sorriso triste che non illuminava più lo sguardo, parlavano della sua sofferenza. Si aggrappava a lui come una bambina. Le aveva detto che l'avrebbe fatta felice, che l'avrebbe sempre protetta e lei ci credeva. Alfonso le stringeva la mano nella sua, a tratti gliela baciava, non sapendo che altro fare per infonderle coraggio e farle sentire la sua vicinanza. Rassicurata dalla sua presenza, Costanza si accoccolava sempre più vicino a lui. Con gli occhi pieni di bontà e il sorriso comprensivo, lui per farla distrarre non trovava niente di meglio che raccontare le imprese della sua squadra: Domenico Tarro si era slogato un piede, al campo ieri il caldo era davvero feroce, Vaccaro aveva sbagliato un rigore. Cose così, ma gli sembrava che lei provasse piacere ad ascoltarlo.

Una sera arrivò tutto eccitato con la notizia tanto attesa che Huleatt lo aveva mandato a chiamare. Dalla freddezza con cui lei accolse l'annuncio, però, pensò di avere sbagliato, che parlando del futuro aveva offeso il suo dolore. Infatti si era alzata ed era andata in cerca del fratellino.

Guglielmo non capiva bene la morte. Un morto non torna più. Questo gli avevano detto quando aveva chiesto come avrebbe fatto papà a tornare dal cielo. Lui spiava per strada, quando usciva accompagnato da Carmelina, uomini dall'andatura e dalle sembianze simili a suo padre, sicuro che tra la folla, un giorno, l'avrebbe scorto e ricondotto a casa per la gioia di tutti. Ma purtroppo più passavano i giorni più le fattezze del padre diventavano vaghe, si riducevano ai suoi occhiali tondi e ai baffi neri. Allora si chiedeva come avrebbe fatto a riconoscerlo e forse, si diceva, i morti non tornano perché nessuno li riconosce più e loro si perdono per sempre.

Non trovava nessun conforto tra le braccia inerti di sua madre o in quelle ossessive di Costanza che lo andava a cercare e lo stringeva fino a farlo divincolare come un gatto e scappare via per paura di essere soffocato.

Solo quando cominciò a frequentare la scuola, a ottobre, gli sembrò che il tempo tornasse a scorrere, si ubriacò del chiasso dei compagni e sperò di essere bocciato per rimanere alunno per sempre.

6

Ruggero, a guardarlo, mostrava una certa compostezza. Ma dentro di sé stentava a riconoscersi in quel ruolo che il destino gli aveva così duramente imposto. Non riusciva a trovare la lucidità per assumersi quei doveri che riteneva ormai spettassero a lui, l'unico uomo di famiglia. Rimandava di giorno in giorno la lettura delle carte riguardanti le proprietà e gli investimenti, tutti provenienti dall'eredità del nonno paterno, notaio in Messina. Il padre non lo aveva per niente preparato alla cura del patrimonio familiare di cui ora, giocoforza, si sarebbe dovuto occupare. Con lo stipendio dell'università la casa andava avanti bene, per cui il patrimonio fino ad allora non era mai stato intaccato. Ma ora non era più tempo di procrastinare: bisognava convocare Giulio Gubitosi, l'amministratore, per stabilire anche insieme alla mamma quanto sarebbe servito per vivere. Per fortuna il capitale era consistente: c'erano i fitti di tutti gli appartamenti, tranne naturalmente quello in piazza Cairoli che sarebbe andato a Costanza quando si fosse sposata, e le rendite delle azioni delle compagnie di navigazione.

Una mattina, superando la repulsione che sentiva di nutrire per questo carico che si doveva accollare, e soprattutto sperando di risolvere l'enigma della morte del padre, aveva convinto la mamma ed era entrato finalmente nello studio. Per un attimo ebbe un moto d'ira verso il padre che non aveva lasciato niente di scritto, né sul perché del suo gesto, né su cosa avrebbero dovuto fare dopo. Ma durò giusto un attimo, perché alla vista del primo cassetto aperto con tutti gli oggetti di uso abituale scoppiò in lacrime. Quante volte da bambino era venuto a rovistare tra tutte quelle matite, gomme per cancellare, tagliacarte, colla, graffette, di nascosto dal padre che non gli permetteva di saccheggiare quei tesori? Prese poi dalla tasca il mazzo di chiavi che si era fatto dare dalla madre e restò a fissarle con la sensazione di stare per commettere una profanazione. Si fece forza: "Papà non c'è più" si disse, e aprì il secondo cassetto.

Lì in vista c'era una vecchia cartella con il dorso di pelle, su cui era applicata un'etichetta dove c'era scritto *Giulio Gubitosi*. L'aprì e sfogliò rapidamente i fogli che conteneva. Era tutto ordinato, classificato accuratamente e questo lo tranquillizzò. Era stato sempre così o il padre aveva sistemato tutto prima di ammazzarsi? Non se lo chiese più di una volta. Fu contento che tutto fosse a posto e si ripropose di contattare Giulio.

Aprì poi il cassetto di sinistra, anch'esso chiuso a chiave, e trovò alcune cartelle cliniche. Le sollevò e fu incuriosito da una in particolare, l'unica che non aveva alcuna etichetta. La prese, la poggiò sulla scrivania. Non era una classica cartella di ospedale, lui le aveva viste tante volte quando era andato nel suo ambulatorio. Forse riguardava uno dei pochi pazienti che seguiva privatamente. L'aprì. Prese in mano il primo foglio. Era del Policlinico Umberto I di Roma.

Nome del paziente: *Domenico Andaloro*
Luogo e data di nascita: *Messina, 2 dicembre 1854*
Diagnosi: *carcinoma della laringe.*

Inforcati gli occhiali, Giustina accostò la sedia al *secretaire* e, con un profondo sospiro, intinse la penna nell'inchiostro per dare finalmente inizio al triste rito delle risposte alle condoglianze, tante volte rimandato perché Agata cominciava a piangere appena prendeva in mano un biglietto. Non le restava che occuparsene lei.

Mentre meccanicamente riempiva con le stesse parole i biglietti di ringraziamento listati a lutto, Giustina rifletteva su come le sue più tristi previsioni si fossero avverate.

La signorina Elsa era stata la prima a scomparire. Tutte le sere alle sette in punto si presentava per recitare con lei e Agata il rosario, ma poi tutt'a un tratto non si era più vista. Dapprima, preoccupata, aveva mandato Carmelina a chiedere sue notizie alla portinaia, nel caso fosse indisposta e avesse bisogno di qualcosa. Quando questa aveva risposto che usciva tutte le mattine come sempre, però, aveva capito. Né si erano più viste le figlie del professore De Dominicis o le altre compagne di Costanza, sua cugina Palidda, che erano accorse nelle prime settimane a tenerle compagnia. Solo la povera Gemma, che non era di nessun conforto perché era capace solo di sospirare e piangere, continuò a farsi viva per un bel po' finché un giorno si presentò tutta agitata, pronunciando tra un singhiozzo e l'altro frasi smozzicate in stato confusionale – Antonino, il fratello, il suicidio, lo scandalo, la scomunica, il vescovo, la vergogna, il peccato mortale. E alla fine solo una cosa erano riusciti a capire: il fratello le aveva proibito di rimettere piede a casa loro.

Tutti li avevano abbandonati. L'onta del suicidio aveva macchiato la famiglia. Spesso Giustina, oppressa dalla solitudine e dal silenzio, si portava la sedia fuori al balcone per vedere un po' di movimento giù in strada; e quando rientrava per il rosario, le saliva il sangue alla testa a sentire Agata che, nella sua ingenuità, raccomandava alla Madonna i bambini di Immacolata che avevano preso il morbillo.

Ma quello che più preoccupava Giustina, era che Maria e Salvatore Orlando non si erano più visti dal giorno del funerale. Poteva significare solo una cosa, ma chi aveva il coraggio di parlarne a quella povera ragazza ancora così sconvolta?

Aveva appena finito di scrivere i biglietti, che il rumore della porta spalancata la fece sobbalzare.

«Che succede?»

«Zia, guardate qui, guardate che ho trovato nel cassetto della scrivania di papà!» Ruggero sventolava in mano delle carte, concitato, con gli occhi e il viso arrossati. «Papà era molto malato, gravemente malato. E non ci aveva detto niente. Quel telegramma ci aveva ingannato.»

Giustina si alzò e, senza una parola, prese in mano il foglio e cominciò a leggere.

«E quel telegramma...» continuò Ruggero, sempre più disperato. «Era *lui stesso*, papà, il malato a cui Minasi augurava una fine veloce e indolore.»

Fu assalito da un pianto convulso, un pianto che non poteva e non voleva frenare, come una liberazione da tutto il dolore che aveva dovuto tenere a bada per mostrarsi forte agli occhi di tutti.

Giustina si avvicinò a lui e lo strinse tra le braccia. «Adesso calmati e dammi il tempo di capire.»

Troppe emozioni toglievano ogni lucidità. Chiese al nipote di andare a prendere il telegramma. Nel frattempo rilesse con attenzione i fogli dell'ospedale. Ma sì, aveva ragione lui, era così, cosa c'era da capire? C'era anche scritto *Prognosi infausta.*

Quando Ruggero tornò con il telegramma lo rilessero insieme. Era chiaro: Domenico aveva scritto al collega, ma non voleva fargli sapere che era lui il malato e aveva chiesto un consulto sotto un nome falso.

"Benedetto uomo" pensò Giustina. "Non ci aveva detto niente. Perché?"

Ma poi le venne in mente l'atmosfera così felice e allegra degli ultimi mesi, la gioia di Costanza per il fidanzamento, l'eccitazione di Agata che, insieme alla figlia, correva da un negozio a un altro per comprare tutto quello che serve a una giovane sposa, e capì la nobiltà di quella scelta. A che sarebbe servito addolorare anche gli altri? Ma il telegramma, arrivato il giorno prima della festa di Costanza, doveva avergli tolto qualunque lucidità, facendolo improvvisamente crollare.

«Figlio mio, adesso lui riposa in pace e anche voi dovete accettare la sua morte con serenità. Era la volontà di Dio.»

Ruggero continuava a essere scosso dai singhiozzi.

«Mamma, Costanza... loro non sanno ancora niente...»

Giustina lo trattenne. In quelle condizioni era meglio che non parlasse ancora con la madre, anzi non era nemmeno sicura che fosse giusto dirglielo. Bisognava rifletterci su. Sapere che il marito aveva tenuto quel terribile segreto per sé e non l'aveva ritenuta capace di condividere il dolore, di stargli vicino e di aiutarlo, avrebbe potuto aggiungere strazio allo strazio. Non le pareva il caso di turbarla proprio adesso che, chiusa in sé stessa come a custodire il suo ricordo, sembrava aver trovato un po' di serenità, anche se forse solo apparente.

«Aspettiamo, aspettiamo ancora un po'.»

Invece furono subito d'accordo di andare a parlare con Costanza.

«Se tu venissi a conoscenza delle ragioni della *morte* di papà, pensi che potresti essere un po' più serena? Sarebbe meno pesante sopportare il dolore della sua assenza?»

«Di che parlate? Sapete qualcosa che io non so, mi avete tenuto nascosto un segreto?»

«Costanza,» disse Ruggero senza preamboli «papà era molto malato. Aveva un cancro. Una malattia che lo avrebbe devastato nel corpo e nello spirito. Non c'era nessuna speranza.»

«Un cancro!» Costanza sconvolta lo aggredì. «E tu, voi lo sapevate! Perché non me lo avete mai detto?»

«Come puoi pensarlo? Non è andata così, Costanza.»

Ruggero le spiegò come aveva trovato le carte e gliele porse perché lei potesse leggere con i propri occhi.

«Sì, lo so, ora ti senti tradita dal suo silenzio. Pure a me è successo appena l'ho letto, ma dopo ci ho riflettuto. Credo che papà ce l'avrebbe detto, era questione di tempo.»

Ruggero respirò a fondo, poi continuò a parlare.

«Ma poi è arrivato quel telegramma che ha decretato la sua condanna. Noi non possiamo immaginare la sua disperazione. Era già troppo in là con il suo contratto con la morte, per rendersi conto di andarsene proprio il giorno della tua festa.»

Prese la parola Giustina.

«Non sapremo mai, Costanza, cosa è scattato nella sua mente, però adesso almeno sappiamo che sarebbe morto comunque. E può essere una grande, anche se amara, consolazione.»

Costanza continuò a fissare quel foglio spiegazzato, quasi fosse la lettera d'addio del padre.

Dopo pochi giorni, da New York arrivò finalmente anche la missiva di Antonio Vitale, il più caro amico di Domenico. Agata ne fu contenta: era piena di affetto, rievocava amorevolmente la loro lunga amicizia e coglieva tutte le qualità morali e umane del medico.

Insieme, nella stessa busta c'era un altro foglio piegato in due su cui c'era scritto *Per Costanza*. Giustina lo andò a consegnare subito alla ragazza.

«Ecco, cara, un'altra lettera della tua amica da New York. Sarà quella giusta!»

Costanza quasi gliela strappò di mano e l'aprì.

New York, 25 settembre 1904

Carissima Costanza,
Siamo tutti ancora sconvolti e addolorati per la tragedia che vi ha colpito. Papà, prima di tutti, è in uno stato di prostrazione che puoi ben immaginare. Domenico era il suo più caro amico. Voleva prendere un piroscafo e venire e lo avrebbe fatto senz'altro, se avesse potuto farsi sostituire in ospedale.
Devo confessarti che più volte, in questi giorni, ho preso penna e calamaio, ma non trovavo le parole giuste e stracciavo il foglio. Poi mi sono detta che ero una stupida: tra noi non hanno mai contato le belle parole, ma i sentimenti. Ti vorrei abbracciare forte, come facevamo da bambine quando nella

grande sala buia di casa mia ci tenevamo strette per paura dell'uomo nero.
Qui i fatti di Messina arrivano, come penso tu immagini, un po' alla spicciolata, nel senso che i paesani ti informano a volte di notizie che hanno saputo di seconda e terza mano e diventa difficile stabilire la verità delle cose che ti vengono raccontate. Deve essere stato terribile per voi tutti. Guglielmo poi è ancora tanto piccolo!
Ricordo sempre con affetto tuo padre, che pur non essendo un vero zio si comportava come tale con me e mio fratello. Rammento ancora quell'estate che sono stata vostra ospite nella casa in campagna dei tuoi nonni. Quanti anni avevamo? Forse dieci. Te lo ricordi l'albero di noci dietro cui ci nascondevamo per non farci trovare? Tuo padre arrivava la domenica e ci voleva per forza insegnare il nome di tutte quelle piante e le loro proprietà medicamentose. Come ridevamo di quei buffi nomi latini, pensavamo che li inventasse lui. Che sciocche, eppure che spensierate eravamo. E quella volta che ti feristi alla testa saltando dal muretto che dava nel fienile? Non me lo posso dimenticare. Come si arrabbiò, tuo padre! E tu, invece di piangere, ridevi come una matta e scappasti via per non farti disinfettare. Porto tutto questo nel cuore come il tesoro più prezioso.
Come mi manchi, amica mia. Mi rasserena il fatto che tu abbia con te Alfonso. Da quello che mi hai scritto deve essere il più dolce dei fidanzati. Scrivimi, mi raccomando, anche tutti i giorni, se senti il bisogno di parlare con me.
Ti abbraccia con affetto la tua amica Giuseppina

7

«Perché non vai a trovare i tuoi amici al campo di football e ti porti anche Costanza? Figlio mio, vedi di convincerla.»

Ruggero la guardò stupito.

«Lo so, so bene quello che ho sempre detto.»

Agata non avrebbe mai immaginato di dover essere proprio lei, un giorno, a chiedere che Costanza frequentasse quel maledetto campo sportivo, dopo tutte le lotte che aveva fatto nel passato per tenerla lontana! Ma la vedeva sempre più scontrosa, chiusa nel suo dolore, un dolore che la stava consumando. Se per lei, alla sua età, era naturale, non lo era per una ragazza con tutta la vita davanti.

Il campo da calcio era l'unica possibilità per farla svagare senza sollevare pettegolezzi. Non poteva andare a teatro né in alcun luogo pubblico, erano passati solo sei mesi. Non disegnava più, e dire che lo faceva con tanto piacere. Che ne doveva fare di quella figlia sua? Non vedeva più le amiche e solo il fidanzato riusciva a smuoverla un po', e brevemente, dalla sua malinconia.

Forse era vero quello che ripeteva Domenico: tutti quei tedeschi, svizzeri, inglesi che si erano stabiliti a Messina e avevano dato lavoro a tanta gente, erano stati una fortuna per la città. Ed erano stati loro a portare quel gioco che faceva tanto appassionare i giovani, compresi i suoi figli. Al campo di football, frequentato solo da stranieri, non avrebbero neanche notato la presenza di Costanza durante il lutto: e ora le sembrava una vera benedizione, l'unico posto dove sua figlia potesse recarsi senza i giudizi delle malelingue.

«No, non voglio andare» sbottò Ruggero. «Accidenti! Vai di qua, vai di là. Basta. A me non pensi? Lasciami in pace, e lascia stare pure lei!»

Poi, invece, si fece forza e in una mattina di marzo piena di sole chiese a Costanza di accompagnarlo al campo Raineri in viale Libertà. Le disse che non se la sentiva di andare da solo, dopo tutto quel tempo. Era sicuro che si sarebbe opposta, e invece lei inaspettatamente accettò. Sperava di incontrare Alfonso. Erano giorni che non si faceva vedere a casa: si doveva essere offeso perché lei era sempre triste, malinconica e restia a dimostrargli il suo amore. Voleva cogliere l'occasione per chiedergli scusa. Non meritava di essere trattato in quel modo.

In silenzio si avviarono lungo la strada che costeggiava il mare, ognuno immerso nei propri pensieri.

A Ruggero faceva uno strano effetto tornare lì: era come incontrare il sé stesso di allora, quel ragazzo pieno di vita che era stato un tempo, e aveva paura che i compagni, vedendolo così diverso, lo avrebbero trattato come un estraneo. Di certo l'avevano sostituito perché, anche se la loro era solo una squadra di dilettanti, tutti speravano prima o poi di essere chiamati a giocare nel Messina. Si era commosso vedendoli al funerale insieme a Huleatt e a Oates, rispettivamente l'allenatore e il segretario del Messina Football Club; e persino un marinaio inglese con cui aveva disputato qualche amichevole giù al porto, era stato presente alla cerimonia funebre in rappresentanza della squadra.

Alcuni compagni erano anche venuti più volte a trovarlo. Ma, seduti a disagio nel salotto in penombra dove si conversava a bassa voce come in una chiesa e si respirava aria di chiuso, di rosolio per signore, sembrava strano parlare di calcio. Così, pian piano i discorsi cadevano, e le visite si diradarono sempre più.

Li scorsero da lontano: i giocatori erano tutti già in campo, seduti a terra per infilarsi i gambali di legno. Appena li videro, abbandonarono i gambali per terra e gli corsero incontro, salutando Ruggero con grandi pacche sulle spalle. Speravano che fosse tornato per riprendere gli allenamenti, ma lui scosse la testa in un diniego che gli costò molto. Si girò verso Costanza, preoccupato, ma rimase sorpreso quando la vide rispondere sorridente alle loro premure. Il suo viso pallido, magro, sciupato, gli sembrò d'un tratto riacquistare colore, tornare più giovane, come prima. Un miracolo.

I ragazzi cominciarono a parlare della coppa Whitaker che si sarebbe disputata il mese dopo a Palermo. Era un peccato, dissero, che lui e Costanza non avessero potuto assistere agli allenamenti del Messina.

Costanza, distratta, guardava verso gli spogliatoi. A un tratto scorse Alfonso. Si stava avvicinando a passi lenti, dal fondo del campo. Senza dire nulla, Costanza corse verso di lui.

«Chi gioca?» chiese Ruggero.

«Come, non lo sai? Ma dove vivi?» intervenne senza tatto Giusti, sistemandosi i calzoncini.

Ruggero fece un sorriso sconsolato mentre un compagno, lanciando un'occhiataccia a Giusti, intervenne pronto: «Carter, Vaccaro, Oates, Cannestracci, Ferrario...».

Ma si arrestò quando si accorse che Ruggero non lo ascoltava più. Stava seguendo con lo sguardo Alfonso e Costanza che, appartati sotto l'unico albero in fondo al campo arido, parlavano fitto fitto. C'era qualcosa nella postura rigida di entrambi che non lo convinceva.

Poi Alfonso gridò un saluto da lontano e si avviò all'uscita, mentre Costanza restò immobile.

«Non puoi perdere questa occasione! Si dice in giro che il Messina cerchi nuovi giocatori per la prossima stagione.»

«Scusatemi» disse Ruggero.

Mentre i compagni lo guardavano interdetti, attraversò il campo di corsa per raggiungere il cognato, che però era sparito. Tornò verso Costanza, e si accorse che piangeva a dirotto.

«Che è successo, Cocò?»

«Niente. Litigi tra noi.»

Nessuno seppe mai che cosa si dissero.

§

Nel salotto Costanza avvertì un olezzo di fiori appassiti, come fossero ancora lì dal giorno del funerale. Era una sensazione della sua mente o davvero quell'odore sgradevole non se ne sarebbe mai più andato?

Guardò zia Giustina, la mamma, Ruggero, ognuno apparentemente impegnato in qualche occupazione che fingevano li assorbisse. Capì che il suo ingresso li aveva interrotti: stavano parlando di lei.

«Alfonso ha ritirato la promessa di matrimonio» disse con tono incolore.

Ci fu un attimo di silenzio.

La madre si alzò in piedi di scatto, facendo cadere a terra il ricamo. Si avvicinò per cercare di cingerla in un abbraccio, ma Costanza si sottrasse, indietreggiando rigida.

Ruggero chiuse il giornale e si alzò anche lui.

«Lo sapevamo già, Costanza. Stamattina si è presentato il fratello del padre, mentre noi eravamo al campo da football, e ha comunicato a nome della famiglia la loro decisione di sciogliere il fidanzamento.»

Guardò la sorella e poi abbassò lo sguardo: «Mi dispiace».

«Dei vermi, ecco cosa sono, vermi! E si fingono pure cristiani!» esplose la zia Giustina, rossa di rabbia.

«Zia, calmatevi.» Agata si scosse dal suo abituale torpore.

«Non hanno neanche avuto la decenza di venire personalmente, per paura dello scandalo! Eh già, non se la sentivano d'imparentarsi con una famiglia dove, si dice, il padre si è suicidato! Ma quando si trattava di imparentarsi con la figlia del professor Andaloro, uno dei medici più importanti di Messina, allora sì!» continuò Giustina sempre più agitata. «E Alfonso… che delusione! Aveva ragione tuo padre… È un giovane senza spina dorsale che non ha avuto il coraggio di ribellarsi ai suoi genitori!»

«Non dite queste cose, non le voglio sentire!» Costanza si portò le mani alle orecchie.

Agata scoppiò a piangere.

«Su, mamma, anche tu, calmati.»

Ruggero, palesemente scosso, girò lo sguardo fuori dalla finestra per nascondere il suo disagio.

«Avete letto che è morto Giulio Verne?» Costanza prese in mano il giornale per cercare l'articolo. Lo aprì, lo sfogliò e lo sbatté sul tavolo. «Ci sono notizie più importanti di cui parlare, piuttosto che la rottura del mio fidanzamento!»

Agata rivolse uno sguardo pieno di preoccupazione a Giustina e, facendo uno sforzo per ricomporsi, con un filo di voce chiese: «Cara, dimmi, che ti ha detto Alfonso?».

«Non sono cose che vi riguardano.»

«Certo, Alfonso avrebbe potuto...» intervenne Ruggero, avvicinandosi alla sorella.

«Sì, anche papà "avrebbe potuto"» lo interruppe Costanza.

«Che dici? Che c'entra adesso nostro padre?»

«Niente, Ruggero. Sono stanca, vado a dormire.»

Costanza sbatté con forza la porta, corse in camera ed entrò proprio nel momento in cui gli uccellini nell'orologio che le aveva regalato Alfonso avevano iniziato a muoversi e a cinguettare le otto. Indispettita, prese la gabbietta appesa al muro e la scaraventò con violenza per terra. Ci fu un leggero ronzio a vuoto, poi il meccanismo si bloccò.

8

Mentre attraversava Porta San Camillo, diretto all'Università, Ruggero si tastò la giacca per assicurarsi di avere preso il libretto universitario. Quella mattina aveva la testa altrove. L'esame di Filosofia del diritto non gli destava nessuna preoccupazione, lo passavano tutti; ma allora perché quella sensazione di vuoto allo stomaco che provava da quando si era svegliato? Era inutile mentire a sé stesso. Era nervoso al pensiero dell'incontro con zio Corrado. Si accese una sigaretta. Riprese a camminare e, alla fine di via della Neve, invece di proseguire per corso Cavour girò a sinistra per le strade interne meno chiassose. Come si doveva comportare? Doveva lasciare allo zio il tempo di spiegare perché si erano dileguati, lui e tutta la famiglia, o lo doveva affrontare di petto? Non gli andava di litigare con lui, almeno fino a che non avesse capito. In verità era addolorato, molto addolorato per quel suo atteggiamento incomprensibile e, mentre svoltava per via dell'Università, capì che era dolore quel senso di vuoto allo stomaco, non ansia.

L'esame andò a gonfie vele, addirittura meglio di quanto aveva sperato: con la carica di adrenalina che aveva in corpo non la smise un attimo di parlare. Con in tasca il suo bel ventotto, il voto più alto che avesse mai preso, si sentì più sicuro e si avviò sereno a incontrare lo zio.

Corrado non lo aveva visto arrivare, tutto intento a scrutare il cielo e a chiedersi probabilmente se aprire o no l'ombrello per quelle poche gocce di pioggia. Si erano dati appuntamento alla fontana dei giardini di Villa Mazzini, che quel giorno, con il tempo così nuvoloso, erano quasi deserti.

«Allora, giovanotto, non ho tempo da perdere. Che avevi di tanto urgente da dirmi? Sentiamo.»

Quel tono brusco lo smontò. Era lui l'offeso. Decise che non era il caso di fare giri di parole.

«Zio, ho da chiedervi questo: perché non vi si è più visti a casa? Zia Immacolata disse che erano malati i bambini. E voi, e Francesco, tutti malati? Un'epidemia improvvisa durata tutto questo tempo?»

Corrado lo fissò rosso in viso, poi esplose.

«E hai il coraggio di chiedermelo! Non ti vergogni di quello che avete fatto? Domenico si è suicidato! E a me, a me che ero un fratello per lui, che ho pianto giorno e notte quando l'ho saputo, l'avete tenuto nascosto come fossi l'ultimo degli estranei! Tutta la città mormora, fa illazioni e io lo sono venuto a sapere nientemeno che al circolo!»

Aveva alzato talmente la voce che i pochi passanti si erano voltati a guardarli. Troppo infuriato per contenersi, girò sui tacchi e se ne andò, camminando a passo spedito per smaltire la rabbia. Aveva superato a stento la statua di Mazzini che cominciò una pioggia fitta. Si fermò per aprire l'ombrello e allungò lo sguardo in direzione del nipote. Era ancora lì, dove l'aveva lasciato, immobile, senza ombrello. Ah, i ragazzi! A passo lento tornò indietro.

Ruggero era rimasto lì, appoggiato alla ringhiera a fissare l'acqua nella vasca. Non sapeva che fare. Non aveva pensato a questo. Sì, forse aveva sbagliato a dar retta a zia Giustina e a non dirgli niente. Lei gli aveva fatto credere che, se avesse saputo, di sicuro sarebbe scomparso come tutti gli altri o, peggio, avrebbe diffuso sui giornali la notizia che si era suicidato per una grave malattia, e questo ne avrebbe infangato la memoria.

Ma lo zio non era come gli altri. Era stato uno stupido a pensarlo.

«Che fai qui, non vedi che piove, che ti stai bagnando tutto?» Corrado si accostò al nipote per ripararlo con il suo ombrello. Restarono lì a guardare le anatre che continuavano a galleggiare, indifferenti alla pioggia.

«Scusa, Ruggero, non mi dovevo alterare in quel modo. Mi dispiace.»

«No, zio, avete ragione. Ho sbagliato io. Mi dovete perdonare. Solo ora mi rendo conto.»

«Tu non sai nemmeno che ho dovuto fare per proteggervi!» disse allora Corrado. «Certi cronisti, naturalmente non del *Gazzettino*, avevano intenzione di scrivere articoli pieni di insinuazioni sul fatto che si era suicidato. Che, con il funerale in chiesa, si era commesso sacrilegio e altre cose che neanche ti immagini. Per fortuna sono venuto a saperlo in tempo e li ho minacciati di querele se avessero pubblicato quelle schifezze.»

Per un po' tacquero.

«Ma spiegami,» riprese Corrado «è vero che non siete venuti a capo di niente? Un raptus, che altro? So che non ha lasciato nulla di scritto...»

«Era malato, zio. Aveva un cancro.»

Corrado aggrottò la fronte.

«Cosa? Mio Dio!»

«Sì, un cancro alla laringe. Non c'era nulla da fare. Si era rivolto persino a una prestigiosa università americana.»

Gli raccontò del telegramma, di come avessero scoperto tutto, della lettera di Michele Minasi che era arrivata a conferma definitiva.

«Poveraccio, anche il dottor Minasi» aggiunse Ruggero. «Si sarà sentito responsabile del suicidio. Erano così legati... Non aveva capito che il nome del paziente era falso, e che invece si trattava di lui. Papà non voleva diagnosi pietose.»

Corrado restò in silenzio. Ruggero non capiva se il suo viso fosse bagnato da lacrime o da gocce di pioggia.

«Che coraggio ha avuto ad affrontare tutto da solo! Un colpo, e ogni cosa finisce. Non era uomo da compromessi. Domenico era fatto così. Era una persona che si spendeva tutta per il bene degli altri. Credo che lo abbia fatto più per voi che per non soffrire. Ma chi può dirlo?»

«Già.»

«E tua madre, come ha reagito?»

«Non lo sa ancora. Non abbiamo avuto il coraggio di darle questa ennesima brutta notizia.»

«Avete fatto male, povera donna. La verità è sempre la migliore strada. Se vuoi glielo diciamo noi, io e Immacolata. È il minimo che posso fare, adesso, per voi.»

Ormai pioveva a dirotto. Fece segno a Ruggero e si incamminarono. «Mi dispiace di non essere più venuto. Che idiota sono stato, ma ero così amareggiato per il vostro comportamento...» Gli diede una pacca sulla spalla. «Su, su, ragazzo, ora tirati su.» Guardò l'orologio. «Ho ancora un po' di tempo. Andiamoci a mangiare un boccone da don Peppe. Che ne dici? Sta a due passi. L'ho incontrato un paio di settimane fa ed era dispiaciuto di non avermi più visto. Sai, ci andavamo spesso con tuo padre. Mi ha fatto promettere che sarei tornato e proprio ieri ha mandato un suo ragazzo al giornale per avvisarmi che oggi gli arrivavano le cozze di Ganzirri. Ti piacciono, no? Quelle che mangiavamo ai bei tempi, quando andavamo al lago.»

Ruggero sorrise.

«Forza, andiamo» riprese Corrado. «Nel frattempo raccontami come vanno le cose a casa.»

Corrado lo lasciò parlare rimanendo in silenzio, capiva che aveva bisogno di sfogarsi con qualcuno. Gli fece pena. Fino ad allora la sua vita era stata quella di un ragazzo spensierato, coccolato dalla famiglia, il cui unico dovere era studiare. E da un momento all'altro la sua vita era cambiata, come fossero passati chissà quanti anni e lui fosse diventato un uomo maturo. Anche fisicamente non era più lo stesso. Dov'erano finiti l'andatura dinoccolata, l'atteggiamento fiero, spavaldo della testa, lo sguardo curioso che sembrava cercare intorno sempre cose nuove da scoprire? Soprattutto, la luce limpida che animava il suo sguardo si era spenta.

Dopo che il garzone ebbe sparecchiato, don Peppe, con il suo sorriso franco e l'andatura dondolante, venne di persona a portare al tavolo due bicchierini di quell'arancello al pistacchio che faceva lui. Corrado sorseggiò con gusto il liquore.

«Lo sai, Ruggero, che questo signore qui, da giovane, faceva il cuciniere a casa di tuo nonno? È vero, don Peppe? Diteglielo voi.»

«Altroché, a vostro padre lo conoscevo che portava i calzoncini corti. Che brav'uomo, il dottore! Così alla mano. Dovete esserne fiero, sempre pronto ad accorrere quando mia moglie stava male. L'ha curata come fosse una sorella e l'ha rimessa in piedi che è una meraviglia. Mi dispiacque tanto, credete, quando lo seppi.»

Ruggero lo ascoltava in silenzio, cercando qualcosa da dirgli mentre lui continuava a fissarlo con il suo sguardo lucido e penetrante.

«Permettete a un vecchio che è stato servitore della vostra famiglia la libertà di darvi un consiglio: i morti, è inutile stare chiusi in casa a piangerli. Che se ne fanno delle lacrime? I morti bisogna solo ricordarli, perché così si fanno vivere ancora. Lo dico sempre ai figli miei. Quando non ci sarò più, non state a piagnucolare, chiusi nelle vostre stanze come delle femminucce. Perciò pure a voi, vi dico: parlate, parlate di vostro padre. Sentite a me. Fa bene a voi e fa bene a lui. Raccontate quello che diceva, quello che faceva, non seppellite il suo ricordo.»

Ruggero bevve tutto d'un fiato l'arancello. Quel vecchio che non aveva mai visto in vita sua, un uomo umile, era stato l'unico che era riuscito a trovare le parole giuste, le parole che gli erano andate dritte al cuore. Era vero. Lui, ma non solo lui, tutta la famiglia, evitava di parlare del padre. Era forse perciò che erano tanto infelici?

Corrado gli sorrise. Tamburellò con le dita sulla tavola. «Ruggero, mi dispiace, mi dispiace, credimi, di avervi lasciati soli. Immacolatella... pure a lei, la devi capire. Voleva venire, ma poi non ce l'ha fatta. Non tutti sono forti di fronte a una casa dove è passata la morte. Molti scappano, come se potessero essere contaminati. È una donna così buona, ma fragile.»

Restò per un attimo in silenzio.

«E poi, quando ha saputo del suicidio… aveva paura di fare peccato mortale. Si è fatta condizionare da Antonino e da tutte le sue frottole. Ma, forse, è stata anche colpa mia.»

Corrado si alzò per pagare il conto e Ruggero lo seguì. Prima di salutarsi, si abbracciarono stretti sulla porta dell'osteria.

9

Inginocchiata su una panca, nell'angolo più buio della chiesa dell'Annunziata, Giustina accese un cero alla Madonna e la pregò di farle una grazia. Le raccontò le sue pene come se la Vergine Maria potesse fare qualcosa, ma in realtà non ci credeva nemmeno lei. Nella sua famiglia miracoli non ce n'erano mai stati: sventure sì, quante ne volevano. Il padre ucciso da un garibaldino, lei vedova dopo solo cinque anni di matrimonio, senza neanche la consolazione di un figlio. Ma era inutile piangere sul passato. Adesso bisognava affrontare problemi più impellenti. C'era sua nipote, il pensiero più doloroso. La vedeva dimagrire giorno dopo giorno, e i suoi movimenti, già privi di grazia, si erano fatti ancora più bruschi. Che ne sarebbe stato di lei! Carmelina le aveva riferito che in città si sussurrava, ma di che cosa non le aveva detto. La gente fa presto a malignare. Continuando così sarebbe rimasta zitella, chiusa in quella casa diventata tanto lugubre, o forse sarebbe finita alla Villa di Salute. Agata, dal canto suo, era capace solo di piangere e di commiserarsi e Ruggero, povero ragazzo, si era dovuto sobbarcare fin troppe responsabilità. Era passato già un anno, ma per la sua povera nipote non era cambiato niente. A un tratto le apparve chiaro come il sole che Costanza non poteva restare a Messina: doveva essere mandata via, in un'altra città, dove nessuno la conoscesse e dove lei potesse ricominciare a vivere.

Continuò a pregare intensamente. E a un tratto, come un'illuminazione della Vergine, le venne in mente cosa doveva fare. Si alzò di scatto, dimentica dei suoi dolori alle ginocchia, si fece il segno della croce in tutta fretta, e uscì vispa vispa dalla chiesa.

§

Costanza negli ultimi mesi si era fatta ancora più silenziosa. Trascorreva molto tempo chiusa nella sua stanza con la scusa di leggere o scrivere; poi da un giorno all'altro aveva preso l'abitudine di vagare per la città, scortata da Carmelina che non riusciva mai a stare al passo con lei. Si trascinava dietro il fratellino immusonito e piagnucoloso, che sembrava l'unico verso cui mostrasse un sentimento di affetto. Quel giorno, per farlo contento, erano saliti sul tram diretto a Torre Faro. Costanza si era seduta e Guglielmo le era saltato in grembo.

Quante volte suo padre l'aveva tenuta sulle ginocchia, mentre lei respirava il piacevole aroma di tabacco che impregnava la sua camicia, la giacca e tutta la sua persona, per sfogliare insieme lentamente le pagine di un libro? Cinque, dieci, venti volte? Non le stava certo a contare. E adesso, invece, cosa avrebbe dato per ricordarsi tutte le volte che era successo.

Ricordava però con esattezza quando una mattina in cui faceva molto caldo lui la fece scendere dalle ginocchia perché doveva scrivere e, con lei in braccio e quel caldo afoso, non ce la faceva.

«Che cosa scrivi?» gli aveva chiesto un po' dispiaciuta.

Lui aveva posato la penna dal pennino d'oro, attento a non macchiare il foglio, si era tolto gli occhiali e, facendole una carezza, le aveva detto che raccoglieva notizie su una bella principessa che si chiamava Costanza, per farne un libro.

«Allora sono io!» aveva esclamato contenta.

«No, non sei tu, Cocò. È una donna che è vissuta tanto tempo fa, di grande temperamento, e si chiamava come te. Anzi, per dire la verità, sei tu che ti chiami come lei, in suo onore. Le somigli anche un po'. Era una principessa normanna e i normanni erano tutti biondi con gli occhi chiari. Tu discendi sicuramente da loro. E anche la mamma. Io e Ruggero invece no, apparteniamo a un'altra razza. Chissà, forse siamo arabi» aveva aggiunto ridendo.

Preoccupata, aveva guardato con attenzione gli occhi e i capelli scuri del padre. Il terrore si era impadronito di lei. Suo padre apparteneva a un altro popolo, un popolo nemico, forse, e sarebbe andato via con Ruggero e lei sarebbe restata sola con la mamma. Era scoppiata in un pianto dirotto.

Suo padre aveva sempre rievocato questo episodio, chiedendole ogni volta meravigliato perché mai si fosse messa a piangere. E lei aveva sempre finto di non ricordare, pur sapendo che per tutta la sua infanzia si era sentita in dovere di essere all'altezza di quella principessa che portava il suo nome.

Quando, anni dopo, ebbe una figlia, le diede un nome semplice, un nome senza nessuna risonanza.

Il campanello del tram suonò per la fermata e Costanza si accorse che stavano passando davanti alla casa dove lei e Alfonso avrebbero dovuto trascorrere le loro estati. Gli Orlando l'avevano promessa al figlio per il matrimonio.

Decise di scendere, voleva scoprire cosa avrebbe provato rivedendola. Le sembrava essere diventata impermeabile a qualunque emozione, si sentiva svuotata. Avvertiva una strana indifferenza verso tutto. Non ricordava cosa significasse essere innamorati. Era un po' come quando d'inverno, al gelo, si ripensa al caldo soffocante estivo: lo si ricorda sì, perché si è vissuto, ma non si sa più com'è, non si riesce a far rivivere quella sensazione. Per lei, ora, era sempre inverno.

Si fermò davanti al cancello.

Le piaceva il silenzio del luogo, la quiete della campagna dove il frastuono del porto arrivava attutito dalla distanza, come un indistinto piacevole suono. Quelle eleganti dimore che si inerpicavano lungo la strada fino a Villa Pace sembravano promettere una vita libera d'affanni.

Un uomo saliva lungo la collina, lo sguardo rivolto ai vigneti che si estendevano ai bordi della strada. Era Alfonso. Lo riconobbe dall'andatura dinoccolata di chi trova difficoltà a tenere a freno le gambe troppo lunghe.

Costanza si fermò e strinse più forte la mano di Guglielmo. Mentre cercava di ricacciare indietro le lacrime e respirava piano per calmare i battiti del cuore, si rese conto che aveva mentito a sé stessa: era andata lì nella speranza di incontrarlo. E non era vero che non provava più emozioni.

Alfonso si girò, la vide e subito affrettò il passo per andarle incontro. Fermi uno di fronte all'altra si guardarono negli occhi. Fu lui il primo a distogliere lo sguardo.

«Guglielmo voleva fare una gita in tram e ora stiamo tornando a piedi. È una così bella giornata!»

«Sì, magnifica.» Alfonso non riusciva a trovare le parole.

«Stavi entrando in casa?» chiese Costanza.

«No... cioè sì. Vuoi... vuoi venire anche tu?» fu tutto quello che gli venne da dire.

Lei non rispose. Rievocava con la mente tutti i loro momenti di tenerezza, la felicità che aveva provato.

«Costanza, io non volevo» balbettò. «Lo sai. Ma mia madre... Potremmo aspettare... vedere se col tempo...»

«Allora, ti saluto» ribatté Costanza senza nemmeno un accenno di sorriso. Con gesto energico gli porse la mano. Alfonso la trattenne tra le sue, ma lei la ritrasse di scatto.

«Guglielmo, è tardi. Andiamo!»

Prese per mano il fratellino e a testa bassa se lo trascinò dietro.

«Cocò, mi fai male! Perché mi tiri così? Ma che fai, piangi?»

§

Carmelina pensava che donna Giustina, come la chiamava lei, stesse per ammattire: alla sua età aspettava la posta con la stessa trepidazione di una fidanzatina. Ogni giorno le chiedeva se il postino fosse passato e, non contenta, la faceva scendere giù dal portiere a vedere se avesse ricevuto lui qualche lettera.

«Chi volete che vi scriva?» le rispondeva con impertinenza, ma poi si passava le mani su uno strofinaccio e, sbuffando, ubbidiva. In quella casa non ce la faceva più, aveva pensato persino di tornarsene a Roccalumera, da quella bisbetica di sua zia che aveva avuto la bella idea di farla venire fino a lì, in Sicilia. Nessuno aveva apprezzato che lei fosse rimasta con loro dopo quello che era successo, senza scappare a gambe levate. Se non lo aveva ancora fatto era perché provava pena per Guglielmo, povera anima di Dio. Quella creatura aveva ripreso a bagnare il letto e gli era venuta pure a lui la paura dei fantasmi. La notte, a una certa ora, lo sentiva che si trasferiva nella camera di Ruggero o di Costanza.

Alla fine una lettera arrivò veramente. Aveva i timbri di posta americana ed era indirizzata non a Giustina, ma a Costanza.

«Dalla a me, gliela porto io!» gridò Giustina quasi strappandola di mano alla cameriera.

«Ma perché, io non gliela sapevo portare? *Vabbuò*, fate come volete», esclamò Carmelina porgendole la busta con malagrazia. Temeva che Giustina non gliel'avrebbe data, a quella povera figlia. Se la sarebbe letta lei e poi l'avrebbe strappata.

Costanza era seduta davanti alla sua scrivania di acero bianco e sfogliava un vecchio quaderno.

«Tieni, c'è una lettera per te. Da New York.» Sua zia era tutta eccitata.

Costanza la prese, se la rigirò tra le mani, poi la poggiò sulla scrivania.

«Non l'apri?» la incalzò Giustina.

«Dopo. Non sarà niente di urgente. Grazie.» E ritornò a sfogliare il quaderno.

Giustina, sconfortata, uscì dalla stanza. Appena rimase sola, Costanza prese lo sfogliacarte e aprì la lettera.

New York, 3 novembre 1905

Cara Costanza,
è tanto tempo che non ho tue notizie. Alle mie ultime lettere non ho ricevuto risposta: non so se sia dipeso dalle poste o se tu non abbia avuto voglia di scrivermi. Nel qual caso, mi guardo bene dal fartene una colpa.
Mi chiedevo che stesse succedendo ed ero molto preoccupata per te, quando mi è giunta notizia della rottura del tuo fidanzamento. Ne sono tanto addolorata, e posso solo immaginare la tua sofferenza. Vorrei esserti vicina, come un tempo, e mi manchi.
New York è una città elettrizzante, ma io ho sempre nel cuore Messina. Ho sofferto molto quando sono andata via, questo lo sai, e odiavo mio padre che ci ha costrette a seguirlo all'altro capo del mondo. Ma ora mi sono abituata a vivere qui, aiuto papà al Columbus Italian Hospital ad accogliere gli immigrati e ti devo confessare che è un lavoro che mi piace assai.
Questo per dirti, cara Costanza, che si può rimanere legati al passato, mantenere nel proprio cuore i più cari ricordi, ma nello stesso tempo non chiudersi alle possibilità che la vita ci riserva, specie quando si è giovani come noi. Ed è per questo che ti faccio questa proposta: perché non mi vieni a trovare? Sono sicura che ti farebbe bene per recuperare la serenità che hai perduto.
Ne ho parlato con mamma e papà e loro sarebbero ben felici di averti con noi, per tutto il tempo che vorrai. Qui a New York non c'è famiglia italiana che non ospiti almeno un conterraneo. E poi sai quanto mio padre fosse legato al tuo. La casa nuova dove ora abitiamo è più spaziosa e, tra l'altro, Federico

se ne andrà a vivere tra poche settimane a Los Angeles, perché è stato assunto come ingegnere nella Società Ferroviaria: tu potresti sistemarti comodamente nella sua stanza. È piccola, ma piena di luce. E cerca di venire per la primavera, perché New York in questa stagione diventa bellissima e si riveste di verde.

Per come ti conosco, così forte e coraggiosa, sono sicura che accetterai il mio invito e che ti aprirai a questa nuova avventura. Aspetto con ansia la tua risposta.

La tua amica Giuseppina (che qui tutti conoscono come Jo, proprio come una delle sorelle di Little Women, *un libro bellissimo che ho appena letto).*

Costanza conservò questa lettera per tutta la vita.

10

«Ma sei sicura che sia al mercato? Una ragazza non va da sola al mercato. A quest'ora, poi, è chiuso» disse per l'ennesima volta zia Giustina.

L'orologio a pendolo nel salotto aveva da poco battuto le due e mezza. La tavola era già apparecchiata di tutto punto nell'anticucina, dove ormai avevano preso l'abitudine di pranzare, le mosche cominciavano a girare intorno alla *muschera* che copriva il pane e Costanza non era ancora rientrata. Carmelina l'aveva persa di vista tra la folla all'altezza della pescheria.

Agata si sporgeva dal balcone di pietra per scrutare le sagome delle donne che man mano si avvicinavano; sperava di vedere spuntare da sotto uno di quei cappellini il volto di sua figlia. Ma non era facile, c'era una tale confusione in strada! Era appena arrivato il *ferribot*.

«Sono passate tre ore da quando è uscita» incalzò zia Giustina.

«So anch'io che sono passate tre ore, zia!» sbottò Agata. Chiuse i vetri irritata e tornò di nuovo nella camera di Costanza, quella esposta più a sud, dal cui balcone si vedevano meglio il chioschetto e l'ingresso del mercato di ghisa.

Sentì bussare alla porta, ma era Carmelina. La domestica,

tutta ansimante, scosse la testa come a dire che non l'aveva trovata.

«Niente! Non ci sta da nessuna parte. Non è stata colpa mia, ve lo giuro, all'improvviso è scomparsa. C'era tutta quella gente... Giusto oggi che avevo fatto la pasta *'ncasciata* che le piace tanto! Si sarà fatta tutta molla.»

«Non sta al mercato» intervenne Ruggero. «Penso di sapere dove trovarla.»

Agata sospirò. Era tormentata dai presentimenti sinistri, aveva paura che Costanza avesse aperto la porta e se ne fosse andata per sempre. Che le fosse venuto in mente qualcosa. Quante volte aveva sentito lo sguardo freddo di sua figlia posarsi giudicante su di lei mentre, seduta sulla poltrona, fingeva di leggere per essere libera di rintanarsi nei suoi pensieri. Solo ora si rendeva conto che aveva sbagliato: dopo la morte del padre non aveva mai saputo trovare le parole giuste da dirle. Ma ce n'erano? Se le avesse sapute le avrebbe dette a sé stessa per prima. In quel lungo periodo, sfuggire alla realtà e rifugiarsi nei ricordi era diventato l'unico sollievo al dolore e aveva lasciato, così, che zia Giustina assolvesse al posto suo al compito di madre. E quando Alfonso aveva rotto la promessa di matrimonio, allora si era sciolta in lacrime, aveva cercato di confortarla, ma si era sentita respinta. Troppo tardi, le dicevano le labbra serrate di sua figlia. In apparenza sembrava che a Costanza fosse importato poco della rottura del fidanzamento. Non piangeva, non lo nominava mai e, se qualcuno osava accennare al fatto che Alfonso fosse ancora libero, non avesse messo gli occhi su nessun'altra, se ne usciva dalla stanza sbattendo la porta. Ma lei leggeva nell'animo di sua figlia, e sapeva quanto soffriva.

Ruggero si fece largo tra i carretti e si incamminò veloce oltre il mercato, verso il porto. Passò davanti alla statua del dio Nettuno e si diresse verso il molo da dove partivano i vapori per l'America. Sapeva quanto Costanza amasse andare a guardare le navi e la scorse da lontano, sulla banchina, seduta su una cassa di legno che guardava il transatlantico allontanarsi in mare aperto. Nella desolazione dopo la partenza del bastimento erano rimasti solo gli uomini del porto che pulivano il sudiciume con le ramazze e qualche contadino spaesato che ancora stava lì a sventolare un fazzoletto.

Le si sedette accanto. Per un po' stettero zitti a guardare la nave scomparire all'orizzonte.

«Ti ricordi» disse Costanza «quando papà ci portò ad accogliere quel suo amico, come si chiamava? Quel medico che tornava dall'America?»

«Certo che me lo ricordo. Era proprio Minasi» tentennò per un istante «quello che ha inviato il telegramma.»

«Lo odio, quell'uomo.»

«Lo so, non hai nemmeno voluto leggere la sua lettera di condoglianze. Ma non dire così, non essere ingiusta. Che ne poteva sapere.»

«Lo odio lo stesso.»

«Comunque» riprese Ruggero «quel giorno papà ti prese sulle spalle per farti vedere l'arrivo della nave. Ti mettesti a piangere a dirotto quando all'improvviso suonò la sirena e la folla cominciò a urlare e ad applaudire.»

«Sì, mi fece paura. La gente, non la sirena. La sirena mi piaceva. Quanti anni avevo allora?»

«Mah, forse eri più piccola di Guglielmo. Sì, non dovevi avere più di tre, quattro anni.»

Ruggero abbassò lo sguardo sulle mani pallide di Costanza, segnate da due piccole ferite intorno alle unghie rosicchiate. Non l'aveva mai fatto, di mangiarsi le unghie.

«Papà non si è mai preoccupato del fatto che eravamo piccoli e ci potevamo spaventare. Ci teneva tanto a farci vedere e conoscere tutto. *Sempre in prima fila nella vita*, diceva, *ricordatevelo.*»

«Non mi posso dimenticare di quella volta che lasciò che mi tagliassi con il temperino, senza togliermelo di mano. Certo, non lo toccai più dopo allora.»

«E quando ci portava sull'Etna, te lo ricordi?» aggiunse Costanza mentre senza rendersene conto sorrideva. «Camminavamo per ore e ore. Ancora mi restano i segni dei graffi che ci facevamo alle gambe tra i cespugli. Ma non gliel'ho mai detto. E ti ricordi quando ci fabbricò l'aquilone che si lacerò subito, al primo colpo di vento?»

«Almeno ci restano i ricordi» disse Ruggero con un filo di voce. «Guglielmo non ha nemmeno quelli.»

Restarono zitti, ciascuno immerso nei propri pensieri.

«Secondo te papà avrebbe voluto anche lui andare in America come Vitale e Minasi?» chiese dopo un po' Costanza.

«Com'è che ti viene in mente adesso?»

Lei non rispose. Mentre tirava una boccata di fumo, Ruggero pensò a una scena che ricordava bene: i suoi genitori che litigavano chiusi nello studio. Era insolito che alzassero la voce.

«Aveva preso accordi con l'Università di Yale» disse. «Sarà stato più o meno due anni fa, verso la fine del 1903.» Si interruppe. «Se ben ricordo gli avevano proposto un incarico per un semestre. Ma la mamma non volle.»

Ruggero le passò la sigaretta e Costanza fumò, mentre erano fermi a osservare una grande nave che entrava nel porto.

«Mi ha scritto Giuseppina» disse Costanza rompendo il silenzio.

«Come sta?»

Costanza prese dalla borsa la lettera e gliela porse.

«Leggi tu stesso.»

Ruggero scorse in fretta le pagine.

«E tu ci andresti?» chiese alla fine. «Ti piacerebbe?»

«No.» Si strinse nelle spalle.

Il porto si andava affollando di nuovi passeggeri. Costanza fece un salto e scese. Si lisciò la gonna spiegazzata e cominciò a camminare a passo veloce.

Ruggero la seguì. Non sapeva se dirglielo, temeva la sua reazione. Lui all'epoca l'aveva presa male, forse perciò aveva preferito dimenticare quella questione. Adesso, però, forse era il momento di riaprirla. Le mise una mano sulla spalla, per trattenerla.

«Fermati un attimo» le disse. «Tu non lo sai, ma papà ti voleva portare con sé, negli Stati Uniti.»

Costanza si voltò e lo guardò dritto negli occhi.

«E tu come lo sai? E poi perché io e non tu?»

«Ho sentito che ne parlava con la mamma. Diceva che io non potevo interrompere gli studi.» Abbassò lo sguardo. «Già studiavo poco. Lo sai, no, che storie facevamo… Diceva che io avevo tutto il tempo che volevo, mentre tu… Tu ti saresti presto sposata e non avresti avuto più questa opportunità.»

Costanza si infilò i guanti con un gesto nervoso.

«Perché io non ne so niente, perché non me lo ha detto?» gridò d'un tratto con voce stridula.

«Perché alla fine non partì nemmeno lui e trovò inutile parlartene. E perché si teneva sempre tutto dentro, lo sai» rispose Ruggero. E continuò: «Però sapeva bene che ti sarebbe piaciuto. Ti conosceva. Poi...».

«Davvero mi voleva portare con sé in America?» lo interruppe, improvvisamente commossa.

«Ascolta, Costanza. Rispondi di sì a Giuseppina. Vai a New York. Papà ne sarebbe felice. Fila via per un po' da tutto questo.»

In quel momento un gabbiano si sollevò in volo proprio davanti a loro.

Costanza si tolse lo spillone che appuntava il cappello e se ne liberò.

«Facciamo a chi arriva prima alla statua di Nettuno?» chiese, e corse via a perdifiato.

Ruggero la guardò allontanarsi. Poi si chinò a raccogliere il cappello.

La traversata

DIARIO DI COSTANZA ANDALORO

— 12 giugno 1906 —

Sono seduta sul letto della mia cabina. Mi interrogo sul perché di tutto questo e non so dare una risposta. Forse per accontentare Ruggero, o per le sottili e insistenti pressioni di zia Giustina. Mi sento come un pacco depositato sulla nave e destinato a New York: che faccio, mi chiedo. Non ho nessuna voglia di uscire, di cenare con degli sconosciuti che mi potrebbero riempire di domande. Stasera mi sono fatta animo e ho chiesto allo steward se almeno per questa volta potevo avere il pasto in camera, perché ero stanca… Mi ha risposto con un sorriso gentile: «Solo per stasera, domani ci sarà la festa del comandante». E così dicendo mi ha dato la busta con l'invito su cui c'era scritto il mio nome.

Non ci penso proprio. Domani mi inventerò un malore più serio.

Il viaggio sarà lungo, mi hanno detto. Durerà all'incirca due settimane, non si sa, dipende dal mare. Questa idea mi sgomenta. Siamo in sua balìa, questo è certo, e io più degli altri perché sento di non essere più io. Devo fare uno sforzo per non perdermi. Per questo ho deciso di ricominciare a scrivere il diario, che è l'unica cosa che in questo momento sono in grado di fare. Forse mi aiuterà a non far fuggire la mia mente in territori pericolosi. E poi, se la nave dovesse far naufragio, questo quaderno in pelle che apparteneva a mio padre potrebbe essere l'unica cosa che resta di me. Altrimenti lo conserverò io, e forse un giorno, chissà, lo leggeranno i miei nipoti. Non so che piega prenderà la mia vita ma, stranamente, non provo nessun interesse al riguardo.

Hanno bussato alla porta. Era il cameriere con il vassoio della cena. Mi ha parlato in un inglese scorretto, mi avrà scambiata per un'americana che ritorna in patria, sicuramente per il colore dei miei capelli e per la statura. Gliel'ho lasciato credere e l'ho ringraziato in inglese. Ho assaggiato appena un po' di minestra.

L'altro ieri sono venuti zia Immacolata, zio Corrado e i cugini a casa per salutarmi. Palidda piangeva, si è fatta giurare che le avrei scritto. La zia accarezzava la mano di mamma, per infonderle coraggio. Era tutto così triste; per fortuna zio Corrado ha fatto una battuta delle sue e l'atmosfera si è distesa. Sono stata contenta di salutarli e soprattutto di sentire zia Immacolata promettermi che, durante la mia assenza, si prenderà cura della mamma. Da quando hanno ripreso a frequentarsi, la zia si mostra molto più sollecita, come volesse farsi perdonare.

Stamane mi sono fermamente opposta che alla nave mi accompagnasse tutta la famiglia. Non volevo dare spettacolo. Alla fine si sono rassegnate a non venire. In silenzio la mamma si è sfilata dal mignolo l'anello di fidanzamento che portava da sempre: due serpenti incrociati con piccoli brillanti su ciascuna testa, e me lo ha infilato all'anulare. Mi è venuto un groppo alla gola. Ci siamo baciate. Mamma mi ha stretto al seno, non mi voleva lasciare. Zia Giustina mi ha messo al collo lo scapolare della Madonna del Carmelo perché mi protegga. Guglielmo se ne stava in silenzio a guardare come fa lui, con la bocca semiaperta. A un tratto è corso via ed è tornato con Macchietta, il suo inseparabile cagnolino di pezza, e me lo ha dato. Allora mi sono venute le lacrime agli occhi.

«No, tesoro» gli ho detto. «Non devi separartene.»

«Sì, invece. Macchietta è contento di fare il viaggio su una nave. Poi me lo riporti quando torni. Ti tiene compagnia. Tanto torni presto, no? Prima che finisca l'estate.»

L'ho abbracciato.

«Faremo il castello di sabbia?»

Non ho risposto. Non ci riuscivo. Mi sono asciugata le lacrime. Non credevo fossi ancora capace di piangere. Anche la mamma piangeva. Per fortuna è intervenuta zia Giustina con il suo fare brusco, l'ha rimproverata e mi ha spinto verso la porta, dicendo che di questo passo in America non ci sarei più arrivata.

Quando io e Ruggero siamo giunti sul molo mi è cominciato a battere forte il cuore. Una massa enorme di gente sembrava muoversi all'unisono e venirmi addosso, come un grosso macigno che si stacca dalla montagna. Non riuscivo a fare un passo. Ruggero mi ha preso sottobraccio.

«Non qui» ha detto. «Andiamo all'imbarco della prima e seconda classe.»

Si è fatto strada a fatica tra la folla di contadini in maniche di camicia carichi di sacche, ceste, valigie, persino materassi, campagnole col fazzoletto in testa, i bambini attaccati al collo e gli zoccoli ai piedi, gente con abiti logori, suonatori che trascinavano grossi strumenti, preti, marinai e facchini che urlavano per farsi sentire. E, confusi in quella massa, eleganti signori con valigie di cuoio insieme a dame col cappello, in abito da viaggio, avventurieri, artigiani, e poi i viaggiatori dall'atteggiamento tranquillo, quasi annoiato, quelli abituati ad andare avanti e indietro per l'Oceano.

Tutto il genere umano mi è sembrato si fosse dato appuntamento lì. Il frastuono della gru che sollevava bauli e casse copriva il vociare. Ogni tanto dovevamo fermarci per non essere investiti da animali spaventati che salivano anch'essi a bordo.

Ruggero si muoveva sicuro in quel caos. Povero fratello mio, se l'è vista tutta lui in questi mesi! Non so come sia riuscito a convincere la mamma a farmi partire. Zia Giustina invece ha pensato subito che era una splendida idea. A volte mi sembra più giovane lei della mamma. Ha detto solo che bisognava trovare qualcuno che mi accompagnasse.

Si è subito rassicurata, però, perché ha saputo che sullo stesso mio piroscafo viaggia anche la sarta, la signora Anna, che parte con la sorella per raggiungere il marito. Voglio bene ad Anna, e non poteva essere una compagnia migliore.

Ruggero in questi mesi è corso da un'agenzia all'altra, a contrattare il prezzo e a occuparsi di tutto quanto, i visti, i bagagli, la visita medica. L'ho lasciato fare come se non si trattasse della mia vita. Al molo, quando eravamo in attesa, mi sono accorta per la prima volta della sua aria smunta e, soprattutto, del suo sguardo sfuggente, quasi evitasse il mio. Forse non voleva che leggessi nei suoi occhi il dispiacere per il distacco o, forse, sarebbe voluto partire anche lui.

Come sono stata stupida ed egoista! Non gliel'ho nemmeno chiesto. L'ho lasciato qui da solo a prendersi cura della famiglia. Tutto a un tratto si è trasformato in un uomo giudizioso e pieno di contegno. E mi ha fatto una pena infinita. Rivorrei il mio amato fratello scapestrato, le nostre vite spensierate di prima.

Alla fine siamo arrivati alla passerella di prima e seconda classe. Qui l'imbarco era più tranquillo. Molti erano ormai saliti sulla nave.

Ho detto: «Salutiamoci qui, non salire a bordo, ti prego».

Ha annuito. Ci siamo abbracciati.

«I soldi, fai attenzione. Tienili sempre addosso.»

«Sì.»

«Ricordati la lettera per il commissario di bordo!»

Non la finiva più di farmi raccomandazioni.

«E il contrassegno per i bauli consegnalo allo zio quando arriverai. Se ne occuperà lui. Mandagli un telegramma, quando saprai l'ora e il giorno di arrivo.»

«Sta' tranquillo» ho risposto.

Si è avvicinato un fotografo.

«Signorina, una bella lastra prima della partenza. Tutti la fanno.»

«No, grazie» ho esclamato infastidita.

«Ah, dimenticavo» ha detto Ruggero estraendo dalla tasca una piccola busta. «Da parte di mamma. Ti raccomanda di aprirla solo quando la nave sarà arrivata nel porto di New York. E scrivi, appena puoi.»

«Grazie» ho detto stringendo la busta tra le dita. «Grazie di tutto.»

Un'improvvisa tristezza mi ha preso. A un tratto partire mi è sembrato così privo di senso. Che andavo a fare? A Messina sono nata e cresciuta. Ho osservato l'enorme sagoma scura della nave ormeggiata e mi è sembrata un mostro marino pronto a inghiottirmi.

«Non parto» ho mormorato.

In quel momento una famiglia carica di valigie e sacche ci ha travolti, allontanandoci. Ruggero mi ha fatto segno che non aveva capito.

E d'improvviso non c'è stato più tempo per niente. La sirena ha suonato. Un suono lungo, lugubre. Non è così che mi era sembrato le altre volte. Quando venivo con papà e vedevo da lontano le navi partire, coglievo solo l'emozione dell'avventura, non avevo mai riflettuto sul dolore della separazione.

Le persone hanno premuto per salire, mi sono messa in coda per la passerella. Mi sono girata a cercare Ruggero. Non l'ho visto. Ho incontrato invece lo sguardo smarrito di Alfonso. Ho pensato di avere visto male, ho guardato meglio: era lui, appena sceso dalla vettura. Ho distolto lo sguardo, ma ho sentito una morsa allo stomaco. Come sono contraddittori i nostri sentimenti. O forse le nostre emozioni, che è diverso.

Affacciata al parapetto sono io ora che guardo dall'alto la folla che saluta. I parenti sono scesi tutti. Ci siamo mossi e mi è sembrato che Messina scivolasse lentamente via, che non fossi io a lasciarla, ma lei a lasciare me. Ho visto la gente diventare sempre più piccola e indistinta, il porto assumere la sagoma di una falce. Stava scendendo il buio, il faro ha proiettato fasci di luce sull'acqua e sulla Palazzata, bella come un teatro illuminato.

Non ricordo più l'ultima volta che ho visto mio padre.

— 13 giugno —

Oggi non mi sono mossa dalla cabina. Non mi andava neanche di vestirmi, sono restata stesa sul letto con gli occhi al soffitto.

Il rullio della nave mi provoca nausea. Devo essere pallida come una morta. Papà ha scelto di essere per sempre solo. Lui sicuramente sarà in paradiso perché era un uomo buono, ma dove sono andate a finire le sue speranze, le convinzioni, i sogni, i sentimenti, dove finisce tutto ciò?

Più tardi, nel pomeriggio, sono salita, solo per pochi attimi. Dalla balaustra di ferro ho fissato il mare senza vederlo, tutta assorta nei miei pensieri. Alcune onde più alte hanno fatto improvvisamente ondeggiare la nave e mi hanno costretta ad aggrapparmi al parapetto per non cadere. Come se il mare avesse voluto riportare la mia attenzione su di sé.

Da bambina, il mare era lo scrigno misterioso da cui fuoriuscivano conchiglie, pescetti, sassolini e cocci di vetro levigati, tesori che io, felice, correvo a raccogliere con un secchiello. Ma anche da grande mi ha sempre affascinato. Affacciata al balcone di casa passavo le ore a osservarlo. Mi interrogavo su cosa ci fosse al di là di quella enorme distesa, quali approdi, quali terre. Persino quella striscia di Italia che intravedevo, mi sembrava talvolta lontana. E prendevo coscienza del nostro essere solo un'isola, un piccolo pezzo di terra, e che il mondo, dove succedevano le grandi cose, era al di là di quel mare che ci proteggeva e ci ostacolava allo stesso tempo. In fondo, come fa un genitore con i figli.

E ora che sono in mezzo a questo vasto mare, tante volte immaginato, per la prima volta prendo coscienza della sua mutevolezza. Le onde si alzano improvvise sotto la furia del vento e poi, lentamente, tutto torna calmo e silenzioso, come se la tempesta non ci fosse mai stata.

Non è così forse anche la vita?

— *14 giugno* —

Dopo due interi giorni trascorsi da sola all'interno di questa cabina mi sono resa conto che non ce la faccio più. I pensieri e la nausea mi opprimono continuamente. Conosco ogni macchia delle pareti, ogni chiodo arrugginito. Ho aperto la porta, ho fatto pochi passi barcollando in cerca d'aria.

«Vi sentite male?»

Si è avvicinata una giovane donna che stava per entrare nella cabina vicino alla mia.

Le ho risposto di no, ma il monosillabo mi è uscito a fatica.

«Mi chiamo Natalia, piacere» ha detto con un sorriso, e mi ha teso la mano per ostentare una fede fresca di nozze. «E voi?»

Mi sono rintanata subito nella cabina. «Costanza» ho mormorato. «Mi chiamo Costanza» ho detto poi, al sicuro, dietro la porta chiusa.

— *15 giugno* —

Oggi mi sono decisa, anzi mi hanno convinta, e sono uscita dalla mia cabina per recarmi per la prima volta nella sala da pranzo.

Anna, la sarta, e sua sorella sono venute a bussare alla porta e non hanno voluto sentire ragioni. Sono stata costretta ad aprire. Anna era pallida, con le occhiaie, si vedeva che aveva sofferto il mal di mare, e aveva una voce flebile. A tratti, quando la nave ondeggiava di più, barcollava socchiudendo gli occhi. Invece Maria, la sorella, è un donnone dalla faccia rubiconda che non le somiglia affatto. Con un tono di voce imperioso, come fosse il comandante della nave, mi ha imposto di alzarmi, incurante delle mie proteste. È una donna sbrigativa, una contadina priva della delicatezza di modi di Anna. La detesto. Mi auguro che a New York le nostre strade non si incrocino più. Mentre mi lavavo, tutte e due hanno preso gli abiti ancora stipati nelle valigie e li hanno appesi sulle grucce, rassettandoli con le mani. Anna ha scelto per me un abito color grigio chiaro che le sembrava adatto per il pranzo e mi ha aiutato a indossarlo. Hanno tirato fuori anche le calze, le scarpe e avrebbero voluto infilarmele loro, come fossi una pupattola. Gliele ho strappate dalle mani e le ho messe da sola.

Mentre percorrevo il corridoio e salivo le scale mi girava la testa.

Anna continuava a parlarmi di qualcosa che nemmeno ascoltavo, e un'ondata di nausea mi ha preso lo stomaco. Quando siamo salite, l'odore del mare mi ha investito. Ho respirato forte, lasciando che mi inondasse tutta, e mi sono sentita meglio.

Ho capito solo allora quello che Anna cercava di dirmi, perché ha aperto la borsa e mi ha mostrato dei cartoncini su cui c'era scritto in bella calligrafia *Per lavori di rammendo e piccoli aggiusti, rivolgersi ad Anna Squillace* e in basso il suo numero di cabina. Sul lato posteriore l'indirizzo della sartoria Squillace, in Mulberry Street. Voleva che io li distribuissi alle signore della prima classe.

Pensa già a quando arriverà a New York, invece io potrei vivere per sempre su questa nave, senza giungere in alcun luogo.

— 16 giugno —

Stamattina ho sentito sbattere una porta, ridere nel corridoio, e mi sono svegliata. Devono essere quei due sposi che hanno la cabina a fianco alla mia.

Penso a quando anch'io ridevo in quel modo con Alfonso. Di che ridevamo? Mi sembra così lontana la mia storia con lui, così vaghi i nostri progetti. Se ci fossimo sposati saremmo stati felici?

Il cameriere, ritirando il vassoio della colazione, mi ha annunciato che stavamo per arrivare allo stretto di Gibilterra. Molti passeggeri chiedevano di essere avvisati; ecco, ha detto, come se volesse giustificarsi, perché si era permesso di dirmelo. Poveretto, cerca solo di essere gentile. Gli devo fare molta pena. Ha aggiunto che il dottor Santini mi pregava di recarmi da lui in ambulatorio, altrimenti, se non mi avesse visto, sarebbe sceso di persona in cabina. Maria ha bussato più volte alla mia porta per sapere come mi sentivo e per avvisarmi che Anna stava meglio con la nausea e il vomito e che più tardi ci saremmo incontrate sul ponte. Perché non mi lasciano mai in pace?

Il rullio della nave non mi permette più di scrivere.

§

Ho percorso il corridoio appoggiandomi alle pareti di ferro che sentivo tremare sotto le mani e sono salita sul ponte. Non c'era sole. La nave oscillava. Mi sono fermata a guardare come ipnotizzata il mare che si andava gonfiando. All'improvviso mi sono sentita attratta dal vuoto, ma è stato un attimo. Subito sono tornata in me, anche se nella mente mi sono risuonate quelle parole tante volte pronunciate a casa: "Un momento di follia". E se anche io, come papà, fossi colta da quel "momento"? Sono stata presa dal panico e sono scappata via.

Alcuni signori che chiacchieravano animatamente intorno alla lavagnetta, dove sono affisse le miglia percorse, si sono girati a guardarmi. Mi sono allontanata, ma ho sentito i loro sguardi su di me. Mi sembra che tutti stiano lì a osservarmi, forse perché sto sempre da sola. Sulle sedie a sdraio, sotto i plaid, i passeggeri discorrono tra loro con familiarità, come se si conoscessero da sempre. Mi sono chiesta dove fossero i tanti emigranti della nave. Ma poi, sporgendomi, ho guardato verso il ponte di terza classe e li ho visti. Erano lì, ammassati uno sull'altro, ciascuno con il suo fagotto, seduto dove poteva. Nessuno che guardasse il mare.

Qualcuno ha cominciato a intonare una canzone in dialetto napoletano e subito altre voci si sono aggiunte alla prima, e un poco alla volta si è alzato un coro nostalgico che mi ha fatto venire un nodo in gola.

La costa era avvolta nella nebbia e il vento e gli spruzzi impedivano di avvicinarsi troppo al parapetto. Quando l'odore familiare del mare mi investe lo assaporo fino in fondo. Mi ritempra. Molti sono scesi per la scaletta di ferro, messi in ansia dal fischio lugubre che emette la nave o da quelli in risposta che vengono dalla nebbia.

Le conversazioni si sono tutto a un tratto interrotte. La nave procedeva come se arrancasse, e guardando in su ho visto i fumaioli che sembravano ondeggiare. Il vento attraversava le maglie del mio scialle. A un tratto è apparso, sulla nostra sinistra, un pezzo di costa: doveva essere il Marocco. Ma è subito scomparsa, inghiottita dalla nebbia. Poi il cielo è diventato limpido, la costa africana è riapparsa vicina, molto vicina, quasi fosse lo stretto di Messina.

Dopo un po' la terra si è allontanata ed è rimasto solo il mare, solcato da un gran numero di navi che in breve si sono disperse, diventando un puntino all'orizzonte. Infine solo l'oceano e il cielo si confondevano alla vista. In quel momento mi è sembrato di non appartenere più a niente, a nessun luogo, come se il peso della mia vita si fosse fermato al di là dello Stretto.

C'è una specie di ebbrezza in tutto questo, la libertà assoluta, senza passato né futuro. Ma che farne di questa libertà? Se fossi sola su questa nave dove andrei, dove dirigerei il timone? L'angoscia della mancanza di limiti, quando puoi scegliere tutto, anche chi essere.

— 21 giugno —

Oggi, forse perché è il primo giorno d'estate, quando ho aperto gli occhi ho sentito a un tratto il bisogno di luce. Sono salita su. L'aria era limpida e, sul ponte, mi sono stesa su una sedia a sdraio, con un libro sulle ginocchia. Poi ho socchiuso gli occhi e mi sono abbandonata al tepore del sole, cullata dal movimento della nave.

«Che stai leggendo?»

Una voce roca, strascicata, dalla forte cadenza dialettale mi ha fatto fare un salto. Era Natalia, la ragazza della cabina accanto, che mi guardava da sotto un cappello di paglia.

«Ti dispiace se ci diamo del tu?» Senza aspettare risposta né invito ha preso una sdraio e si è sistemata accanto a me.

«No, certo.»

«Lo parli tu l'americano?» mi ha chiesto, e mi ha mostrato un manuale del viaggiatore che aveva con sé. «Io proprio non riesco a impararlo.»

Le ho risposto che l'inglese l'avevo studiato a scuola. «Posso aiutarti con la pronuncia, se vuoi» le ho proposto. Mi avrebbe aiutato a tenere la mente occupata.

«Ti ringrazio» ha detto, ma poi ha iniziato a chiacchierare di altro.

Mi ha raccontato della sua vita al paese, dei genitori anziani e della sorella più grande, già da tempo sposata, che l'aveva cresciuta insieme ai suoi figli. Natalia era estroversa e allegra, mi ricordava com'ero io prima. Le ho chiesto da quanto fosse sposata e mi ha raccontato, un po' in italiano e un po' in dialetto, che Carmine, il marito, lo aveva conosciuto a New York, quando era andata a trovare la sorella che si era trasferita lì con la sua famiglia. Si erano piaciuti subito anche se lui era napoletano, ma che fa, sempre del Sud è, ha detto ridendo. Uno del Nord no, non l'avrebbe sposato, non capiva nemmeno il dialetto che usavano. Ora tornavano a New York, che era la loro casa: al paese erano venuti solo per sposarsi, e lei non vedeva l'ora di andare a vivere nell'appartamento che avevano affittato sopra al negozio. Carmine guadagnava bene, gli affari andavano a gonfie vele. Aveva un negozio di musica in Bleecker Street, dove vendevano dischi e rulli di pianola, e una piccola tipografia in cui stampavano gli spartiti di musica classica o popolare più richiesti. Lei all'inizio non capiva niente, non sapeva nemmeno che cosa era uno spartito, ma grazie a Carmine quante cose s'era *imparata*!

Le ho domandato come mai fosse andato fino in America per mettere su un negozio di dischi di musica italiana, l'ho trovata un'idea insolita. Che avesse successo, poi, m'è parso poco veritiero, anche se naturalmente non gliel'ho detto per non offenderla. Ma lei deve aver letto nei miei pensieri, e ha risposto che i suoi suoceri a Napoli avevano già un negozio di grammofoni e dischi e si erano resi conto di quanto fossero richiesti dagli emigrati italiani.

«È il *businèss* del momento. Si dice così?» ha esclamato. «Le canzonette, le arie delle opere fanno sentire meno soli, come se stessimo ancora in Italia. Te ne accorgerai.»

Mi ha spiegato che i dischi, prima, quando li spedivano sui piroscafi, arrivavano spesso rotti. Così avevano deciso di impiantare un'attività a New York, stampandoli direttamente là. Ed era stata un'idea vincente.

Le ho sorriso. Natalia non può immaginare che, per la

prima volta dopo tanto tempo, una conversazione è riuscita ad allontanare l'apatia.

— 23 giugno —

Stamani sono restata lì sul ponte, non so quanto tempo, a godere del vento, a osservare il volo dei gabbiani, a seguire i tuffi di un delfino, oltre la spuma dell'oceano. Sulla nave ho imparato ad ascoltare. Me lo hanno insegnato il fruscio del vento, il fragore delle onde, le grida dei gabbiani. E mi chiedo se prima ascoltassi gli altri, o solamente me stessa.

Dal ponte di terza classe come al solito saliva un canto, ma non riuscivo a distinguere le parole. Ho prestato attenzione: non erano canzoni napoletane, ma inglesi. Mi sono resa conto che, in effetti, da quando avevamo passato lo stretto di Gibilterra non avevo più sentito le solite canzoni dialettali che riempivano l'aria. Si cantavano brani americani, come se d'improvviso ogni emigrante avesse deciso di buttarsi alle spalle il passato.

L'America, New York, fino a oggi non ci avevo ancora pensato. Come sarà? Riuscirò ad adattarmi? Sarò capace di vivere da sola lontana da casa, in una città così grande, così diversa? Per fortuna c'è Giuseppina. E insieme a lei sarà più facile.

Mi sono girata e ho visto una donna intenta a disegnare su un album uno schizzo a carboncino. Ho provato un sentimento di invidia, perché io non ne sono più capace. Mi sembrava di non avere più immaginazione. E mentre me ne stavo a fissare i colori cangianti del mare, come per magia ha preso forma davanti ai miei occhi l'immagine di Morgana, la fata che emerge con la sua veste color acquamarina dalla spuma del mare per mostrare a Ruggero d'Altavilla la città di Messina, affinché la conquisti. Mi sono chiesta come avrei potuto rendere quella spuma. Forse con dell'amido e dell'acqua saponata fatta indurire. Sì, avrei potuto tentare. Il carboncino e i colori li avevo con me, nella valigia grande. Zia Giustina aveva insistito perché li portassi.

Ho cercato nella borsa un pezzo di carta su cui fissare l'immagine che mi era venuta in mente e ho trovato la busta che Ruggero mi aveva consegnato da parte di mamma. Dovevo aprirla una volta arrivata in America, mi aveva detto, ma ho capito che il momento per leggerla era esattamente questo.

Conteneva due biglietti.

"Ci sono solo due modi per sfuggire al presente: uno è rifugiarsi nel passato, l'altro nel futuro. E tu sei troppo giovane per rifugiarti nel passato."
Domenico Andaloro

Cara Costanza, queste sono parole di tuo padre. Le scrisse per un giovane collega che aveva perso la moglie. Il biglietto non glielo ha mai consegnato, non so perché. Io, lo sai come sono, non butto mai niente che sia appartenuto a tuo padre e chissà, forse fu il buon Dio che me lo fece conservare, questo biglietto. Figlia mia, pensa che sono le parole che tuo padre ti avrebbe voluto dire.
La Madonna ti accompagni.
La tua affezionatissima madre.

Seconda parte

NEW YORK

1

«È morta» disse una donna, affacciandosi dalla finestra di un primo piano.

«È morta!» ripeté a voce più alta per richiamare l'attenzione di un'altra che cercava di ripulire con un'acqua puzzolente l'ingresso della sua piccola bottega.

«Dio ce ne scampi!» rispose quella, facendosi il segno della croce.

La donna della finestra si strinse nel leggero scialle che aveva indosso e, come parlando a sé stessa, mormorò: «Bisogna portarla via al più presto, al più presto».

Quella mattina Mott Street brulicava di gente, come sempre. Tra i carretti che trasportavano materassi, sedie o tavoli per traslochi improvvisati, correvano bambini che inseguivano cani, gatti o persino galline fuggite dalle gabbie. Dagli atri dei portoni le donne buttavano in strada acqua mista a creolina e un odore acre e pungente impregnava la merce esposta nei piccoli negozi aperti lungo la via.

Era più di una settimana che Evelina aveva la febbre, e solo due giorni prima era venuto un medico pietoso che si era limitato a dire al marito: «È tifo. Non so se arriverà a domani. Pulite bene tutto, e bevete solo acqua bollita».

Si era lavato le mani nel catino. Poi si era seduto al tavolo e aveva cominciato a scrivere. Chiese le generalità della malata e del coniuge. L'uomo gli disse che era nato a Palmi, in Calabria, e che di lavoro faceva il direttore d'orchestra. Il medico aveva posato la penna, alzato gli occhi verso di lui e, aggrottando le folte sopracciglia, aveva ripetuto: «Direttore d'orchestra?».

«Sì, direttore d'orchestra. Cioè, no, sì... È quello che spero.» La voce gli era venuta meno. «Tra cinque giorni ho una prova per una sostituzione alla Filarmonica di New York.»

Il medico aveva fissato in silenzio quell'uomo bruno, magro, non molto alto. Non sembrava diverso dai tanti disperati italiani, napoletani, calabresi, siciliani con cui ogni giorno aveva a che fare. Gli risultò difficile immaginarlo su un podio. A osservarlo meglio si accorse che era tutto un fascio di nervi. Gli occhi sfuggenti cercavano di nascondere l'angoscia.

«Mi dispiace» si limitò a dire, scuotendo la testa, mentre riprendeva a scrivere. «Mi dispiace. Scusatemi se non mi sono presentato» aggiunse alzandosi. «Sono il dottor Antonio Vitale. Come mai non ci siamo incontrati all'ambulatorio di Grand Street? Non siete mai venuti?»

Pietro non aveva risposto. Come faceva a dirgli che non sapeva di questo ambulatorio, che nessuno glielo aveva detto, o forse che lui non si era informato, preso com'era da tutto quello che era successo negli ultimi tempi?

Non aveva avuto il coraggio di alzare lo sguardo.

«Non sarete anche voi di quelli che credono che in ospedale si va solo per morire, mi auguro!»

Il medico lo fissava accigliato.

«Ora dovete pensare al bambino. Se mi date il consenso,

lo porterò con me al Columbus Italian Hospital. Sta sulla Ventesima all'incrocio con la Terza. Così lo terrò anche un po' lontano da questo posto infetto.»

Pietro aveva annuito.

«Gli farò fare tutti i controlli necessari. Anche voi, però, recatevi all'ambulatorio e fatevi controllare. Ma al più presto, mi raccomando! Non vi preoccupate, il personale parla italiano. Riempite intanto questo modulo per il bambino e state tranquillo, mi occuperò io di tutto.»

Lui si era limitato ad assentire di nuovo con la testa e a firmare.

«Poi verrete a riprenderlo, verrete a riprenderlo quando... quando tutto sarà finito.»

Aveva rimesso in fretta le sue cose nella borsa e gli aveva consegnato il biglietto da visita.

Santino era andato via in silenzio, senza piangere, scartocciando una caramella che il medico gli aveva dato in mano per distrarlo.

E adesso veramente tutto era finito, pensò Pietro guardando Evelina che, nonostante le sofferenze, portava ancora sul volto i segni della sua bellezza ormai spenta.

Lui glielo aveva promesso, le aveva detto: «Vedrai, ce la faremo, tieni duro ancora un po'» e ora si sentiva responsabile per averla portata a vivere lì. In quel misero edificio gli italiani stavano ammassati a decine anche in un unico appartamento di due stanze, e un solo gabinetto sul ballatoio doveva servire anche per le altre case del piano. Loro, in fondo, erano dei privilegiati, perché avevano una stanza con una finestra e un gabinetto privato; ma non era bastato a preservarli dalle condizioni malsane di tutto il quartiere. Avrebbe voluto cominciare a cercare una casa nuova, in una zona più salubre, magari a Brooklyn, ma non ne aveva avuto il tempo.

E ora, quel colpo di fortuna: un direttore d'orchestra della Filarmonica si era ammalato. Come era stata felice Evelina. Ma la sera stessa aveva cominciato a sentirsi male, aveva vomitato più volte e subito l'allegria si era spenta in quella casa. Adesso, finalmente, il suo sogno si sarebbe realizzato, avrebbe diretto alla Filarmonica. Ma Evelina non avrebbe potuto vederlo sul podio.

Pietro le chiuse gli occhi, si alzò e andò alla finestra. Una fitta pioggia era cominciata a cadere sulla città. Prima un'acqua leggera, poi gocce sempre più grandi e infine una forte grandinata. Quando prese a venir giù come Dio comanda le strade si spopolarono, i commercianti chiusero bottega, i carrettieri si affrettarono a coprire con la tela cerata la mercanzia, e quanti d'abitudine sostavano sulla via furono costretti a rintanarsi nelle loro misere abitazioni. L'acqua scorreva copiosa sul selciato invadendo persino i locali a livello della strada, quasi a voler purificare il quartiere.

Pietro fece entrare le due donne che, sfidando il pericolo del contagio, si erano offerte di venire a riordinare e ad aiutarlo a ricomporre la salma. Erano grondanti d'acqua. Dissero che sarebbero rimaste per la veglia funebre, ma Pietro non voleva approfittare della loro generosità e farle rischiare oltre. E poi, voleva restare solo quella notte a vegliare il corpo della sua Evelina.

«State tranquille, va bene così» disse, e con malcelata sicurezza e molto garbo le accompagnò alla porta.

Nel buio della stanza, alla luce fioca delle candele, si sentì sopraffare dalla disperazione. Pensò di non farcela: invece doveva. Lo doveva a quel povero piccolo. Aveva solo tre anni, Santino. Anche suo figlio sarebbe cresciuto senza madre, proprio come era successo a lui. Ma c'era una differenza: lui lo avrebbe sempre tenuto con sé.

Accasciato sulla sedia accanto al letto, Pietro combatteva tra il desiderio di abbandonarsi al dolore e la volontà di resistergli. Cercò qualcosa a cui appigliarsi e fu allora che la musica, la sua adorata musica gli venne in soccorso. Le note della Prima Sinfonia di Mahler, che aveva sognato di poter un giorno dirigere alla Filarmonica, cominciarono a echeggiare nella sua testa, prima in maniera confusa e poi sempre più ordinate, precise. Il primo movimento della sinfonia, lento, strisciante come un suono della natura, lo riportò indietro alla sua infanzia, agli anni spensierati della sua giovinezza passati in riva al mare, alle passeggiate sul monte Sant'Elia da dove si vedeva "tutto il mondo", diceva suo padre. Ecco i "la" e i "mi", i corni cui fanno eco violoncelli, trombe e tromboni, oboi, flauti, clarinetti, ecco la nostalgia ma anche la dolcezza di un'innocenza ormai perduta. Ecco le marce militari, le danze campestri e il funerale per il cacciatore morto. E poi fra' Martino campanaro, appena accennato, che ritorna come scherzo.

Immerso nella sinfonia, dimenticò per un istante il dolore e si concentrò sui particolari di quella che sarebbe potuta essere la sua esecuzione. Fu allora che ne trovò la chiave. Come in un'epifania tutto gli divenne chiaro.

2

Pietro Malara aveva ancora le orecchie piene della Sonata per pianoforte n. 23 "Appassionata" di Beethoven che, in vista dell'esame, aveva fatto provare e riprovare al suo giovane allievo Philip Brown fino a farsi odiare. Il percorso dall'abitazione dei Brown al Columbus Italian Hospital gli sembrò interminabile, fra le strade piene di gente e gli intoppi da scansare. Da Houston Street in poi la città era sempre stata diversa, sembrava un altro mondo. Fin dalle prime ore del mattino era tutto un fervore di lavori: ovunque strade transennate, cantieri aperti e grosse buche per l'ampliamento della Subway. L'odore di catrame stagnava nell'aria calda e la rendeva irrespirabile. Pietro chiedeva di continuo indicazioni stradali ma poi, preso com'era dai suoi pensieri, non ricordava più quello che gli avevano detto.

Era trascorsa una settimana che sembrava un'eternità. Era come se, dopo due anni che stava lì a New York, tutto quello che doveva accadere si fosse concentrato in quei sette giorni: Evelina, il funerale, l'audizione alla Filarmonica, e ora quella lettera da Boston che teneva al sicuro nella tasca interna della giacca. Si chiese quanto denaro gli fosse rimasto, se al Columbus dovesse qualcosa per Santino e quanto gli sarebbe costato andare fino a Boston. Il funerale, affidato alla compagnia di pompe funebri del quartiere, gli aveva prosciugato quasi tutti i risparmi. Ma lo doveva a Evelina. Lui l'aveva trascinata in quell'avventura e lui le aveva fatto immaginare il successo sicuro. Molti direttori d'orchestra andavano in America, e da lì tornavano famosi.

Si erano pagati il viaggio con l'ingaggio dell'orchestra di bordo, e qualche sera Pietro arrotondava suonando il pianoforte da solista. E tutti lo applaudivano con entusiasmo. Evelina, però, non poteva ascoltarlo. Non avendo il vestito adatto, era costretta a restare in seconda classe, anche se era la moglie del maestro. E lo aspettava sveglia, nella piccola cabina, sempre sorridente nonostante le rinunce.

A un incrocio dovette arrestarsi mentre passavano, uno dopo l'altro, grossi autocarri che trasportavano lunghe putrelle di ferro. Sentiva le piante dei piedi che gli bruciavano per l'asfalto rovente. Si avvicinò a un *policeman* che aveva fermato il traffico, per chiedergli dove andassero quei dannati autocarri.

«*It's iron for the Queensboro bridge!*»

Certo, ferro per i ponti. Addirittura due, ne stavano costruendo: il Manhattan Bridge e quest'altro che collegava Manhattan con il Queens. Da Little Italy ci andavano a lavorare in tanti, e ogni giorno nuovi operai si presentavano lì, ai cantieri, con la speranza di essere assunti. New York era in continuo movimento, e c'era posto per tutti.

All'improvviso, senza nemmeno sapere come ci era arrivato, si trovò davanti l'insegna Columbus Hospital. Si fermò a leggere. C'era anche un cartello in italiano. Inspirò profondamente e spinse la porta a molle.

Si asciugò la fronte madida di sudore e si guardò intorno. Il luogo era spoglio, ma fresco come un monastero. C'erano solo due panche ai lati dell'androne e un tavolo pieno di carte accanto all'ingresso. Una suora con piglio deciso spinse la porta e Pietro, sbirciando dentro, intravide un largo corridoio pieno di persone che parevano darsi un gran da fare.

«Cerco il dottor Antonio Vitale. Sa dove posso trovarlo?» chiese.

La suora gli disse di sedersi mentre andava a chiamare il medico. Nell'attesa Pietro tirò fuori dalla tasca della giacca uno spartito e s'immerse nella lettura. Quando il dottor Vitale arrivò, lo trovò che con una mano reggeva il foglio e con l'altra dirigeva un'immaginaria orchestra.

«Cosa sta eseguendo, maestro Malara? Una sinfonia, un'opera? Adoro il melodramma italiano.»

Pietro sobbalzò. Svelto rimise lo spartito in tasca e si alzò in piedi.

Il dottor Vitale era un uomo sulla cinquantina con i folti capelli appena brizzolati e baffi di una tonalità più chiara che gli conferivano ancora più autorevolezza. Ma tutto questo, Pietro non lo ricordava affatto. L'aveva riconosciuto solo dalla voce, così calda e profonda.

«Suo figlio è sano come un pesce, maestro. Lei, piuttosto, ha fatto le analisi come le avevo detto?»

«Certo» mentì. «Tutto a posto.»

«Venga, venga con me. Andiamo a prendere Santino.»

Attraversarono l'ingresso e si trovarono in un largo corridoio su cui davano una serie di porte da un lato e dall'altro. Un odore acre di disinfettante pungeva le narici. Vitale parlava ad alta voce, come a voler far notare la sua presenza in corsia. I pazienti che giravano per il corridoio, infatti, rientrarono rapidamente nelle stanze. Sapevano che lui voleva ordine e silenzio, e loro certo non intendevano scontentarlo.

«Grazie, dottore. Grazie. Lei ha salvato mio marito.»

Una donna gli si avvicinò e gli prese la mano per baciargliela. Lui con un rapido gesto glielo impedì.

«Se proprio vuole ringraziarmi, venga a fare un po' di volontariato. L'ospedale si regge sulla solidarietà di tutti noi.»

Girandosi verso Pietro, che se ne stava rispettosamente in disparte, lo invitò a seguirlo.

«Qui, a New York, i nostri connazionali muoiono come mosche. Sono malnutriti, vivono in ambienti malsani. Ma già… lo dico proprio a lei. Mi perdoni.»

Entrarono in un piccolo ambulatorio per prendere da una malandata scrivania di ferro la cartella clinica di Santino. Irruppe nella stanza un infermiere.

«Mi scusi, dottore. Non sapevo ci fosse gente. Come pensa di sistemare quelle tre persone appena arrivate? Non c'è più una barella libera.»

«Un modo lo troveremo, non vorrai mica che finiscano al Bellevue, in quella specie di lazzaretto? Non ti preoccupare, ci penso io.» Sorrise con bonomia.

In quel momento entrò una ragazza non molto alta e bruna di capelli, dall'aria spigliata, che rivolse a tutti un bel sorriso. Era vestita da infermiera, con un lungo grembiule bianco, e portava per mano il suo Santino.

Pietro quasi non lo riconobbe. Gli sembrava più alto, non aveva più l'aspetto smunto e trasandato degli ultimi tempi. Sulle guance era addirittura apparso un po' di colorito. Si chinò per abbracciarlo, ma il bambino non voleva lasciare la mano della ragazza.

«Mia figlia, Giuseppina. Anche lei ci aiuta.» La voce del dottor Vitale era piena di orgoglio.

«Ti presento il maestro Malara.»

Pietro notò che la ragazza aveva gli stessi tratti pronunciati del padre, le sopracciglia folte e i capelli crespi. Appena lo vide Giuseppina cercò, con una mano, di riordinare delle ciocche che scappavano ribelli dalla cuffietta.

«Piacere, Jo. Qui tutti mi conoscono come Jo. Santino è stato buono; è un bambino tenerissimo» disse la giovane accarezzando il capo del piccolo.

Pietro Malara li guardò, stranito come se tornasse da un lungo viaggio.

«Voi dovete perdonarmi, dovete scusarmi... io non vi ho ringraziato abbastanza per ciò che avete fatto per me, ma tutto quello che è successo... ero, *sono* così confuso...»

«Lasci perdere i ringraziamenti. Ci dica, piuttosto, com'è andata l'audizione?» tagliò corto il medico.

«Non mi hanno preso» rispose Pietro, guardando nel vuoto.

Ci fu un attimo di silenzio.

«Forse si sta chiedendo come sopravvivo qui a New York, e se sono in grado di mantenere il mio bambino. Non è così?»

«Non se la prenda, ma è vero. Mi preoccupo per il piccolo.»

«Sono venuto qui su invito di una famiglia di New York. Sa, gli italiani che come me escono dal Conservatorio di Napoli sono molto richiesti in America, anche come maestri privati di musica per i giovani che non possono recarsi in Italia a studiare» rispose con una punta di risentimento.

Per caso l'aveva scambiato per uno di quei poveri diavoli che bazzicavano l'ospedale? Questa era l'impressione che faceva? Certo, a furia di indossarlo il suo abito nero doveva essere stazzonato e liso e, a ben pensare, non si era preoccupato di cambiare il colletto della camicia. L'acredine si placò subito: in fondo il medico aveva ragione, dall'aspetto poteva sembrare un povero musicista fallito. Sentì di doverlo rassicurare.

«Lei è molto gentile a preoccuparsi per Santino. Ma abbiamo di che vivere, glielo posso assicurare.»

Spiegò che il Conservatorio aveva fatto il suo nome alla famiglia Brown, che cercava un bravo maestro di pianoforte, e lui, che già da tempo pensava di andarsene in America, non si era fatto scappare l'opportunità. Di occasioni, poi, gliene erano capitate tante altre. Suonava l'organo alla Saint Peter Church, faceva qualche serata nei caffè o nelle sale da ballo. Qualche volta lo chiamavano anche al Roxy Theatre, per accompagnare con il pianoforte gli spettacoli cinematografici. In fondo non se la cavava male. Ma non era certo venuto in America per accontentarsi di questo.

«Bene, allora. Ha trovato un nuovo alloggio? Faccia in modo di portare via il piccolo da quel quartiere. È una specie di fogna, purtroppo. Cerchi un appartamento nelle immediate vicinanze, che non vi faccia sentire lontano dai connazionali, ma che almeno vi consenta di vivere meglio.»

«Sì, ne avevo intenzione, ma non ho avuto tempo anche perché ora ho avuto un ingaggio dalla Symphony Hall di Boston. Per il momento si tratta solo di una sostituzione, ma l'importante è che mi mettano alla prova. Il resto verrà da sé, ne sono sicuro.»

«E come farà con Santino, a chi lo lascerà quando andrà in teatro?» intervenne preoccupata la ragazza.

Pietro non rispose. Non ci aveva pensato.

«Io...»

«Si potrebbe... Perché non lo lascia da noi, magari fino a quando non trova una sistemazione? Sa, maestro, si è molto affezionato a Giuseppina in questi giorni.»

«Se anche Santino è contento... Però solo per il tempo necessario a organizzarmi a Boston. Non posso e non voglio stare lontano da lui!» aggiunse con impeto.

«Allora è fatta. Ora mi scusi, ma devo andare.» Vitale estrasse dal taschino l'orologio e si rivolse alla figlia: «È tardi, devo dare delle disposizioni e fare un salto al Bellevue. Ma mi devo affrettare, se alle tre voglio essere al porto».

3

La porta della cabina era aperta. Costanza era seduta composta sul letto in abito da viaggio, con la valigia chiusa accanto a lei. Il dottor Vitale rimase colpito dal suo aspetto. Aggrottò le sopracciglia cogliendo con una sola occhiata lo sguardo spento, il viso tirato e la magrezza del corpo. Non era diversa dalle tante, povere immigrate a cui quotidianamente lui prestava assistenza volontaria nel suo ambulatorio. Fu contento di aver parlato con i medici. Avrebbero potuto credere che fosse affetta da tisi e crearle dei problemi.

Nel vederlo, il volto di Costanza si aprì in un sorriso e lei istintivamente si alzò per andargli incontro.

«Figlia mia, piccola cara, penseremo noi a te. Ho già provveduto per la visita medica, stai tranquilla» le disse mentre l'abbracciava.

Costanza, come infastidita, si sciolse dalla stretta.

«Grazie, zio Antonio, grazie di tutto, ma vi devo chiedere ancora un favore. La signora Squillace, la sarta, ve la ricordate? Veniva anche da voi. È qui sulla nave, con la sorella. Mamma ha pagato per lei la differenza con la terza classe, perché voleva sapermi con qualcuno qui a bordo. Vi potete interessare anche per loro? Vi prego, non le fate andare a Ellis Island. Sulla nave ho sentito racconti terribili.»

«Non ti preoccupare, i passeggeri di seconda non vanno a Ellis Island. Comunque, vedrò che posso fare perché non abbiano difficoltà.»

In quel momento una bella ragazza bruna dai lineamenti marcati fece capolino sulla soglia della cabina, accompagnata da un giovane che trascinava una valigia.

«Volevo salutarti, Costanza» disse Natalia, «e ringraziarti. Sei stata così gentile ad aiutarmi con l'inglese.»

Costanza annuì.

«Carmine ti scrisse il nome del negozio» proseguì. «Devi venire a trovarci. Dobbiamo essere uniti noi *paisà*, sennò ci piglia la nostalgia. Non è così?»

Costanza prese il biglietto che la giovane le porgeva.

«Zio Antonio, è lontana Bleecker Street da casa vostra?»

«No, ci puoi andare a piedi. Noi abitiamo poco più a nord di Washington Square» spiegò rivolto a Natalia.

«Che bello. Allora vi aspetto. Venite, venite anche voi, mi raccomando.»

Costanza abbozzò un sorriso e le tese la mano.

Lo sbarco fu più lungo e complesso del previsto. Costanza era stanca e dispiaciuta perché nella confusione generale non era riuscita a salutare Anna, ma si guardava intorno avida di immagini e sensazioni: la folla, la confusione, le bande, le mille parlate straniere, le trombette delle macchine, i campanelli dei tram, la puzza di pesce e l'odore dolciastro della benzina.

New York l'aveva subito afferrata e stordita.

Il dottor Vitale chiamò uno dei tanti africani che stavano al porto in attesa di essere ingaggiati dai passeggeri. Costanza lo guardò incuriosita: non aveva mai incontrato un uomo dalla pelle nera. Insieme caricarono i bagagli su di un'automobile. Lo zio Antonio le spiegò che i lavori della sotterranea rendevano il percorso verso casa più lungo e tortuoso del solito. Ma tant'era, così si sarebbe fatta subito un'idea della città.

Attraversarono una strada larghissima, piena di carri, carrozze e veicoli di tutti i tipi. Un continuo via vai di tram e di autovetture a motore. Tante insieme non ne aveva mai viste. Quello che però le fece fare un salto dal seggiolino fu vedere all'improvviso un treno sfrecciare ad altezza elevata.

«È la sopraelevata» disse lo zio Antonio ridendo. Le indicava i grattacieli, i ponti in costruzione, l'Hudson e tutto quello che, pensava, avrebbe potuto stupire una giovane siciliana. Lei, le mani saldamente strette sulla borsetta, guardava con avida meraviglia quegli edifici così alti, le mille finestre, i grandi cartelloni pubblicitari e le strane scale di ferro collocate all'esterno dei palazzi. Ma ad attirare la sua attenzione fu soprattutto la moltitudine di gente che riempiva le strade, gli abbigliamenti variegati, i tratti somatici così diversi l'uno dall'altro, anche il colore della pelle.

Quella città palpitava di vita, come se ci fosse un ingranaggio sotterraneo che la manovrava.

Già dal ponte della nave, quando Natalia aveva gridato: «Eccola!» e lei aveva visto la Statua della Libertà in mezzo al mare, aveva provato uno stupore nuovo.

A suo padre sarebbe piaciuta quella Madonna laica che gli americani avevano collocato lì per accogliere quanti, arrivando da mondi lontani, speravano in una nuova vita. Appariva forte, altera, pronta ad affrontare tutte le sfide.

E a Costanza piacque che il simbolo di New York fosse una donna, come se aspettasse proprio lei, per infonderle coraggio.

§

L'appartamento dei Vitale era situato in una strada tranquilla, costeggiata da aceri, in una bella zona poco distante da Washington Square. Le costruzioni erano edifici signorili di quattro o cinque piani, recintati da cancelli di ferro, e Costanza non poté non notare la differenza con le altre zone della città che aveva attraversato. L'automobile si fermò davanti a un palazzo dove due donne erano ferme ad aspettarli.

«Amalia! Giuseppina!» disse Costanza.

Madre e figlia si sciolsero in lacrime appena la videro, e non finivano più di abbracciarla e baciarla. Costanza non si stancava di ringraziare tutti, pur cercando di sottrarsi a quegli assalti.

«Figlia mia, ti sei fatta ancora più alta, ma sei tutta pelle e ossa! Ora ci penso io a metterti un po' di carne addosso. Ma adesso entra, vieni, ti ho fatto trovare un pranzetto che ti sembrerà di stare a casa tua.»

Senza darle nemmeno il tempo di levarsi il cappello, le due donne la presero sottobraccio per mostrarle la casa. Era così diversa dalle dimore siciliane, con quelle stanze piccole come scatole, il corridoio angusto, le finestre senza balcone e i semplici mobili di noce. Non poté fare a meno di pensare alla casa dei Vitale a Messina, tutta piena di quadri, specchiere dorate, antichi mobili di famiglia e porcellane preziose. Giuseppina le indicò il grammofono, su un tavolino del salotto.

«Dopo devi sentire Fernando De Lucia, sembra che canti lui in carne e ossa tanto è squillante la voce.»

Amalia la condusse in cucina e le mostrò con orgoglio

tutti i suoi nuovi attrezzi da cucina. Dalle pentole sul fornello si sprigionava un odore familiare di sugo di pomodori e di peperoni fritti.

«Sì, le comodità, ma i nostri sapori se li sognano gli americani! Se li sognano il profumo dei limoni, del pomodoro, del basilico. La città qui non odora, puzza.»

«Perché dici così, mamma?» la rimproverò Giuseppina. «È perché tu vai solo a Canal Street e a Little Italy, da quelle signore siciliane. Vai qualche volta a Central Park!»

Scosse la testa rivolgendo uno sguardo d'intesa all'amica.

«E questa è la camera di Federico, dove ora puoi dormire tu.» Amalia aprì la porta di una stanzetta spoglia, il letto di ferro avvolto da una coperta azzurra di uncinetto, un comodino su cui erano appoggiati una lampada e un libro rilegato in rosso. Costanza lo prese in mano e ne lesse il titolo, *Little Women*.

«Sì, è il libro di cui ti avevo parlato. Non credo sia stato pubblicato in Italia» disse Giuseppina. «Non vedo l'ora che tu lo legga, così ne possiamo discutere insieme.»

Costanza sorrise all'amica e scostò la tendina a fiori per guardare fuori. Il ramo di un bellissimo acero limitava la vista sulla strada.

«Ti piacciono queste tendine? Le cucì a mano Giuseppina, per te. Vedi com'è brava, come ti vuole bene la tua amica? Ma adesso mettiti comoda, vatti a rinfrescare, non ti abbiamo dato nemmeno il tempo di toglierti il cappello. Noi intanto apparecchiamo la tavola. Qui si cena presto, non è come da noi. Il *dinner*, lo chiamano il *dinner*!» ripeté ridendo, mentre si avviava in cucina.

Costanza sorrise. Amalia era così elettrizzata per il suo

arrivo, Giuseppina era invece impaziente che sua madre le lasciasse sole.

Bussarono alla porta.

«I miei bagagli!» Costanza si affrettò ad andare ad aprire. Controllò gli scontrini e il numero dei capi: un baule, una cappelliera, una valigia piccola. Ne mancava ancora una. Il campanello squillò di nuovo. «Ah, ecco il resto.» Aprì la porta, e si trovò invece davanti un uomo non molto alto, bruno, dai capelli ondulati e la carnagione scura. Reggeva una piccola valigia di cartone e teneva per mano un bambino.

«Forse ho sbagliato abitazione.» Un sorriso trasformò per un attimo il suo volto, rendendolo interessante. «*I must have come to the wrong place. I was looking for doctor Vitale.*»

Si scusò e fece per andarsene.

«No, no. È qui.» Non sapeva che fare o dire. Non avrebbe dovuto aprire la porta in casa d'altri.

In quel momento risalì il facchino con l'altra valigia. L'uomo si fece da parte per lasciarlo passare mentre sopraggiungeva Giuseppina, che si precipitò verso Santino.

«Sei arrivato, tesoro!»

Costanza le lanciò uno sguardo interrogativo, ma lei non le prestò attenzione.

«Ma che fate tutti sulla porta!» Il dottor Vitale salì l'ultimo scalino con l'affanno.

«Maestro Malara, le presento la signorina Costanza Andaloro, figlia di un mio stimatissimo amico e collega siciliano.»

Pietro Malara si levò il cappello accennando un inchino.

«Accomodatevi in salotto» disse Giuseppina dopo aver preso il bambino in braccio.

«Grazie, ma non voglio disturbare oltre. Questo è il bagaglio di Santino. Non ha molte cose.» Il suo sguardo incrociò quello di Costanza e rimase a fissarla, senza nemmeno rendersene conto.

§

DIARIO DI COSTANZA ANDALORO

— *New York, 21 agosto 1906* —

Stasera sono restata sola a casa per la prima volta, perché i Vitale hanno ricevuto un invito. Mi volevano portare con loro, sono sempre tutti così cari, ma quando zio Antonio mi ha detto che andavano a trovare i Minasi, che erano a New York per un congresso, ho rifiutato. Alle sue insistenze non ce l'ho fatta a mantenere la calma e ho risposto che no, non me la sentivo proprio di incontrare la persona che ha spinto al suicidio mio padre. Lui mi ha detto che a suo parere non era affatto così, e che quando e se mi fossi sentita pronta a incontrarlo, Minasi ne sarebbe stato lieto. Garbato e affettuoso com'è non ha più insistito. Per non scontentarlo, gli ho detto che ci avrei pensato.

Mi ha fatto comunque piacere per una volta starmene un poco da sola, tranquilla a riflettere. In queste settimane non c'è stato tempo per niente, perché Giuseppina mi ha condotto di qua e di là per conoscere la città. Per farmi compagnia si è presa alcuni giorni di vacanza dall'ospedale. Veramente i primi tempi era tutta presa da quel bambino che, non ho capito perché, avevano deciso di ospitare, e siamo andati al massimo fino a Washington Square per fargli fare un giro su un pony. Poi, però, si è dedicata completamente a me per un'intera settimana. Ora che ho ritrovato la mia migliore amica mi accorgo di quanto sono cambiata. Lo leggo nel suo sguardo perplesso, che si chiede dov'è finita la ragazza allegra e chiacchierona di un tempo. Ma lei ha avuto davvero tanta pazienza e, un po' alla volta, abbiamo ricreato la nostra intesa. Di mio padre, di Messina, abbiamo però sempre evitato di parlare.

Da quando sono arrivata, è la prima volta che scrivo il diario. Mi sento ancora così frastornata. E di questo, in un certo senso, sono grata a New York, perché la mia mente non ha più tempo di girovagare intorno ai soliti fantasmi, ai rimorsi, alle supposizioni, presa com'è da tante cose. Il modo di vivere qui è completamente diverso e poco alla volta mi sto abituando agli orari del pranzo, al cibo in strada che emana quello sgradevole odore sempre troppo speziato di cipolle, ai dolci burrosi e stucchevoli, a quel beverone che chiamano "il caffè". Al contrario, una consuetudine che ho apprezzato fin da subito è la libertà di cui godono le donne. Possono uscire da sole a tutte le ore del giorno, prendono tranquillamente le vetture pubbliche, il tram e la Sopraelevata e sono libere di andare e venire senza che nessuno lo trovi strano o abbia da ridire. Che meravigliosa sensazione di libertà!

Per fortuna la città, anche se grandissima, caotica, affollata, è facile da percorrere e non mi sono mai persa. La maggior parte delle strade hanno i numeri invece che i nomi e, cosa strana, non ci sono piazze, a eccezione di un paio, né curve. Il problema è che a volte non mi accorgo di aver camminato tanto e non mi rendo conto di quanto mi sia allontanata da casa. Prendere un tram è molto difficile, visto come sono affollati.

Per quel che riguarda la lingua, pur conoscendo e parlando bene l'inglese ho qualche difficoltà, perché qui ognuno si esprime non solo con una pronuncia diversa, a seconda di dove proviene, ma addirittura usa termini strani, forse nati dalla contaminazione con i loro idiomi.

Penso di aver imparato più cose in questi mesi che in tanti anni di scuola. Per prima cosa sugli americani. Ma chi sono i veri americani? Questa è una domanda forse un po' ingenua che ho rivolto a Giuseppina. E lei mi ha risposto che solo col tempo ha imparato a distinguerli gli uni dagli altri, un po' dai tratti somatici, un po' dall'abbigliamento. Ha cominciato così a elencarmi irlandesi, polacchi, russi, ebrei, croati, armeni, oltre naturalmente agli italiani e agli africani, gli unici che riconosco.

Sono tutti stranieri come me, ma mi appaiono così a proprio agio nella città, quasi fossero a casa loro. Anche per me sarà così? Spesso mi chiedo cosa ci faccio io qui, e chi sono. Non sono una migrante, né una lavoratrice, nemmeno una viaggiatrice. E invece qui tutti, anche quelli che vedo passare di corsa per strada, hanno l'aria di sapere bene cosa vogliono. Soprattutto, pare siano consapevoli e contenti di far parte di una comunità che produce e cresce.

Ma ora devo interrompere. Prima che i Vitale tornino a casa voglio rispondere a Palidda, che mi chiede come sono i ragazzi americani e se nelle case si danno molti balli. Non sa che gli italiani qui non sono tanto ben visti, ed è difficile fare amicizia. Che dire? Mi dispiace disilluderla, ma non voglio raccontare bugie. Le parlerò del giovane *policeman* che sta in servizio a Washington Square e che è sempre così gentile con me. Mi ha pure invitato ad andare, un sabato sera, in una sala dove si balla il cake walk, una specie di polka sincopata molto divertente. Naturalmente, non ho accettato.

— New York, 2 aprile 1907 —

Oggi è stata per me una giornata importante. Non perché è successo qualcosa di particolare, ma perché mentre camminavo per Manhattan a passo svelto, mi sono improvvisamente resa conto di una cosa, una constatazione di cui solo in quel momento ho preso coscienza. In questi mesi ho assorbito anch'io il vigore che questa città emana. L'andirivieni dei tram che stridono a tutte le ore, gli scampanellii delle vetture pubbliche che segnalano il loro passaggio, il trambusto e il caos delle persone e degli oggetti che invadono le strade, l'infrangersi delle onde e il silenzioso scorrere sull'acqua dei traghetti e delle chiatte: tutto questo mi ha trasmesso una grande energia, e per la prima volta ho sentito la voglia di partecipare a questa vita così dinamica. Anche se non so ancora come.

— New Haven, 22 aprile 1907 —

Mi trovo a New Haven, nel Connecticut, a casa del dottor Minasi. Dopo molte insistenze da parte di zio Antonio, alla fine ho ceduto. L'ho fatto esclusivamente per lui, che ci teneva così tanto, ma non avevo nessuna voglia di conoscere "questo signore". Non c'era niente da dire. Pensavo che Minasi avesse commesso uno sbaglio, certo in buona fede, ma uno sbaglio. Zio Antonio ha continuato a dirmi per tutto questo tempo che è un uomo tormentato dal senso di colpa e che io non devo essere rigida e impietosa verso chi ha commesso un errore senza volerlo.

Pur non condividendo il suo pensiero, per farlo contento stamattina sono partita insieme a lui verso il Connecticut. Quando siamo arrivati ero talmente agitata che, nell'andare verso i Minasi per salutarli, non ho visto il piccolo Yorkshire che mi è venuto tra i piedi abbaiando, e sono inciampata finendo quasi addosso alla signora. Per fortuna lei, un donnone con un sorriso aperto, si è messa a ridere, forse anche per sdrammatizzare un po' questo incontro. Devo riconoscere che mi hanno accolto con grande affetto, come una di famiglia. Io invece ho dovuto aggrapparmi all'educazione ricevuta da mia madre e fare uno sforzo per mostrarmi gentile. La signora Minasi ha detto di chiamarla zia Barbara, mi ha preso sottobraccio e mi ha portato con lei a vedere la casa e il giardino sul retro, sicuramente per darmi il tempo di allentare la tensione che mi si leggeva in volto. Poi ci siamo sedute in veranda a scambiare due chiacchiere tra donne, come le ha chiamate lei, prima che gli uomini, spariti non so dove, ci raggiungessero. Ero talmente sulle spine che non so nemmeno io cosa abbia risposto al suo allegro chiacchiericcio. Pensavo di aver fatto male a venire, e avevo paura delle mie reazioni quando Minasi avesse cominciato a parlare della malattia di papà, magari davanti a una tazza di tè e un vassoio di sandwich, come fosse argomento da salotto.

Quando si è seduto di fronte a me ho notato che portava gli stessi occhiali tondi di mio padre e sembrava più anziano di lui, forse per i capelli molto radi. Ha lasciato che la moglie e Vitale conducessero la conversazione. Si parlava della vita nel

Connecticut, di come funzionassero le università in America, dei vecchi luoghi di Messina. Per tutto il tempo l'ho guardato di sottecchi. Aveva il volto sudato nonostante non facesse un gran caldo, e le mani appoggiate sulle ginocchia gli tremavano leggermente. Era a disagio, come me, e questo me l'ha reso istintivamente più simpatico. Poi, facendo uno sforzo e con voce ferma ha cominciato a rievocare alcuni episodi della loro vita da ragazzi. Zio Antonio è intervenuto scegliendo quelli più allegri e divertenti. Mio malgrado mi sono ritrovata a sorridere con loro: in fondo mi faceva piacere sentire quei racconti in cui c'era anche mio padre. Ho pensato che avrei dovuto dire qualcosa anch'io, per educazione, e senza rifletterci gli ho chiesto di quella volta che papà era stato invitato a Yale, come Ruggero mi aveva raccontato. Lui è rimasto zitto, tanto che ho pensato di aver commesso una gaffe.

«Credo che non sia venuto perché sapeva già di essere malato» ha esclamato all'improvviso.

A questo punto la moglie ha inventato non so che scusa e si è avviata in casa insieme a zio Antonio. Presa dal panico, mi sono alzata per seguirli. Non volevo sentir parlare di papà, o le scuse che avrebbe imbastito. Se avessi potuto mi sarei messa a correre e sarei scappata dal cancello.

«Non mi perdonerò mai di non aver capito» ha detto allora Minasi. Aveva un tono di voce così tenue e accorato che a stento l'ho sentito. Ed è stato questo che mi ha convinta a restare ad ascoltarlo. Ormai riconosco il tono della sofferenza.

Ha cominciato a raccontare. Aveva invitato papà per un semestre, lui aveva accettato con gioia. Fare un'esperienza in America era sempre stato il suo sogno, e Minasi lo sapeva. Dopo qualche tempo, però, papà gli aveva scritto che non se ne faceva più niente, non se la sentiva di partire e lasciare mamma da sola. Minasi avrebbe dovuto intuire che era un pretesto: Domenico era un uomo determinato, ed era strano che si fosse fatto convincere a desistere da Agata. Sì, senza dubbio aveva saputo della malattia e aveva deciso di rimanere a Messina per potersi curare.

Poi, all'incirca otto mesi dopo, era arrivata quella richiesta di consulto per il suo paziente affetto dal carcinoma. Lui e papà erano, prima ancora che colleghi, grandi amici, e capitava spesso che si scambiassero pareri sui loro casi più complessi. Non poteva immaginare. Eppure...

Minasi parlava molto lentamente, come se le parole fossero pietre. Tutto a un tratto si è interrotto, quasi fosse stato molto doloroso continuare.

«Solo dopo ho capito che il paziente era lui» ha aggiunto con gli occhi pieni di lacrime. «Non mi darò mai pace. Mai. Non che ci fossero speranze di salvarlo, ma forse gli avrei potuto dare un consiglio, un conforto...»

D'improvviso ho sentito la necessità di raccontare a quell'uomo che fino ad allora avevo detestato tutto: i tuoni della notte che ci avevano impedito di sentire lo sparo, il mio abito da sera, il sangue sul volto di mio padre accasciato sulla scrivania, il dolore e la rabbia. Lui ha ascoltato in silenzio senza mai interrompermi. Alla fine, prendendo le mie mani tra le sue, ha detto: «Non devi pensare che sia stato un atto di egoismo, il suo. Vi ha voluto proteggere da uno strazio che si sarebbe protratto a lungo».

«Se almeno avessi saputo, non avrei perso tempo in mille sciocchezze, sarei stata sempre accanto a lui per tutto il tempo che restava.»

È stato in silenzio per un po', come a cercare le parole giuste da dirmi.

«Succede spesso che un malato grave taccia con tutti, non solo con i familiari. Questo avviene perché ci si illude che, se nessuno sa, è come se la malattia non esistesse. Si cerca di continuare il più possibile a condurre una vita normale, senza gli inutili pietismi di chi ti sta intorno. Tuo padre era così. Ha preferito andarsene con dignità.»

Gli ho sorriso. A differenza di quanto credevo, parlare con lui mi ha rasserenata, e mi sono sentita in pace con me stessa. Stavo cercando una frase gentile per dirgli che non nutrivo più rancore nei suoi riguardi, quando il piccolo cane ha preso ad abbaiare festoso ed è saltato addosso a un ragazzo alto e robusto che si era avvicinato a noi sorridendo. L'atmosfera è subito cambiata.

«Costanza, ti presento mio figlio Francesco» ha detto Minasi, sorridendo.

«Frank, papà, mi chiamo Frank» ha precisato, mentre mi guardava con curiosità. «Non dia retta a mio padre, crede ancora che viviamo a Messina, nel secolo scorso!»

Si è seduto di fronte a me e ha addentato una tartina. «Che bella sorpresa per un tè in famiglia! Arrivo ora da New York, e lei da dove sbuca?»

Ha un modo simpatico di fare, sembra uno a cui non importino tanto i convenevoli e che sia a suo agio con tutti, per cui ho perso anch'io ogni imbarazzo e la conversazione è diventata a un tratto vivace e piacevole.

In treno, al rientro verso New York, zio Antonio è stato molto affettuoso con me. Si è seduto vicino, mi ha passato un braccio intorno alle spalle e mi ha sussurrato: «Stai bene?».

Io mi sono limitata a fare un cenno di sì con la testa. Poi non ne abbiamo parlato più.

Adesso voglio scrivere subito a casa, ho bisogno di parlare con loro. Sento forte la mancanza dei miei.

Messina, 15 maggio 1907

Carissima Costanza,
sono felice perché nell'ultima lettera mi sei apparsa più serena, e forse anche un po' più saggia. Questi mesi che hai trascorso in un ambiente così diverso, sicuramente hanno contribuito a farti crescere. Lo dimostra la tua buona disposizione a cercare di capire e accogliere le ragioni di Minasi.
Leggo che hai conosciuto anche Francesco Minasi, che dice di ricordarsi di me. Io mi rammento di un bambino scalmanato che si chiamava Francesco, con cui ho giocato qualche volta quando eravamo molto piccoli. Finiva sempre che ci prendevamo a botte e ci dovevano dividere. Deve essere certo lui. Mandagli i miei saluti.
Qui la vita continua tra alti e bassi, come ti avranno scritto mamma e zia Giustina. Da parte mia, ho abbandonato definitivamente il gioco del calcio perché mal si conciliava con gli impegni di studio, e poi devo confessare che il football non mi appassiona più come un tempo.
Insomma, non ho grandi novità da dirti. Ma sono sicuro che tu, mia cara Costanza, audace e intraprendente come sei, riscatterai prima o poi la banalità della vita della famiglia Andaloro.
A parte gli scherzi, ti saluto con grande affetto e ti mando un forte abbraccio.
Il tuo caro fratello Ruggero

§

Da quando frequentava la Columbia University, Frank Minasi trascorreva i fine settimana a New York invece di tornare nella casa di famiglia nel Connecticut, con buona pace di suo padre che avrebbe preferito che si fosse iscritto a Yale. I Vitale l'avevano invitato più volte a prendere un tè da loro il giovedì, quando ricevevano, e lui, preso dallo studio e dagli impegni, non aveva mai accettato. Dalla domenica in cui aveva conosciuto Costanza, però, chissà perché le cose erano cambiate, e capitava sempre più spesso a salutarli.

Adesso sperava di vederla alla pista di pattinaggio sul ghiaccio, dove lui l'aveva invitata il giorno prima. Non era sicuro che lei sarebbe venuta: era sempre così sfuggente. Ma ci sperava.

Finalmente la vide entrare nella pista insieme a Giuseppina.

«Posso avere l'onore?» disse togliendosi il cappello di pelliccia e inchinandosi davanti a Costanza.

«Se mi acchiappi...» Con una spinta veloce lei si lanciò a pattinare.

Frank sorrise e stette al gioco. Le lasciò un vantaggio di qualche metro, poi con vigorosa agilità la raggiunse, le si affiancò e al volo le cinse la vita. Era la prima volta che si vedevano fuori casa, e Costanza per un momento rise spensierata. A un tratto, però, si fermò e si liberò con fermezza dal suo abbraccio. «Lasciami subito!»

In quel momento sfrecciarono avvinti Jo e Robert Keys, un collega di Frank, che lanciarono un grido di saluto. Costanza vide passare molte coppie che volteggiavano abbracciate.

«Tu corri troppo, ho paura di cadere» aggiunse sforzandosi di dare alla voce un tono meno aspro. Non avrebbe voluto allontanarlo, ma non riusciva a superare un'istintiva repulsione per il contatto fisico. Riprese a pattinare con movimenti lenti e circolari, ma senza più il piacere di prima.

Che ci faceva lì, a divertirsi come una tredicenne? Era domenica, i Vitale si erano recati in chiesa, ma lei aveva declinato come sempre l'invito ad andare con loro. Sapeva che alla Messa avrebbero incontrato amici e conoscenti, e non le piaceva fare conversazione. Poi il sole, la neve e l'idea di passare l'intera mattinata a guardare fuori dalla finestra i ghiaccioli sul ramo dell'acero l'avevano convinta a un tratto ad accettare l'invito informale che Frank, il giorno prima, aveva fatto a lei e a Giuseppina. Le sembrava che, per quanto affollata, la pista di pattinaggio fosse un luogo abbastanza aperto da non sentirsi oppressa. Si sbagliava: Frank era lì per lei, e lo sapeva. La verità era che lei si trovava a suo agio solo durante la settimana, quando si confondeva con tutta la gente indaffarata e anonima che affollava i marciapiedi. Qui a New York tutti avevano una meta, un programma preciso da portare a termine, nessuno camminava tanto per camminare o godersi il sole. E nessuno badava a lei.

Frank continuò a pattinare da solo chiedendosi cosa avesse mai fatto di male. Dopo qualche giro le si accostò di nuovo, le prese la mano inguantata, senza che questa volta Costanza si scostasse.

I quattro amici fecero diversi giri, finché il tempo si rannuvolò e il freddo cominciò a farsi sentire. Allora uscirono dalla pista e si lasciarono cadere esausti sulle panche, al coperto. Robert si offrì di riportare i pattini al banco del noleggio.

«È un bel tipo, Frank» disse Giuseppina mentre seguiva con lo sguardo Robert che, con passo atletico, si allontanava.

Costanza si domandò se la sua amica non stesse per innamorarsi di nuovo, anche se Robert non le sembrava uno di quei casi pietosi, operai e immigrati, per cui era solita perdere la testa.

«Che programmi avete per il pomeriggio?» Frank si tolse il berretto e si dette una sistemata ai capelli. «*What do you like to do, Bob?*»

Costanza si affrettò a rispondere che dovevano andare a trovare un'amica in Bleecker Street e dopo all'Associazione per dare lezione d'inglese agli italiani, come tutte le domeniche.

«*Such a boring plan, ladies!*» Robert scosse con disappunto la testa e propose di andare invece in un locale dove sicuramente non erano mai state. Un posto che i loro genitori non avrebbero mai approvato.

Le ragazze si scambiarono un rapido sguardo d'intesa, ma subito Costanza si ritrasse.

«No, non credo che...»

«Ma sì, invece, Costanza, infischiamocene!» la zittì entusiasta Jo. «Magnifico, una cosa proibita.»

Il Nickelodeon con le sue luci elettriche ammiccava ai passanti. Fino a poco tempo prima in quello stesso luogo c'era una vecchia sala da ballo frequentata soprattutto da ragazze della zona e operai che durante la settimana lavoravano ai ponti. Ma ora il cinematografo era la nuova attrazione e i Nickelodeon proliferavano: in tanti accorrevano per assistere a spettacoli che non duravano più di venti minuti.

«*Continuous shows, spettacoli continui!*» gridava un tipo

sbilenco che andava avanti e indietro lungo il marciapiede con il cartellone del manifesto del film appeso al collo.

«*Only five cents affordable, to everyone.*»

Le due ragazze si guardavano intorno con curiosità.

Una folla eterogenea di uomini, donne e bambini, italiani, irlandesi, polacchi era in fila alla cassa e altri ne arrivavano. Era strano vederli tutti insieme, per una volta così tranquilli. Un cartellone posto sulla destra del locale annunciava spettacoli per tutta la giornata di domenica, anche di mattina.

«*Watch your bags and wallets*» raccomandava Robert, mentre entravano in sala.

Il locale era buio, fumoso e maleodorante. Il chiasso copriva la musica e la voce del cantante che cercava di intrattenere il pubblico, mentre veniva sostituito il rullo della pellicola. Se avessero saputo, a casa, che Costanza e Giuseppina erano state in quel covo di malfamati!

Trovarono dei posti in fondo alla sala. Il telone si illuminò. Dalla platea si alzarono urla e applausi, ma poi, di fronte alla magia delle prime immagini, calò il silenzio. Mentre sullo schermo scorrevano i fotogrammi di un assalto al treno, Costanza si accorse che le dita di Frank percorrevano leggere i suoi capelli sfiorandole la guancia. Turbata si scostò, ma Frank non si arrese e, senza distogliere lo sguardo dallo schermo, le prese la mano. Fece uno sforzo per accettare quel contatto. Frank le piaceva. Apprezzava la sua determinazione e la capacità di decidere della sua vita senza avere bisogno dell'approvazione dei genitori. Insomma, il contrario di Alfonso. Non voleva perderlo ma temeva che, alle lunghe, si sarebbe stancato di lei e dei suoi continui rifiuti.

Una voce dal fondo del locale si sollevò potente: «La vuoi finire? Ti spacco la faccia! *Fuck you!*».

In un attimo nella sala si scatenò una feroce rissa. Anche questo, purtroppo, capitava non di rado al Nickelodeon.

Costanza si guardò intorno spaventata e scosse per un braccio Giuseppina che, tra le braccia di Robert, non si era accorta di niente.

«Stiamo giù!» suggerì prudentemente Frank. «Non vi preoccupate. Aspettiamo che tutto si calmi.»

«Ma proprio adesso, doveva succedere?» si lamentò Giuseppina, che malvolentieri si era sciolta dall'abbraccio con Robert.

Un uomo alto e robusto tirava pugni a destra e a manca e mandava a terra chiunque gli si avvicinasse, mentre da dietro qualcuno cercava di prenderlo per il collo.

«È la solita rissa tra gruppi diversi di immigrati» disse un tipo ben vestito seduto accanto a loro, con forte accento napoletano. «Se continuano così finirà che veramente li chiuderanno, questi locali.»

Si accese la luce in sala. Mentre la musica riprendeva in tutta fretta, intervennero dei buttafuori di stazza colossale che, individuati i più litigiosi, li acchiapparono e li spinsero a pedate fuori dal locale.

Lo spettacolo riprese, ma Costanza era turbata e pregò Frank di portarla via di là. Ben le stava, pensò. Tutto questo solo per uno stupido passatempo.

4

Messina, 1° gennaio 1908

Carissima figlia mia,
bon principiu, come diceva la nonna quando andavamo al paese a Capodanno. Certamente te ne rammenterai, e io aggiungo a questo augurio: tanta, tanta felicità, perché tu sei giovane e ne hai tutto il diritto.
Spero che le feste le trascorreste in allegria e serenità, a casa di zio Antonio. Per me, invece, questo è il periodo più triste dell'anno, che vorrei passare chiusa nella mia stanza insieme ai miei ricordi. È il quarto Natale da quando tuo padre ci lasciò. Speravo che tu a settembre ci avresti fatto la sorpresa di tornare, come ti avevo chiesto, e invece un altro lungo inverno ci aspetta, sperduti in questa casa silenziosa.
Quest'anno, per la prima volta dopo la disgrazia, abbiamo fatto il presepio. Io non volevo, ma Ruggero mi ha rimproverato. Ha detto che il lutto era finito da tempo e che Guglielmo aveva diritto al presepio come tutti i bambini di Messina. Ha tirato giù dal mezzanino il sughero, ha comprato la colla di pesce, e insieme hanno trascorso tre interi pomeriggi a costruirlo sul solito mobile dove lo abbiamo sempre esposto.

Poi, per farlo contento, lo ha pure condotto con sé a vedere qualche altro presepio. Quello che prendeva sette stanze, te lo rammenti? Del cavaliere Calamarà. E un altro a casa di un signore che conosce solo lui, un certo Salvatore Bensaia, un presepio dove, pensa un po', insieme ai pastori c'erano addirittura i pali del telegrafo, i treni e i garibaldini! A me sembra un sacrilegio, ma Ruggero si fece una risata e mi disse – e in questo com'è figlio di suo padre – che se c'erano le taverne dove mangiano e bevono, le macellerie dove espongono pezzi di carne, perché non ci potevano stare i treni e i garibaldini? Sapessi com'è cambiato, quel figlio mio! Quando è a casa sta sempre chiuso nello studio chino su un libro. Dice che per l'estate si vuole laureare. Ormai si è trasferito lì e Guglielmo ha preso la sua stanza, che è più spaziosa.
Adesso, quando esce non mi dice più dove va e io nemmeno glielo chiedo. Io, sua madre, mi sento in soggezione nei suoi riguardi. È lui che si occupa ora dell'amministrazione della casa e delle proprietà. È diventato un uomo, anche nell'aspetto più robusto e nel modo di fare più deciso.
A volte quando lo guardo mi sembra di vedere vostro padre, non tanto per i lineamenti, quanto per l'espressione del volto, per come si muove.
Zia Giustina invece è sempre la stessa, prende iniziative senza chiedermi prima che ne penso. Così invitò per la cena della vigilia, il pranzo di Natale e la sera dell'ultimo dell'anno la signorina Elsa, non so se te la ricordi, quella zitella del piano di sopra. Dopo che per quasi due anni ci ha sempre evitato, improvvisamente si è ripresentata con il suo ricamo e si è accomodata proprio sulla poltrona di tuo padre. Come puoi immaginare mi secca molto la sua invadenza, e quell'invito

mi ha irritato. Ma zia Giustina mi sembra contenta di avere un po' di compagnia, sia pure una tale compagnia.
Naturalmente ci è toccato apparecchiare con la tovaglia di merletto, quella di sfilato siciliano della nonna, i bicchieri di cristallo e tutto il resto. Abbiamo preparato la pasta a timballu e la pasta a picchiu pacchi, che piace a Ruggero, le anguille del faro e baccalaru infurnatu. Insomma, tutto come un tempo.
Mi è sembrato così brutto, senza tuo padre! Però il risuniru e il sanguinazzu lo abbiamo sempre fatto per Guglielmo. È piccolo, e i dolci di Natale non glieli ho mai fatti mancare.
Guglielmo è diventato l'ombra di Ruggero, lo segue ovunque e si mette a giocare sotto la scrivania mentre lui studia, come faceva con tuo padre. È sempre così silenzioso, così diverso da come eravate tu e Ruggero alla sua età.
Il tuo fratellino è ora qui accanto a me mentre ti scrivo e ti ringrazia tanto per i disegni che gli mandasti, gli piacquero molto. Aspetta con impazienza il pacco che gli hai inviato con i regali per il suo compleanno, ma fino ad oggi non è ancora arrivato. Dice che, quando li riceverà, ti scriverà lui stesso per ringraziarti e farti vedere come ha imparato a scrivere bene. Ha preso dieci in calligrafia. A proposito di scuola, ti voglio raccontare l'ultima di zia Giustina, che si è messa in testa di insegnare a leggere e a scrivere a Carmelina. Già facevano sempre cane e gatto, figurati ora!
Zio Corrado e zia Immacolata sono andati via per le feste dalla sorella di Immacolata, che si è trasferita a Reggio e ha avuto da poco due gemelli. Immacolata è sempre tanto cara e affettuosa, ma io non riesco a perdonarle del tutto quanto mi fece all'epoca. Forse col tempo…
Ma raccontami di te. Quando mi scriverai dimmi anche i

più piccoli dettagli, perché io possa immaginare la tua vita e sentirti vicina. Non sono stata contenta di sentirti dire, nell'ultima lettera, che vai poco in chiesa. Com'è possibile che a New York, una città con così tanti abitanti, ci siano solo due o tre chiese e che sia difficile entrare perché troppo affollate? Non vorrei che avessi perso l'abitudine di andare a Messa. La religione è un grande conforto. Non sai quanto mi ha aiutato per riuscire a trovare la rassegnazione alla perdita di tuo padre. Stai andando ancora dalla signora Anna? Mi faceva piacere sapere che ti recavi alla sua sartoria di tanto in tanto, ma c'era proprio bisogno di mettersi a fare la cucitrice per lei? Lo so, in America le donne lavorano, ma io avevo venduto la terra di tua nonna per mandarti a New York e non farti mancare niente in questi anni!
Quanto ci manchi, figlia mia! Non mi sono mai rassegnata al fatto che tu sia andata a vivere così lontano.
Cara Costanza, rispondimi appena puoi, non farci aspettare a lungo le tue lettere, come sempre. Fai gli auguri di buon anno anche agli zii e a Giuseppina da parte di noi tutti. Io ti porto i saluti della zia e di Ruggero.
Tua madre

P.S. Stai attenta, ché nella busta c'è pure un foglietto con la ricetta dello Sciuscello come lo fa zia Giustina. Dallo ad Amalia che lo voleva, anche se non troverà mai la ricotta buona che abbiamo noi a Messina.

5

«Finalmente sei qui!»

Anna si precipitò incontro a Costanza che stava appena entrando.

La sartoria Squillace era situata in una buona posizione commerciale, vicino al Caffè Bella Napoli e a pochi passi dalla Banca Stabile. Luigi Squillace era un vero maestro nel suo lavoro: tagliava la stoffa con grande sicurezza e gli bastava un'occhiata per capire come fare per migliorare anche le figure più tozze. Aveva un'abilità e una conoscenza del corpo umano tutta sua; dopo che imbastiva l'abito e il cliente lo provava, lo scarto era solo di qualche centimetro di lunghezza o di un dito di larghezza.

Appena arrivato a New York aveva lavorato in condizioni miserabili in un grande laboratorio, ma era talmente bravo che, in breve, era stato promosso tagliatore ed era riuscito poi a farsi una clientela personale, per la quale aveva cominciato a svolgere la professione in casa con qualche aiuto saltuario di giovani apprendisti. Con i pochi risparmi messi da parte, qualche altro soldo ricavato dalla vendita di un pezzo di terra alla morte del padre e un prestito della banca che doveva ancora scontare, era riuscito infine ad aprire la sua piccola sartoria, che in breve tempo era diventata la preferita dagli emigrati più abbienti, quelli che ce l'avevano fatta.

L'idea di richiamare anche una clientela femminile lo aveva spinto ad affrettare la venuta della moglie e di sua sorella. In fondo, in poco tempo era riuscito a tirarsi fuori dalle condizioni di vita miserabili che affliggevano ancora tanti dei suoi compaesani, e di questo era molto orgoglioso e ringraziava ogni giorno il Signore.

Certo, lo spazio era limitato e la sartoria piccola: aveva solo due locali. Il primo, oltre allo spogliatoio per le prove degli abiti nascosto dietro a un paravento, presentava un bancone di legno su cui erano ammassati i campionari dei tessuti e i tanti figurini di moda fatti venire dall'Italia. Il secondo, adibito a laboratorio, era occupato quasi tutto dal grande tavolo riservato al taglio, da due macchine da cucire e dai manichini, e lì si era dovuta inserire anche la sartoria per donna. Si stava così stretti e così a contatto gli uni con gli altri che si finiva spesso per litigare, tanto che Squillace alla fine aveva dovuto mandare via due lavoranti.

Anna, come il marito, era infaticabile, precisa e attenta a ogni dettaglio. Aveva imparato il mestiere a dodici anni, da una zia che cuciva per le signore più eleganti di Messina, e ormai, a quarantotto anni, aveva acquisito una lunga pratica che le permetteva di confezionare abiti che cadevano a pennello anche sui corpi più goffi.

Maria, la sorella minore di Anna, faceva invece quel mestiere malvolentieri, forse perché a lei toccava spesso la parte più noiosa, quella delle rifiniture. E ora c'era Costanza che, sotto la guida di Anna, era diventata abile sia nel tagliare che nel cucire. Senza contare che sbrigava anche la parte amministrativa, in lingua inglese, che per gli Squillace era sempre stata un grosso problema.

Nella sartoria, Costanza si sentiva a suo agio come fosse casa sua. All'inizio c'era venuta solo per incontrare Anna, per chiacchierare di Messina e della sua famiglia. Le piaceva New York ma, al di là di quello che aveva supposto nei primi tempi, la nostalgia era enorme. Amava ripensare alla vita nella sua città, ai tempi felici, prima della morte del padre, o al periodo del fidanzamento con Alfonso. E Anna, che ricordava di aver visto fin da bambina seduta alla macchina da cucire nell'anticucina, le ricordava un po' l'odore di casa. Sì, era come se quell'odore le fosse rimasto attaccato addosso. Così le chiedeva di raccontarle i fatti che lei non ricordava più perché avvenuti quando era troppo piccola, o le strappava qualche vecchia confidenza di zia Giustina, pettegolezzi di Carmelina. Ridevano insieme. Costanza, a sua volta, raccontava le ultime novità che le continue lettere da casa riportavano. Le loro conversazioni erano tutto un *Vi ricordate di... la merceria sotto casa? E i giardini a mare, lo Chalet? Il chioschetto che vendeva la limonata salata!*

E le sembrava strano che quei posti per lei prima così poco importanti, adesso nel ricordo acquistassero tanto valore.

Poi Anna una volta l'aveva pregata di farle lo schizzo per un abito da esporre in vetrina. Aveva avuto molto successo fra le clienti, così le aveva proposto di disegnare per lei, come aveva già fatto a Messina, dei figurini da esporre accanto ai tessuti. Magari, le suggerì, poteva andare a dare un'occhiata da Lord & Taylor, per capire quali modelli erano in voga a New York, e attirare una clientela più ricca ed esigente.

Le era piaciuta l'idea. Amava molto disegnare ed era

brava, lo dicevano tutti. A Messina faceva rivivere per Guglielmo, che la guardava incantato, i personaggi delle favole. Creava dei veri e propri collage; incollava sulle immagini di principi, elfi, fate, stoffe setose, paillettes, piume, merletti e tutto quello che riusciva a trovare rovistando nei cestini da lavoro di sua madre, per lei veri e propri scrigni di tesori. Tesori che adesso le parve di ritrovare alla sartoria Squillace, dove ormai trascorreva sempre più tempo.

Quel luogo le stava diventando caro. Amava i suoni che si diffondevano nei locali quando tutti in silenzio erano intenti a lavorare; il fruscio delle forbici che tagliavano i tessuti di lana per i cappotti, o i colpi del ferro da stiro che facevano da contrappunto al rumore quasi ininterrotto dei pedali e delle ruote delle Singer. Le davano, non sapeva neanche lei perché, una grande serenità. E amava l'odore particolare che invadeva le stanze della sartoria, quello che Costanza avrebbe a lungo ricordato, l'odore immutabile del gesso, delle stoffe e delle loro tinture.

«C'è una signora che è venuta espressamente per parlare con te» le disse Anna, aspettandola sulla porta.

«Con me?»

«Dice di avere incontrato a un ricevimento Elizabeth Bertini con indosso il vestito che le hai disegnato tu, e siccome le è piaciuto molto, vuole che gliene abbozzi uno anche per lei.» Anna era molto eccitata. Le signore che ordinavano un vestito nuovo erano ancora poche, la maggior parte chiedevano di riadattare abiti che spesso non erano neanche i loro.

Costanza entrò svelta nella sartoria, si sfilò i guanti, si tolse il cappellino e si liberò del soprabito.

«Su, dai a me, vai. Sta aspettando già da un po'.»

Una donna grassoccia squadrò Costanza dall'alto in basso.

«È lei che ha disegnato il vestito di Elizabeth? La facevo più anziana, con un po' più di esperienza.»

«Sì, è lei. È giovane, ma già molto brava» si intromise Anna.

La cliente disse che l'abito le serviva per un matrimonio. Voleva un modello che valorizzasse la sua figura, proprio come aveva fatto per la sua amica.

«Ha già un'idea?»

Anna le lasciò parlare e, solo alla fine, intervenne per prendere le misure e scegliere il tessuto.

«Meno male, un altro ordine» disse compiaciuta mentre rientrava nel laboratorio.

Il signor Squillace sollevò a stento gli occhi al di sopra delle lenti dando un cenno di approvazione e, taciturno com'era, continuò in silenzio a cucire con l'ago.

«Altro lavoro? Io non ce la faccio più. Questa vita non fa per me» fu invece il commento acido di Maria, che fece inviperire la sorella.

«Non essere stupida, ci servono soldi. Non ti fare sentire da Luigi. Ricordati, il pane degli altri è a sette croste, e guadagnarselo all'estero è più duro!»

«Vedrai, un marito lo trovo, e allora cara mia...»

Maria sperava ancora, a trentadue anni, di sposarsi, fare un figlio, per poi dire arrivederci e grazie al marito e lavorare come balia, come già avevano fatto le sue zie. La salute l'aveva, grazie a Dio, e allora, sì: l'aspettavano abiti nuovi, corredo di biancheria, il cibo migliore e persino gioielli. Tutti regali che le signore facevano alle loro balie. Altro che spezzarsi la schiena e rovinarsi la vista su una macchina da cucire!

Costanza si mise subito all'opera e buttò giù vari schizzi per il vestito della signora. La rosa di tulle e paillette da applicare sulla spalla dell'abito avrebbe dato quel tocco di classe in più che lei voleva. Presa dall'entusiasmo, rimase a lavorare anche dopo che se n'erano andati tutti. Le bruciavano gli occhi per la stanchezza, ma ne valeva la pena. Le venne in mente all'improvviso quella volta che suo padre l'aveva lasciata a lungo dietro la porta dello studio. Quando lavorava e la teneva chiusa, era tassativamente proibito disturbarlo.

«Ti piace?» aveva detto quando finalmente le aveva dato il permesso di entrare, mostrandogli un disegno che aveva fatto.

Lui, assorto com'era nel suo lavoro, non l'aveva nemmeno guardato. Aveva risposto con un secco no.

«Uffa, come sei antipatico!»

Solo allora suo padre aveva alzato gli occhi dalle carte.

«Che c'è, Costanza? Non vedi che sto lavorando? Esci di qui!» aveva detto con un tono severo che non ammetteva repliche.

«A te non piace niente!» aveva gridato lei, rossa di collera, e poi era scoppiata in lacrime.

Rassegnato, il padre le aveva teso un fazzoletto.

«Non è vero che non mi piace niente. Mi piace il mio lavoro. Mi piace curare la gente, insegnare quello che ho appreso io agli studenti, e soprattutto mi piace cercare di sconfiggere le malattie» le spiegò con pazienza. «E per fare questo devo studiare, studiare e ancora studiare. E ciò nonostante non è detto che ci possa riuscire.»

«E che lo fai a fare se non sei sicuro di riuscire?» aveva farfugliato lei, sempre imbronciata.

«Nessuno nella vita è sicuro di riuscire in niente, ma lo fa lo stesso, lo fa per sé stesso. Quando sarai grande spero lo ricorderai. Io lo faccio perché mi piace, perché mi rende felice.»

§

«Costanza!»

Ancora con la testa al suo lavoro, una volta uscita e chiusa la sartoria, Costanza non si accorse che fuori nel buio qualcuno la stava aspettando. Ebbe un sussulto.

«Se non ti avessi chiamato, neanche mi avresti visto. Ragazza mia, non so nemmeno io perché ho trascorso qui fuori tutto questo tempo.»

«Frank, sei tu! Che paura mi hai fatto» disse con sollievo.

«Quarta sigaretta...» Frank le mostrò il mozzicone che teneva tra le dita, poi lo schiacciò sotto la scarpa. «Ma fino a che ora ti costringono a lavorare! Non è bello far tornare a casa una giovane donna così tardi. Ormai è buio.»

Il tono con cui parlò era scherzoso, ma la voce tradiva l'emozione.

«Sei scomparso» scappò detto a Costanza.

Si studiarono per un po' in silenzio. Poi, sempre senza parlare, si incamminarono piano, fianco a fianco, nel buio. Le domeniche successive, dopo quel pomeriggio al Nickelodeon, Frank non si era fatto più vedere, né si era fatto vivo con un biglietto o un telegramma. Costanza aveva spesso pensato a lui. Forse, si era detta, era occupato con gli esami. Lei non sapeva niente delle sessioni in cui erano divisi i corsi alla Columbia e poi, certo, doveva essersi trasferito dai suoi in

Connecticut per l'estate. Ma adesso era la fine di settembre: che cosa era successo?

Negli ultimi giorni si era sentita preda di una strana inquietudine a cui non sapeva dare un nome. L'aveva attribuita prima al ciclo mestruale, poi all'avvicinarsi della ricorrenza del compleanno di suo padre. Ma ora che camminava al suo fianco si sentiva stranamente riappacificata. Non avrebbe mai immaginato che il silenzio fosse altro dal dolore, dalla solitudine, dalla morte, e che invece potesse riscaldare ed essere denso di sensazioni piacevoli. Avrebbe voluto camminare così per ore, ognuno assorto nei propri pensieri, e sperò che lui non rompesse con le parole quell'atmosfera incantata.

«Voglio farti vedere una cosa» disse a un tratto Frank, e anziché dirigersi verso casa di Costanza si incamminò verso l'East River.

«Va bene» rispose lei. E poi: «Che ti ricordi di Messina?»

«Una fontana, due scalini che portavano a un terrazzo e poco altro. Sai, ci sono vissuto solo fino ai quattro anni. È vero, ci sono tornato da ragazzo quando ancora erano vivi i nonni, ma siamo stati soprattutto alla casa in paese.»

«E tuo padre, quand'è che è venuto a vivere qui?»

Frank le raccontò che Michele si era trasferito a New York tre anni dopo la sua nascita, aveva completato i corsi di specializzazione alla Cornell Medical School ed era tornato a prendere la famiglia appena era riuscito a ottenere un incarico, prima alla Columbia University, e poi a Yale come ricercatore in campo neurochirurgico.

Costanza ascoltò con interesse.

«Ma tu, ti senti americano o siciliano?» chiese alla fine.

«Io...» Frank restò per un attimo in silenzio, accigliato. «Io non mi sento né americano né siciliano. È questo che succede agli emigrati. Non sanno più chi sono. In Sicilia sono Frank l'americano e qui...» Alzò le spalle in segno di rassegnazione, poi si fermò e le disse: «Ti voglio mostrare un posto dove vengo spesso. Pochi lo conoscono. Si tratta di passare per un cancello arrugginito, bisogna fare un po' d'attenzione, ma poi vedrai, ci troveremo proprio sulla sponda». Frank le porse la mano e lei, dopo un attimo d'incertezza, gli affidò la sua.

Dall'altro lato del cancello si trovarono su di un terrapieno umido, pieno di detriti dove era cresciuta qua e là dell'erba. Costanza per poco non inciampò nelle funi che erano state abbandonate accanto a un bidone, ma la sicura presa della mano di Frank la salvò dalla caduta e lei, stavolta, non si sottrasse al contatto. Così, continuarono ad avanzare lungo quel percorso accidentato.

«Dove stiamo andando? Farò tardi» sussurrò Costanza, che un po' era impaurita e un po' non voleva rompere l'incanto di quel momento.

«Seguimi, seguimi» si limitò a rispondere Frank. Così, dopo un po', si trovarono proprio sulla sponda del fiume, quasi a diretto contatto con l'acqua. Di fronte, illuminata dalla luna che stava sorgendo e dalle luci delle abitazioni, la costa.

«Amo molto questo posto. Ci vengo spesso.»

«Che bello qui.» Costanza si chinò per toccare l'acqua. Frank raccolse un sassolino e lo lanciò con forza nel fiume.

«Dimmi, Costanza, ma tu pensi di tornare a Messina? Non ti piacerebbe vivere qui per sempre?» aggiunse con tono leggero.

Costanza continuò a muovere le mani nell'acqua come se non l'avesse sentito. Poi con riluttanza si alzò.

«Ho chiesto spesso a Giuseppina di andare a vedere il mare di New York, e lei mi diceva che in fondo questo era pur sempre mare, anche se lo chiamavano *river.* Ma io vorrei vedere Coney Island, le spiagge bagnate dal mare aperto, dall'oceano.»

Frank l'aveva ascoltata con espressione seria.

«So così poco di te. Certo sei una ragazza sorprendente. Prima, per esempio, quando ti ho proposto di venire qui, ero sicuro che avresti detto di no.»

«Un modo gentile per dirmi che sono pazza?» rise lei.

«Non scherzare. Hai capito che intendo. Però mi piace questo tuo modo di essere, Costanza, mi piace, sul serio.»

Frank le si fece più vicino, ma con cautela. E non la toccò.

«Andiamo. A casa staranno in pensiero.»

«Ho studiato molto in questi mesi, sai. Giorno e notte, senza mai alzare la testa dai libri. È stato per questo che non mi sono fatto vivo, anche se...» indugiò un istante «lo avrei tanto voluto.»

Costanza lo ascoltava in silenzio.

«Non voglio più restare indietro con gli esami. Che stupido sono stato a perdere tanto tempo. È già lunga così. Almeno altri due anni. Troppi per me.» Si interruppe per un lungo attimo. «E... per te?» aggiunse titubante, e la guardò fissa negli occhi.

Costanza distolse lo sguardo. Cercò una battuta spiritosa da dire, ma riuscì solo a fare un sorriso impacciato.

Sotto casa, Frank con un gesto rapido e disinvolto le diede un bacio lieve sulla guancia.

«Ci vediamo domenica mattina. Vengo a prenderti alle dieci.»

E subito si allontanò.

«Lo dico pure a Jo, come sempre» gridò lei mentre lui era già lontano.

6

«Sei sicura che mi stia bene?»

Nella sua camera, con addosso un abito verde della madre che Costanza le aveva riadattato, Jo si guardava allo specchio ed era scontenta.

«Non mi fa sembrare più bassa, o grassa?» disse girandosi da un lato e dall'altro.

Costanza le diede uno sguardo distratto mentre rovesciava il contenuto della borsa sul letto per esaminarlo: portafoglio, fazzoletto, specchietto, chiavi di casa.

«È mai possibile che ti vedi sempre peggiore di quello che sei?»

«Basta, ci rinuncio.» Nervosamente Jo cercava di acconciarsi i capelli in modo che due bande le scendessero davanti, sulle tempie, a incorniciare il viso, così come aveva visto su *Vogue*, la rivista che Costanza portava dalla sartoria. Ma erano troppo ispidi per questo tipo di pettinatura. Si guardò allo specchio sconfortata. «Ho dei capelli orrendi!»

«Ma Jo, non sarebbe più pratico se li legassi? Oggi c'è molto vento.»

Costanza sbirciò da dietro i vetri le condizioni del tempo. Sospirò e prese un ombrello. «Fai presto, che tra poco arriva Frank.»

«Io non vengo con voi» rispose Giuseppina con voce strascicata perché impedita da una forcina che stringeva tra i denti mentre spazzolava di nuovo i capelli.

«Cosa? Che stai dicendo?»

«Ti ripeto che non vengo. Ho un impegno.»

«Un impegno! Non mi puoi lasciare sola con Frank.»

Costanza si lasciò cadere sul letto.

«Di che hai paura, che ti baci?» Le andò vicino gesticolando con fare significativo. «Costanza, non puoi continuare così. Lo perderai! Se è questo che vuoi… e poi guarda un po' come sei vestita, mettiti quella bella camicetta azzurra che ti dona tanto.»

«Un vestito vale l'altro. Non voglio ritornare sull'argomento. Ma tu piuttosto, possibile che vada anche oggi in ospedale? È domenica. Non ti puoi accollare sempre tutti i malati.»

«Tutti no, ma uno sì.»

«Che vuoi dire?»

«Voglio dire che mi sono innamorata.»

«Di nuovo? E di chi, questa volta, si può sapere? Sei una pazzerella.»

«Questa volta è diverso.»

«E Bob? Ti innamori di tutti i casi pietosi.»

«No. Non è, come lo chiami tu, un caso pietoso. Anzi, sapessi quanto è bello! Lo amo, Costanza. Penso proprio che ci sposeremo.»

«Cosa? E perché non mi hai detto niente?»

Jo si sedette sulla sponda del letto accanto all'amica.

«È stato il mese scorso. Ti parlai di quell'ingegnere che si era fatto un taglio a un braccio lavorando al ponte, ti ricordi?»

«Certo.»

«Si chiama Luigi. Ha trent'anni. Non solo è un bell'uomo, ma sa tante cose e io, quando parla, mi perdo completamente. Mi sento… ecco, non so spiegarti neanch'io come. Dunque, l'ho medicato, non c'era nessun altro disponibile in quel momento in ospedale e lui, lui non ha emesso nemmeno un lamento. E poi, quella domenica in cui tu non c'eri, è venuto alla scuola d'inglese. Quando l'ho visto comparire in fondo all'aula è stato come se il sole avesse illuminato improvvisamente la stanza.»

Costanza fu colpita dall'entusiasmo dell'amica.

«Siamo usciti un paio di volte ed è bastato per capire che siamo entrambi follemente innamorati. Lui forse ancora più di me. Dice che non ce la fa a resistere alle mie grazie.» Fece un risolino.

«Che intendi dire?»

«Come, che intendo dire?» Rise di nuovo.

«Ma perché non viene anche lui? Ti prego, non mi lasciare sola.»

«No, non vuole, non vuole dividermi con nessuno. E io nemmeno.»

«Sono contenta per te, Jo. Ma ai tuoi genitori l'hai detto?»

«Macché. Se glielo dicessi adesso, mia madre sarebbe capace di chiudermi in un convento per tutto il tempo che staranno da Federico in California. Non si fiderebbe a lasciarmi sola. Ma appena torneranno, Luigi verrà a conoscerli per chiedere la mia mano.»

Costanza, contagiata dalla gioia di Giuseppina, d'impulso l'abbracciò.

Dall'altro lato della strada Frank aspettava appoggiato a una macchina con lo sportello aperto.

«Prego, signorina, si accomodi. Oggi si esce in automobile. Che dici, ti piace la mia *Electric car*? L'ho noleggiata per tutta la mattina.»

«È stupenda, Frank, che pazzia hai fatto!» Costanza non riusciva a staccare gli occhi dalla macchina, e Frank da lei.

«Ma Jo non viene? Pensavo saremmo andati a prendere anche Robert.»

«No, ha un impegno.»

Si sedette accanto al posto di guida attenta a non lasciare impigliare la gonna mentre Frank chiudeva lo sportello.

«Allora, dove si va?»

«Autista, vada a Coney Island.»

Costanza non aveva mai attraversato il ponte di Brooklyn, ma quante volte si era fermata a guardarlo! Era il più maestoso in assoluto, con tutto quell'acciaio, con le miriadi di funi tiranti anch'esse in acciaio. La prima volta che lo aveva visto aveva subito pensato alle invenzioni fantastiche di Giulio Verne. E, ora che ci stava passando in automobile, si sentiva come un'eroina dei suoi romanzi. Le sembrava di volare. E non solo per l'altezza.

Si guardavano intorno divertiti, scherzavano e ridevano di tutto, di un cocchiere alle prese con un cavallo che ostinatamente si era fermato nel bel mezzo della corsia, di un signore che rincorreva il suo cappello strappatogli via dal vento.

Con disinvoltura Frank le strinse più volte la mano, senza che lei nemmeno se ne accorgesse.

«Al mare, ti porto al mare! E poi andremo sulla ruota. Ti va?»

Brooklyn, con le sue vecchie case di pietra grigia, si allontanava dietro di loro.

«Oh, no! sta cominciando a piovere.»

«Che importa, Frank. Il mare è sempre lì, ti pare?»

Poche ore prima una forte pioggia si era abbattuta su Coney Island, disperdendo i gitanti domenicali. Così, quando arrivarono alle attrazioni, le giostre erano chiuse, i chioschi di hot dog coperti da teloni e la ruota ferma. A Costanza avevano raccontato di mirabolanti messe in scena, allestimenti mozzafiato, spettacoli con gemelli siamesi o donne barbute, orchestrine, bande e piste da ballo. Quel Luna Park prometteva esperienze uniche e spesso le regalava per davvero; ma adesso, così deserto, esibiva solo vuoto e squallore.

Tutto questo, però, non le interessava, rapita com'era dallo spettacolo che si apriva davanti ai suoi occhi. Corse felice verso il mare. La spiaggia enorme, le onde, il profumo di salsedine, gli schizzi d'acqua che le colpivano il viso e, soprattutto, l'immensità dell'oceano le davano nello stesso tempo una sferzata di energia e un forte senso di pace. Com'era sempre stato.

Frank la raggiunse.

«Resterai, vero? Non è che ti fa venire strani pensieri, questo mare?»

«Se resto qui, voglio vivere come un'americana. Anche mangiare come un'americana e abitare in un grattacielo. Altrimenti che senso ha?»

Mentre una sottile pioggia li avvolgeva, i due ragazzi si strinsero l'uno all'altra sotto un unico ombrello.

«Ti amo, Costanza. Sono sicuro di amarti.»

7

Quella mattina gli Squillace avevano chiuso la sartoria per recarsi alla festa di nozze di un compaesano. Costanza se n'era andata a Central Park e si era seduta su una panchina nel piazzale vicino alla fontana Bethesda a guardare gli alberi che si erano colorati dei toni caldi propri dell'*Indian Summer*, come i newyorkesi chiamavano i primi giorni di autunno.

Frank era chiuso in casa a studiare notte e giorno, e anche Giuseppina era occupata con il tirocinio per il diploma di levatrice. Sarebbe potuta andare a trovare Natalia, certo, ma la giovane aveva da poco avuto una bambina e a casa con lei c'erano la madre e la sorella, due donne tutte scialli neri e superstizioni con cui non si trovava a suo agio.

Mentre osservava distrattamente i piccoli che saltellavano in una pozza d'acqua lasciata dalla pioggia, pensava che forse era giunto il momento di prendere una decisione. Frank le aveva dimostrato con chiarezza i propri sentimenti. Era onesto, gentile e molto innamorato. E le aveva detto apertamente che intendeva riportarla a casa dei suoi genitori, e questa volta non solo come figlia di cari amici.

Costanza, onestamente, non sentiva il bisogno di fare altri passi, e così presto. Non voleva fare lo stesso sbaglio che aveva fatto con Alfonso. Ci voleva tempo prima che si laureasse, e non c'era quindi nessuna fretta di accelerare le cose. Non poteva restare tutto così? Perché bisognava per forza definire il loro rapporto? Non si era mai parlato di matrimonio, ma Frank, ormai lei lo conosceva bene, con quella sua apparente aria tranquilla e posata aveva in realtà bisogno di pianificare tutto.

La vera decisione da prendere, però, non era Frank o il fidanzamento, quanto, piuttosto, dove lei pensava di voler vivere. Tornare, si diceva, in fondo sarebbe stato altrettanto difficile che partire. Avrebbe trovato lo stesso luogo che aveva lasciato, le stesse persone? Sarebbe riuscita a riadattarsi alla vita messinese dopo New York? Ma la mamma, i fratelli, poteva mai pensare di non rivederli più? La nostalgia la divorava.

A un tratto le sembrò di avvertire uno sguardo su di lei. Un uomo la osservava da lontano con curiosità. Girò la testa dall'altra parte, pronta a lasciare la panchina se fosse stata infastidita.

L'uomo, intanto, le si era avvicinato e aveva fatto il gesto di togliersi il cappello in segno di rispetto.

«Mi scusi, ma lei è la parente del dottor Vitale?»

Costanza, stupita, si voltò a guardare lo sconosciuto. Un signore distinto e ben vestito, di una quarantina d'anni, il viso scuro, lo sguardo intenso sotto le folte sopracciglia.

«Sì.»

«Mi era sembrato che fosse lei, ma non ero sicuro.»

Costanza restò zitta, in attesa di qualche spiegazione.

«Ci siamo conosciuti nel giugno del 1906. Lei non lo ricorderà, certo. Posso capire. Ma per me era un giorno speciale.

Sono il maestro Malara» aggiunse con un sorriso mentre si sedeva accanto a lei senza che fosse stato invitato a farlo.

«Oh, sì. Il nome ora lo ricordo. Lei è il padre di Santino, quel bambino a cui Jo è tanto affezionata. Gli manda sempre un regalino a Natale.»

«Già» disse Pietro Malara, corrugando la fronte. «Il padre di Santino.»

«E come sta?»

«Io? Benissimo. Sono da poco ritornato e ora dirigo una banda musicale a New York. Non è una banda mia, ma...»

«Intendevo il piccolo» lo interruppe secca Costanza.

«Ah, Santino? Sta bene, sta bene. Tra poco lo vedrà con i suoi occhi. Le dicevo» continuò «che dirigo la banda di un'associazione filantropica italiana, intitolata a Giuseppe Garibaldi. Mi piacerebbe che lo facesse sapere al dottor Vitale e gli mandasse i miei saluti. È stato così gentile con me in un momento di grande difficoltà. Gli sarò eternamente grato.»

«Grazie, glielo dirò. Deve essere bello dirigere una banda! Le bande sono così allegre. A me da bambina divertivano le marcette che suonavano nei giorni di festa, le marionette e i carrettini che vendevano le caramelle...»

Pietro la guardò con disappunto. «Mi scusi, lei ha idea di che cosa sia una banda musicale? Di professionisti, intendo. Mi pare di capire di no. Purtroppo non è l'unica. Molti pensano che le bande siano dei complessi di seconda categoria, un passatempo da dilettanti, da festa paesana, perché non ne sanno niente. Questa è la verità.»

«Mi scusi, io non intendevo... Ha ragione, non ne so nulla.»

«Vede, è proprio per merito delle bande musicali che avviene la divulgazione della musica operistica e sinfonica, che spesso è sconosciuta al popolo. Ci sono grandi compositori che hanno scritto espressamente per le bande, o hanno fatto accurate trascrizioni di opere perché possano essere suonate da queste. La differenza tra banda e orchestra è solo una questione di strumentazione, ma dirigere una banda è un traguardo altrettanto importante e impegnativo che fare il direttore di un'orchestra.»

«Va bene, ma non si scaldi. Io non lo sapevo.»

«Ah, ecco Santino» disse. «È lì che gioca con quel bambino, sono quei due che si stanno rincorrendo intorno alla vasca.»

Costanza guardò nella direzione che l'uomo le indicava.

«È quello con la giacchetta blu.»

«Non lo avrei riconosciuto. È molto cambiato.»

«Non è cambiato, è solo cresciuto. Sono passati due anni.»

«Due anni!» esclamò Costanza, quasi commossa. Si alzò in piedi di scatto e poi ricadde a sedere. «Non mi ero resa conto. Quanti anni ha?»

«Tra poco ne compie cinque» rispose Pietro, sorpreso da tutta quella foga. «I bambini, sa, crescono in un attimo, ma... mi scusi, perché si meraviglia tanto?»

«È che solo ora, vedendo Santino, mi sono resa conto di quanto deve essere cresciuto mio fratello in tutto questo tempo. Non lo vedo da due anni, ed è poco più grande di suo figlio. E nella mia immaginazione è rimasto sempre uguale. Che stupida sono. Ora riderà di me.»

«Niente affatto.» Malara restò a fissarla finché lei non si alzò, dicendo tutto d'un fiato che era tardi e che doveva andare a casa.

«Se le fa piacere venga a trovare il dottore. Il giovedì è il giorno di ricevimento dei Vitale.»

«Verrò, verrò senz'altro.»

Pietro la seguì con lo sguardo fino a quando scomparve dietro l'angolo.

8

«Il giovedì ho le prove, non mi era possibile venire. Mi dispiace. Disturbo, forse?»

Pietro Malara sorrise in quel modo disarmante che, a dispetto delle rughe, lo faceva apparire un ragazzino. Aspettò sulla porta con il cappello in mano, sperando di essere invitato a entrare.

Costanza, in abito da casa, contrariata da quella improvvisa intrusione, rifletté con disappunto che era proprio destino che quell'uomo le comparisse di fronte ogni volta in modo del tutto inaspettato. Si era completamente dimenticata di lui, di averlo invitato. Era stata costretta ad aprire lei la porta, perché Nannina, la domestica, era fuori per una commissione. Ora non sapeva che cosa fare. Era indecisa se mandarlo via, ma le sembrò scortese, perciò gli disse di aspettare nell'ingresso, mentre andava a chiedere alla zia se poteva riceverlo.

«Si accomodi in salotto. Zio Antonio sarà a casa tra poco.»

Mentre si allontanava di nuovo per cambiarsi almeno le scarpe, fu raggiunta dalla sua voce, quasi un grido strozzato che la rincorse: «Non se ne vada!».

Si sedette controvoglia cercando di nascondere le pantofole, così malridotte.

Rimasero in silenzio per un tempo che a Costanza sembrò interminabile, sottolineato com'era dal ticchettio della pendola. Il maestro, seduto impettito di fronte a lei, la esaminava con i suoi occhi scuri. Di che si parla a un direttore d'orchestra? Si sentiva a disagio e intimidita. L'uomo che le stava dinanzi non era certo un ragazzo. Doveva avere almeno quarant'anni. Poi il maestro tirò fuori una busta grigia dalla tasca.

«Sono venuto a invitare il dottore e la signora al Metropolitan. Sabato 16 novembre ci sarà l'Aida. Dirige Toscanini, non so se lo ha letto.»

«Sì, naturalmente. E Toscanini, lei lo conosce?»

«Certo. Ci conosciamo un po' tutti, sa» rispose evasivo, agitandosi sulla poltrona. «È bravo, bravissimo. E gli si sono presentate le occasioni giuste.»

Costanza annuì. Il maestro prese a parlarle con tono appassionato dell'Aida e del perché fosse un capolavoro. Costanza l'ascoltava distratta, attirata piuttosto dal movimento febbrile con cui si passava la busta da una mano all'altra. Forse, pensò, era naturale per un direttore d'orchestra non avere mai le mani ferme.

«E lei, come mai vive qui a New York, lontana dalla sua famiglia?»

Costanza divenne rossa e fissò la punta delle scarpe.

«Forse sono stato indiscreto. Mi perdoni, ma pensavo che una donna così giovane, graziosa e perbene non avesse segreti da nascondere.»

«Invece ho i miei segreti.»

E in quel momento lo odiò per averla riportata ai suoi tristi ricordi. Il maestro, imbarazzato, cambiò discorso.

«Purtroppo ho solo due biglietti e non posso essere scortese verso il dottore. Ma mi creda, mi avrebbe fatto davvero piacere invitare anche lei.»

Costanza arrossì di nuovo senza sapere che cosa dire, ma per fortuna entrò lo zio e poté tirare un sospiro di sollievo.

«Maestro, che piacere rivederla!»

Vitale gli andò incontro gioviale mentre Pietro Malara si alzava per stringergli la mano. Costanza si affrettò ad aiutare lo zio a togliersi il cappotto.

«Mi deve scusare se sono piombato così senza avvertire prima, ma oggi avevo un minuto di tempo. Sa, sono molto indaffarato.»

«Non si preoccupi, ha fatto benissimo a venire! Costanza, c'è una lettera per te, di Ruggero» disse porgendole la busta. «Allora, mi racconti, come sta andando il suo lavoro?»

Si sedettero uno di fronte all'altro.

«Oh, molto bene, almeno dal punto di vista economico. Ho conquistato una certa agiatezza e mi sono trasferito, come mi consigliò lei, si ricorda? Ora abito a Perry Street, angolo Bleecker Street. Ho una bella casa grande, non mi posso proprio lamentare. Adesso dirigo la banda di un'associazione, qui a New York. Vorrei tentare di formare una mia banda personale, ma purtroppo i miei risparmi ancora non sono sufficienti. E così, per riuscire a mettere qualcosa da parte più in fretta, spesso lavoro in sala di incisione. C'è una grande richiesta di musicisti e direttori d'orchestra in questo settore e sono sicuro che crescerà a dismisura. Vedrà, con l'andar del tempo i dischi sostituiranno sempre più la musica dal vivo.»

Il dottore annuiva.

«Ma non parliamo più di me, dottore. Piuttosto, veniamo al motivo della mia presenza qui a quest'ora, tra l'altro, non in giornata di visita.» Esitò un momento per cercare il tono e il modo giusto per sottolineare quell'invito. «Dunque, io vorrei avere il piacere di invitare lei e sua moglie al grande evento del Metropolitan, sa, l'Aida diretta da Toscanini.» E con un gesto un po' goffo gli porse la busta. «Sono riuscito ad avere due inviti oltre il mio.»

Era un evento veramente importante, tutta New York scalpitava per avere quei biglietti.

«La ringrazio tanto del suo gentile pensiero. Ma se proprio vuole farmi contento, ci porti le due ragazze, all'Opera. Mia moglie e io ne saremmo felici. E forse anche lei» aggiunse ridendo.

Costanza si alzò, a disagio, si scusò e disse che voleva leggere la lettera di suo fratello.

Messina, 20 ottobre 1908

Carissima Costanza,
grazie per la tua lettera, è sempre magnifico ricevere tue notizie. Mi fa piacere sentire che frequenti Francesco Minasi, ma ricordati che ormai si sono stabiliti in America e non credo faranno più ritorno a Messina. Te lo dico prima che sia troppo tardi... Mi vengono in mente strane fantasie, non farci caso. Io qui studio a più non posso; questo che sto preparando è l'ultimo esame. Finalmente! La tesi l'ho già scritta. Appena laureato, il notaio Parisi – sai, era stato un allievo del nonno – mi ha promesso che mi prenderà come tirocinante nel suo studio. Non vedo l'ora. Finché sto chiuso in camera a studiare, mi sembra non cominci mai la vita vera!
Nel frattempo mi sono fatto un regalo: un grammofono. E ti

dirò che ha reso questa casa diversa, finalmente più allegra. Il pianoforte ormai non lo suonava più nessuno e un po' di musica dà un tocco di vita a questo mortorio. A tale proposito ti vorrei chiedere se mi puoi spedire qualche disco americano, qui da noi non se ne trovano.

A casa stanno tutti bene. Guglielmo ha iniziato il nuovo anno scolastico con molto entusiasmo, sicuramente molto più del mio alla sua età. La settimana scorsa zio Corrado lo ha condotto con sé al giornale a vedere la grande rotativa. È tornato così eccitato da quella visita che ha iniziato a fare insieme ai compagni un giornalino che vogliono chiamare "Il Gazzettino dei bambini." Ha detto che ti vuole spedire la prima copia.

Ho un'altra notizia. Alfonso si è sposato. Lei, una ragazza insignificante, è la nipote di un armatore. Sembra uno di quei matrimoni combinati. Ho pensato fosse meglio che tu lo sapessi ora da me, piuttosto che in primavera quando torni (a proposito, ti manderò i soldi per il biglietto dopo Capodanno, presso la Banca Stabile, come sempre).

L'altro giorno in via Garibaldi ho incontrato Palidda. Si è fatta proprio una bella ragazza e, se non fosse che ha gli occhi e i capelli scuri come sua madre, ti somiglierebbe molto. Era contenta perché il padre alla fine le ha dato il permesso di accettare una supplenza di maestra presso una scuola privata importante.

Mamma è stata così felice quando ieri a pranzo le ho detto che tornavi. È molto sola e ti avviso che la troverai parecchio invecchiata. Zia Giustina, invece, è sempre la stessa: mi sembrava vecchia da bambino, ma non più di ora. Per farle distrarre ho prenotato un palco al Teatro Vittorio Emanuele per il 27 dicembre. Daranno l'Aida. Non sono un bravo figlio?

Che dici?
Ma forse dipende tutto da una novità: mi sono innamorato.
Ti abbraccio e lascio la penna a Guglielmo.
Il tuo affezionatissimo fratello Ruggero.

Cara Costanza,
Sono io, Guglielmo. Quando torni? Come sta Macchietta? Io lo penso sempre. Ho avuto 10 al dettato. Ho detto a un mio compagno che in America i treni volano in alto e che ci sono palazzi alti come torri al posto delle montagne, ma lui mi ha chiamato bugiardo.
Ti voglio bene.
Guglielmo

9

Alle 20 in punto del 16 novembre un uomo piccolo, dall'aria triste, che sembrava imbarazzato di fronte all'immensa folla, salì sul podio del Metropolitan Theatre. Un uragano di applausi lo accolse e lui, senza nessuna ossequiosità, ma solo con un breve cenno del capo, ringraziò il pubblico che affollava il teatro.

Quando le luci si abbassarono, un brusio di sorpresa serpeggiò in sala e Pietro Malara, quasi tra sé, sussurrò: «Che idea geniale, illuminare l'orchestra nella buca! Così le viene data la giusta importanza».

Appena Toscanini sollevò la bacchetta, Costanza si girò a spiare l'espressione del maestro Malara. Non aveva fatto che parlarle tutto il tempo del suo idolo, delle sue capacità, della sua sensibilità, del suo carisma e delle innovazioni che aveva intenzione di apportare. Sembrava trasformato. Così, emozionato e felice, appariva di dieci anni più giovane. E aveva anche una bella voce.

Erano arrivati con largo anticipo, quando il teatro era ancora vuoto. Dopo un breve parlottio di Malara con la maschera, si erano accomodati in platea, in sesta fila. Le ragazze non sapevano che quelli non erano i loro posti e l'assistente di sala, che lo conosceva bene, gli aveva detto che si potevano sedere lì perché i Rosencrantz avevano avvisato che non sarebbero potuti venire. Era bastata una mancia per fare una bella figura: Costanza e Giuseppina si erano meravigliate che il maestro Malara fosse talmente importante da essere riuscito ad avere posti così prestigiosi. La sorte, una volta tanto, lo aveva favorito.

In un attimo il teatro si era affollato. Oltre ai frequentatori abituali c'erano tutti gli amanti della musica, gli intenditori, i curiosi che non volevano perdersi quello che sulle pagine dei quotidiani, da giorni, veniva annunciato come un evento. Per l'occasione i newyorkesi si erano premurati di arrivare in orario, perché era circolata voce che Toscanini fosse un tipo bizzarro e avrebbe vietato l'ingresso in sala a opera iniziata.

Costanza aveva disegnato e cucito, per sé e per l'amica, due abiti da sera semplici ma eleganti. Eppure non si sentivano completamente a proprio agio tra tutte quelle signore ingioiellate e abbigliate in modo vistoso. Il maestro Malara, invece, nel frac che usava abitualmente per i suoi concerti, ostentava grande disinvoltura. Guardandosi intorno, salutava compiaciuto con un cenno del capo o un piccolo movimento della mano quei musicisti che conosceva magari solo di vista. Loro ricambiavano con un sorriso gentile, ma incerto.

Fino a quel giorno, Pietro Malara non era apparso particolarmente simpatico a Costanza. Lo trovava presuntuoso, la infastidiva quel suo sguardo che, mentre parlava, vagava altrove, come se il suo pensiero fosse rivolto a problemi più importanti o come se la persona che aveva davanti non meritasse attenzione. Poi all'improvviso, come se solo allora la vedesse, quello stesso sguardo la sezionava in maniera indiscreta e imbarazzante. Ma quella sera le parve ancora più enigmatico, perché le lanciava ogni tanto degli sguardi che non sapeva o non voleva decifrare. Forse erano dovuti allo stato di ebbrezza in cui si trovava per quell'evento.

«È la consacrazione del grande valore degli italiani, tutto merito del sovraintendente Casazza. Italiana l'opera, italiano il direttore, italiano il tenore» spiegava orgoglioso Pietro alle ragazze.

«Caruso è Radames, vero? Non vedo l'ora che compaia! Non l'ho mai sentito cantare. Invece l'Aida l'ho già vista a Messina. Mi ci portò mio padre quando ero piccola, ma non ricordo quasi nulla. Diceva che se mi fossi annoiata, avrei comunque potuto ammirarne le scene fastose.» Per la prima volta da quando era morto, Costanza parlò del padre sorridendo. «E so che ci sarà anche lì a Messina una rappresentazione dell'Aida il 27 dicembre. Mio fratello mi ha detto che forse ci andrà.»

Felice di vederla sorridere, Pietro di slancio le prese la mano, accennando a baciargliela.

Giuseppina si voltò a guardarli divertita, poi riprese a puntare il binocolo verso i palchi. Avvicinandosi di tanto in tanto verso Costanza, nominava al suo orecchio ora questo ora quel nome delle famiglie più prestigiose della città. Qualche signora la riconosceva e la salutava con un cenno del capo. Molte di loro si erano recate in ospedale per consegnare il danaro raccolto in feste di beneficenza.

Ma poi, allo spegnersi delle luci, anche lei fu presa da quel magico clima di attesa. Il sipario giallo oro si alzò e si palesò la prima sontuosa scenografia.

Mentre il pubblico ancora vibrante di emozione sciamava verso la hall del teatro, Costanza e Giuseppina si scambiavano eccitate le loro opinioni sulle scenografie, i colori, le arie, gli arazzi, i costumi, i fiori. Tutto appariva loro fantastico.

«Ma come avranno fatto a ricostruire quei siti imponenti?»

Pietro aveva seguito ispirato la musica accompagnandola con un impercettibile e involontario movimento della mano e aveva applaudito, emozionato e commosso, fino a spellarsi le mani. Ora si disse impaziente di leggere il parere dei critici sui giornali.

«Toscanini ha una forza, una energia così intensa. Durante l'esecuzione, si capisce che ha tutto in suo controllo, domina tutto con la mente. Non ha bisogno del gesto eccessivo, dà piena fiducia ai musicisti maniacalmente preparati nelle prove.»

L'interesse del maestro Malara, pensò Costanza, era stato rivolto interamente all'orchestra e al direttore.

«Trasmette qualcosa di sacro, secondo me, come fosse un sacerdote» disse timidamente.

Lui la guardò meravigliato. «Sì» rispose, «è vero, ha senz'altro ragione.»

Costanza fu lusingata dal fatto che il suo commento gli fosse piaciuto. Aveva timore di parlare di musica con un intenditore, di proferire qualche sciocchezza. In realtà era sempre un po' in soggezione con lui, e ora che lo aveva visto nel suo ambiente, così sicuro di sé, avvertiva ancora di più quella distanza.

Pietro continuava a fissarla e lei si sentì per un momento come ipnotizzata da quello sguardo.

«E di Caruso non dici niente?» la pungolò Giuseppina. «Non vedevi l'ora di vederlo!»

«Che vuoi che ti dica, è stato divino.»

E si immersero entrambe in elogi sperticati per il loro beniamino.

All'uscita dal teatro le due ragazze, trascinate dalla folla, si accorsero che Pietro non era più accanto a loro. Si guardarono intorno, ma non lo trovarono. Tornarono indietro per cercarlo e lo videro ancora nella hall insieme a un gruppo di persone che parlavano animatamente.

«È stato sempre così premuroso con noi, adesso sembra non vederci nemmeno» sussurrò Giuseppina.

Timidamente gli si avvicinarono, Pietro diede loro un rapido sguardo, ma continuò a parlare, infervorato com'era. Dai discorsi che facevano, dovevano essere tutti esperti, musicisti o critici.

«I tempi musicali di Toscanini sono stati appena un po' più lenti delle altre esecuzioni, ma con ottimi risultati.»

«A mio avviso, invece, i tempi erano particolarmente rapidi, sia i *crescendo* che i *diminuendo*, ma con effetti fantastici.»

«Ma poi, nella scena del Nilo del terzo atto ha moderato il suo fervore con ammirevole discrezione...»

«Che sottile modellazione della frase, che simmetria del contorno musicale! Ma quello che più si percepiva era il senso di una totale armonia. I cantanti, il coro, le luci, le scene...»

«Caruso non ha mai cantato meglio, sotto la sua direzione, ha dosato la voce... il duetto con la Destinn, poi...»

«Il coro è stato ampliato, avete notato? Ha dato grande vivacità...»

«Un'esecuzione perfetta.»

«Verdi, quel che è certo, ha avuto il suo migliore interprete. La testa e il cuore di Toscanini sono pieni di musica verdiana.»

«Esatto, è come se Toscanini fosse Verdi.»

«Non ha mai usato lo spartito» disse qualcuno.

«Già. È meglio che un direttore abbia lo spartito nella testa piuttosto che la testa nello spartito.»

E tutti risero a quest'ultima battuta.

A un tratto Pietro sembrò uscire dalla *trance*.

«Scusatemi. Non mi sono accorto che non eravate più dietro di me. Sono stato imperdonabile, ma è stato tutto così...»

«Non si preoccupi, maestro, capiamo benissimo che aveva voglia di discuterne con chi è più esperto di noi» disse Costanza.

«Grazie, Costanza.»

«E che ci dice di Caruso, maestro?» intervenne Giuseppina. «A noi è sembrato meraviglioso anche lui.»

Costanza alzò gli occhi al cielo con espressione insofferente. L'amica mostrava davvero un entusiasmo fanatico verso il tenore.

«Certo, anche lui.»

Girò la testa a guardare il gruppo di colleghi che si avviava verso i camerini. Estrasse l'orologio dal taschino e per un attimo valutò l'idea di infilare le due ragazze in una carrozza e correre dietro agli altri, per porgere i suoi omaggi al maestro. Sapeva che non poteva farlo.

«Andiamo» aggiunse di scatto.

Chiamò una carrozza e con estrema gentilezza fece accomodare le ragazze. E fino a quando non arrivarono a destinazione restò immerso nel silenzio.

10

Quella domenica mattina di fine novembre splendeva un sole da estate di San Martino. Costanza, lasciandosi sedurre dal bel tempo e guidare dalla buona educazione, dopo un attimo di titubanza acconsentì a fare una passeggiata con il maestro Malara, che era venuto di persona fino a casa per invitarla. Mentre stava per uscire, Giuseppina la tirò per una manica e le sussurrò qualcosa che non capì, ma non se ne diede cura.

«Le piace camminare? O vuole che prendiamo una carrozza? Vorrei mostrarle un parco che amo molto, ma non è vicinissimo.»

«No, la prego, andiamo a piedi. Camminare mi dà un senso di calma, mi libera la mente. A Messina andavo sempre a piedi.»

Camminarono uno di fianco all'altra, in silenzio. Pietro era un po' contrariato dal fatto che la giovane era più alta di lui. Pensò che in carrozza sarebbe stato diverso. Aveva sbagliato a chiederle cosa preferisse. Era passato molto tempo da quando aveva corteggiato Evelina, allora era solo un ragazzo e tutto gli risultava naturale, ma ora aveva perso l'allenamento. Non ricordava più come ci si comportasse in questi casi. Evelina era una ragazza semplice, pendeva sempre dalle sue labbra, ma intuiva che Costanza, per quanto la conoscesse poco, era dotata di una sensibilità diversa.

Avrebbe voluto trovare le parole giuste da dirle con la stessa sicurezza con cui trovava le note di una melodia. Ma lui non era bravo con le parole. Si sentiva a suo agio solo se parlava di musica. E poi, a dirla tutta, non voleva apparire ridicolo. Ma era deciso a fare la sua proposta a quella ragazza. Gli sarebbe venuto in mente qualcosa. Sposarsi di nuovo era per lui una necessità: sia per Santino, che non poteva stare senza una madre come era capitato a lui, sia per sé stesso. Donne che gli facevano gli occhi dolci alla fine di un concerto ce n'erano tante, ma nessuna l'aveva mai colpito. Oppure sarebbe stato più giusto prendere in considerazione Giuseppina, e ci aveva anche fatto un pensiero: lei sarebbe stata la mamma ideale per Santino, affezionata com'era, e allegra, piena di buoni sentimenti, con una famiglia alle spalle ben inserita nella società newyorkese. Ma Costanza lo aveva affascinato con quel viso fresco da ragazzina, l'aria innocente, un po' sperduta e così priva di malizia, i grandi occhi azzurri velati di tristezza. Sì, gli era entrata nel cuore.

«La ringrazio di aver accettato, non ha idea di quanto ciò mi renda felice.»

«Per così poco!» rise Costanza.

Parlarono del tempo, di New York, di come fossero generosi i Vitale, del suo lavoro alla sartoria.

«Io l'ammiro molto, sa. Lei è così… bella, così dolce.»

«Ma cosa dice, maestro! Lei mi mette in imbarazzo.»

Costanza era sorpresa e anche un po' irritata con sé stessa. Era stata una sciocca ad accettare, e forse proprio questo le voleva far capire Jo, quando l'aveva tirata per la manica. Ben decisa a non lasciarlo continuare su quella scia, si affrettò a cambiare discorso.

«Lei è di Palmi, vero? Ma come mai ha un accento più napoletano che calabrese?»

«Sì, sono nato a Palmi, ma in effetti ci ho vissuto solo i primi anni di vita. Vede, mia madre morì di parto e mio padre era avvocato patrocinante in Cassazione, per questo stava molto spesso a Roma. Non sapendo che farsene di un neonato, pensò bene di depositarmi a casa di mia nonna. È lei che mi ha cresciuto, insieme a un fratello prete di mio padre, un monsignore.»

«Deve essere stato triste.»

«Da piccolo non me ne rendevo conto. Ma non voglio annoiarla con il racconto della mia vita.»

«No, continui, mi fa piacere.»

Pietro non si fece pregare.

«I Malara erano tra i notabili di Palmi. Abitavamo in un antico palazzo che dava sulla piazza principale. Dal punto di vista materiale, diciamo così, non mi è mai mancato niente. Certo, sì, mi sentivo solo. La nonna era una donna senza nessuna dolcezza, sa come sono talvolta le persone anziane. Ma avevo il pianoforte, un pianoforte tedesco. Sta ancora lì.»

Fece una breve pausa.

«Mi auguro che un giorno possa venire con me a vedere il palazzo di famiglia» aggiunse girandosi a guardarla.

«E com'è che andò a Napoli?» si affrettò a chiedere Costanza.

«Quando la nonna morì, mio zio, che era anche il mio tutore, mi mandò in un collegio privato a Napoli a completare gli studi.»

«E suo padre, non lo vedeva mai?»

«Mio padre con il passare del tempo dimenticò di avere un figlio. Era quasi sempre a Roma per la sua professione, e quando non era lì, era in giro nei casinò di mezza Europa con qualche donna, a sperperare il suo patrimonio. Poi, a un certo punto, scomparve. Anni dopo sapemmo che era morto. Era una persona profondamente egoista» concluse sollevando le spalle con finta noncuranza.

«Deve essere stato molto doloroso per lei.»

Pietro si tastò le tasche alla ricerca di un pacchetto di sigarette.

«La disturbo se fumo? Sì, è stato doloroso. Ma la vita non è dolorosa per tutti?» disse sfiorandole con una mano la spalla.

Costanza si irrigidì, infastidita, ma Pietro, preso dai suoi ricordi, non le prestò attenzione.

«Anche andare via da Palmi è stato triste, benché in fondo non lasciassi nessun vero affetto. Ma ero solo un bambino, legato ai miei luoghi, ai miei giochi, ai miei piccoli amici. Lei non ha sofferto quando ha lasciato Messina? Poi, crescendo, capisci che la vita vera ti aspetta altrove. Che se non ti muovi, non cambia mai niente. Che importa dove si vive: l'importante è cercare di raggiungere i propri obiettivi. Noi soffriamo se non riusciamo a realizzare i nostri sogni, non perché viviamo in un luogo piuttosto che in un altro. Non crede?»

Costanza non rispose. Pensò a quali erano i suoi sogni, i suoi progetti, e risentì la sensazione di vuoto che ben conosceva.

«È stato lì, a Palmi, che ho cominciato a capire che volevo fare il musicista. Era l'unica cosa che m'interessava. Zio Mimì mi portava tutte le domeniche a sentire i concerti della banda alla Villa Comunale. Dovevo avere quattro, cinque anni, chissà, ma qualunque fosse l'opera che suonavano, mi sembrava esprimesse quelle sensazioni che io avevo dentro di me e che non sapevo esternare a parole.»

Ormai Pietro era infervorato nel racconto e niente e nessuno esisteva più.

«Una volta, lo ricordo ancora, alla fine di un'aria, fu tanta l'emozione che mi misi a piangere, e a chi mi chiedeva che avessi non seppi dire niente. Quando passava la banda in marcia per il paese, poi, ero come ipnotizzato e non riuscivo a unirmi a tutti gli altri bambini che invece la seguivano. Lo zio si accorse di questa mia passione e capì che il seminario, dove avrebbe voluto farmi entrare, non era la mia strada. Così chiese al direttore della banda di darmi delle lezioni di pianoforte. Fu lui a consigliare mio zio di mandarmi a Napoli e di iscrivermi al conservatorio di San Pietro a Maiella.»

«Maestro, mi scusi, possiamo sederci un attimo se ci vuole ancora molto?»

«No, no, siamo quasi arrivati.»

«Va bene. Suo zio è una persona intelligente, fu bravo ad acconsentire che lei si trasferisse a Napoli.»

«Sì, è vero. Ma forse faceva comodo anche a lui che andassi via da Palmi. Non che non mi volesse bene, ma aveva i suoi progetti. Aveva già fondato un orfanotrofio femminile e probabilmente voleva fondarne altri. Cominciava anche lui a stare spesso via da casa per seguire i suoi progetti, e allora, forse anche io ero diventato un problema.»

«Be', l'avrebbe sempre potuta mettere in seminario.»

Malara si fece una grassa risata.

«Mi ci vede prete?»

Proseguirono per un po' in silenzio, lungo la Broadway, ciascuno assorto nei propri pensieri.

«Lei sa chi è Francesco Cilea?»

«Il musicista? Naturalmente.»

«È mio conterraneo, lo sa? Ci conoscevamo già a Palmi, e poi ci siamo ritrovati come compagni al Collegio di San Pietro a Maiella.»

«Ma davvero?»

«Sì. Occupavamo la stessa camerata riservata agli allievi più piccoli, quella all'ultimo piano, e all'inizio diventammo amici. Studiavamo pianoforte con il professor Cesi, molto bravo, ma anche molto severo, e frequentavamo anche le stesse classi di Armonia e di Composizione. Purtroppo.»

«Perché purtroppo?»

«Perché uno solo aveva la possibilità di emergere. E questa fu sempre riservata a lui. Ogni maledetto anno.»

Schiacciò sotto il piede la sigaretta, e parve rabbuiarsi.

«Faceva tutto lui, fu nominato primo maestrino, dirigeva l'orchestra e i cori in ogni saggio, eseguiva le sue composizioni originali... Non che non avesse talento, ma insomma!»

«E invece la sua musica, quella che componeva lei?»

«Alla fine ho lasciato perdere la composizione. Che senso aveva? Non mi è stata data un'occasione, dico una, per dimostrare le mie capacità in quel campo. Ed ero bravo, mi creda.»

«Mi sembra un peccato aver lasciato perdere tutto per colpa di Cilea. C'è posto per tutti nel campo della musica, o sbaglio? E ora, qui a New York, magari potrebbe riprendere.»

«Ormai è andata così. La direzione, adesso questa è la mia strada. Il nome di Pietro Malara, vedrà, diventerà famoso!»

Costanza pensò di nuovo che era un presuntuoso. Ma capì anche che la competizione con Cilea l'aveva ferito profondamente, e adesso era in cerca di una rivalsa. Arrivarono in un parco piccolo, spoglio, silenzioso. Niente più che un triangolo di terra. Costanza restò delusa, non aveva alcuna attrattiva se non il monumento dedicato a Giuseppe Verdi. Un gruppo di italiani era fermo ad ammirare le statue di alcuni dei personaggi delle opere più famose del grande maestro, messe lì intorno quasi a fargli compagnia.

Malara si tolse il cappello per salutare due distinti signori che passeggiavano nel viale.

«Sono musicisti» sussurrò a Costanza. «Anche Caruso ci viene. E Toscanini, che alloggia all'Ansonia, l'hotel che sta proprio qui di fronte, anche lui ho sentito dire che passeggia spesso da queste parti. Spero prima o poi d'incontrarlo, e che mi inviti a far parte del suo piccolo cenacolo di direttori. Si riuniscono qui all'Ansonia una sera alla settimana. È una persona introversa Toscanini, ha la fama di essere inflessibile e sarà anche vero, ma è anche molto generoso verso i colleghi. Chissà, potremmo avere la fortuna di vederlo.»

«Ah, ecco perché siamo qui.»

«No, non è così. Forse non mi sono espresso bene. Ma sediamoci!»

La prese sottobraccio e la guidò con decisione verso una panchina poco distante.

«Mi creda, non pensavo a Toscanini quando ho deciso di portarla in questo parco. Volevo invece che lei vedesse un luogo che per me è importante. La musica è tutta la mia vita, e tutto ciò che me la richiama alla mente mi è caro. Vede, Costanza, lei stessa mi è cara perché mi fa pensare a Gilda, la bellissima e amata figlia di Rigoletto. E, come lui, io vorrei proteggerla. Non come un padre, però, ma in veste…»

Costanza lo interruppe e liberò la mano che lui teneva stretta tra le sue.

«Non lo dica, la prego.»

«Perché?» Pietro la guardò corrucciato. Non aveva nemmeno per un istante preso in considerazione la possibilità che lei potesse respingerlo.

«Non potrà mai essere» disse risoluta. «C'è un'altra persona. E poi, a marzo torno a Messina.»

11

Il giovedì niente e nessuno avrebbe potuto impedire a Giuseppina di fare il suo giro di visite alle puerpere di Little Italy. Per lei era fondamentale aiutare le povere donne del quartiere, molte delle quali, analfabete, preferivano risolvere i "problemi" tra loro, mettendo a repentaglio la propria vita e quella dei neonati.

"Si va in ospedale per morire" era il convincimento più diffuso ed erano, quindi, rarissime quelle che si rivolgevano al Bellevue o al Columbus per partorire. Toccava alle giovani ostetriche come lei o alle assistenti sociali seguirle, almeno i casi più difficili. A volte le colleghe più spregiudicate, di fronte alle misere famiglie dove c'erano già cinque o sei figli da sfamare, non esitavano a consigliare sottovoce di farsi sterilizzare. Giuseppina, invece, si limitava a spiegare che l'allattamento prolungato non proteggeva da nuove gravidanze, come pure alcune pratiche che avevano a che fare più con la stregoneria che con la scienza.

Entrò in un portone di Elizabeth Street dove Rosy, una collega più anziana, la stava aspettando con la sua vecchia borsa da ostetrica. Nel misero appartamento trovarono la donna riversa sul letto in un lago di sangue per avere cercato di abortire con un ferro da calza. Giuseppina, terrorizzata, temette che fosse già morta, ma aveva solo perso i sensi. Mentre Rosy, più fredda perché più esperta, le prestava soccorso, lei spedì di corsa il marito, che se ne stava a piangere inebetito, all'ambulatorio di Grand Street per chiamare l'ambulanza dell'Associazione. Poi si occupò dei cinque bambini e li portò via da casa, se si poteva chiamare così quell'unica stanza senza finestre, che prendeva aria solo dal condotto.

«Alla fine sei venuta, meno male.»

«Ce l'ho fatta, anche se c'è stata un'emergenza.»

Giuseppina raccontò in maniera concitata a Costanza quanto era successo. Una donna dalle forme giunoniche le aspettava davanti all'ingresso del Columbus, e corse ad abbracciarle.

«Sono contenta che ci sei anche tu, Jo. Non ci speravo, sei sempre così occupata.»

«Natalia, non ti avevo riconosciuta così incappucciata!»

«Di' la verità, non mi avevi riconosciuta perché sono diventata una balena. È che ho sempre fame» aggiunse ridendo.

«È l'allattamento» rispose Giuseppina. «Ma ricordati di bere molto, zuppe e brodi a volontà. Su, entriamo.»

Nella sala d'attesa dell'ambulatorio riservato alle visite ginecologiche, come succedeva spesso, non c'era nessuno. Anche Natalia era stata quasi obbligata dalle amiche a farsi seguire da un medico durante la gravidanza, e se non fosse stato per loro non sarebbe mai venuta per il controllo dopo il parto.

«Come sta la donna che è arrivata in ambulanza con Rosy?» chiese Jo all'infermiera.

«Bene. Ora dorme tranquilla.»

«Vado a controllarla un momento, voi cominciate a entrare in ambulatorio, ragazze.»

«Signorina Vitale, è passato da poco un signore che ha lasciato un biglietto per voi.»

Giuseppina lo prese e lo lesse avidamente.

Amore mio. Non posso venire all'appuntamento di domani. Sono costretto a partire per lavoro. Ti cercherò io al mio ritorno.

«Perché non mi accompagnate?» disse Natalia rivestendosi dopo la visita. «Passiamo al negozio, diciamo a Carmine che è tutto a posto e poi saliamo a casa a vedere Angiolina.»

Uscirono sottobraccio per strada, senza accorgersi che il freddo era aumentato. Eccitate, parlarono del Natale, dell'albero che Natalia voleva comprare e addobbare secondo le usanze americane, e di come sarebbe stato bello trascorrere la festa tutti insieme, anche Natalia con la sua famiglia, a casa di Giuseppina. La signora Amalia avrebbe cucinato il pranzo tradizionale, avrebbero comprato i dolci siciliani dai Ferrara e Carmine avrebbe portato il Vin Santo e un po' di musica per stare allegri. Tutto a un tratto, però, Costanza cambiò umore. Il pensiero del Natale aveva ancora il potere di rattristarla.

«Vorrei prendere un disco da mandare in regalo a Ruggero. Mi aiutate a sceglierlo?»

Quando entrarono nel negozio, trovarono Carmine tutto indaffarato dietro a uno scintillante registratore di cassa, alle prese con dei clienti. Il locale, come sempre durante le settimane prima di Natale, era affollato dai tanti italiani che cercavano nella musica un rimedio alla nostalgia di casa e da quanti volevano mandare alle famiglie un disco. Costanza si guardò intorno. Si respirava una strana atmosfera, un miscuglio di gioia e malinconia, come se in quel luogo si vendessero medicine contro la solitudine, la disperazione, i ricordi.

Tutti chiedevano al povero Carmine un consiglio e lui non sapeva come giostrarsi. Appena vide la moglie, il suo sguardo si illuminò. Natalia corse a dargli un bacio e solo dopo si liberò di sciarpa, cappotto e guanti. Senza perdere tempo, si mise a ricollocare negli scaffali i dischi che dei clienti avevano lasciato in disordine, mentre alcuni aspettavano di poter parlare con lei.

«Ragazze, cominciate a scegliere la musica che preferite ascoltare. Finisco qui e vi accompagno nella stanzetta del grammofono.»

Costanza e Giuseppina presero vari dischi, ma non sapevano decidersi.

«Perché non gli mandi questo, *Guardanno 'a luna*, a tuo fratello?» intervenne Natalia. «Non credo lo possa trovare in Italia. È stato pubblicato qui a New York.»

«No, penso che preferisca qualcosa di americano. Di più tipico. Non hai niente?»

«Ho capito cosa potrebbe piacergli, vieni qui. La musica *coon*. Ti consiglio questo» disse porgendole un disco con una copertina che raffigurava in maniera sarcastica un uomo di colore che suonava un banjo.

«Ma, no, non queste canzoni!» intervenne brusca Giuseppina. «Queste ridicole messe in scena dei neri!»

«Natalia, lì, in alto, prendigli, *In the Good Old Summer time*» le suggerì il marito.

«Eccolo qui. Lo volete sentire?»

«No, non c'è bisogno. Mi fido di Carmine. Speriamo piuttosto che arrivi in tempo per Natale.»

New York, 7 dicembre 1908

Caro Ruggero,

Me lo scrivi così? "Mi sono innamorato", senza darmi altre notizie!

Lo hai fatto a bella posta, di' la verità, per incuriosirmi e farmi dannare.

Chi è lei, come si chiama, la conosco, quanti anni ha, come l'hai conosciuta, a casa che ne pensano? Voglio sapere tutto, e soprattutto se anche lei ti ama. Ora mi fai rimpiangere di non aver prenotato il piroscafo per Natale. Marzo mi sembra così lontano, e io non vedo l'ora di conoscerla.

Quanto a me, sono tanto impegnata che a stento ho trovato il tempo di scriverti.

Molte signore che non si erano mai viste prima sono venute in sartoria per rimodernare o addirittura ordinare abiti nuovi per Natale. Mi ero meravigliata che in tante ci tenessero ad avere un abito nuovo, perché in fondo Natale è una festa che si trascorre in famiglia. Poi Anna mi ha svelato il mistero. A novembre è sempre così, ha detto, perché gli abiti "buoni" servono per le fotografie che mandano al paese con gli auguri. E ci tengono che i compaesani vedano come se la passano bene. La cosa triste è che molti non se lo possono proprio permettere, altro che passarsela bene!

Nei primi tempi, quando ti parlai di Little Italy, ti dissi quanto ero inorridita vedendo come vivevano i nostri compaesani.

Adesso che ci vengo tutti i giorni, però, ho capito tante cose: anche se le condizioni di vita sono miserrime e i sacrifici sono tanti, riescono a lavorare quasi tutti. In questi due anni ho visto molti che ce l'hanno fatta e si sono tirati fuori dalla miseria.

I siciliani, poi, sai come sono: ci tengono a mantenere intatte le loro abitudini. Ma in realtà tutta Little Italy è un mondo a sé. Si parla uno strano dialetto, uno spassoso miscuglio di siciliano e americano, e inoltre ho notato che c'è una voglia tutta nuova di divertirsi, forse per dimenticare, almeno durante il fine settimana, la fatica e la nostalgia di casa.

Non hai idea di quanti caffè con le orchestrine, quanti pianini a manovella per le strade, cinema, teatri ci sono qui. E, figurati, gli operai si recano a teatro così come stanno, con la maglietta da lavoro, e le donne sono capaci addirittura di allattare in pubblico durante gli spettacoli. Naturalmente tutto costa pochi centesimi.

Anch'io, sai, comincio a essere contagiata da questa voglia di divertimento: il mese prossimo andrò con Frank e Giuseppina a teatro a vedere Farfariello. Non so se lo hai mai sentito nominare, qui è famoso per le sue macchiette, i travestimenti e le canzoncine. Se trovo un disco, te lo mando. Per ora ti ho comprato al negozio di Natalia due dischi americani, come mi avevi chiesto. Domani li spedisco. Uno è musica coon, così la chiamano, è molto in voga qui. L'altro me lo ha consigliato Carmine. Fammi sapere, poi, se ti sono piaciuti.

E prima di chiudere la lettera, caro fratello, ti voglio parlare di Frank. Non sapevo se dirtelo, ma mi fa piacere avere il tuo consiglio. Mi mancano le nostre piccole confidenze. Ecco come stanno le cose: mi ha detto che mi ama, ma che per il momento non può prendere nessun impegno. I suoi studi non sono ancora finiti e non se la sente di tenermi legata troppo a lungo. Dice che mi vuole lasciare libera, almeno fino a che non può fare una proposta concreta di matrimonio. Questo però non gli impedisce di comportarsi come un fidanzato e fare il muso lungo se qualcuno si interessa a me. E in realtà non ha tutti i torti. I corteggiatori non mi mancano. Figurati che addirittura ho ricevuto una proposta di matrimonio da una persona molto più grande di me, un musicista di Palmi. Un vedovo con un figlio, pensa un po'. Un bambino delizioso, che mi fa tanta tenerezza, ma certo, non per questo posso sposarne il padre!

Ti devo confessare che mi sento confusa. Frank mi piace molto, è un ragazzo aperto, pieno di vita, ha un carattere espansivo, ma sposarlo significherebbe vivere qui per sempre, anche se lui dice che questo non è detto e che, se io lo desiderassi, sarebbe pronto a tornare a vivere in Sicilia.

Poi da vicino ti spiegherò meglio. Ora vado a dormire.

Ti faccio tanti auguri per Natale. Agli altri ho già scritto. A proposito, leggi il resoconto che ho inviato a mamma del concerto di Toscanini. È stato bellissimo.

Ti abbraccio.

Costanza

Messina, 8 dicembre 1908

Cara sorella,

sono le undici di sera, sono appena rientrato a casa, ma ti scrivo subito per darti notizie che sono sicuro ti faranno piacere.

Oggi siamo stati a casa di zio Corrado per fare gli auguri alla zia per Santa Immacolata.
La solita festicciola in famiglia, come tutti gli anni. Ma, non ci crederai, per la prima volta è venuta con noi anche mamma, che delle feste, come ben sai, non voleva proprio più saperne. Non solo è venuta, ma è stata anche sorridente e amabile per tutta la sera. Zia Immacolata si è commossa quando l'ha vista e si sono abbracciate strette, senza dirsi niente. A volte le parole sono superflue.
Sono felice perché sento che la vita finalmente ricomincia a scorrere: da qualunque tragedia si può rinascere, anche quando sembra difficile pensare che un giorno rivedremo la luce.
Ti racconterò presto anche della ragazza che mi fa battere il cuore. Preferisco farlo di persona: tanto, non manca molto.
Non vedo l'ora di riabbracciarti.
Scusa per la forma non proprio elegante e per la lettera affrettata ma è tardi, sono stanco e anche un po' brillo a causa dei troppi brindisi.
Il tuo affezionatissimo fratello Ruggero.

12

Quella mattina era uscita prima del solito. Voleva arrivare in orario, ma prima doveva assolutamente spedire quelle lettere, alla mamma e a Ruggero. Era stata imperdonabile: chissà come e perché le aveva dimenticate nel cassetto da settimane e se n'era accorta solo la sera prima, quando era arrivata una nuova lettera di Ruggero, con quella bella notizia. E dire che era convinta di averle già spedite! Il lavoro intenso e tutti i preparativi per andare a New Haven a trascorrere il Capodanno con i Minasi, l'avevano completamente assorbita. Andò diretta alla Banca Stabile, da lì sarebbero partite prima.

Già da lontano notò che lì intorno si era formata una piccola calca, inconsueta per quell'ora del mattino. Man mano che si avvicinava, facendo attenzione a non scivolare sul ghiaccio che si era formato nella notte, la sorpresa aumentava.

Il ragazzo che distribuiva i giornali era circondato da una folla vociante che, spintonandosi, sembrava volesse strappargli di mano. Lui lanciava come al solito il suo strillo, ma non si capiva cosa dicesse. Che ci facevano lì tutte quelle donne che si abbracciavano, e quegli uomini che sembravano asciugarsi il sudore con i fazzoletti?

Man mano che Costanza si accostava, il passo diventava più esitante, come avesse un impedimento. Era una forza che si opponeva e la spingeva nella direzione opposta. Una sensazione che le pareva avere già provato. Ma quando?

Attraversò la strada e improvvisamente colse il senso di quelle parole e delle immagini che stava vedendo di fronte a sé. Fu un attimo: cadde a terra svenuta, senza emettere nemmeno un suono.

Nella concitazione generale, tra gente che piangeva e gridava e altri che disperatamente cercavano notizie nei giornali, qualcuno si premurò di soccorrerla.

«È quella ragazza della sartoria, poverina, anche lei è di Messina!» disse una giovane donna china su di lei, mentre lo strillone continuava a fare il suo lavoro: «Messina distrutta! Terremoto a Messina! Centomila morti!».

«Presto, qualcuno mi aiuti, questa giovane sta male!»

Una donna provò a sollevarla, ma non ci riuscì e la povera Costanza ricadde sulla strada bagnata dalla neve sciolta, bianca in volto come fosse morta.

§

«Ho preso tutti gli accordi con il comitato, dopodomani parto. Sono riuscito a ottenere un posto sul piroscafo per Napoli.»

Dal giorno in cui avevano ricevuto la notizia, in casa Vitale non c'era più pace, come non c'era più pace in tutta New York, dove la comunità italiana era foltissima. Si leggevano avidamente le notizie sui giornali, si tentava di saperne di più, si raccoglievano fondi ovunque. Qualcuno paragonò il disastro all'eruzione del Vesuvio del 79 d.C. che aveva raso al suolo Pompei. Il terremoto, si seppe subito, aveva distrutto anche Reggio. C'era stato poi lo strascico del maremoto: tre onde di proporzioni gigantesche si erano abbattute su Messina, Reggio e sui paesi intorno. Era stato alle 5.20 del mattino del 28 dicembre, quando la città dormiva ancora e solo qualche peschereccio stava rientrando nel porto.

«Ho paura, Antonio» bisbigliò Amalia che non voleva farsi sentire da Costanza. «I giornali dicono che è tutto distrutto, che ci sono incendi ovunque, che ospedali, telegrafo, municipio, tutte le sedi delle autorità sono crollate. Non andare!»

«C'è bisogno di aiuto, non possiamo restare con le mani in mano! I feriti sono migliaia.»

«Ho letto che i sopravvissuti vagano come fantasmi sulle macerie alla ricerca dei propri parenti. Ma che ci sono anche tanti ladri, e che si spara a vista sugli sciacalli, che la situazione è fuori controllo... che non c'è più niente.»

«Sì, l'ho letto anch'io, che credi. Hanno messo la legge marziale» rispose con tono grave. Poi riprese a parlare con voce rassicurante: «Cara, i giornali ne dicono tante, ma di certo non si sa ancora nulla. Ho saputo che hanno attrezzato campi di soccorso anche sulle navi. Ci sono tantissime persone lì, in Sicilia, che ancora possono essere salvate. E poi l'ho promesso, Amalia».

Quando era arrivato quella mattina a Grand Street, aveva trovato una piccola folla che stava già lì ad aspettarlo davanti alla sede dell'Associazione, e che, urlando e piangendo, aveva fatto ressa intorno a lui: tra le mani, fotografie sbiadite, biglietti, lettere, qualcuno addirittura con un fagotto contenente biancheria o una forma di pecorino che voleva consegnargli. E lui si era sentito impotente, davanti a tanta disperazione, a tanta ingenua fiducia.

Vitale diede un buffetto affettuoso alla moglie, facendo una smorfia che voleva essere un sorriso. Tirò fuori dei fogli dalla tasca interna della giacca. «Sono un'infinità...guarda qui, ho un elenco di nomi di gente disperata che chiede di sapere la sorte dei loro cari. Nemmeno il telegrafo dà risposte. In tanti vorrebbero partire ma è impossibile. Io ho il dovere di cercare anche per loro, e poi i nostri parenti... gli Andaloro... gli altri amici... la nostra casa.»

Amalia annuì rassegnata. In fondo aveva ragione, qualcuno doveva andare, e lui come medico, per la sua posizione nell'associazione, era di sicuro la persona più indicata. Sconsolata, andò a sedersi sul divano vicino alla figlia che l'abbracciò.

«La signora Anna Squillace, papà, la sarta dove lavorava Costanza. Non ti dimenticare. È disperata. Cerca di avere notizie della sorella. E poi... anche notizie di Alfonso Orlando. Costanza non lo dice, ma sono sicura che vorrebbe sapere.»

«Certo, ho già appuntato i loro nomi. Piuttosto, quanti dollari avete raccolto voi del comitato femminile?»

«Lo sai, papà, che Caruso ha dato ottomila dollari?»

«Bene. Giuseppina, mi raccomando, continuate a darvi da fare, pure quando sarò partito.»

«Non sarà facile perché Costanza ha bisogno di essere seguita, lo sai.»

Quella mattina maledetta qualcuno aveva portato Costanza in ospedale, poi l'avevano mandata a casa su richiesta del dottor Vitale. Grazie ai sedativi non aveva dato segni di irrequietudine, ma appena aveva riacquistato conoscenza era corsa alla Banca Stabile, in cerca di notizie, e i Vitale non erano riusciti a fermarla. Voleva inviare telegrammi al giornale, a zio Corrado, alla mamma, voleva spedire lettere, ma soprattutto controllare se fosse arrivato qualcosa per lei. Giuseppina le era andata dietro, preoccupata. Ma quando giunse davanti alla banca, Costanza si dovette arrendere. Una massa enorme di gente era corsa là, premeva per entrare e cercava di forzare lo sbarramento degli agenti che, a un certo punto, furono costretti a chiudere le porte. Un impiegato affacciatosi a una finestra del primo piano gridò: «Non ci sono notizie, tornate a casa. I telegrafi ancora non funzionano. Le comunicazioni sono sospese. Messina risponde con il silenzio alle nostre richieste».

Messina risponde con il silenzio? Che voleva dire?

Era tornata a casa senza dire una parola. Non sopportava le loro voci affettuose, che giungevano attutite e confuse.

"Messina risponde con il silenzio. Messina risponde con il silenzio." Non riusciva a capire altro.

Si rifugiò nella sua stanza in cerca lei stessa del silenzio. Voleva per lei quel silenzio dove erano precipitati tutti i suoi cari. Solo lì le sembrava di essere loro più vicina.

«Per qualsiasi cosa rivolgetevi al dottor Barrow, Peter Barrow. E fate molta attenzione. In questi casi si possono fare delle sciocchezze» aveva detto Vitale. «I sopravvissuti possono pensare di non aver diritto alla vita.»

Il dottor Vitale stava chiudendo la sua valigia, quando pallida, tremante, i capelli arruffati, in veste da camera, Costanza comparve sulla soglia del soggiorno.

«Zio Antonio, voglio venire con voi.»

«Non è possibile, figlia mia. Tutti vorrebbero partire, ma

non è possibile. A stento sono riuscito a ottenere quel posto sulla nave e solo perché sono un medico.»

«Allora per piacere portatele voi queste lettere. Sono per mamma, Ruggero, papà...»

Giuseppina la guardò terrorizzata, sperando che fosse solo l'effetto dei sedativi.

§

L'intera New York si mobilitò per i terremotati. L'arcivescovo John Farley in persona chiese alla città uno sforzo per aiutare i superstiti. I siciliani erano moltissimi e non si contavano le famiglie che avevano subìto perdite. Era come se una guerra avesse decimato la popolazione.

Quando cominciarono ad arrivare i primi superstiti dalla Sicilia, con i loro racconti raccapriccianti, i primi elenchi di morti accertati, allora parve non ci fosse più senso nel fare le cose.

La signora Squillace appese un cartello con la scritta "Chiuso per lutto" davanti alla vetrina della sartoria per donna. Tanto, diceva, chi pensa a farsi un abito nuovo in questo momento? Non si dava pace per la morte della sorella, che pochi mesi prima era ripartita per Messina. Malediceva il destino e lei stessa che non l'aveva saputa trattenere lì. Maria aveva sperato di trovare marito, a New York, ma non aveva ricevuto nessuna proposta di matrimonio. Stufa di fare imbastiture e pieghe aveva deciso di tornarsene a casa.

«La dovevo trattenere con la forza» diceva ora disperata. «Dovevo costringerla a restare.»

Anche i Minasi, come Natalia, come tutti, avevano perso o presumevano di avere perso amici e familiari. Ma il loro dolore era più contenuto, perché ormai da anni avevano lasciato Messina. Quelle perdite avrebbero significato soprattutto non ricevere più lettere, ché questo erano diventati i parenti: pezzi di storie che viaggiavano su carta e raccontavano fatti che, quando arrivavano a destinazione, erano già diventati altro.

Poco alla volta i contorni della tragedia si erano andati delineando e, di pari passo, le condizioni di Costanza erano peggiorate. Il dottor Vitale era partito già da un po' e le notizie che giungevano da lui sembravano confermare le più nere aspettative. Della famiglia Andaloro non si sapeva niente, molto probabilmente non c'era nessun superstite. Dell'edificio della Palazzata, dove abitavano, non restava che un cumulo di rovine. Gli abitanti erano di sicuro tutti morti, perché anche i sopravvissuti alle scosse e ai crolli erano stati trascinati in mare dal risucchio delle onde. La legge marziale, del resto, stabiliva di sparare a chiunque si aggirasse tra le macerie senza permesso, impedendo qualsiasi ricerca. I corpi di Corrado Andaloro, di sua moglie e di Palidda erano invece stati ritrovati e identificati, insieme a quelli dei due bambini. Zia Germana era stata estratta dalle macerie, e morta dopo poche ore. Alfonso Orlando risultava nell'elenco dei dispersi, insieme alla giovane sposa. E non ebbe mai il coraggio di parlare, Vitale, dei corpi finiti nelle fosse comuni e bruciati, degli sciacalli fucilati sul campo, veri o presunti che fossero, e di tutti i cadaveri che giacevano ancora sotto le rovine. Nel suo ultimo telegramma indirizzato alla moglie aveva scritto solo: "Cerca di preparare Costanza alla notizia ferale. Degli Andaloro nessuna traccia."

Amalia, però, non aveva il coraggio di toglierle tutte le speranze.

«Possono essere in qualche campo di soccorso, su qualche nave che pare trasporti i feriti» le diceva per tranquillizzarla. Cercava così di lenire il suo dolore, la sua disperazione difficile da arginare.

La loro bella casa a Messina era ridotta a un cumulo di macerie, e il posto dove aveva sognato di tornare un giorno non esisteva più. Ma almeno i loro parenti si erano salvati, perché per le feste erano tutti andati al paese, a Zafferana Etnea. E di questo Amalia ringraziava la Madonna.

Per tutti quei giorni Costanza continuò a dormire, e anche nei momenti in cui sembrava sveglia era in realtà stordita dai calmanti. Parlava lentamente e le sue emozioni erano come raffreddate. Non sembrava ricordare, a volte era confusa, altre volte ritrovava la lucidità e interrogava Giuseppina o Amalia.

«Perché mi sento così? Vorrei uscire, vorrei andare anch'io all'ufficio postale per vedere se sono arrivate lettere, telegrammi per me, ma non ne ho la forza.»

E poi cominciò a dormire sempre meno e anche a chiedere sempre meno notizie. Nell'attesa che il dottore tornasse, passava il tempo chiusa in camera a scrivere lettere, alla madre, ai fratelli, a zia Giustina, persino a Carmelina, e le consegnava quasi quotidianamente a Giuseppina perché le spedisse. In un primo momento l'amica cercò dolcemente di farle capire che forse, in quel caos, non sarebbero arrivate, ma poi cominciò a fingere. Le prendeva e la tranquillizzava sul fatto che le avrebbe inviate, e invece le conservava in un posto sicuro, in camera sua.

13

«Costanza, vieni in salotto, ti prego. Cerchiamo di non essere scortesi con lui» disse Giuseppina.

Come sempre accadeva quando qualcuno bussava alla porta, Costanza si era barricata in camera sua e si rifiutava di vedere chicchessia.

Da quando aveva smesso di sperare che arrivassero buone notizie da Messina, si era chiusa sempre più in sé stessa. Si presentava a cena la sera solo perché le tornavano in mente le raccomandazioni accorate della mamma di essere gentile con la famiglia che la accoglieva. Mangiava solo un po' di minestra ma poi riponeva il cucchiaio, gli occhi fissi sul piatto. Le sembrava di essere tornata a qualche anno prima, dopo la morte del padre. Ma adesso, oltre che disperata e atterrita, si sentiva completamente sola.

«Vieni, Costanza. Il maestro Malara è venuto per te.»

«Anche Frank era venuto per me, e non l'ho voluto incontrare.»

«Hai fatto male. Quel ragazzo ti ama davvero. Soffre insieme a te e non capisce perché tu ce l'abbia con lui e lo tenga a distanza. So che lo ami anche tu. Non lo respingere. Non farti del male da sola. Con lui potresti, un po' alla volta...»

Costanza la guardò con occhi di fuoco: «Hai capito male. Io non amo nessuno!».

Giuseppina sbuffò spazientita. Certo che l'amava! Ma Costanza a volte riusciva a essere ostile anche con chi si occupava amorevolmente di lei.

«Va bene, ora non è il momento di discutere. Fammi solo il favore di venire in salotto.»

«Perché dovrei?»

«Te lo dico io perché. Vorrei cogliere l'occasione per chiedere al maestro di partecipare con la sua banda al concerto di beneficenza che sto organizzando. No, aspetta, non protestare. Non sto approfittando di nessuno, ma è per una causa più che giusta.»

Costanza rimase immobile.

«Dobbiamo dare, ognuno come può, il nostro contributo.» Fece una pausa. «Anche tu.»

Costanza annuì debolmente.

«Hai ragione, Jo. Anch'io.»

Si alzò, si stirò la veste con le mani, si sistemò alla meno peggio i capelli e fece per uscire dalla stanza, quando Giuseppina la fermò e la strinse ancora una volta in un abbraccio. Come sempre accadeva, gentilmente, ma con fermezza Costanza la allontanò.

Il salotto era in penombra. In quella casa le finestre non venivano più spalancate per fare entrare la luce e il sole. Come se potessero ferire e quasi offendere con la loro prorompente forza vitale l'oscurità dell'animo di Costanza e di quanti come lei soffrivano. Era un modo come un altro di rispettarne il lutto.

Pietro si alzò in piedi quando la vide entrare. Voleva

esprimerle la sua partecipazione. «Mi dispiace, veramente mi dispiace. Io non ho perso nessuno, a Palmi, non avevo più nessuno lì.»

Costanza sollevò gli occhi su di lui e Pietro interpretò quel gesto come un segno d'interesse.

«Sì, non ho più parenti. Mi è rimasto solo il fratello di mio padre, il sacerdote che si occupò di me quando rimasi orfano. Ma ho perso i contatti con lui già da diverso tempo. Anzi adesso devo… Vorrei scrivergli.»

Mentre parlava ebbe come la sensazione che Costanza non lo stesse più ascoltando, e d'improvviso tacque. Giuseppina capì l'imbarazzo e intervenne pronta, con una tazza di caffè.

«Come va il suo lavoro, maestro?»

«In questo periodo nella comunità italiana si rispetta il lutto…»

«Giusto. Proprio a tal proposito volevamo chiederle, Costanza e io, se lei potesse partecipare con la sua banda al concerto che sto organizzando con la nostra associazione.» Dette una gomitata a Costanza, che volenterosa aggiunse: «Sì, maestro, le saremmo tanto grate».

Pietro le rivolse un dolce sguardo.

«Per lei…» ma si corresse subito. «Cioè, volevo dire, se si tratta di aiutare quei poveretti, certo che parteciperò. Nella banda che dirigo sono tutti italiani.»

Per la prima volta abruzzesi, pugliesi, napoletani, liguri e gli altri emigrati del nord si sentivano uniti, solidali e tutti appartenenti a un'unica nazione.

In quel momento Amalia entrò in salotto e Pietro si alzò in piedi; le si avvicinò, le prese la mano che lei gli porgeva e si chinò su di essa come per baciarla.

«Si accomodi, maestro. Sentivo del concerto di beneficenza. La ringraziamo tutti, anche mio marito.»

Costanza si alzò di scatto. Era sicura che appena la zia avesse iniziato a parlare del marito e di cosa stesse facendo laggiù avrebbe ricominciato a piangere e non voleva dare spettacolo.

«Buonasera maestro, io vado.» E senza aspettare risposta uscì dalla stanza.

Amalia scosse la testa sconfortata.

«Non sappiamo che fare. Anche se... possiamo solo immaginare il suo dolore. Certo, ognuno di noi ha perso tanti amici e conoscenti. Ma Costanza ha perso tutti.»

«So bene cosa vuol dire restare soli.»

Ci fu un momento di silenzio imbarazzato. Pietro bevve il suo caffè tutto d'un fiato.

«Come sta Santino?» chiese Giuseppina mentre toglieva la tazzina di mano al maestro che non sapeva dove posarla, «Cresce bene?»

L'espressione cupa del volto di Pietro si rasserenò e si aprì a un tenero sorriso.

«Sì, sì. Cresce bene per fortuna, ora posso permettermi anche una donna che si occupa di lui.»

«Mi fa piacere sentire finalmente delle buone notizie. Ma ora mi dica, quando ci potrà far sapere dei suoi orchestrali? Non abbiamo molto tempo, il concerto è tra quindici giorni. È per il 28 febbraio. Sa, saranno due mesi...»

«Un po' poco per organizzare tutto. E dove pensate di farlo?»

«Al Grand Theatre. Ci hanno dato subito la disponibilità.»

«Va bene, ci riusciremo» disse Pietro alzandosi per andare via. «Le darò conferma tra due, massimo tre giorni sul numero degli elementi e sul repertorio.»

«Grazie. Farò stampare i manifesti e gli inviti. E poi ci dovremo dare da fare per vendere i biglietti.»

«Ma non sarà difficile. C'è in tutta la comunità italiana una grande gara di solidarietà.»

14

Il concerto fu un successo.

Con la sua banda musicale di trentacinque elementi Pietro Malara diresse nel primo tempo una *Messa da Requiem* per banda del maestro Raffaele Caravaglios, e di seguito alcune arie che, come scrisse *La Follia* di New York il giorno successivo, "erano state da lui stesso, con un lavoro perfetto di riduzione, adattate per banda". Al termine del concerto, in omaggio alle due sventurate regioni, il maestro Malara volle fare eseguire anche alcune canzoni popolari calabresi e siciliane, che gli procurarono infiniti applausi e richieste di bis.

L'Associazione aveva venduto un enorme numero di biglietti; nessuno si era tirato indietro, anche se era l'ennesima colletta che si faceva a New York per i terremotati. Pietro, stanco dopo una settimana di prove estenuanti, sembrava comunque felice. Stringeva sorridente la mano a quanti si avvicinavano per ringraziarlo e congratularsi, e, senza soffermarsi a pensare alla triste circostanza che aveva dato origine a quel concerto, si diceva che quella era la sua strada: esprimersi pienamente come aveva fatto quella sera, eseguendo un repertorio nuovo a cui lui stesso aveva lavorato e non solo quello che i suoi superiori decidevano senza capire un accidente! Ma per poter fare questo, gli aveva fatto notare lo stesso Toscanini quando finalmente lo aveva conosciuto, occorreva avere una propria indipendenza, mettere su una propria banda. Ed era proprio quello che lui si proponeva di fare.

Il pubblico presente in sala scorreva lentamente verso l'uscita, una fila di gente eterogenea, dalla comunità siciliana in lutto stretto alle signore bene con i loro eleganti cappelli, ai filantropi, ai medici e agli infermieri del Columbus, agli emigranti provenienti dalle più disparate regioni italiane. Ed era strano vedere tutta quella gente così diversa, riunita insieme in un teatro di Little Italy.

Prima che il concerto cominciasse c'era stato un certo trambusto, perché Giuseppina Vitale tardava ad arrivare. Chi avrebbe presentato l'evento, chi sarebbe salito sul palco per parlare del ruolo dell'Associazione e ringraziare tutti? I volontari erano disperati. Non poteva mancare proprio lei, che era stata la più fervente sostenitrice di quella iniziativa. Anche la signora Vitale era in agitazione. Si era messa tutta in ghingheri perché la figlia le aveva confidato che, dopo il concerto, voleva presentarle il suo fidanzato, e adesso si chiedeva dove mai potesse essere. Costanza cercava di tranquillizzarla dicendole che forse, come spesso accadeva, aveva dovuto assistere una partoriente arrivata all'ultimo minuto. Ma non ci credeva nemmeno lei, perché sapeva che Jo si era premunita di farsi sostituire per tutta la giornata dato che teneva moltissimo a quel concerto. L'ansia cominciò a prendere anche lei. Tutte quelle persone che facevano ressa le toglievano aria, chi veniva a salutarla, chi ad abbracciarla: il dottor Minasi e la moglie, Natalia con il marito e la sorella, certi clienti della sartoria di cui non ricordava nemmeno il nome, addirittura qualche impiegato della Banca Stabile. Avrebbe voluto diventare invisibile o scomparire. Non sopportava le condoglianze, ma soprattutto il fatto che dessero tutti ormai per scontato che la sua famiglia fosse rimasta vittima del terremoto. Fino a che lo zio non tornava e non le diceva con la sua voce che erano tutti defunti, lei poteva e voleva ostinatamente continuare a sperare. Una donna anziana, rinsecchita, si avvicinò a Costanza e l'abbracciò, mormorando *Povera figlia mia*. Amalia sulle prime non la riconobbe, ma poi vide che era la signora Squillace, invecchiata in pochi mesi come fossero trascorsi anni.

«Anna, ho saputo di vostra sorella.»

Se Costanza aveva una vaga speranza che la sartoria femminile sarebbe stata riaperta, ora capì che la chiusura sarebbe stata definitiva. E capì anche che aveva perso Anna.

Finalmente comparve sul palco Giuseppina. Era trafelata, con i capelli acconciati senza cura e con addosso gli abiti con cui era uscita il giorno prima per andare in ospedale. Parlava senza la sua solita vivacità, ma come se avesse imparato a memoria un discorso noioso, di cui non le importava niente. Tutto ciò era stranamente in contrasto con la pena che si era data per vendere biglietti nei giorni precedenti, correndo da un negozio di musica all'altro ad affiggere locandine, a parlare nei caffè-concerto, a lasciare inviti ovunque affinché l'evento avesse successo. Quando, infine, Giuseppina si andò a sedere sulla poltrona accanto a lei, Costanza si accorse che il suo volto era stravolto e che sicuramente doveva avere pianto molto. Ma lo spettacolo stava per cominciare, e non le chiese nulla.

All'uscita dal teatro, Costanza vide Frank Minasi. Il cuore cominciò a batterle più velocemente, ma fece finta di essere stata chiamata da qualcuno e si girò dall'altra parte. Lui le si accostò, le girò il viso con delicatezza e le disse: «Ti chiedo solo di ascoltarmi, Costanza. Non puoi fuggire per sempre. Comprendo il tuo dolore, ma non è così che… Aspetta».

Si guardò intorno e la condusse verso un angolo appartato, vicino al botteghino ormai chiuso.

«Mi devi ascoltare. Ho parlato con mio padre. Non ne è stato felice, ma ha detto che mi capisce. Ti sposo subito. Lascio l'Università e mi trovo un lavoro, uno qualunque. Non mi importa quale. Voglio che ti senta amata, abbia una casa tua, una famiglia. I miei ci aiuteranno, ne sono sicuro. Ora mio padre è deluso, ma aspetta che diventi nonno e vedrai…»

Costanza lo ascoltò disorientata. Temeva di acconsentire, sarebbe stato facile. Aveva tanta voglia di lasciarsi andare: farsi una casa, una famiglia. Ma non poteva prendersi gioco di Frank e dei suoi sentimenti. Gli voleva bene e doveva essere onesta con lui.

«No, Frank. Non ti permetterò di rovinarti la vita a causa mia. Sei molto buono, ma non me la sento. Non so se puoi capirmi. Ora non riesco a pensare di poter amare qualcuno. Non riesco a pensare di poter fare niente. Perdonami.»

«Devi avere cura di te, Costanza. Non puoi rinunciare a vivere.»

«Vedi» disse lei, con uno sguardo vuoto, «se io non avessi avuto una famiglia, ora soffrirei, sì, per la morte di tante persone, di tanti conoscenti, per la mia città che non esiste più, ma non mi sentirei straziata da questo dolore infinito che continuerà a dilaniarmi per il resto dei miei giorni.» Prese fiato e parlò con tutta la disperata sincerità di cui era capace. «Non ti posso offrire niente, Frank, se non la mia infelicità. E io, invece, voglio che tu sia felice.»

«Ascolta, Costanza... Io non mi arrendo. Non potrò mai essere felice senza di te. Insieme, vedrai, saremo felici.»

«Felici, felice io? Ma di quale felicità parli?»

Frank cercò di abbracciarla, ma lei si divincolò con forza.

«Basta, hai capito quello che ti ho detto. Basta! Non ti sopporto più, devi sparire. Vuoi proprio sentirtelo dire? Non ti amo più, anzi non ti ho mai amato! Non abbiamo più niente da dirci.»

Pallido per lo sforzo di trattenere l'emozione, Frank restò immobile mentre lei si allontanava di corsa.

§

Giuseppina era a letto, scossa da brividi nonostante le coperte.

«È malata» disse la zia.

Costanza la guardò dalla soglia, incerta se entrare o no. Jo, con toni isterici, mandò via la madre che si affaccendava al suo capezzale. Ma alla vista dell'amica scoppiò nel pianto a dirotto che da troppo tempo stava trattenendo. In preda ai singhiozzi le fece un racconto convulso, senza ordine: la donna che era arrivata al pronto soccorso, lei che le sorrideva e le faceva coraggio, sì, era la sua prima gravidanza, no, non aveva nessun parente che la potesse aiutare, e poi l'espressione spaventata, la figura sformata dal parto imminente ma la faccia bella, onesta. E lei che la rassicurava, la carezzava; no, non era ancora giunto il momento, ma lo stesso potevano ricoverarla lì gli ultimi giorni, non doveva aver paura. E la donna che, finalmente tranquilla, le aveva sorriso, grata di quelle premure, confessandole che sperava fosse maschio, il nascituro, perché il marito ci teneva tanto, *Sa, è un ingegnere che lavora al ponte di Williamsburg*. In realtà, aveva aggiunto, in vena ormai di confidenze, qui faceva l'operaio, e Jo, ingenua, tutta eccitata le aveva confidato che anche il suo fidanzato lavorava al ponte, magari si conoscevano, sarebbe stato bello. Come si chiamava?

E qui la voce le si incrinò. Poi, sopraffatta dal pianto, si interruppe. Costanza stava seduta sul letto, in silenzio. Aspettò che si calmasse e proseguisse il racconto, fino a che capì.

«Oh, Jo, che cosa orribile ti è capitata» mormorò.

Cercò le parole migliori per darle consolazione.

«Un giorno dimenticherai quest'uomo che ti ha fatto così male. Vedi, a tutte prima o poi capita. Io lo so, ci sono passata.»

Ripensò ad Alfonso che l'aveva abbandonata dopo la morte di suo padre perché la sua famiglia non poteva sopportare lo scandalo. Scosse il capo come a scacciare quel ricordo, mentre Jo continuava a singhiozzare.

«Ora ti sembra impossibile vivere senza di lui, ma ci riuscirai. Tu hai la tua famiglia, la tua vita, il tuo lavoro. Ti innamorerai di nuovo, vedrai. Tornerai a sorridere e…»

Giuseppina smise di piangere, sollevò la testa dai cuscini, si voltò a guardarla e parlò con un tono duro che Costanza non le riconosceva, ma da lì a breve sarebbe diventato consueto.

«Sorridere? Ma lo sai dove sono stata stanotte? In uno stanzino dell'ospedale, su una branda. Ed è lì che, chiusa a chiave con Rosina, ho aperto le gambe e fatto uccidere mio figlio. Se n'è andato un pezzetto per volta, in un grumo di sangue. Ecco dove sono stata!»

Costanza non riuscì a dissimulare un'espressione di orrore.

«Ti faccio schifo? Non preoccuparti, faccio schifo anche a me.»

Costanza non fu capace di articolare un suono. L'altra ricadde affranta sui cuscini.

«Perché non me lo hai detto. Voglio dire… che aspettavi un bambino.»

«E quando? Mentre tu eri disperata, non capivi più niente e non sapevi se i tuoi erano vivi o morti? Quando avrei dovuto dirtelo?»

Costanza restò zitta. Sapeva di avere le sue colpe. Negli ultimi mesi, chiusa in sé stessa come in un bozzolo, aveva respinto tutti come fossero insetti fastidiosi dai quali bisognava difendersi: Giuseppina, la zia, persino Frank. Tenere lontano gli altri era stato il suo unico modo di sopravvivere. Frank le parlava di vita insieme, di felicità. Ma lei non poteva pensarci, alla felicità. Per lei non ce n'era. Che meriti aveva, superiori a quelli della sua adorata mamma, dei fratelli, di tutte le persone amate di Messina? Perché lei no, perché la sorte l'aveva risparmiata? Doveva pagare per questo: non meritava l'amore di Frank, non meritava niente. Sapere di essere viva ed era la cosa che più di tutte le dava dolore. E Giuseppina aveva ragione: lei non si era accorta di nulla. Erano finiti i tempi in cui si intendevano senza neanche parlare.

«Povera amica mia» mormorò tra le lacrime. «Se almeno ci fosse stato tuo padre, forse gliene avresti potuto parlare.»

«E che poteva fare?»

«Avrebbe potuto costringere quell'uomo a riconoscere il bambino. Non so.»

«A riconoscerlo? Ma io lo odio!» urlò risollevandosi dai cuscini e fissandola bene in volto. «Non avrei mai voluto partorire il figlio di un simile mostro. Capisci?»

Forse avrebbe dovuto stringerla a sé, accarezzarla, confortarla. Invece riuscì solo a ripeterle: «Povera amica mia, povera amica». E la sua stessa voce, nel pronunciare queste parole, le risuonò lontana.

15

Quando il dottor Vitale apparve sotto l'arco della porta della cucina, la moglie a stento lo riconobbe. Avrebbe fatto ritorno a casa perché il suo compito era finito, aveva annunciato in un telegramma. Si sarebbe imbarcato da Napoli il nove marzo, ma non poteva dire con precisione la data dell'arrivo a New York. Avrebbe accompagnato un folto numero di messinesi a cui, con procedura semplificata dall'emergenza, era stato consigliato di raggiungere i familiari in America.

Le autorità spingevano i cittadini di Messina ad abbandonare la loro casa, a recarsi dai loro parenti ovunque essi fossero in Sicilia, nel resto dell'Italia o all'estero, perché non avevano dove tenerli in città. E così Vitale si era reso disponibile a fare da coordinatore e guida a questa moltitudine di povera gente.

«Antonio! Sei tu.» Amalia lasciò cadere a terra la zuppiera che aveva tra le mani e si precipitò ad abbracciarlo. «Perché non ci hai fatto sapere quando arrivavi? Ma come sei sciupato!»

«Sto bene, sto bene, io. E Costanza?»

«Come pensi che possa stare. Tranquilla in apparenza. Ma è quasi sempre in camera sua, scrive scrive... Poi ha avuto un nuovo crollo quando ha saputo che Anna non avrebbe riaperto: evidentemente per lei era importante. Le stiamo sempre dando le gocce di laudano che ci ha consigliato il dottore. Del resto, la vedrai tu stesso domattina.»

Il dottor Vitale era molto stanco. Quando era entrato non le aveva dato nemmeno un bacio, come sempre faceva quando mancava da casa per lungo tempo. Senza proferire parola, si trascinò con passo rallentato ed esitante verso la porta a vetri del salotto. Entrò e si accasciò sulla poltrona.

«Non mi chiedere niente, ti prego. Non ho voglia di parlare. Preparami un bagno caldo e poi vado a letto.»

«Zia, stanotte ho sognato che era tornato lo zio dall'Italia.»

Costanza, ancora in vestaglia, si affacciò in cucina dove Amalia stava preparando la colazione.

«Ma… ci sono quattro tazze in tavola! Allora è arrivato davvero!»

«Sì» disse Amalia girandosi verso di lei. E la guardò dritta negli occhi.

«Dov'è? Dov'è? Devo parlargli subito. Devo sapere.»

«Cosa devi sapere che non sai già, figlia mia. Lasciamolo dormire ancora, poverino. Era distrutto dalla stanchezza. È arrivato molto tardi. Tu eri già a letto.»

In quel momento il dottore comparve, ancora in pigiama e con la barba lunga. Parlò con un tono di voce dolcissimo.

«Vieni qua, figlia mia. Accomodiamoci in salotto.»

Amalia li seguì con lo sguardo velato dalle lacrime.

Il dottore chiuse la porta dietro di sé e andò a sedersi accanto a Costanza. Le prese una mano e la tenne tra le sue.

«Tu lo sai… vero? Non c'era nessuna speranza.»

Costanza cominciò a piangere.

«Non c'è mai stata… Ho visto le macerie.»

Lo zio tentò di trovare le parole, ma poi restò in silenzio. La strinse in un abbraccio cercando di frenare i singhiozzi.

«Sono venuta qui perché a Messina mi sentivo sola. Anzi no, perché *volevo* stare sola. Che stupida che ero. Solo ora so cos'è la solitudine.»

«Tu sai che non sei sola. Per noi sei come una figlia. Potrai contare su di noi finché vorrai.»

«Li ho abbandonati, non capite! Mamma diceva "torna", e io non sono tornata.»

Lo zio restò a lungo senza dire niente, e poi parlò con voce malferma.

«Da genitore posso immaginare i pensieri di tua madre, Costanza. La sua ultima preghiera sarà stata: "Grazie, Madonna mia, che hai risparmiato mia figlia".»

DIARIO DI COSTANZA ANDALORO

Non mi ero mai resa conto di quanto sia importante accomiatarsi dai propri cari, avere una pietra che li ricordi. Mi sembra sia trascorso un secolo da quando facevo i capricci per indossare un abito nero o partecipare al funerale di mio padre. Mi apparivano riti falsi ed esteriori che niente avevano a che vedere con il dolore che provavo.

Oggi darei qualunque cosa per poter portare un fiore sulla tomba di mia madre e sapere che riposa in pace.

§

Il dottor Vitale era seduto alla scrivania nel suo studio, davanti alla macchina da scrivere, ma aveva lo sguardo fisso nel vuoto. Erano anni che sperava di raggiungere quel traguardo, e ora che finalmente il suo sogno stava per realizzarsi, sentiva di non provare la felicità tante volte immaginata. Da quando era tornato, una confusa percezione di impotenza e la convinzione che niente avesse senso lo accompagnavano in tutto quello che faceva. Si chiese quanto tempo sarebbe occorso per dimenticare. In tutti quei mesi, il suo prestigio era molto aumentato presso gli immigrati. E anche questo lo faceva star male: che il successo fosse dovuto a un evento così drammatico.

Il giorno precedente era stato faticoso, quando tutti i membri del consiglio lo avevano pregato di accettare la nomina di presidente della nuova associazione, che avrebbe raggruppato in un'unica grande famiglia numerose società di mutuo soccorso presenti a New York. Lui, nell'accettare l'incarico, aveva prima ringraziato tutti per la stima e la fiducia e poi aveva ricordato come la loro piccola organizzazione si fosse prodigata nell'aiutare gli immigrati a trovare una casa e un lavoro, a imparare l'inglese, e, soprattutto, avesse fornito loro assistenza in campo medico. Ma non bastava: c'era ancora tanta povera gente da assistere. Restando separati, comunque, non avrebbero potuto fare di più. Solo uniti potevano garantire il progresso morale, culturale e civile di tutta la comunità italiana in America.

Abbassò lo sguardo sul foglio che aveva sul tavolo e trasformò quelli che erano semplici appunti in una serie di finalità che l'associazione avrebbe dovuto perseguire:

1°) Cercare di far intendere a quanti li denigrano, che gli italiani sono validi lavoratori;
2°) Promuovere iniziative per tenere viva la cultura, le tradizioni e la lingua delle loro terre;
3°) ...

Un crescendo di voci alterate provenienti dalla cucina lo distolse dal lavoro. Non ebbe nemmeno il tempo di chiedersi cosa stesse succedendo, che la porta si spalancò e Amalia, sconvolta come non l'aveva mai vista prima, irruppe nella stanza.

«Tua figlia! Vedi di farla ragionare. Sta facendo le valigie. Dice che va via di casa, che si trasferisce non so da chi, non so dove. Madonna mia, aiutaci tu!»

Il dottore si alzò senza dire una parola e si diresse in camera di Giuseppina, che con tutta calma stava finendo di riempire una valigia.

«Che cos'è questa storia?»

«Me ne vado, papà. Non c'è niente di cui meravigliarsi. Ve lo avevo detto, no? È la mamma che non vuole capire.»

Vitale ricordò che Giuseppina gli aveva fatto confusamente cenno, nei giorni passati, alla volontà di vivere da sola. Aveva però pensato che fosse solo un pensiero passeggero.

«Sì, è vero. L'avevi detto... ma, così, di punto in bianco. Non ne abbiamo discusso. E dove andresti?»

«Vado a vivere in un pensionato che accoglie altre infermiere e ostetriche.»

«In un pensionato? Tu una casa ce l'hai, che bisogno c'è?»

«Ho diritto o no di scegliere dove voglio vivere, visto che guadagno?»

«Non capisco perché tu voglia farlo.»

«Voglio vivere con quelle donne. Mi trovo molto bene con loro e abbiamo tanto da discutere e da fare. Così è più pratico. Questo è tutto.»

Chiuse la valigia.

Vitale capì che, qualsiasi cosa avesse detto, non sarebbe servita a far cambiare idea a sua figlia.

«Parliamone un attimo» disse poco convinto. «Non puoi prendere una decisione così importante su due piedi. Capisco che tu sia presa dall'entusiasmo per il tuo lavoro, sono sempre stato orgoglioso di te, lo sai, ma...»

«Scusa, papà, devo andare. Non è il momento, mi aspetta una vettura giù in strada. Ci vediamo domenica.»

Giuseppina prese il bagaglio e aspettò che il padre si facesse da parte per farla passare. Costanza era nella sala d'ingresso che l'aspettava per salutarla.

«Buona fortuna» si limitò a dirle.

«Anche a te.»

Costanza restò a fissare la porta chiusa. Quando si girò, vide il dottor Vitale che la guardava smarrito. Gli sembrò tutto a un tratto invecchiato: i suoi bei capelli grigi erano diventati quasi completamente bianchi, e il suo sguardo aveva perso la luce che l'animava.

«Tu ne sapevi niente, Costanza?»

«Quello che aveva detto anche a voi, alla zia.»

«Io la conosco. Giuseppina è una ragazza di buoni sentimenti, ma è impulsiva. Sono sicuro che cambierà idea.»

Tornando verso lo studio si sforzò di trovare qualche parola di consolazione da dire ad Amalia. Ma, in fondo, la capiva

Giuseppina: era come lui. Il dovere, il lavoro, i bisogni degli altri venivano sempre prima. Ma questo argomento non sarebbe stato di nessun conforto per la moglie.

In camera sua, seduta sul letto, Costanza osservava al di là della finestra i rami dell'acero che si era riempito di foglie.

No, Giuseppina non sarebbe tornata.

Si chiese come mai i Vitale non si fossero accorti di niente, non avessero capito che era diventata un'altra persona. Negli ultimi tempi aveva stretto nuove amicizie che non convincevano Costanza, donne con un sorriso aspro, vestite per lo più con giacche maschili che partecipavano a riunioni sul progresso umano e sull'emancipazione femminile. Giuseppina aveva cercato di persuaderla ad andare con lei a qualche riunione, ma Costanza, quell'unica volta che si era fatta trascinare, si era sentita fuori posto, a disagio, e in seguito non era mai più voluta tornare. Ormai Giuseppina dedicava tutto il suo tempo ad alleviare le sofferenze delle immigrate e lo faceva quasi con accanimento, in un modo che andava oltre l'appropriato: tutto ciò aveva qualcosa che non le piaceva. Parlava sempre dei diritti delle donne, del fatto che dovevano diventare più consapevoli. Gli uomini, continuava a dire, sono dei farabutti, dai quali bisogna difendersi. Le aveva anche confessato che ogni tanto convocava quelle donne, di nascosto, nella sede dell'associazione, per insegnare loro come evitare le gravidanze. Voleva che non dovessero mai ricorrere all'aborto, come era toccato a lei.

Erano cose giuste in fondo, pensava Costanza, ma perché quel furore?

Le due amiche erano sempre più lontane.

La voce adirata di Amalia che accusava il marito risuonò

nella casa. Sì, era lui il colpevole, lui che le aveva messo in mente quelle strane idee, l'associazione, l'ospedale, lui che le aveva lasciato tutta quella libertà... Era contento, adesso? Era contento che sua figlia se ne fosse andata via di casa come una donna di strada? Che ne sarebbe stato di lei?

La voce le si ruppe in un singhiozzo.

Costanza rifletté che era lei, piuttosto, quella che sarebbe dovuta andare via, ora più che mai. Le parole di sua madre, sparse in tante lettere, le affiorarono alla mente, anche se non se n'era mai curata. Aveva vent'anni ormai, e nessuna prospettiva.

16

«Sì, maestro, la *signora* è già uscita, accompagnava il bambino a scuola» disse Mary, la cameriera.

«Ha detto a che ora torna?»

«No, ma probabilmente sarà all'ora di pranzo, dopo averlo ripreso. Come sempre.»

«Pure oggi…»

Pietro era amareggiato.

Quella mattina si era svegliato più tardi perché la sera prima era rientrato a casa dopo mezzanotte. Era raggiante: il nuovo direttore, Gatti Casazza, lo aveva ingaggiato come maestro del coro al Metropolitan. Si trattava solo di una sostituzione, ma comunque era una bella cosa. La sera prima era arrivato a casa eccitato, voleva dare la notizia a sua moglie e magari condividere con lei la gioia. Ma, come sempre, aveva trovato la sua camera da letto chiusa e nessuna luce filtrava dalla porta. Era restato un attimo incerto se bussare e svegliarla, ma poi aveva desistito.

«Le racconterò domani a colazione…»

Ma l'indomani, come ormai accadeva spesso, lei era già uscita.

Si sedette sconsolato per prendere il suo caffè, quando fu raggiunto dalla cameriera che gli porse un biglietto.

«Maestro, questo l'ho trovato solo adesso. È della signora.»
Pietro glielo strappò quasi di mano.

Oggi non vado a prendere Santino a scuola. Provvedete voi.
Costanza

La cameriera sobbalzò al pugno che Pietro dette sul tavolo facendo saltare tutte le stoviglie con cui era apparecchiato per la colazione.

«Dannazione!»

Si alzò di scatto.

«Stavolta non la passa liscia.»

Era una splendida giornata di settembre e lui era libero. Quindi, appena alzato, ancora eccitato per la bella notizia, aveva pensato di portare la moglie a fare una gita, magari vicino al mare che a lei piaceva tanto. "Lei ama passeggiare. Passeggeremo insieme," aveva pensato. E invece niente, non c'era.

«L'andrò a cercare!»

«Cosa faccio, maestro, vado a prendere io Santino?»

Santino andava a scuola a soli due isolati di distanza e forse sarebbe potuto tornare anche da solo, ma Costanza era molto protettiva nei suoi confronti. Lo aveva abituato così e il bambino si aspettava che qualcuno lo accogliesse all'uscita per riaccompagnarlo a casa.

Pietro si vestì rapidamente e uscì alla ricerca della moglie. Certo, era un'impresa quasi impossibile, visto che lei macinava chilometri a piedi per tutta Manhattan, ma era sempre meglio che restare a casa, per lo meno avrebbe smaltito la rabbia. Passando davanti alla camera di Costanza dette un'occhiata. Come sempre era ordinatissima: il letto ben stirato nella coperta di chintz a fiori, il pavimento lucidissimo e la piccola scrivania con tutte le cose al loro posto. Non aveva voluto la toeletta, aveva preferito uno scrittoio dove spesso si sedeva a scrivere non si sa bene cosa. Era lei stessa a provvedere alla pulizia e al riordino della sua stanza e non voleva assolutamente che Mary ci mettesse mano. Certo, Costanza era infelice. Non gli restava che riconoscerlo.

Mentre prima l'ira era montata, questa riflessione finì per calmarlo. Quando aveva rinnovato la sua proposta di matrimonio, sapeva bene a cosa sarebbe andato incontro. Voleva strapparla a tutto quel dolore ed era sicuro che con lui avrebbe ritrovato la serenità. Evelina, nonostante le difficoltà e le privazioni, non era forse stata felice? E ancor di più lo sarebbe stata Costanza, una moglie a cui adesso aveva ben altro da offrire. Il fatto che fosse rimasta sola al mondo lo aveva portato a credere che lei questa volta avrebbe accettato. Ma, facendo uno sforzo enorme, aveva aspettato in un angolo prima di farsi avanti. Costanza – non lo dimenticava – gli aveva parlato quel giorno, a Verdi Square, di un altro uomo; ma per quel che ne sapeva, questo individuo misterioso non si era mai presentato con una proposta di matrimonio. E alla fine, dopo avere atteso con pazienza per un tempo che gli era parso interminabile, aveva deciso di sondare il terreno con il dottor Vitale. Adesso che lei non aveva più una famiglia, gli era sembrato doveroso parlarne prima con lui, che in un certo senso poteva essere considerato il suo tutore.

«È Costanza a dover decidere, maestro» gli aveva detto il dottore con grande pacatezza. «Io ho di lei la massima stima, questo sì, e ora so che gode anche di una certa sicurezza economica. Ma non vorrei che Costanza si sentisse in dovere di accettare per non pesare più su di noi. Sappia che siamo felici di tenerla in casa nostra anche per sempre, se fosse necessario.»

Prima di salutarlo lo aveva trattenuto sulla soglia e, abbassando il tono della voce, gli aveva detto: «Non dimentichi mai che Costanza è una donna ferita. Certe ferite si rimarginano con molta difficoltà. Non sarà facile starle vicino, potrebbe avere anche strani pensieri… capisce che intendo?».

«Certamente.»

«Rifletta bene. Non vorrei che la sua decisione fosse dovuta solo a uno slancio di passione, perché la passione, lo sa, non è sempre una buona consigliera.»

Le parole del medico, però, avevano avuto solo l'effetto di renderlo più determinato a sposarla. Costanza aveva bisogno di avere accanto qualcuno che sapesse cogliere la sua sensibilità. E lui credeva di essere in sintonia con il suo mondo interiore, e perciò di essere la persona giusta per riportarla alla vita.

Ricordava ogni parola di quella sera, quando era ritornato nel salotto di casa Vitale per rinnovarle la sua proposta.

«Perché vuole sposarmi?» gli aveva chiesto Costanza. «Io non ho niente da offrirle.»

Gli sembrava di sentire ancora le sue parole mentre con quei dolci occhi azzurri gli comunicava tutta la sua sofferenza.

Costanza aveva sentito il dovere di essere onesta con lui. Doveva sapere qual era il motivo che la spingeva ad accettare. Non certo l'amore e nemmeno la ricerca di un affetto.

«Gli affetti possono lasciarti da un momento all'altro e io non voglio più affezionarmi a nessuno.»

Certo, lo stimava e gli era grata per aver offerto, a lei che non aveva più nessuno, la possibilità di cominciare una nuova vita. Sì, avrebbe accudito la sua casa, il suo bambino. Ma niente di più.

«Non mi aspetto che lei accetti queste condizioni» aveva concluso. «Se decide di sposarmi, però, deve sapere che non potrò essere una vera moglie.»

«Io la amo, Costanza» le aveva ripetuto. «E l'amore fa miracoli. Sono sicuro che riuscirò a dare un senso alla sua vita.»

La sua presunzione lo aveva forse portato a essere troppo baldanzoso. Di miracoli, infatti, fino ad allora non ce n'erano stati, ed erano già trascorsi quattro mesi dal matrimonio.

Costanza aveva tenuto fede alle sue parole. Nella gestione della casa era impeccabile. Era attenta a istruire Mary così che lui trovasse sempre i suoi abiti ben puliti e stirati e un buon pasto a tavola. Ma lei spesso non c'era. Era l'unica cosa che pretendeva per sé. La libertà di camminare come e quando voleva per la città.

Pure con Santino, Pietro lo riconosceva, si sforzava di fare del suo meglio. Gli voleva un gran bene, questo era certo, ma anche nell'accudirlo mostrava i segni di un equilibrio fragile. Come quella volta che aveva sollecitato amorevolmente il bambino a finire la zuppa di latte, ma poiché lui continuava a giocherellare con la tazza, l'aveva con furia scaraventata nel lavabo. A Pietro non era piaciuto quel gesto, né gli era piaciuto che, alla prima lacrimuccia del bambino, lei lo avesse stretto a sé e soffocato di baci, supplicandolo di perdonarla.

Sì, era vero, aveva molto sofferto e soffriva ancora, ma anche lui aveva sofferto nella vita, ed era andato avanti. Credeva che questo li potesse unire, e invece non riusciva a capire come aiutarla. Era stato paziente. Diceva sempre più spesso: «Ti aspetto. Quando tu vorrai... Non ti preoccupare, non hai nessun dovere verso di me».

Ricordava la notte in cui lei era scoppiata a piangere mentre lui la stringeva tra le braccia.

«Non posso» diceva. «Non posso. Perdonami, ma è più forte di me, non ce la faccio.»

"Fino a quando?" si interrogava, "Fino a quando potrò farcela?"

Costanza gli negava qualsiasi contatto fisico. Se le prendeva una mano, la ritraeva. Se tentava una carezza, si spostava. Cercava a volte di rimediare diventando improvvisamente ciarliera, come a riempire quei vuoti. Addirittura, qualche volta simulava allegria. Ma era una finzione, e lui lo sapeva.

Le aveva detto che gli sarebbe bastato questo, che condividesse con lui e Santino la loro vita e che con il tempo, chissà, forse. Ma non era vero. Adesso si rendeva conto che non aveva più voglia di aspettare. Qualche volta, e un po' se ne vergognava, si era ritrovato a spiarla dalla porta socchiusa della sua stanza, mentre si sfilava il vestito, la biancheria, le calze e si preparava per la notte. E, alla luce della lampada, il suo corpo ancora acerbo di ragazzina, le gambe lunghe e lisce, i gesti pudichi e inconsapevolmente sensuali accendevano i suoi sensi tanto da renderlo folle di desiderio. Forse, se l'avesse forzata...

Questo amore non consumato che viveva solo nella sua fantasia iniziò lentamente a ossessionarlo, distogliendolo dalla musica, prendendone quasi il posto. Di questo passo sarebbe impazzito. Rimuginava disordinatamente su questi pensieri mentre vagava per Manhattan alla disperata, quanto vana, ricerca della moglie. Si era sempre chiesto dove andasse, ma non aveva mai voluto impedirle di muoversi liberamente. Sperava che guardarsi intorno per la città potesse riportarla al piacere di vivere. Ma poi tornava sempre a casa con Santino per l'ora di pranzo, e niente era cambiato.

Pensò di passare da casa Vitale, ma poi decise di andare verso la scuola del figlio e fu lì che la vide. Parlava con una donna, forse la mamma di un compagno di scuola del bambino. Da lontano sembrava ancora più magra, un po' curva nel suo soprabito. Si fermò a osservarla. Si era tolta il cappello per fissarlo meglio con uno spillone e i suoi capelli biondo rame, tagliati corti, creavano un bel contrasto con il nero del cappottino. Pietro fu preso da una dolce tenerezza. In quell'attimo ricordò perché sopportava tutto questo, lui sempre così intollerante. Mentre lei salutava la signora, d'istinto si mosse per raggiungerla, ma poi, quando la vide avviarsi con passo spedito verso sud, si arrestò. Dove stava andando? si chiese per l'ennesima volta. Dove andava tutti i giorni, nelle sue lunghe passeggiate? In un attimo decise di seguirla.

Il suo passo era lungo e sicuro, il volto sollevato come a prendere aria più profondamente. Non si guardava intorno e sembrava saper bene dove dirigersi. Non vagava, quindi, senza una meta. Era diretta a Downtown, era chiaro. Finalmente capì che la sua meta era il porto. Ma che ci andava a fare? Arrivata all'ingresso, si diresse spedita all'ufficio di navigazione. Entrò e ne uscì palesemente diversa da come era entrata. Si fermò a chiedere qualcosa a un uomo in divisa e questi le indicò una direzione verso la quale lei si avviò, ma questa volta camminando a passo lento e leggermente curva in avanti.

Dove voleva andare adesso? Pietro dovette trattenersi dal raggiungerla. Doveva capire.

Costanza cercava il mare, questo fu evidente quando vide che a Battery Park lei si dirigeva verso l'acqua. Improvvisamente fu preso dal panico. E se avesse deciso di farla finita?

Lei si fermò e stette a lungo ritta a guardare l'orizzonte, incurante del vento che le colpiva il volto, del frastuono del porto, delle sirene delle navi.

Pietro accelerò il passo, andò verso di lei e per non spaventarla, una volta vicino la chiamò dolcemente: «Costanza...».

«Guglielmo, sei tu?» disse senza girarsi.

«Costanza, sono io, Pietro. Vieni, qui c'è molto vento. Andiamo.»

Lo guardò sconcertata, come facesse fatica a riconoscerlo, e scoppiò in lacrime.

«Perdonami, ma dovevo venire qua. Me lo ha chiesto mia madre.»

«Non ti preoccupare, vieni, andiamo. Poi mi racconterai.»

«No, Pietro, adesso. Ho sognato la mamma che mi diceva "tuo fratello è vivo, è al porto. Ti sta cercando". Ma non c'è, non è arrivato nemmeno oggi. Dove sarà? Forse non l'ho visto. Forse nella lista degli immigrati non l'hanno messo per errore. Non sono pazza, te lo giuro. Io credo ai sogni.»

§

Era passato quasi un mese da quando lì, a Battery Park, tra le braccia di Pietro, per la prima volta Costanza gli aveva confidato tutto il suo dolore: il vuoto, il senso di colpa, non avere una tomba su cui piangere, le case, le vie che le ricordavano il suo passato e che erano scomparse, e anche lei scomparsa insieme a loro.

«È come se mi avessero strappato dalle viscere una pianta con tutte le sue radici» gli aveva detto.

Lui dolcemente l'aveva rassicurata.

Pietro per un po' si era illuso che, dopo quell'episodio, lei potesse continuare ad aprirsi con lui, a lasciare che il suo dolore scorresse via. Ma non fu così.

Nelle giornate successive Costanza era restata in casa, sempre più avvilita. Poi aveva ripreso le sue passeggiate, e tutto era rimasto uguale: la tristezza, la malinconia, i lunghi silenzi, gli occhi arrossati dai pianti furtivi e la sua istintiva repulsione a qualsiasi contatto, una carezza, una mano sfiorata, ma anche un semplice abbraccio come segno di consolazione.

Pietro si svegliava in piena notte e, preso dal pensiero di sua moglie, non riusciva ad addormentarsi fino al mattino. Cominciò a dirsi che, forse, era stata una follia sposarla.

Infine gli arrivò quel telegramma, e lui prese la sua decisione.

«Il maestro è già tornato e la sta aspettando in salotto» disse Mary.

Costanza, rientrata che era già buio, si fermò esitante sulla soglia della porta.

«Entra, Costanza. Ci sono novità.»

La sua voce calda e profonda veniva dalla penombra.

Accese la luce e vide che era intento a guardare dietro la finestra.

«Novità?» Cominciò ad agitarsi. Per lei ormai le notizie erano solo cattive.

«Vieni, sediamoci» disse girandosi a guardarla. «Ricordi quel mio zio monsignore, quello che mi manteneva agli studi, quello ricco? Era molto anziano. È morto.»

«Mi spiace» ebbe solo il tempo di sussurrare lei.

«Io sono l'unico erede.»

Sul viso di Costanza apparve un sorriso incerto.

Pietro si alzò dal divano e parlò veloce, senza pause né esitazioni.

«Comunque, Costanza, io parto. Vado a Napoli.»

«Come, parti?» Avanzò verso di lui spaventata. «Ma non avevi preso quell'impegno di cui eri così contento, la trascrizione di quell'opera per banda?»

«Sì, è vero, ma non importa. Vado a Napoli e poi dovrò sicuramente andare a controllare le proprietà in Calabria, vedere se hanno subìto danni, insomma in che condizioni sono e, magari, anche venderle.»

Cominciò a passeggiare avanti e indietro, evitando di guardarla negli occhi.

«Tu, naturalmente resterai qui. Santino lo porto con me. È meglio così.»

«Ma come, mi lasci sola?»

Queste parole le uscirono di bocca senza che avesse intenzione di pronunciarle, e subito abbassò lo sguardo come si fosse pentita di quello che aveva detto.

«Ti lascio sola? Ma tu *vuoi* stare sola, sempre. Non vedo cosa cambi.»

«Io... io...» la voce le venne meno. «No, non è vero. Io ho paura.»

«Costanza, devo andare, questi soldi mi servono. Potrei finalmente realizzare il mio sogno, riuscire a formare una banda tutta mia, selezionare i migliori orchestrali e fare delle tournée. È la mia occasione.»

Si schiarì la voce.

«Sai cosa significherebbe per me?» proseguì con impeto. «Significherebbe non litigare più con nessuno, eseguire la musica che più mi piace senza sottostare a qualcuno. Lo capisci?»

La guardò dritto in viso. Gli occhi gli brillavano.

«E quando parti?» La voce le tremava.

«L'ho saputo solo oggi. Il prima possibile, dopo aver sistemato le mie cose.»

«Ma io?»

«Tu rimarrai qui. Hai tutto. E starai meglio senza di me, diciamoci la verità. Le cose non sono andate come avevo sperato. Non sono riuscito, con tutto il mio amore, ad aiutarti.»

Ma la voce di Costanza lo raggiunse prima che fosse andato via.

«Pietro, fermati. Non dire così. Voglio venire anch'io con te.»

Terza parte

NAPOLI

1

Quando penso a nonna Rosa, bruna, mingherlina, vestita come una istitutrice d'antan, incurante di qualsiasi vezzo, indaffarata nelle sue mille attività, non posso fare a meno di pensare alle parole che mi ripeteva con il suo tono sempre un po' aspro: «Ricorda Lucia, il passato conta zero, a meno che non si tratti di vedere come investirlo o scaricarlo dalle tasse».

Viveva in una casa in cui non c'era un oggetto che fosse antico o solo vecchio, oppure un tessuto che somigliasse anche lontanamente a un merletto. Era tutto in puro poliestere, quello che ti semplifica la vita. Quanto ai mille fronzoli e alle foto, di cui sono sempre piene le case degli anziani, lei buttava via tutto senza rimpianto, con mio grande rammarico.

Le tante volte in cui da bambina ho dormito a casa sua, non mi ha mai letto una fiaba per farmi addormentare; così io, per rincuorarmi, me le inventavo da sola e poi, in piedi su una sedia, le recitavo al mio fratellino che applaudiva divertito.

Ai tempi della scuola, credetemi, ero un mito tra le compagne, capace com'ero di ipnotizzare il pubblico con i gesti e i toni di voce. E tutti stavano lì, a bocca aperta, a sentire le mie storie. Stare sul palcoscenico è sempre stata la mia vocazione. Ed è finita che ne ho fatto un mestiere.

Faccio la cantante lirica. Il mio nome è Lucia, come dice Mimì nella *Bohème*, ma tutti mi conoscono come Lucilla, sì, perché da sempre mio fratello mi ha chiamata così e quindi, quando mi hanno chiesto di presentarmi, non ci ho pensato nemmeno un attimo e ho risposto «Sono Lucilla, Lucilla Fasani».

Per la precisione sono un soprano. Un mestiere difficile, il mio, impegnativo e un po', diciamo così, fuori dalle mode. Come me.

Per esempio, non trovo mai abiti nei negozi di mio gusto e allora me li disegno da sola e li faccio confezionare da una sarta che lavora per una mia amica costumista. Sono un po' tutti in stile *fin de siècle*, ma solo d'ispirazione. Non pensiate però che appaia ridicola: sono solo originale e certo, sì, non passo inosservata; come potrei, con la mia corporatura non proprio sottile e la gran massa di capelli ricci, per di più color rame. Li porto sciolti sulle spalle, fermati da un lato con una pettinessa di tartaruga che ho comprato in un mercatino delle pulci durante una tournée a Budapest. Insomma, il mio modello è la donna di Toulouse-Lautrec. Perché io, a differenza dei miei familiari, traggo sempre ispirazione dal passato, anche nelle storie che leggo e che racconto fin da quando ero ragazzina. Più sono inverosimili, più mi piacciono. Proprio per questo amo così tanto il mio lavoro: mettere in scena storie eterne, dare vita ad avventure senza tempo.

Fino a ora, è vero, mi sono dovuta accontentare di ruoli secondari, anche se ho già trentatré anni. Ancora non ho calcato la scena da protagonista, ma sono certa che è questione di poco. Altri avrebbero abbandonato. Non io. Io non mollo mai.

Così ieri ho caricato sul Freccia Rossa il mio borsone vintage, più adatto all'Orient Express che alla linea veloce, e sono partita per Napoli, verso l'audizione che mi auguro cambierà la mia vita. È l'occasione che aspetto da sempre, e non la perderò per niente al mondo.

Prima, però, ho un'altra questione da sbrigare, altrettanto importante, ed è per questo che ho preso il treno con due giorni d'anticipo e adesso sto camminando spedita verso il rione Sanità. La faccenda in cui mi sto ficcando non so dove mi porterà, se mai mi condurrà a qualcosa. È un improbabile viaggio nel tempo, alla ricerca di una vecchia storia. Ma a me, le vecchie storie, come ho già detto, piacciono da morire.

2

Arrivata sotto l'arco del Supportico Lopez, non posso fare a meno di fermarmi per guardare dove mi sto infilando e, nel sollevare la testa, la pettinessa che li teneva legati mi scivola dai capelli. Mentre mi chino per cercarlo, una roca voce femminile mi fa sussultare.

«*Quante site bella*, *signurì*! 'Sti capelli rossi, sono i vostri o *v' 'e pittate*? Ma che avete perso? Cercate qualcosa?»

Una vecchia, seduta fuori da un basso con una coperta sulle spalle e delle scarpe da ginnastica rosa ai piedi, mi guarda con un sorriso che ispira simpatia.

«Cerco una signora,» le dico mentre mi riannodo i capelli «una signora che abitava qui tanti anni fa. Lei vive qui da molto?»

«Sì, *signurì*, ma io *nun saccio* niente. Io mi faccio i fatti miei.»

Ma si contraddice subito e comincia a sottopormi a una specie di interrogatorio. Di dove sono, chi è questa donna e perché la cerco. Mi chiede addirittura quanti anni ho e come mi chiamo.

A me non va di raccontarle tutto e, senza essere scortese, tra sorrisi e complimenti cerco di sottrarmi al fuoco di fila delle domande. Torno sui miei passi, sperando di avere qualche informazione in una delle tante bancarelle che invadono la strada.

«*Signurì*» mi grida la vecchia appena mi scorge di nuovo. «*Chella là, a verite?*» Mi indica una ragazza poco più avanti, circondata da un gruppo di persone, che parla ad alta voce. «*Iate addu essa. Jessica sape* tutti i fatti della Sanità.»

Più dai gesti che dalle parole, capisco che quella donna potrebbe darmi qualche informazione. Deve essere una guida turistica perché mi pare stia dicendo qualcosa sulla storia di Napoli. Approfitto di una pausa nel suo discorso per rivolgerle la parola.

«Vorrei chiederle una cosa, posso? Mi hanno detto che lei mi può aiutare.»

Mi squadra con curiosità da capo a piedi, ma ci sono abituata e non mi meraviglio. Non sono il tipo da passare inosservata.

«Senti, cara, adesso sono impegnata, ma se hai la bontà di aspettare mi metto a tua disposizione» mi dice in un italiano ostentatamente corretto. E sottolinea l'intenzione con un gesto della mano e uno sguardo ammiccante.

«Anzi, perché non vieni con noi? Se hai un po' di tempo ti farò vedere "cose che voi..."» e, smuovendo la massa di capelli neri, butta la testa all'indietro e gorgheggia una risata.

Conosco Napoli, ci sono stata in diverse occasioni e ogni volta mi stupisco perché quelle sue bellezze tanto decantate da apparire stucchevoli si confermano vere e riescono sempre a emozionarmi. E, al ritorno, non sono mai capace di raccontarle ai miei amici se non cadendo io stessa nella più bieca oleografia. Il golfo, il panorama, il Vesuvio.

E poi c'è *lui*, la prima ragione che mi ha portato qui: il San Carlo, il mio adorato teatro, dove tra qualche giorno terrò l'audizione. Nella Sanità, però, non c'ero mai stata. Non avevo mai avuto un vero interesse a visitare questo quartiere: ma ora un motivo c'è e così ho deciso di dormire proprio qui, dove posso fare più facilmente le mie ricerche. Marco mi aveva sconsigliato questa zona e io proprio per questo l'ho scelta. Ho pensato che magari si sarebbe preoccupato per me e mi avrebbe chiamata, e così infatti è stato, ma solo per dirmi che sarebbe partito per Parigi. Con sua moglie.

Il posto mi è piaciuto subito: la scalinata ad ala d'uccello, come viene definita, sembra una quinta teatrale e fa immaginare scenari sontuosi. E io, naturalmente, mi sono trovata subito a mio agio.

Il tempo di posare i bagagli, una doccia, e sono partita per la mia ricerca. Una ricerca che ha qualcosa di folle. Come posso pensare di venire a capo di questa storia avendo in mano solo una lettera di più di quarant'anni fa?

Ma è proprio questa la parte più intrigante dell'avventura.

«Lì a destra» sta spiegando Jessica ai suoi attenti turisti «potete vedere l'edificio di quella che un tempo era considerata una prestigiosa scuola per giovanette, gli Educandati Femminili. Quindi capirete che i Vergini, come del resto tutta la Sanità, fosse allora un quartiere insieme popolare e signorile, dove anche le famiglie importanti mandavano le figlie a studiare economia domestica.»

Fa una risata non proprio in linea con il suo apparente aplomb. Tailleur nero e camicetta bianca. I tacchi altissimi, scelta masochistica per una guida, tradiscono la chiara determinazione di ostentare femminilità. Deve avere circa i miei anni, o anche meno, ma non so perché il termine "signorina" le calza meglio di quello di "ragazza".

È una splendida giornata di gennaio, il cielo azzurro e l'aria asciutta tipici, così mi hanno detto, di quando a Napoli soffia il grecale. Quest'aria fresca e secca mi fa sentire di buon umore e decido di seguire Jessica nella visita guidata.

Da un bar ai bordi della piazza giunge il sottofondo di una trasmissione televisiva. Ad attirarmi sono soprattutto le voci indignate degli uomini accalcati a guardare le immagini surreali della Concordia inclinata. Getto anch'io uno sguardo a quella balena bianca, riversa su un fianco, che è andata a morire all'Isola del Giglio.

Mentre, senza nemmeno accorgermene, mi avvicino al televisore, mi sento chiamare da Jessica: «Allora, si va?».

E, ancheggiando leggermente sugli alti tacchi, si incammina in salita verso i vicoli.

Le strade diventano sempre più strette e buie. Alla vista dei motorini che sfrecciano veloci accanto a noi mi prende una certa inquietudine. Mi rassicuro solo quando mi accorgo che molti centauri salutano Jessica con calore, e che lei risponde sempre con una battuta e un sorriso.

«Vieni, cara, vieni vicino a me. Così stai più sicura. Mi chiamo Jessica» mi dice prendendomi sottobraccio. «E tu?»

«Lucilla. Ti conoscono tutti, qui, eh?»

«Sono nata qui. E sono rispettata. Ma me lo sono guadagnato, il rispetto, e non è stato facile» aggiunge, questa volta con espressione seria.

Continuiamo a salire lungo stradine e gradinate dove si affacciano case che, rubando spazio alla strada, hanno ampliato con un terrazzino le misere proprietà. Sono sorpresa dalla pulizia sia delle strade sia delle case. Ovunque mi giro vedo donne lavare per terra che, senza pensarci due volte, riversano i secchi d'acqua fuori, per strada. Un acre odore mi punge le narici.

«È creolina. Ti meravigli, eh? Vedete, signori,» dice rivolta a tutti «andatelo a dire a chi crede che i napoletani siano sporchi! Potreste mangiare sui pavimenti di queste abitazioni; li lavano in continuazione, anche troppo. Ossessivamente direi.»

Sono completamente assorbita da tutto quello che mi circonda. Odori, in gran parte di cibo cucinato; rumori, canzoni ad alto volume o voci che si chiamano da un punto all'altro. Jessica mi prende di nuovo sottobraccio e mi chiede dove ho comprato quella gonna con il merletto e la borsa di tessuto a fiori. Non è ancora il momento di domandarle quello che mi preme sapere. E mi rassegno a sentirmi chiedere per l'ennesima volta se il colore dei miei capelli è naturale o frutto di sapienti tinture. È una domanda che mi fanno spesso, dati i miei lunghi ricci rosso Tiziano.

«Ma di dove sei? Non si capisce da come parli.»

Le rispondo che sono una cantante lirica e che quindi ho imparato a parlare senza accento, e che vivo a Roma, anche se sono nata a Genova.

«Un'artista, ma che bello! Ecco, siamo arrivati.»

Si allontana da me e ci invita tutti a guardare verso l'alto.

Ci troviamo davanti ad altissime grotte di tufo, adibite a garage o forse, come mi suggerisce Jessica a bassa voce, a deposito di auto rubate. Una volta entrati, ci dice di guardare in alto in direzione di grosse aperture nella roccia chiuse da porte o finestre mezze rotte, e ci spiega che quelle un tempo erano state abitazioni, le abitazioni dette dei *trogloditi,* povera gente senza niente che viveva in misere condizioni.

In fondo c'è una grande buca circolare, da dove entrano luce e aria. Una grotta dietro l'altra, tutte altissime, tutte cave di tufo che avevano fornito nel corso del tempo il materiale con cui erano stati costruiti molti palazzi di Napoli.

«Se le osservate da qui, le case lassù vi accorgerete che danno l'impressione di un presepe» sta spiegando Jessica. «Da Capodimonte, cioè dalla reggia, la carrozza del re scendeva attraverso ampie gradinate nel cuore di Napoli, e fu proprio per riprodurre questo paesaggio che furono costruite le casette di cartone dei presepi. Signori, statemi a sentire, adesso vi porto a vedere *O palazzo sotte e 'ncoppa*, un posto che, anche a Napoli, in pochi conoscono: vi immaginereste mai di trovare, proprio qui alla Sanità, un palazzo che ha la struttura del museo Guggenheim di New York?» Ci spiega che l'edificio era volgarmente chiamato così perché era stato costruito scavando dall'alto in basso, quindi al contrario di come si fa di solito. Cioè, *Sotte e 'ncoppa.*

Entriamo in un palazzo buio dove, invece delle scale, un camminamento di forma elicoidale porta ai piani superiori. Man mano che saliamo, notiamo delle aperture che conducono alle abitazioni. Arrivati in cima, attraversiamo una porta e davanti a noi appare un'ampia terrazza piena di piante di ogni genere. Da lassù la vista spazia su gran parte della città e di fronte, più in alto, si vede la collina di Capodimonte.

Una signora ci viene incontro e ci invita ad avanzare per guardare meglio il panorama e, se siamo stanchi, ad accomodarci sulle sedie sparse per tutto il terrazzo.

«Sediamoci un po'. Mi fanno male i piedi» dice Jessica abbandonando il suo usuale controllo.

«Vieni, Lucilla. Siediti vicino a me. Dimmi, allora: che mi volevi chiedere?»

«Mi hanno detto che tu sai tutto di questo quartiere. Quando hai finito, potresti darmi qualche indicazione che mi aiuti a trovare la casa di una persona che viveva a Supportico Lopez negli anni Settanta? Come unico indizio ho solo una lettera di quarant'anni fa. Lo so, è una impresa folle.»

Fa la sua bella risata.

«Quanto mi piacciono le follie!»

3

Jessica è una persona che ispira sicurezza e simpatia. Sedute davanti a un panino e una birra, e in quel contesto che tutto suggerisce tranne la riservatezza, le parlo del provino, al San Carlo. Con la stessa confidenza con cui parlerei a un'amica le racconto di quando cominciai a cantare nel coro della scuola, dove fui notata dalla maestra di canto che si offrì di darmi delle lezioni gratis, e di come mia madre fu costretta malvolentieri ad acconsentire.

«Dovette definitivamente rassegnarsi quando mi iscrissi al Conservatorio di Santa Cecilia. Mio padre invece mi appoggiò. Come me amava la musica, e mentre lavorava al tavolo da disegno metteva su sempre qualche bella aria o addirittura tutta una sinfonia.»

«Allora la musica ce l'hai nel sangue, deve essere così.»

Per essere onesta le parlo anche delle difficoltà, della fatica, della precarietà di un lavoro che ancora non basta a mantenermi, e di dover arrotondare con le lezioni private.

«Capisco i sacrifici che hai dovuto fare per affermarti, Lucilla, anch'io ne ho fatti tanti per laurearmi a Suor Orsola in Conservazione dei beni culturali.» Resta un attimo in silenzio, e poi aggiunge: «Forse all'inizio l'ho fatto per dimostrare qualcosa ai miei genitori che si vergognavano di me, ma poi mi sono appassionata alla materia e ora sono in attesa di un dottorato all'estero».

Le sorrido aspettando che continui.

«È stata dura anche per me. Cioè, non è studiare che è stato duro. Quello che voglio dire… Diresti mai che, quando sono nata, il mio nome era Gaetano?»

L'avevo immaginato a dire il vero, e adesso ne ho la certezza. Resto zitta. Ogni commento sarebbe inappropriato.

«Non puoi immaginare che significa sentirsi come intrappolata nel proprio corpo. Ero malata, arrabbiata, depressa, ma soprattutto terrorizzata. Ma, lo vedi: ce l'ho fatta.»

Butta indietro i capelli e tira su col naso. Si dà una sistemata alla camicetta e si alza in piedi.

«Ti sto annoiando con i miei racconti. Scusa.»

La sofferenza che ha attraversato è ancora vivida nelle sue parole. Mi avvicino per farle sentire la mia comprensione, e in quell'istante squilla il cellulare. Lo prendo dalla borsa e leggo il messaggio. Non riesco a nascondere un moto di rabbia.

«Che c'è?»

«Guarda, leggi e dimmi se non sto con uno stronzo e se non sono stronza pure io. Mi dice… leggi, leggi… "Non mi telefonare fino a stasera, sono con lei. Ti chiamo dopo. Baci".»

«*Lei* sarebbe la moglie, vero?»

«E *lui* è il mio agente. Si fa per dire, mi procura un lavoro ogni morte di Papa, se dovessi aspettare lui avrei già smesso. Trova sempre mille scuse, nessun ruolo va mai bene per me. Mi fa venire continui dubbi. Questa audizione a Napoli me la sono procurata da sola.»

Butto con forza il cellulare nella borsa.

«Certo» dice Jessica. «Se hai troppo successo, poi come fa Marco a controllarti?»

La sua lucidità mi lascia interdetta. Mentre penso a cosa risponderle mi dice: «Se mi hai cercata, però, non è per raccontarmi della tua carriera né del tuo agente, giusto?».

«Giusto. Sto cercando una persona. Era la mia bisnonna. Di lei so solo che abitava qui, a Supportico Lopez. Si chiamava Costanza.»

4

Mostro a Jessica la lettera che Costanza ha mandato quarant'anni fa a sua figlia, Rosa. La legge tutta d'un fiato.

«Allora, mi aiuterai?»

«Certo, anche se non dobbiamo farci troppe illusioni. È passato tanto tempo e molte famiglie si sono trasferite in zone più tranquille ed eleganti. Andiamo!»

Supportico Lopez è un dedalo di bancarelle che invadono con la merce il poco spazio che si contendono pedoni e automobilisti. Jessica comincia a chiedere ai commercianti intorno, che sospendono quello che stavano facendo per ascoltarla.

«Chi state cercando?»

In breve il mio problema diventa quello di tutti, e mille congetture rimbalzano da un lato all'altro della strada. «Una cosa di quarant'anni fa. È *'na parola*... Avete chiesto a questo e a quello?» Ognuno rimanda a un altro. Ma la maggior parte di loro, dico a Jessica, mi sembra troppo giovane per saperne qualcosa.

«Hai ragione, mi è venuta un'idea. Andiamo a prendere il caffè da donna Erminia. Non è un bar, è casa sua. Si deve pagare cinquanta centesimi, è un modo per aiutarla. La conoscono tutti, ha quasi novant'anni, *ma pare 'na guagliuncella.* Lei ha sempre vissuto qui alla Sanità. Forse ci potrà aiutare.»

Donna Erminia ci accoglie calorosamente nel suo basso, bacia Jessica e vuole baciare anche me. Un odore di fritto colpisce subito le mie narici. Un'unica stanza con un tavolo al centro e una cucina economica. È tutto molto pulito, dalle pareti rivestite di mattonelle bianche al pavimento di graniglia.

«Accomodatevi, siete la benvenuta. Jessica mi porta sempre gente simpatica.»

Guardo intorno mentre lei continua a parlare; tra una cosa e l'altra, ci confida che adesso finalmente è felice. Si alza, e ci invita a seguirla.

Esce di casa. Giriamo l'angolo di quel vicolo stretto e buio e, dopo nemmeno cinque metri, si ferma davanti alla porta di un altro basso che apre con una lunga chiave estratta dalla tasca. Con grande orgoglio ci annuncia: «Ecco, questa è la camera da letto! È da un mese che ce l'ho. *Signurì*, dopo quarant'anni... La mattina mi alzo e basta che giro l'angolo e mi vado a fare il caffè in cucina. Mo' posso pure *murì cuntenta.*»

Non ci potevo credere...felice per una stanza dall'altra parte della strada, e ha pure lottato!

«Ho fatto bene a fartela conoscere, donna Erminia, eh? *E' visto quant'è forte! Manco te l'immagini ch'ha fatto pe' l'avé!*»

Donna Erminia si schermisce ridendo.

«*Signurì*, io? *Ma 'a verite a chesta cà? Vui nun putite sapé quante n' 'a passate!* Ma è una tosta. E *mo'* tutti la rispettano, però.»

Mentre sorseggiamo il caffè le chiedo se ha mai conosciuto o sentito parlare di una certa Costanza che era vissuta a lungo nella zona dei Vergini a Supportico Lopez.

«*Faciteme penzà, ma nun me pare*... o non me lo ricordo. Jessica, senti a me, portala alla parrocchia, da don Michele. Se quella viveva qui ed è morta qui, qualcosa il parroco deve tenere scritto, che so, il funerale o qualche altra cosa.»

«Giusto, è una buona idea.»

Salutiamo donna Erminia e affrettiamo il passo nella speranza di trovarlo ancora in chiesa, ma quando arriviamo è tutto chiuso.

«Non preoccuparti» dice Jessica. «Torneremo domani.»

Il giorno dopo, alle dieci in punto, Jessica è già di fronte a Santa Maria dei Vergini. Entriamo, dentro non c'è anima viva. Mi aveva detto che era la chiesa più antica del quartiere, ma non mi pare così interessante.

«Una volta c'era un bellissimo soffitto a cassettoni che poi è andato distrutto durante i bombardamenti. E giù, nei sotterranei, c'è una cripta che risale al Trecento.»

«Oh! Mi piacerebbe vederla. È possibile?»

«Magari... Deve essere tutta restaurata, ma naturalmente mancano i fondi.»

Passiamo per una porticina che si apre di fronte al confessionale e ci ritroviamo in un breve corridoio che dà nella sacrestia. Manca poco che un gruppo di ragazzini che scende a precipizio ci butti per terra.

«Ciao, Jessica, ci vediamo sabato!»

«Sono i ragazzi che intrattengo una volta alla settimana.»

Mentre aspettiamo davanti alla porta della sacrestia, mi

spiega che fa parte della comunità di volontari che si occupano dei bambini e dei ragazzi del quartiere.

«Sono quelli un po', diciamo così, difficili, quelli che magari i genitori non mandano a scuola. Non è facile, sai» aggiunge poi. «Ti devono prima accettare. Devono sentire che gli vuoi bene; la loro fiducia te la devi guadagnare poco alla volta e solo dopo puoi tentare di imporre regole.»

Sto per dirle che è una persona speciale, ma per fortuna non lo faccio. Può suonare equivoco.

Finalmente arriva il sacrestano, che ci accoglie con un sorriso affabile. Alle nostre domande, ci comunica che don Michele ha telefonato per avvisare che non tornerà prima di giovedì.

«Giovedì sarò già partita.»

«Aspetta, vediamo se Vincenzo ci può aiutare, sta qui da tanti anni.»

«Se posso, volentieri. Di che si tratta?»

«Be', ecco, è una cosa che vi può apparire un po' strana, ma Lucilla è venuta da Roma per cercare notizie a proposito di una sua bisnonna. Sa solamente che si chiamava Costanza, che viveva a Supportico Lopez, sicuramente fino al 1971, anno in cui forse è morta. Non abbiamo altre informazioni, cognome, numero civico, niente. A me però è venuto in mente che forse nella parrocchia ci sono ancora i registri con i nomi dei morti, cioè dei funerali.»

«Sì, potrei cercare pure io nell'archivio. Ne abbiamo uno vecchio che sta giù, che risale addirittura al 1500. Invece, i registri riguardanti i parrocchiani dagli anni Quaranta in poi sono tutti qui, a portata di mano. Ma il problema non è questo. Se pure spulciando il registro trovassi le notizie, solo don Michele può decidere se comunicarle o meno alla signorina. Quindi mi dispiace, questa è una cosa che io non sono autorizzato a fare.»

«Grazie lo stesso, don Vincenzo.»

Mentre stiamo per andarcene, il sacrestano ci richiama: «Avete detto che la signora si chiamava Costanza?».

«Sì» dico speranzosa.

«Mi è venuto in mente che una donna fa dire ogni anno, nel giorno dei morti, una messa per Costanza ed Elpidio. Proprio *mo'* mi sono ricordato, perché qui nel quartiere non sono nomi usuali.»

«Ma voi la conoscete, questa signora?»

«Sì, si chiama Antonietta, sta a servizio da tanti anni da una vecchia e, ora che ci penso, questa sta di casa proprio a Supportico Lopez. È a nome della vecchia che fa dire la messa. Non mi ricordo in questo momento come si chiama. Ah! I nomi a una certa età...»

Mentre continua a parlare apre un cassetto e ne estrae un'agenda. Inforcando gli occhiali comincia a sfogliare le pagine.

«2 novembre 2011, Messa ore 18.00 per i defunti: Adelina, Mario, Vincenzo, Giuseppe, Antonio, Filomena... Ecco qui, non mi sbagliavo: Costanza ed Elpidio. Offerta dieci euro da parte di Zina de Vincentiis, via Supportico Lopez 29.»

Lo ringraziamo e io, dalla gioia, gli schiocco un bacio sulle guance.

Arrivati al civico 29 cerchiamo il cognome sul citofono, suoniamo più di una volta, ma ci accorgiamo presto che non funziona. Ce lo conferma una donna che si accinge ad aprire il portone per entrare. Jessica, rapida, le chiede a che piano abitano i de Vincentiis e la signora, rimesse a posto le chiavi nella sua finta Vuitton, in italiano sforzato ci dice: «Secondo piano, interno 6».

Attraversiamo il maestoso portone e, come per incanto, ci troviamo in un altro mondo. Fuori, la strada caotica, le auto strombazzanti, i motorini che sfrecciano veloci tra vocianti pedoni, musica ad alto volume. Dentro, il silenzio, la calma, lo spazio vuoto. Alzato lo sguardo mi trovo di fronte una scala monumentale. Quello che mi colpisce di più, però, è una cancellata, in fondo all'androne, che nasconde un giardino. Mi avvicino per sbirciare. Ho sempre amato le piante e quel giardino ha un fascino particolare. Giunti al piano Jessica mi spiega: «Vedi questi ampi spazi tra un appartamento e l'altro? Gli architetti dell'epoca li facevano così per dare la possibilità di trattenersi sui pianerottoli a chiacchierare e magari bersi anche un caffè insieme ai vicini di casa. È bello, no?».

Il nome sulla targhetta si legge a stento. Proviamo a suonare e restiamo in attesa.

«Sempre che questa Costanza abbia a che fare con la tua Costanza...» mi sussurra Jessica all'orecchio.

Dopo averci osservato dallo spioncino, una donna fa sentire la sua voce: «Chi siete?».

«Ci manda la parrocchia. Don Vincenzo il sacrestano. Sono Jessica, non mi riconoscete?»

Una donna piccola, minuta, con i capelli grigi e il viso scavato dall'età si sporge da dietro la pesante porta.

«Non vi spaventate. Lei è una mia amica. Vorrebbe chiedervi delle informazioni, anzi, forse, vorrebbe chiederle alla vostra signora. Vero, Lucilla?»

Senza darmi il tempo di rispondere la donna ci zittisce.

«La mia signora riposa a quest'ora. Non la posso disturbare.»

«Volevo solo sapere se un tempo qui ha vissuto una certa Costanza» intervengo prontamente, temendo di perdere per sempre l'occasione di avere qualche informazione.

Un'espressione vivace le anima per un attimo il volto incolore.

«E perché lo volete sapere, che v'importa?»

«Sarebbe una storia lunga da raccontare.»

«Va bene, riferirò alla signora. Oggi non si sente bene. *Non ce lo vado manco a dire.* Se le volete parlare, provate a tornare domani mattina.»

5

L'anziana cameriera mi fa entrare squadrandomi con sospetto. Forse ho fatto male a prendermi così a cuore questo affare.

Mentre si dà da fare per chiudere la pesante porta, sia con una vecchia serratura a scorrimento sia con il paletto, si sente in dovere di precisare: «Prima chiudevamo solo la porta a vetri di giorno, ma da quando hanno rubato nel palazzo...».

Mi lascia ad attendere nella sala. Mi guardo intorno, chiedendomi se sia proprio questa la casa della misteriosa Costanza.

Una boiserie di legno scuro, intarsiata con pesanti fregi e inframmezzata da panche e appendiabiti dello stesso legno, corre lungo tutte le pareti e rende cupo e opprimente l'ambiente. In alto un lampadario di ferro battuto con vetri giallo oro emana una luce così tetra da far rabbrividire. Mi fa pensare all'atrio dell'ultimo allestimento del *Macbeth* in cui ho cantato. Mentre mi chiedo quanto ci impiegherei a togliere paletto e serratura e scappare, la cameriera spalanca la porta da cui è scomparsa e mi dice: «per di qua».

Entro in una stanza enorme, illuminata a stento dalla luce del giorno che filtra da una vetrata colorata. La donna preme l'interruttore e il grande lampadario chandelier al centro del soffitto si accende di una luce flebile, proveniente da due lampadine di quelle che non si vendono nemmeno più, mentre le altre restano spente. Mazzetti di fiori verdi e rosa interrotti da ghirigori dorati si susseguono all'infinito lungo le pareti, laddove il parato non è strappato o scollato. Ampie macchie di muffa si allargano sul soffitto, che sembra sul punto di crollare. La donna segue il mio sguardo.

«Sì, la tela ha bisogno di essere rifatta. Ma i lavori costano. Assai» puntualizza. «E poi noi, in questa parte della casa, non ci abitiamo più da anni. Ormai è solo una stanza di passaggio.»

«E lì che c'è?» non mi trattengo dal domandare, notando in fondo nella semioscurità una massa informe coperta da lenzuola bianche.

«Sono i mobili del salotto dorato della vecchia...» Mi osserva con diffidenza: «Così *nun s'hanno spulverà*» conclude bruscamente.

Da sotto un lenzuolo spunta una specchiera dorata che sembra brillare nella penombra.

Osservo tutto con avidità, in attesa di un segno premonitore. Avverto un senso di appartenenza, come se in quella casa ci fossi già stata prima di nascere, e avesse lasciato tracce nella mia memoria. Non siamo forse fatti dei geni dei nostri avi? Non portiamo dentro di noi il loro vissuto?

Nella stanza successiva c'è una vecchia macchina da cucire Singer a pedale e, inchiodati sulla parete, file di rocchetti di legno con cotone di tutti i colori.

Da una porta aperta proviene un forte odore di cibo cucinato. Allungando lo sguardo intravedo un grande tavolo in marmo da cucina; ma passiamo oltre, verso un corridoio che prende due direzioni opposte.

Mi guida verso sinistra, da dove arriva il suono di un televisore.

«E di lì dove si va?» chiedo, fregandomene di apparire sfacciata.

«Di là non ci andiamo mai. Quell'ala della casa è chiusa da tanti anni.»

«E questa bella vetrata dove porta?»

«Sul giardino.»

Sbircio giù e mi pare di riconoscere il giardino che ho intravisto entrando nel cortile del palazzo. Al centro un grande albero sovrasta tutta la boscaglia.

«È vostro, appartiene alla casa?»

«Sì, ma adesso purtroppo è quasi tutto abbandonato. Viene solo un uomo mandato dal condominio a pulirlo ogni tanto, per non fare i topi. *Ci mancasse che mo' mi dovessi* occupare io pure del giardino! Prima sì che era bello. Veniva *'na vota* a settimana proprio un giardiniere, ed era bravo assai.»

Entriamo nella stanza, dove dalla televisione a volume altissimo la voce del giornalista commenta il naufragio della Concordia.

Non so che cosa mi aspettavo di trovare, forse veramente l'antro buio di una delle streghe del *Macbeth*: per questo, mi sorprendo alla vista di una stanza rischiarata dal sole. Un buffet anni Quaranta, una libreria ottocentesca di mogano a vetri smerigliati e al centro un tavolo tondo, dal ripiano laminato. E lì nell'angolo, accanto alla finestra, infossata in una poltrona, una donna molto anziana che quasi scompare tra cuscini e plaid.

«È arrivata» dice la cameriera.

La donna, gli occhi fissi sul televisore, di quelli ancora con il tubo catodico, con voce accorata dice: «Che disgrazia!».

Gira la testa grigia verso di me e, come mi vedesse solo ora, a voce alta mi apostrofa: «Signorina, io non faccio mai entrare estranei in casa, ma Antonietta mi ha detto che vi ha accompagnato una giovane della parrocchia che lei conosce, e allora ho fatto un'eccezione».

Mi chino verso di lei per darle la mano e presentarmi, e lei subito cambia tono.

«Non ho capito bene chi siete. Antonietta,» aggiunge rivolta alla cameriera «spegni la televisione, prendi una sedia e mettila qui di fronte a me.»

Mi siedo compunta. Per un attimo mi sfiora l'impressione surreale di stare a un colloquio di assunzione.

«Come mai siete venuta a farmi visita? Non passa mai nessuno a trovarmi. Se non avessi la televisione, non avrei alcuna distrazione. I miei nipoti, non veri nipoti, sono figli di una cugina, abitano tutti fuori Napoli, ormai. Chi sta a Milano, chi all'estero, e qui siamo rimasti solo noi vecchi. Io dico che è colpa del governo. Non credete? Voi pure siete dovuta andare fuori Napoli?» mi chiede con un tono tutto gentile.

«No, ecco, io non sono di Napoli. Sono nata a Genova, ma vivo a Roma da quando ero piccola. Sono qui perché... È difficile spiegare perché. Vede, ho trovato una lettera di quarant'anni fa.»

E qui, io che racconto sempre così bene, sotto quegli occhietti chiari e acuti m'impappino mentre spiego che sono venuta a cercare non lei, ma una certa Costanza, una signora che forse abitava lì, quarant'anni prima, e che sicuramente ora doveva essere morta, non avrei saputo dire quando. E che io sono una sua pronipote e mi chiamo Fasani, ma della mia bisnonna, purtroppo, non so altro, il cognome da nubile non lo ricordo, forse non l'ho mai saputo. Ripeto più volte "Fasani", sperando che le dica qualcosa. Mi guarda un attimo smarrita, poi il viso le si illumina.

«Uh, tu sei la figlia di Costanza, sei Rosa! Perché non l'hai detto! L'avrei dovuto capire dai capelli rossi!» esclama con slancio. «Sai, io non vedo bene per via della uveite all'occhio sinistro. Non parliamo dell'udito... Sei uguale a tua madre. Che bella ragazza. Ah, Rosa, tua madre ti ha aspettato tanto!»

Il cuore prende a battermi forte. Lo sapevo. Era questa, la casa.

«Veramente sono Lucilla» balbetto.

«Signora Zina, che dite!» interviene Antonietta, a voce altissima che, capisco, è l'unico con cui è possibile instaurare una conversazione. «Ma come può essere Rosa questa signorina così giovane! Rosa oggi *avesse cent'anni!*»

«In effetti Rosa era mia nonna. Ma non ha mai avuto i capelli rossi. Io sono Lucilla, la nipote. Mio padre era il figlio di Rosa: Luigi Fasani.» Questa volta parlo con il tono di voce giusto.»

«Scusami, cara,» dice Zina, mortificata «ma quando si è vecchi si confonde spesso il tempo. Sembra *mo'* che era finita la guerra ed ero giovane come te. Quando penso che ho ottantasette anni non mi sembra vero. Non ci si rassegna, sai, che... è già sera. Era estate ed è già inverno» dice lanciando uno sguardo malinconico verso la finestra.

C'è un attimo di silenzio durante il quale cerco invano qualche frase giusta per risponderle.

«E tu che fai, sei sposata?» chiede.

«No, non sono sposata.»

«E quanti anni hai? Non fare come me che mi sono sposata tardi, troppo tardi per avere figli.» Abbassa la voce in un sussurro, sporgendosi verso di me per non far sentire alla cameriera. «Il mio matrimonio è stato un ripiego» e annuisce con la testa.

«Ho trentatré anni e faccio la cantante lirica.»

«Oh, che bello!» esclama. «Come sono contenta! Io ci andavo al San Carlo, avevo una volpe argentata e un cappottino di velluto nero con un bottone gioiello. Eh, oggi le donne fanno quello che vogliono. Noi potevamo fare o le sarte o le maestre, ai tempi miei. Fanno bene. Intendo le ragazze di oggi. Non stanno a sentire nessuno. Facevo la maestra, io. Mi piacevano i bambini. Loro mi volevano bene. Sì, mi volevano bene» aggiunge in un sussurro. «Ma raccontami della tua famiglia. Non abbiamo più saputo niente di Rosa.»

Si sistema meglio sulla poltrona, prende una caramellina di quelle che si succhiano, se la mette in bocca e me ne offre una.

Le dico subito che la nonna è morta quando io ero ancora adolescente. Penso per un attimo a cosa raccontare di lei: non posso certo dirle che era una vecchia bizzosa e prepotente, e che aveva oppresso per tutta la vita mio padre. Le racconto solo che negli ultimi tempi, quando ormai era piena di malanni, noi la vedevamo sempre più di rado per i nostri impegni scolastici. Vivevamo in due città diverse. I miei si erano separati quando ero ancora piccola. Io e mio fratello Francesco eravamo andati a vivere con mia madre che si era trasferita a Roma per lavoro. Ma le estati e le feste le trascorrevamo quasi tutte con mio padre a Genova, dove lui, in un primo momento, aveva preso una bella casa vicino al mare, non proprio in città.

Poi venimmo a sapere che la nonna, ormai anziana e piena di acciacchi, aveva preteso che lui andasse a vivere con lei per aiutarla. «Abbiamo una casa così grande, è un peccato poi che tu spenda tanti soldi per un affitto!» E lui aveva ceduto. Aveva lasciato la sua bella casetta panoramica, ma soprattutto (e non ho mai capito perché) la sua collezione di dischi era finita in uno scatolone, e lì è rimasta. Come si volesse imporre una punizione.

Quante cose, penso mentre le racconto la storia dei miei, restano non dette tra genitori e figli. Ma ce ne accorgiamo solo dopo, quando ormai sono morti e non è più possibile parlare. Prima, chissà perché, non avvertiamo l'esigenza di entrare nei loro sentimenti. Il loro rapporto con gli altri, il loro passato, quello che non riguarda direttamente noi: tutto questo ci resta ignoto.

Senza troppi complimenti Antonietta entra e annuncia che per la signora è pronto da mangiare. Mi alzo subito, scusandomi imbarazzata. Fino a quel momento avevo parlato sempre io e non ero riuscita a sapere un bel niente, né avevo tirato fuori la lettera dalla borsa.

«Ho una lettera che le volevo far vedere. Non voglio disturbare, ma posso tornare domani?»

«Sì, torna domani, cara, domani mattina» dice mentre si alza, aiutata dalla cameriera. «Ti aspetto.»

6

«Che magnifica collana ha stamattina, signora Zina! E quanto è bello questo anello con i serpenti!»

Un leggero rossore le imporpora il viso.

«Grazie, è un ricordo di famiglia.»

Mi chino a baciarla sulla guancia. Per una donna di quasi novant'anni è straordinariamente liscia.

«Ha una pelle bellissima.»

«È la pelle di una vecchietta.» Ride, tutta contenta.

Oggi mi sembra di ottimo umore. Ieri la mia visita inaspettata doveva averla turbata. Mi accorgo anche che sono spariti tutti quei plaid e scialletti alla Miss Marple.

Su suo invito, mi accomodo sulla solita sedia.

«Le volevo parlare della lettera. La lettera che ho trovato a casa di mia nonna Rosa. Gliel'ho detto ieri, vero, che mio padre è morto all'improvviso, prima di Natale?»

«Oh poverina! Che cosa terribile restare senza padre. Sei figlia unica? Per i figli unici è ancora più dura. Lo so perché ci sono passata anch'io.»

«No, come le dicevo, ho un fratello più piccolo. Ma quando papà è morto, Francesco era appena partito per lavoro all'estero e così mi sono ritrovata da sola, proprio nelle feste di Natale, a dover sgomberare casa per poterla affittare. Una casa enorme, ancora piena di tante cose che appartenevano a mia nonna. Papà non aveva mai toccato niente.»

«Svuotare le case di chi abbiamo amato è la cosa più difficile.»

«È così che, mentre mettevo ordine tra i libri, è scivolata fuori questa lettera ancora chiusa nella sua busta. Non era mai stata aperta, e io non so se ho fatto bene a leggerla. Porta la data del 3 settembre 1971» le dico porgendogliela.

Lei la prende, si cambia gli occhiali, la guarda un attimo e me la restituisce.

«Leggila tu, per piacere. Non riesco a decifrare questi caratteri.»

Napoli, 3 settembre 1971

Piccola mia,
ti meraviglierai che ti chiami così. Non l'ho mai fatto quando eri davvero piccola e sicuramente ho sbagliato. Lo faccio ora, ma forse troppo tardi e inutilmente, e forse solo perché stavolta sono io a sentirmi piccola, fragile di fronte a quello che mi aspetta. Ho lottato molto contro la malattia, ma adesso è arrivato il momento di arrendersi, di lasciarsi andare, e tutto sommato è più dolce di quanto temessi.
Lasciarsi andare. Prima non me lo potevo permettere: erano tante le cose da affrontare. Dovevo essere forte, non c'era alternativa se non volevo soccombere e io volevo, nonostante tutto, vivere. E forte sono stata, è vero, e soprattutto con te, illudendomi e pretendendo che tu potessi capire le mie ragioni. Lo so, è ormai tardi e anche queste mie ultime parole

cadranno nel vuoto. Mi sento, ora che i giorni che mi restano da vivere sono davvero pochi, come un naufrago che affida il suo messaggio a una bottiglia e la lancia in mare. Disperato, ma con un'ultima illusione.

Quando si è vecchi, vedrai, ci si rifugia nei ricordi. C'è un momento in cui ti trovi a voler ripercorrere tutta la tua vita per capire chi tu sia veramente stato. Così è successo a me; e quegli avvenimenti, quei fatti che apparentemente mi erano sempre sembrati staccati uno dall'altro, all'improvviso mi si sono ricomposti davanti come pezzi di un mosaico.

Così solo ora mi rendo conto di quanto gli eventi mi abbiano costretto a interpretare un ruolo che non mi apparteneva. No, non vuole essere una giustificazione, è solo un'ultima amara verità.

Ti prego di perdonarmi se sono stata così dura con te. L'ho fatto solo per il tuo bene, perché volevo che tu crescessi forte, pronta ad affrontare quelle difficoltà che la vita prima o poi presenta a tutti. Ho capito troppo tardi che non ce n'era bisogno, che eri fatta della mia stessa pasta; e lo hai dimostrato con le tue ostinate, irrevocabili decisioni.

Non credere che io sia stata felice durante tutti questi anni. Il successo, il lavoro non hanno mai potuto colmare quel vuoto che sentivo dentro. Ma io sono abituata al dolore e questo forse mi ha reso insensibile anche al dolore degli altri. E se tu hai sofferto per causa mia, oggi ti chiedo perdono, Rosa.

Il mio ultimo, grande desiderio sarebbe vederti prima di lasciare questa vita, ma se questo mi sarà negato, vorrei almeno che tu venissi qui, nella casa di Supportico Lopez a raccogliere quelle cose che sono tue e, soprattutto, quella composizione che tuo padre scrisse per te e che ti sei sempre rifiutata di prendere per quello che era: un gesto d'affetto di una persona che solo così si sapeva esprimere.

La nostra fu una scelta d'amore. Lo so, Rosa, non lo vuoi sentire, ma io continuo a ripetertelo. Tuo padre amava la sua musica più di ogni altra cosa al mondo, quante volte ho cercato di fartelo capire, ma questo non significava che non amasse anche me. E anche io lo amavo, proprio per questo lo lasciai andare, sicura che prima o poi ci saremmo riuniti.

Ti voglio bene, Rosa, figlia mia. Te ne ho sempre voluto. Non dimenticarlo mai.

Tua madre Costanza

Zina ascolta in silenzio. Poi rivolge lo sguardo verso di me, ma col pensiero è altrove.

«Povera donna,» mormora «quante ne ha passate. Ma tu sei sicura che era chiusa, che non l'ha mai letta?»

«Sì, sono sicurissima, perché prima di aprirla ho esitato molto. Mi chiedevo perché non fosse mai stata aperta.»

«Non poteva non venire, se l'avesse letta.»

«Lei la conosceva, vero, Costanza?»

«La conoscevo? Altroché, se la conoscevo! Ho vissuto con lei tanti anni. L'ho accudita io, sai. Fino all'ultimo.»

Non sto nella pelle dalla curiosità, ma non oso fare domande troppo dirette e tutte in una volta.

Mi guarda stranita.

«Ma tu come mai sei venuta qui? Cosa vuoi?» mi chiede improvvisamente agitata.

«Ve l'avevo detto io, era meglio che non la ricevevate!» la aizza la cameriera.

«Niente, non voglio niente. Non abbiate paura, potete stare tranquille. Volevo solo capire» mi affretto a dire con un largo sorriso che le rassicura. «Mio padre ha sempre detto di non aver mai conosciuto i suoi nonni, morti in America prima della sua nascita. Invece che scopro? Che sua nonna Costanza non solo era viva almeno fino al 1970, ma che scriveva anche, da qui, da Napoli, da questa casa alla figlia.»

«Sono storie di una volta. Appartengono a prima della guerra. Il mondo allora era diverso. *Mo'* tutto sembra più facile, ognuno fa quello che vuole. Antonietta, in che anno è morta zia Costanza? Il giorno me lo ricordo, era il 14 aprile. Ma era il '71 o il '72?» chiede rivolta alla cameriera che sta rientrando in quel momento, portando il vassoio con il caffè per me e un bicchiere d'acqua per lei.

«Sono le undici, è l'ora della medicina» annuncia in tono brusco la donna porgendo una pillola e il bicchiere a Zina. «Brava! Era proprio il 14 aprile, ma del '72.»

A voce bassa per non farsi sentire, mentre mi serve il caffè, aggiunge: «La signora ha una memoria di ferro per il passato, ma se le chiedete che cosa ha mangiato ieri, non se lo ricorda».

«Antonietta mi è stata di grande aiuto quando Costanza si è ammalata. È vero? Antonietta è una persona di famiglia.»

«*Signurì*, io sono entrata a servizio in questa casa che avevo undici anni. Una volta così facevano le madri, quando trovavano una brava famiglia ti sistemavano subito, tu imparavi il mestiere e stavano quieti. Mica è *comm' a mo'* che ti devi prendere l'ucraina perché nessuno vuole fare più niente. Ma io alla signora Zina le voglio bene come a una madre. Lei è stata tutto per me. Mi ha fatto il corredo quando mi sono sposata e poi mi ha riaccolto quando quella specie di marito se n'è andato.»

Bevuto il caffè, riprendo il discorso.

«E così è morta qui? Ma mio padre non ne sapeva niente?»

«Costanza non mi ha mai parlato di tuo padre.»

Sono sconcertata.

«Scusi la domanda, signora Zina: ma lei chi è? È una sua parente o solo una cara amica?»

Disorientata mi fissa in silenzio. Ho paura che non si ricordi più chi sia io. Invece mi dice: «Costanza per me è stata più di un'amica e più di una sorella. È stata tutto».

7

«Ti sembrerà strano, ma Costanza l'ho conosciuta per caso. Fu nel 1939, un incontro incredibile, talmente emozionante che lo ricordo come fosse ieri. Tu sei credente, Lucilla? Eh, lo so: i giovani oggi non credono più a niente, non vanno neanche alla Messa. Io credo molto nella Madonna, penso che lei ci protegga dall'alto. Ma sono sicura che quel giorno, invece, fu mio padre che dal cielo fece quel miracolo. Perché di un miracolo si trattò. Mi trovavo con mia madre all'Hotel delle Terme di Pozzuoli. Non so se lo conosci, mi pare che ci sia ancora, o almeno così mi hanno detto. Era molto bello allora, adesso non lo so. Mio marito non mi ci ha mai voluto portare, e dire che ci sarei tornata tanto volentieri.»

Rapidamente cerco sul cellulare le immagini e le mostro l'albergo com'è ora.

«Sì, è proprio questo, all'epoca mi sembrava un posto così raffinato, certo oggi è ridotto assai male. Vedi questo intonaco rosso pompeiano e questi capitelli bianchi? Mi piacevano tanto. Dopo la scalinata d'ingresso, sulla destra c'era un salone da ballo con divani di velluto rosso e una grande kentia e a sinistra, in fondo, l'ampia sala da pranzo, con magnifici lampadari di cristallo.»

Mi rende il cellulare.

«Ricordo ancora che – sai come siamo noi vecchi, certe cose, anche stupide, le ricordiamo in maniera molto vivida – nelle terme c'erano gli accappatoi di spugna, e la mamma mi spiegò che andavano indossati per recarsi ai bagni o a fare i fanghi, e chi li aveva mai visti? Mica si usavano come oggi. E la sala da ballo! A quindici anni tutto ti appare bello, nuovo, un'avventura. Bastava attraversare la strada e c'erano il mare, la scogliera, le barche. Mi sembra ancora di sentire quell'odore salmastro.»

«E come mai eravate alle terme? Sua mamma faceva le cure?»

«Eravamo con una vecchia zia che prendeva i fanghi. Alle Terme si va per salute, non per divertimento. Almeno una volta era così. Ecco perché mi trovavo in quell'albergo, anche se eravamo in lutto stretto. Mio padre era morto da poco. Avevo sofferto molto, fra noi c'era un rapporto speciale, eravamo inseparabili. E inoltre si era aggiunto il dispiacere di essere dovuta andare via dalla mia città.»

«Non è di Napoli?»

«No, sono di Catania. Dopo la morte di mio padre mia madre era voluta tornare qui, a Napoli, dov'era nata e cresciuta e aveva vari parenti. Io ci venni malvolentieri. Piansi per giorni. Avevo dovuto lasciare tutti gli amici. Quanta gente si perde lungo la strada, figlia mia!» Si arresta un attimo, persa nei suoi ricordi.»

«E qui alle terme ha fatto amicizia con Costanza...» preciso io per riportarla al discorso che mi interessa.

«Oh, no! Non è andata affatto così.»

Chiude gli occhi, a rievocare un ricordo prezioso.

«Quel pomeriggio mia madre mi aveva pregato di salire in camera e prenderle una mantellina, perché l'aria si era messa al fresco. Andai alla reception per recuperare la chiave e mentre ero lì vidi avvicinarsi al banco una signora di una cinquantina d'anni, alta, snella, elegante. Indossava un tailleur con una stola di lince su una spalla. Così si usava allora. Aveva i capelli color rame, un po' più chiari del tuo colore, arrotolati in onde come si portavano all'epoca sotto un cappellino messo di sbieco. E scarpe con la suola ortopedica di sughero. Tutte le calzavamo, ma ai suoi piedi facevano tutto un altro effetto. Mi sembrò una diva del cinema, Ingrid Bergman, Alida Valli, Jennifer Jones. Le conosci? Quelle erano attrici! Com'erano belle!»

«Sì, certo che le conosco.»

«A me piacciono tanto quei film, ma la televisione non li trasmette mai. Scusa se divago, ma è così bello chiacchierare un po'. Dunque, che stavamo dicendo? Ah sì, come ho conosciuto Costanza. "Ho prenotato una stanza" la sentii dire al portiere, mentre gli porgeva il documento. "Costanza Andaloro? Vogliate firmare il registro, prego."

«Ebbi un tuffo al cuore. Restai lì, con la chiave in mano senza riuscire ad articolare parola. Lei si accorse che la fissavo. Si girò verso di me e fece un mezzo sorriso distratto.

«Mi dissi che dovevo prendere il coraggio a due mani e mi rivolsi a lei con voce strozzata. "Perdonatemi, signora, voi siete di Messina, siete nata a Messina?" le chiesi. Lei, molto sorpresa, mi rispose: "Sì, sono di Messina, ma voi che ne sapete, signorina?". "Allora... voi siete mia zia!" dissi io scoppiando in lacrime. Costanza mi rispose con tono brusco: "Non dite sciocchezze!". "Sono la figlia di Guglielmo" le dissi tra i singhiozzi.

La voce di Zina si incrina, le vengono gli occhi lucidi.

«Vedi, ancora oggi piango mentre lo racconto. Costanza si fece pallidissima. Sbarrò gli occhi e si portò la mano alla bocca come a reprimere un urlo. "Guglielmo", balbettò. "Una sedia!" gridò qualcuno. "La signora sta per svenire." "Guglielmo... Guglielmo è vivo... oddio... mi hanno ingannato..." Era sconvolta, ma a un tratto ritornò lucida e urlò, incurante della gente intorno: "Dove sta? Lo voglio vedere subito, portami da lui!". Fu allora che capii di avere sbagliato a non dirle fin dall'inizio che il mio carissimo padre, Guglielmo, era appena morto. In pochi attimi la povera Costanza aveva ritrovato suo fratello e poi l'aveva perduto per sempre. Lo aveva ritrovato e lo aveva perso nell'arco di pochi minuti.»

Zina si interrompe per un istante, beve un sorso d'acqua.

«Qualcuno andò a chiamare mia madre che arrivò di corsa. Ci fu un parapiglia per tutto l'albergo, a un tratto comparve il direttore stesso e con gentilezza ci accompagnò in un salottino dove la sera sentivamo la radio, perché potessimo parlare con più calma e lontano da occhi indiscreti. Costanza voleva sapere, continuava a chiedere, a urlare. Com'era possibile che lei lo avesse saputo solo adesso, il suo povero fratellino, solo al mondo. Gridava e piangeva come se stesse rivivendo la sua doppia morte, e mai la sua salvezza. Per lei Guglielmo era rimasto il suo piccolo fratellino.»

Zina si ferma sopraffatta dalla commozione.

«Fu mia madre poi a raccontarle tutta la vicenda, così come mio padre l'aveva ripetuta tante volte.»

Le sorrido e le faccio una carezza sulla mano. Sono tutta presa da questa incredibile storia; mi vengono in mente mille domande e non so neanche da quale cominciare. Innanzitutto, non mi ha ancora detto perché mai Costanza lo avesse creduto morto quand'era bambino. Glielo chiedo.

«Aveva perso tutta la sua famiglia nel terremoto di Messina, mentre stava in America. Non sai proprio niente della sua vita, eh?»

«Quale terremoto?»

«Ma come, il terremoto che distrusse Messina nel 1908!»

Non ne avevo mai sentito parlare.

«Come è potuto succedere! Ai giovani il passato non interessa affatto, ecco.»

«Suo padre...»

«Ma chiamami Zina, cara, e dammi del tu, mi fa piacere. Siamo parenti. Io e Rosa, tua nonna, eravamo cugine.»

«Allora... tuo padre, Guglielmo, quanti anni aveva quando è morto?»

«Quarant'anni. Una malattia di cuore. Era un bell'uomo, sai, alto, biondo, portava i baffi. Antonietta, prendi la fotografia che sta sul comò, gliela voglio fare vedere.»

Antonietta torna con la foto e me la mostra.

«È vero, un bell' uomo! Ma che occhi tristi. E come mai Costanza non sapeva che si era salvato?»

«Stava a New York quando seppe del terremoto, e le dissero che tutta la famiglia era morta.»

«*Signurì*, lasciatela stare, se no quella comincia a piangere» l'interrompe Antonietta. Ma Zina continua imperterrita.

«Papà non superò mai l'orrore di quella notte. Dopo tanti anni dormiva ancora con la lampada accesa. Ricordava tutto: il boato, le travi che crollavano, le macerie, la polvere che lo soffocava, la voce della madre che nel buio urlava il suo nome, invocava la Madonna, gli raccomandava di chiamare aiuto. La sua voce che si affievoliva con il passare delle ore, fino a spegnersi. Restò solo e terrorizzato, senza nessuno che gli rispondesse. Il tempo gli sembrò interminabile, lì sotto.»

«È atroce» mormorò con un nodo alla gola.

«Ma devi ancora sentire il resto della vicenda. La Madonna mise sul suo cammino quel brav'uomo. Saverio Cavallaro, si chiamava, e sua moglie, Adelina. Venivano da Catania, la notte del terremoto si trovavano in albergo. Nonno Saverio ci raccontava che, mentre scappavano, tra i tanti orrori che scorrevano davanti ai loro occhi, videro una luce intensa illuminare le mura dei palazzi che si accartocciavano su sé stessi e crollavano rovinosamente. Quando sentì cadere le campane della cattedrale pensò: ecco, è venuta la fine! La mattina, alla luce del giorno, divenne evidente che della città non era rimasto quasi niente, solo macerie, pianti, urla e morti che andavano aumentando di ora in ora. Lui, come tanti, si diede da fare per aiutare chi aveva bisogno. A un certo punto si trovò di fronte un uomo disperato che si aggirava tra le mura sbriciolate di un'ala della Palazzata, gridando il nome della moglie, *Maria, Maria!* A questa invocazione si sentì in risposta un flebile lamento. Entrambi, chinati sulle ginocchia, a mani nude, si misero a scavare, senza curarsi del pericolo di essere travolti dai crolli. E dopo ore, invece di Maria estrassero da là sotto un bambino ancora vivo. Fu Maria, la Madonna, a volerlo. Mio nonno Saverio diceva sempre che chi salva una vita è come se l'avesse messa al mondo, si sente responsabile di quella persona per sempre. Quel bambino in quel momento era diventato figlio suo. Papà non ricordava nulla di quegli attimi, solo una luce che aveva intravisto e una voce che chiamava una donna, a cui aveva risposto senza nemmeno capire il perché. Nonno Saverio lo portò con sé, in una chiesetta che era rimasta in piedi dove si erano rifugiate tante persone bisognose di un ricovero. La stazione, l'ospedale, l'orfanatrofio: tutto era andato distrutto. Appena fu possibile condussero mio padre via di lì, a Catania.»

«E se lo portò così, senza chiedere a nessuno? Il bambino non diceva chi era?»

«Era in stato confusionale e non rammentava niente, povera creatura: non seppe dire il nome del padre o di un familiare, chiamava solo disperatamente la mamma. Nel tempo riuscì a ricordare il cognome: Andaloro. Nonno Saverio, almeno a dir suo, fece delle ricerche per rintracciare qualche parente, se mai fosse sopravvissuto. Ma a Messina regnava il finimondo. L'anagrafe era andata distrutta. Pur di dare una famiglia ai bambini non si facevano tante complicazioni, e quindi lo adottarono.»

Annuisco.

«Mio padre cominciò a riprendersi, a ricordare altri dettagli della sua famiglia. Chiedeva con insistenza di sua sorella Costanza. Sapeva bene che era viva da qualche parte in America, ma non fu capace di dire altro, né quanti anni avesse, né dove e con chi vivesse. Fu impossibile venirne a capo. Quando ebbe l'età di fare personalmente qualche ricerca dovette interromperle, perché venne la guerra e fu arruolato. Questa sconvolse il suo già precario equilibrio. Quando tornò non volle mai più allontanarsi da casa, intendo da Catania. Ma la sua ostinazione a voler rintracciare la sorella non diminuì e fece fare nuove ricerche che non diedero nessun risultato. Non sapeva nemmeno il cognome di chi l'aveva ospitata. Per lui era stato sempre solo zio Antonio.»

«Ma com'era possibile che il Consolato non ne sapesse niente, non riuscisse a rintracciarla?»

«Che ti posso dire? Non lo so. Forse perché non viveva più lì. Comunque erano altri tempi, figlia mia. Il mondo non era come oggi. Di tanti emigranti la famiglia perdeva le tracce e basta. Andava così.»

«Forse, a un certo punto, pensò che anche Costanza fosse morta.»

«No, non credo. Tant'è vero che, qualche anno dopo, pubblicò persino un appello su un giornale italiano di New York. Ma anche questa volta non ebbe risposta. Lei allora era già a Napoli.»

Ascolto sempre più rapita gli strani e incomprensibili percorsi del destino.

«Mio padre» prosegue Zina «si sposò molto giovane, nel 1922. Sentiva il bisogno di avere una famiglia tutta sua, dei figli, e trovò in mia madre una donna dolce e rassicurante, la persona giusta per riempire i grandi vuoti della sua vita.»

«Ma sicuramente non è riuscito a dimenticare.»

«No, papà non ha mai dimenticato. Quando nacqui io, infatti, mi volle dare il nome di sua sorella.»

Le sorrido. «Zina, quindi, sarebbe il diminutivo di Costanza?»

«Quando ero piccola mi parlava sempre di lei, e io avevo imparato ad amarla. Mi diceva quanto fosse bella e buona, mi narrava le fiabe che lei gli aveva raccontato. Gli aveva fatto quasi da mamma, perché era tanto più grande di lui. Non è stato un miracolo incontrarla? Tu come lo definiresti?»

Non riesco a dire niente, commossa come sono.

8

Il cellulare vibra, una, due, tre volte. È Jessica. Mi chiede di scendere per un caffè.

Come sempre mi accoglie festosa. Beata lei, che è sempre allegra. Subito le racconto tutto. Parto da Guglielmo, dal terremoto.

«Questa storia sembra finta, tanto è triste, terribile e piena di coincidenze» dice. «Se non fossi stata tu a raccontarla, se non ti avessi seguita nella ricerca penserei che è tutta inventata.»

«Già.»

«Anzi, direi che se la potevano inventare pure un po' meglio, meno strappalacrime. Ma lo so, anche a mie spese, che alle volte la realtà supera ogni immaginazione.»

«Come si fa a continuare a vivere portandosi dentro un dolore così, perdere tutta la famiglia in maniera tanto drammatica? Da dove la prendi la forza?»

«Non lo so. Ma ti posso assicurare che nei momenti più bui la forza la trovi. Credimi.»

Sono certa che parla di sé.

«Ma basta mo' con le disgrazie della tua bisnonna! Vuoi vedere che mi diventi come in quel film, *La donna che visse due volte,* dove lei diceva di essere la reincarnazione della sua bisnonna? Ma quella era tutta una truffa… E ridi, va'!» Scherza per farmi sorridere e mi prende sottobraccio.

«Andiamo a prenderci il caffè da donna Erminia così ti distrai da tutti questi pensieri *di muorti accisi* e resuscitati.»

Mentre camminiamo mi racconta che il suo colloquio è andato bene, almeno così crede: sembra che ci siano buone speranze di ottenere la borsa di studio per il dottorato a Berlino.

«Il lavoro, Lucilla, devo assolutamente riuscire a fare quello per cui ho studiato. Ho fatto tanti colloqui ma, quando poi mi vedono, trovano sempre una scusa e mi scartano. Sarà il lavoro, sono sicura, a farmi capire che sono riuscita a ricostruire me stessa. Sì, l'amore…, anche quello. Ma ho capito che fa stare più male che bene. La felicità certo non mi potrà venire da quel vigliacco di cui adesso mi sono innamorata. Ancora si vergogna di farsi vedere con me.»

Si ferma, si gira verso di me, mi guarda fisso negli occhi e poi scoppia in una risata, bella, grassa, liberatoria.

«Sai che mi disse una volta un mio amico, per scherzare, ma neanche troppo? Che nella vita bisogna differenziare gli investimenti, come con i soldi.»

«Sei tosta, Jessica. Trasformare così tanto la tua vita, la tua storia deve essere stato difficile, eppure non hai perso la forza e la gioia di vivere. E poi la sicurezza, la determinazione… Se non fosse stato per te non avrei mai trovato Costanza.»

Lei si fa seria.

«La mia storia? Hai detto bene, trasformazione. Ma io per capirlo, che questa trasformazione era possibile, ce ne ho messo di tempo. Ho dovuto lottare con me stessa prima che con gli altri. Il mio corpo non corrispondeva a quello che io sentivo di essere, e soffrivo. Ma non credere che questo corpo di donna, che tanto ho desiderato, sia subito riuscito a darmi una vera identità, un'identità in cui io mi riconosca pienamente. Ce n'è voluto di tempo. Il percorso è doloroso, Lucilla mia, molto doloroso. E non parlo solo del male fisico.»

«Jessica, cara Jessica,» dico mentre l'abbraccio «come sei bella!»

9

Quando arrivo da Zina con il mio borsone, la trovo seduta in poltrona, già davanti alla TV ad ascoltare le notizie sul naufragio, con indosso un completo di maglia blu e una collana di perle.

«Cosa ci fai con quella valigia?» mi ha subito chiesto.

«Sono venuta a salutarti. Hanno rimandato la mia audizione alla prossima settimana, Zina. Torno a Roma.»

«Ma come?» dice. «Fermati qui da noi. La casa è così grande!»

Lo interpreto come un ennesimo segno del destino, in quei giorni sospesi nel tempo: posso restare ancora a Napoli, passare altro tempo con Jessica, scoprire di più su Costanza. E, soprattutto, trovare la composizione musicale che il mio bisnonno aveva scritto per Rosa.

«Dici davvero?»

«Certo» dice Zina, mentre Antonietta le lancia uno sguardo di disapprovazione. Per paura che cambi idea mi affretto a dire che la stanza l'avrei pulita io stessa e che, naturalmente, avrei pagato. Subito la cameriera si rasserena e fa cenno di sì con la testa, farfugliando tra i denti «è giusto, è giusto».

Mi dice che posso dormire nella stanza che una volta era

stata di Costanza, anche se, aggiunge, non sa in che condizioni la troverò, dato che è rimasta chiusa così a lungo.

«L'unica cosa» dico «è che... insomma, io la mattina canto, faccio i vocalizzi. Non so, forse disturbo.»

«Ah, di questo non vi dovete dare pensiero» interviene Antonietta. «Dovete ancora vedere che bordello si sente dalla strada la mattina!»

Osservo Zina.

«Grazie. Non sai cosa significa per me.» Mentre mi chino per baciarla, sento un forte odore di naftalina sprigionarsi dall'abito. «E come mai tutta questa eleganza, devi uscire?»

«No, ti piace?» risponde lisciandosi la veste. «Lo comprai per la cresima del figlio di mia cugina. Che senso ha tenerlo nell'armadio? Così oggi l'ho messo. Prima di uscire Antonietta ti farà vedere la stanza. Fai come se fossi a casa tua.»

La porta della stanza è chiusa. Mi meraviglio, ma mentre prende la chiave da una mensola e apre, Antonietta mi spiega:

«È per via di Farabutto. Non l'avete conosciuto? Quel gatto riesce ad aprire tutte le porte, *ne sape una cchiù d' 'o diavolo*. Quando si tratta di acchiappare le lucertole poi... ma la sera torna sempre a casa, *'o signurino*!»

«E come entra?»

«Sale da sopra al terrazzo e piange davanti ai vetri della finestra. E la signora Zina gli è così affezionata. *Nun sia mai s'avess'a perdere!*»

Quando la spinge, la porta cigola sui cardini. Siamo investite da un odore di stantio come se il tempo, l'umidità, la polvere si fossero fusi in quel particolare sentore che hanno i luoghi non abitati. Non vedo l'ora di restare da sola. Ringrazio Antonietta e le dico di non preoccuparsi per me. Mi do subito da fare per aprire gli scuri e le finestre e per togliere le lenzuola messe a protezione dei mobili e del letto. La luce del giorno, l'aria fresca, i rumori, il vociare della strada inondano la camera. I mobili riemergono da sotto metri di teli e ho l'impressione che la stanza riprenda vita, il passato si liberi dalla prigione in cui era stato rinchiuso. È una stanza enorme, con un suo fascino, rivestita da un parato liberty sbiadito dal tempo, con grandi decorazioni floreali in rosa e nero.

Mi soffermo con lo sguardo su ogni cosa: la toeletta, con dei puttini porta-forcine appoggiati sul ripiano di marmo chiaro, il cassettone di mogano con un grande specchio dalla cornice in legno, un piccolo ma delizioso paravento in seta, ormai inutilizzabile per com'è malridotto, e il grande letto di mogano ornato da fregi in bronzo che domina cupamente la stanza.

Immagino, lasciandomi andare a uno dei miei giochi infantili preferiti, di essere io la Costanza dai capelli rame che aveva abitato in quella stanza. La voglia di conoscere quanto più possibile di lei si fa ancora più impellente. Venire a sapere di avere ereditato i suoi capelli me l'ha fatta istintivamente amare. Mi rammarico, adesso, di non aver parlato di più con mio padre della sua famiglia, di non avergli chiesto mai niente.

Libero dalla copertura di plastica anche l'armadio a specchio e subito noto, poggiata sulla sommità, una grande cappelliera da viaggio. Non avrei mai sperato di trovare un oggetto così affascinante. Resto a guardarla senza osare tirarla giù, come quando da bambina dovevo scartare i regali di Natale.

Una voce rompe d'improvviso l'incanto. Zina mi ha raggiunta nella stanza per dirmi che posso prendere tutto quello che mi *aggrada,* proprio così si è espressa, osservandomi con i suoi occhietti sbiaditi, un tempo sicuramente di un azzurro intenso e luminoso. E poi mi chiede per l'ennesima volta quando ci sarà l'audizione.

«Scusa, forse già te l'ho chiesto. Vedi, così siamo noi vecchi: il passato lo abbiamo sempre in mente, ma è il presente che ci sfugge. È come voler tenere l'acqua tra le dita. Ti restano solo i polpastrelli bagnati, il liquido scivola via. *C'est la vie!*» Conclude con una risatina.

Poi, guardandosi intorno: «Non ero più entrata qui dentro. Mamma mia, che vecchiume. Avrei dovuto buttare tutto da chissà quanto».

Come darle torto, penso notando le pile di quotidiani ingialliti che ricoprono il piano di un vecchio secrétaire. Mi soffermo a osservare un quadro, l'unico della stanza: un paesaggio notturno. Un largo fiume scorre tra alberi e cespugli, illuminato dalla luna; su una sponda un bivacco, un uomo che con un ramo attizza il fuoco. Il rosso tra gli alberi dà l'idea del calore che si diffonde e riscalda l'aria. Nell'acqua, che sembra scorrere silenziosa, una piccola imbarcazione naviga tranquilla, comunicando pace.

«Questo quadro...» dice Zina seguendo il mio sguardo «come ci teneva! Glielo aveva regalato quel medico che la ospitava, Vitale. Pochi anni dopo le nozze morì, e Costanza tenne a conservarlo in suo ricordo. È rimasto qui, con le altre cose, in attesa che la figlia si facesse viva, ma tua nonna Rosa non si è mai data la pena di venire» dice con un sospiro. «Ma ora puoi prenderlo tu, se ti piace, puoi prendere ciò che vuoi. Temo, però, che troverai solo un cumulo di carte. Alcune risalgono addirittura all'epoca della sartoria. Sono rimaste così, come le aveva conservate Costanza.»

«Avevate una sartoria? Davvero?»

«È una storia lunga pure questa. Dopo te la racconto. Tu resti, vero?»

Mi interroga con occhi ansiosi.

«Sì, resto, resto.»

Passo l'intera mattinata a pulire, con gli auricolari alle orecchie per riascoltare ancora una volta le arie che ho scelto di presentare all'audizione: *Mi chiamano Mimì*, *Vissi d'arte*, *Casta diva*, tutte nell'interpretazione della grande Maria Callas, con la speranza che mi possa ispirare. Senza cantare, però, perché mi sono messa una mascherina davanti alla bocca per paura che la polvere possa irritare le corde vocali. Non riesco a concentrarmi. Il mio pensiero continua a correre a quella musica di cui avevo letto nella lettera: la musica scritta per Rosa, che lei non aveva mai preso per sé. È senz'altro qui, da qualche parte.

Rimando la mia ricerca perché la fame comincia a farsi sentire, e decido di scendere a mangiare qualcosa. Per strada mi ricordo di quei buonissimi fiocchi di neve che mi aveva consigliato Jessica e così ne compro un vassoio per Zina e Antonietta.

Prima di rientrare mi fermo nel cortile del palazzo a leggere un messaggio di Marco, scritto tutto a caratteri maiuscoli: QUANDO TI DECIDI A TORNARE? O ANCORA TI ILLUDI CHE TI PRENDANO AL SAN CARLO SENZA NEMMENO UN AGENTE?

Che faccia di corno! Senza neanche sapere come, mi ritrovo in lacrime. Per evitare di dare spettacolo mi infilo, attraverso un cancello socchiuso, nel giardino interno, quello che doveva essere il giardino della casa di Zina. Marco sa sempre come e dove colpirmi. Forse ha ragione, non sono all'altezza del San Carlo. Forse, come dice lui, devo ricominciare a cantare nei cori.

Per il resto, non si è neanche sprecato a farmi una telefonata. Ma si capisce: è con la moglie. E io lo sopporto. È così che intendo impostare tutta la mia vita, essere *l'Altra*?

Mi sforzo di scacciare i pensieri negativi per riprendere il controllo, e devo dire che la pace del giardino mi aiuta. Un cinguettio mi invoglia a inoltrarmi. *È il luogo ideale per costruire nidi*, penso. Dopo qualche passo, spostando le fronde che ostacolano il passaggio, inciampo in una pietra. Per non finire per terra mi aggrappo a un arbusto, e questo provoca la caduta di molti rami secchi. Si apre così dello spazio e vedo una grande vasca in pietra, piena di erbacce, con al centro un puttino dal quale, forse, un tempo zampillava dell'acqua. Un po' più avanti noto la base di un albero. Quel tronco così grande mi incuriosisce. Alzo lo sguardo e, tra il fitto fogliame, scorgo la sua meravigliosa chioma. Continuo l'esplorazione e arrivo al muro di cinta, dove intravedo, dietro i rami, una nicchia con una piccola statua anch'essa ricoperta di muschio, come il muro. Mi rammarico che quel giardino sia ridotto così male. Che peccato, doveva essere un incanto.

Risalgo in casa, poggio i dolci in cucina e mi ritiro nella mia stanza dove, mentre ascolto un po' di musica, finalmente mi decido a sistemare il mio bagaglio.

I tiretti del cassettone, come aveva detto Antonietta, sono tutti vuoti, a eccezione del quarto. Ci ficco veloce la biancheria e un beauty. Mi abbasso per aprire l'ultimo, presagendo lo spettacolo caotico che avevo già visto nei cassetti e negli armadi di mio padre. Invece mi sbaglio. Trovo plichi e cartelline di carte catalogate con cura, completi di etichette e fascette. Capisco subito che si tratta dei documenti della sartoria.

L'armadio invece è vuoto, a parte una vecchia coperta di raso, di un rosa ormai stinto e l'imbottitura di fioretto. Quando faccio per appenderci le mie cose, scorgo, sul ripiano superiore, una scatola di latta dorata che prima non avevo notato.

Me la porto sul letto e l'apro. Queste sì, sono alla rinfusa: fotografie lucide in bianco e nero di signore sconosciute, in eleganti abiti anni Cinquanta, con dedica a Costanza. Dovevano essere le clienti della sartoria.

Apro anche il cassetto del secrétaire e vi trovo alcune copie dei primi anni Cinquanta di *Vogue*. Sono tentata di sfogliare, ma sono curiosa di vedere cosa c'è nella cappelliera. Salgo su una sedia e la tiro giù.

Facendo un po' di forza sulla serratura arrugginita, riesco ad aprirla. Un foglio di carta velina copre tutto. La sollevo e l'annuso, perché mi pare di sentire un leggerissimo sentore di violette, ma forse è solo suggestione.

Sopra tutto c'è una fotografia racchiusa in un elegante cartoncino marron glacé che porta inciso il nome di uno studio fotografico di Messina. È il ritratto di un gruppo familiare. Sfilo con cura la foto stampata su cartone rigido e guardo sul retro. In un angolo, in bella calligrafia, la data: *12 aprile 1903*, e più sotto una dedica: *A Cocò, perché si ricordi di noi durante la sua permanenza a New York*. È firmata *Mamma, maggio 1906*. L'osservo con commozione. Un uomo con grandi baffi, di età indefinibile, è seduto impettito al centro nel suo colletto rigido. Di fianco a lui una donna dall'aspetto florido e dall'espressione dolce. I capelli legati in uno chignon e piccoli orecchini di brillanti ai lobi. Ha in braccio un bambino biondo di un paio d'anni, molto tenero nel suo vestitino da marinaretto. È il padre di Zina? Accanto alla mamma, in piedi, gli altri due figli: un giovane con i baffetti che guarda l'obiettivo con aria sfrontata e, aggrappata alla sua manica, una ragazzina forse di una quindicina d'anni, magra, slanciata, più alta del fratello, che esibisce un sorriso sfacciato.

Quella deve essere Costanza. La studio meglio. Non sembra particolarmente bella, ma i suoi limpidi occhi chiari, sotto le sopracciglia appena accennate, così simili a quelli del fratellino, brillano di gioia e danno luce al volto ossuto. Si è messa in una posa spiritosa, con le gambe incrociate, senza nessuna civetteria. Esile com'è sembra poco più di una bambina, e se non fosse stato per la data, mi parrebbe impossibile credere che, solo pochi anni dopo, quella stessa ragazzina sarebbe partita da sola, se avevo capito bene, per l'America. Perché era partita? Perché era tornata?

Da un sacchetto di stoffa tiro fuori due giocattoli: un piccolo tram di latta e un vecchio cagnolino, tutto sporco e consunto. Il pupazzo ha perso un occhio, e più volte gli è stata ricucita la pancia con pezzetti di stoffa bianca. Chissà a chi era appartenuto.

Vecchie cartoline di New York, lettere, fotografie. Ognuna porta scritto dietro la data e il nome: Giuseppina, zia Amalia, Vitale, Frank, Natalia, la signora Anna, Mary e altri ancora. Mi incuriosisce una cartolina firmata *Tuo fratello Ruggero*, in cui si legge: *Ti ho messo la freccia per indicare i nostri balconi*. Sotto è riportato il nome: *La Palazzata, Messina*. Il grande edificio dove Costanza aveva vissuto con la famiglia, e sotto le cui macerie erano tutti morti. Tutti tranne Guglielmo.

Dopo il racconto di Zina avevo fatto delle ricerche sul terremoto. La Palazzata, avevo letto, non esisteva più. Era il vanto della città. Doveva essere bellissima.

Dalle stanze mi giungono le voci di Zina e Antonietta che discutono. Zina vuole essere accompagnata dal parrucchiere. E l'altra grida: «Che novità è questa, la permanente? Manco doveste andare a un matrimonio! Ve li ho sempre fatti io i capelli».

Sorrido, chiudo la porta e ritorno al mio lavoro.

Viene fuori un'altra fotografia, conservata nella sua cornice di bronzo. Ritrae una coppia davanti a uno sfondo alberato, palesemente finto. La giro, per vedere se ci sono i nomi.

In ricordo delle nostre nozze. 29 settembre 1909. Tuo per sempre, Pietro.

Eccoli, i miei bisnonni. Costanza con i capelli corti e gonfi, in un tailleur molto semplice, le mani avvolte da lunghi guanti bianchi, regge tra le braccia un gran mazzo di rose. Un'espressione grave rattrista i suoi bellissimi occhi. La bocca carnosa, ritoccata di rosa nella fotografia, è serrata. Che pena, vestita di scuro nel giorno del suo matrimonio, ancora in lutto per la famiglia sterminata in poche ore! A stento si riconosce in lei la ragazzina sfrontata che, nell'altra foto, sorride abbracciata al fratello. Lui, il mio bisnonno, è seduto su una poltrona di vimini. Come mai lui seduto e lei in piedi? Poi d'un tratto capisco. Costanza era molto alta. Mentre lui era più basso della moglie: ecco perché. Magro, folti capelli ricci e baffetti. Osservando bene sembra che abbia qualcosa di mio padre, la forma del naso, di sicuro, ma anche il taglio degli occhi. Guarda l'obiettivo con una certa protervia, o almeno così sembra. Zina mi ha detto che era un musicista, un direttore d'orchestra. E questo combacia con quanto Costanza ha scritto nella lettera alla figlia Rosa. Pietro Malara, si chiamava. Non ne ho mai sentito parlare. Faccio una rapida ricerca su Google, ma non trovo niente. Trovo ancora una fotografia un po' sfocata: una donna con una bambina per mano. La giro e leggo: *Napoli, via Toledo, 3 ottobre 1917*. Il viso di Costanza è mezzo nascosto da un grande cappello. La bambina ha già, a quell'età, lo sguardo duro che conoscevo in mia nonna.

Nel cassetto della toeletta, infine, trovo sotto a una spazzola d'argento annerito, alcune lettere e due quaderni rivestiti in pelle, ma molto mal ridotti. Ho un tuffo al cuore: su entrambi c'è scritto "Diario di Costanza Andaloro". Sul primo c'è poi aggiunto "La traversata, 1906", mentre sull'altro "Napoli, 1910". Con le mani che mi tremano, sfoglio le pagine. Chissà se ne manca qualcuna. Vorrei subito immergermi nella lettura, ma Zina e Antonietta mi chiamano. Metto da parte i quaderni, accanto alle lettere, e vado da loro.

«Oh, che bel pensiero» dice Zina. «Mi hai portato i fiocchi di neve di Poppella, mi piacciono tantissimo. Grazie.»

Approfitto del suo umore per chiederle se ha voglia di raccontarmi la storia di Costanza, fin dall'inizio.

«Se vuoi sapere tutto, allora dobbiamo cominciare da quando viveva a Messina.»

10

Mi sveglio di soprassalto al rumore di un clacson che suona insistentemente. Mi accorgo di essermi addormentata mentre leggevo il diario della traversata di Costanza da Messina a New York. Che ora è? Deve essere ormai giorno se i clacson strombazzano giù in strada. Quanto ho dormito? Sono crollata in un sonno profondo, ma irrequieto, turbato dalla sensazione di una presenza che aleggia intorno. Mi tiro su per controllare l'ora. Le due e c'è tutto questo chiasso?

Mi giro e mi rigiro nel letto, continuo a ripensare a tutto quello che mi ha raccontato Zina, alle lettere che avevo trovato, alle pagine del diario della traversata. Continuo a farmi cento domande fino a quando prendo atto che non mi riaddormenterò più. Mi alzo per accendere la luce e vedo un gatto nero e bianco sfrecciare lesto da sotto al mio letto. Farabutto. Rido delle mie paure, torno sotto le coperte e inizio a leggere l'altro diario di Costanza, quello che ha scritto a Napoli.

DIARIO DI COSTANZA ANDALORO

— Napoli, Hotel Santa Lucia, 1° aprile 1910 —

Nella mia mente regna una specie di scompiglio, un disordine, insomma, una confusione che non riesco a governare.

Certo, sono cambiate tante cose. E se, come mi ha quasi imposto Pietro prima di partire, non devo essere un peso, è necessario che cominci a mettere ordine nella mia testa. Scrivere mi aiuterà a capire.

Sono a Napoli da tre giorni. Mi trovo nell'albergo Santa Lucia, sul lungomare, abbagliata dalla luce di un sole primaverile che qui, però, è molto più caldo che a New York. Il mare, gli odori, i rumori, il vociare dei pescatori: tutto mi riporta a Messina, alla nostra casa che si affacciava sul porto. È strano, per la prima volta riesco a rievocare quei luoghi, ricordare quei giorni. Con nostalgia e dolore, ma ci riesco. Fino a oggi dovevo assolutamente allontanare qualsiasi ricordo della mia vita prima di New York, se non volevo impazzire.

Se penso a Messina, però, mi appaiono solo immagini staccate una dall'altra: le navi nel porto, il chioschetto che vendeva le limonate, la chiesa dove ho fatto la comunione, la scuola dove ho studiato… ma faccio fatica a riordinare lo spazio in un percorso.

E la disposizione dei mobili qual era? Dov'era la macchina da cucire nella camera di zia Giustina? Ho paura che i miei ricordi si stiano sbriciolando come se, anche loro, fossero stati colpiti da un terremoto.

Non ho perso solo i miei cari, ma anche un luogo dove tornare.

— Napoli, 2 aprile 1910 —

L'albergo Santa Lucia, dove Pietro ha deciso di soggiornare in attesa di trovare un appartamento che ci possa ospitare, è magnifico. Abbiamo due stanze. La mia affaccia su Castel dell'Ovo e su di un piccolo caratteristico borgo di pescatori che mi fa pensare a Ganzirri. La vicinanza del mare, come sempre, mi rasserena.

Siamo arrivati a Napoli con notevole ritardo a causa di un'avaria provocata da una tempesta che ci ha costretti a sostare per qualche giorno in Spagna. Questo ha fatto saltare l'appuntamento che Pietro aveva preso con il notaio, il quale, nel frattempo, è dovuto partire e non tornerà prima di quindici giorni. Poi ci sarà da capire come gestire il patrimonio, vendere le proprietà e tutto il resto. Pare che resteremo a Napoli almeno un paio di mesi.

Ma Pietro non se ne rammarica, anzi. Dice che così avrà tutto il tempo per riprendere i contatti e, soprattutto, cercare i musicisti per la sua banda da portare a New York. Napoli è piena dei più validi elementi, e lui non vede l'ora di cominciare le selezioni.

Oggi pomeriggio, in attesa che Pietro tornasse da uno dei suoi appuntamenti, stavo sorseggiando una bevanda nel giardino interno dell'albergo, quando una donna mi ha rivolto la parola: «Mi scusi, signora se la disturbo, ma deve togliermi una curiosità: lei era sul piroscafo proveniente da New York?».

La signora stava seduta su un divanetto di vimini, di fronte a me. Aveva una cinquantina d'anni, un po' in carne, molto elegante nel suo abito di seta color pervinca. Ma quello che mi ha colpito di più è stato il suo sorriso cordiale e sincero, che mi ha ben disposto nei suoi riguardi. Ho annuito gentilmente.

«Ecco, non mi sbagliavo. Siete siciliana, è vero?»

«Sì.»

«Sa, avevamo fatto una scommessa con mio marito sulla nave. Io dicevo di aver capito che eravate siciliana, mio marito diceva di no.»

Si è alzata ed è venuta a sedersi accanto a me.

«Permettete, Rosalia Tornatore, piacere. Dal mio nome avrete capito che anche io sono siciliana, ma vivo a New York da trent'anni ormai e forse ho perso l'accento, o forse no. Voi che dite?»

«No, non lo avete perso» ho risposto flebilmente. Ero affascinata da quella donna che in sostanza aveva imposto la sua presenza, ma con tanto garbo che ne ero incantata.

«Ma ditemi, da quale città provenite? Sono da troppo tempo lontana dalla Sicilia per indovinarlo dall'accento.»

«Sono di Messina, ma manco dalla mia città da quattro anni.» Ho fatto una pausa, ma ho subito ripreso a parlare per non darle il tempo di intervenire. «Non fatemi domande sul terremoto, vi prego. Sono qui per dimenticare.»

Non so perché le ho detto questa frase, me ne sono meravigliata subito. Mi è uscita così.

«Ma figuratevi, capisco perfettamente. Si viaggia anche per questo… Dice mio marito: "Non si può mai attraversare l'oceano, se non si ha il coraggio di perdere di vista la riva". Sapete, io l'ho fatta spesso la traversata, ma ogni volta è diverso. Certo, dipende molto da come è il mare, ma non è solo questo. La traversata è comunque un'esperienza sempre nuova. La vista esclusiva del mare, per tutti quei giorni… non si può stare in mare così tanto tempo senza conseguenze.»

«Avete ragione» l'ho interrotta io. «Non ci avevo mai pensato, ma deve essere proprio come dite voi. Il silenzio, il cielo che si fa tutt'uno col mare… Certo, il viaggio allarga gli orizzonti e cambia anche la prospettiva. Non ti senti più il centro del mondo, ma una goccia nell'oceano.»

Mentre parlavo come in trance, confessandole anche le sensazioni più intime, lei si è si è alzata e si è scusata, dicendo che era arrivato suo marito.

«Mi ha fatto piacere scambiare quattro chiacchiere con voi. Vedrete, vi troverete bene a Napoli, vi parrà quasi di stare in Sicilia.»

L'ho preso come un augurio e l'ho salutata con un sorriso.

Mi sono persa dietro ai miei pensieri. Fra questa traversata e quella di qualche anno fa sono trascorsi solo quattro anni, eppure sembra sia passata una vita. Allora ero una giovane ragazza, triste sì, per aver perso il padre, ma circondata dall'affetto della famiglia. Adesso, invece, sono cosciente di essere una donna sola al mondo, senza più nessuno che aspetti un mio telegramma all'arrivo, o che attenda il mio ritorno. Nessuno a cui raccontare le mie impressioni.

In quel momento ho visto Pietro che era venuto a cercarmi. Senza volerlo sono avvampata. Mi è sembrato che avesse letto nei miei pensieri. Mi ha guardata come a dire: "Non sei sola, ci sono io." So di essere ingiusta con lui, che è sempre così presente e protettivo nei miei riguardi.

— Napoli, 4 aprile 1910 —

Non posso negare che in questi giorni mi sento meno apatica e indolente. Forse mi sono fatta condizionare dall'atmosfera calorosa e cordiale di questa città. È quasi impossibile sottrarsi all'espansività dei napoletani, che non concepiscono il riserbo e invadono in ogni modo la tua intimità. E, certo, mi sono anche fatta contagiare da Pietro, che è in uno stato di continua esaltazione. Ieri è tornato in albergo giusto il tempo per pranzare, subito dopo è voluto uscire per andare a vedere che c'era in cartellone al San Carlo. Era la prima cosa che dovevo vedere, insisteva, qualsiasi fosse l'opera. «Il più bel teatro del mondo: vedrai!»

Ha detto che per l'occasione dovrò indossare un abito elegante, «Nero, se vuoi rispettare il lutto» e che nei prossimi giorni andremo a comprare degli abiti nuovi. Sta spendendo, credo, tutti i suoi risparmi. È convinto che l'eredità sarà consistente e anch'io lo spero, perché possa finalmente crearsi una banda tutta sua. A me basta poco. Tutto quello che stiamo facendo, mangiare al ristorante, passeggiare in carrozza, soggiornare in questo magnifico albergo, mi piace, sì, ma lo faccio soprattutto per lui. Ha voluto addirittura assumere una donna che si occupasse di Santino, perché dice che io devo essere libera di visitare la città e di accompagnarlo a teatro. Finalmente mi sembra felice, e ne sono contenta. Non ha avuto una vita facile neanche lui, e so di aver contribuito a complicargliela. Ho provato a guardarmi con i suoi occhi delusi: una moglie che non è una moglie, sempre triste, solitaria, vestita di nero. Mi chiedo come possa sopportarlo.

Quanto a me, sono diventata inaspettatamente curiosa. Sono presa come da una smania di conoscere questa città. E nei mesi che resteremo qui ne avrò tutto il tempo, immagino.

Quando rimango sola in albergo non riesco a restare in camera: devo uscire. Sì, è vero, mi è sempre stato di gran sollievo camminare, ma quando lo facevo a New York era soprattutto per cercare pace, dare un senso al mio tempo. Qui non è così. Fin dal primo giorno tutto quello che vedo sollecita il mio sguardo e la mia curiosità.

Ho la sensazione di aver vissuto sott'acqua per tanto tempo e di stare riemergendo tutto a un tratto in superficie. Non so da dove mi viene questa spinta.

— Napoli, 6 aprile 1910 —

Ieri ero ancora a letto quando Pietro è entrato nella mia camera.

«Vestiti, Costanza, non sei ancora pronta!» mi ha detto fissando un punto indistinto della coperta. Spesso fa così, quando entra nella mia stanza: evita di guardarmi. «Ti aspetto giù nel Giardino d'inverno.»

Era lì, al pianoforte, e suonava un notturno di Chopin. Intorno a lui si erano radunati alcuni ospiti dell'albergo che lo ascoltavano rapiti.

Pietro è bravo, lo devo dire. Suona il pianoforte divinamente.

Sono rimasta appartata, nascosta dietro a una kentia. Non volevo che, vedendomi, s'interrompesse. Mentre lo ascoltavo, anch'io incantata come gli altri, ho visto due signore molto graziose alzarsi e andare a sedersi su un divanetto più vicino al pianoforte. Quando Pietro ha terminato l'esecuzione, mi sono unita agli applausi dei presenti. Lui si è inchinato per ringraziare, ha scambiato qualche parola con le due signore e ha fatto loro il baciamano. È stato poi circondato dagli altri ospiti dell'albergo, che volevano congratularsi con lui. Mentre uscivano ho sentito una delle due signore dire all'altra: «E poi, oltre che bravo, è così un bell'uomo... Hai visto che sorriso affascinante?»

Al momento sono rimasta perplessa, persino meravigliata. Davvero parlavano di Pietro? Così lo vedevano? L'ho guardato. Sorrideva, anzi rideva addirittura. Aveva uno sguardo felice, gli brillavano gli occhi e appariva più giovane. È stato come se lo vedessi per la prima volta. Mi sono chiesta se lo avessi mai visto ridere durante il nostro matrimonio, e non ho trovato risposta.

Forse sono stata proprio io a renderlo così infelice da non ridere mai e limitarsi a quel sorriso malinconico. Lo avevo sempre visto come un uomo austero, invece ecco che con le signore era stato spiritoso. Doveva aver fatto qualche battuta divertente, perché le avevo viste ridere di cuore. E io avrei voluto dirgli: "scusa se ti ho reso infelice".

Mentre rideva gli si formavano delle piccole rughe agli angoli degli occhi. Non le avevo mai notate. Forse perché non lo avevo mai osservato. È un bell'uomo? Non saprei dire. Forse sì, ha bei capelli ricci e spalle larghe. D'un tratto ha girato lo sguardo e mi ha vista. Ha fatto un cenno agli altri come per scusarsi e si è affrettato a raggiungermi.

— Napoli, 7 aprile 1910 —

Pietro, quando mi è venuto a salutare stamattina, era di umore particolarmente allegro.

«Sei sveglia, Cocò?» Mi ha detto con tono canzonatorio «C'è un regalo per te. Ci sono buone prospettive per la mia orchestra, e ho voluto festeggiare così.»

E mi ha porto un pacchetto avvolto in una carta dorata.

«Grazie, Pietro!» Gli ho sorriso e, incuriosita, l'ho subito aperto. Adagiata in un astuccio di velluto blu, ho visto una collana di corallo a due fili.

Sono rimasta ad ammirarla senza osare toccarla. Ero emozionata.

«Che c'è, non ti piace, Cocò? Ogni signora napoletana ne deve avere una!» ha commentato scherzoso.

«Sì, certo» ho farfugliato. «È bellissima, Pietro! Anche mia madre ne aveva una, me l'avrebbe regalata il giorno... Lei credeva di farmi una sorpresa, ma io già lo sapevo» ho detto di getto, sorridendo a quel ricordo.

Lui si è avvicinato e mi ha accarezzato i capelli. Poi ha preso la collana dall'astuccio e me l'ha messa al collo.

«Perché non la indossi, ora che usciamo? Mi farebbe piacere, cara. Vado, ti aspetto giù.»

E subito dopo è uscito canticchiando, mentre io sono rimasta a fissare incredula la mia immagine nello specchio con il monile al collo: ero io, proprio io che avevo sorriso, che gli avevo raccontato di mia madre, che avevo trovato naturale che mi chiamasse Cocò, come facevano in famiglia? Che mi stava succedendo? Era merito di Pietro, di Napoli o del tempo che passa?

— Napoli, 9 aprile 1910 —

Ieri è stata una giornata particolare, unica. La racconto per riviverla.

Io e Pietro siamo usciti a piedi, per fare una bella passeggiata lungo il mare e raggiungere la trattoria a Mergellina, dove Pietro voleva portarmi a mangiare. Avevamo il sole di fronte e meno male che avevo il mio cappello di paglia, altrimenti mi sarei bruciata il viso, tanto era caldo. Pietro ha capito che mi dava fastidio e mi ha invitato ad attraversare la strada. Abbiamo camminato all'ombra degli alberi della Villa Reale, lungo la quale, nel percorso segnato dal galoppatoio, alcuni signori elegantissimi nelle loro tenute ippiche andavano a cavallo.

Come storditi dal sole e dall'aria salmastra del mare camminavamo in silenzio, immersi ognuno nelle proprie sensazioni. Per rinfrescarci da quella calura così insolita per un giorno di primavera, Pietro mi ha proposto di sederci per bere una limonata, a un tavolino del Caffè Vacca. Poco più in là una piccola folla, assiepata intorno alla Cassa Armonica, sembrava in attesa di qualcosa. Uomini in abiti pied-de-poule bianchi e neri, la paglietta sul capo e il bastoncino in mano, signore sedute ai tavolini del bar davanti a una cremolata con cappelli piumati e abiti eleganti, lunghi alla caviglia. Alla spicciolata arrivavano degli orchestrali, perfetti nelle loro divise.

Pietro ha chiesto al cameriere se sapeva a che ora ci sarebbe stato il concerto e chi dirigeva.

«Alle dodici, come tutti i giovedì» ha risposto l'uomo. «Dirige il maestro Caravaglios. Tutta Napoli esce pazza per lui e qua è una meraviglia, quando ci stanno i concerti. E *'a sera* è ancora *cchiù* bello sotto *'e stelle, quanno l'arbere addorano*».

«Se ti fa piacere,» ho detto «restiamo.» Ma lui ha insistito perché non cambiassimo i nostri programmi.

«Verremo a sentirlo un'altra volta.»

Ci siamo alzati e abbiamo ripreso la nostra passeggiata tranquilli, rilassati.

Siamo arrivati a Mergellina: su una piccola spiaggia di pescatori, barche di legno come quelle da noi in Sicilia, reti da pesca ammonticchiate sulla sabbia e, sotto un pergolato, una trattoria con pochi tavoli e gente molto semplice seduta a mangiare. Il posto era invitante, la genuinità del luogo contrastava con gli ambienti eleganti di Napoli in cui fino ad allora ero stata. E forse, devo confessarlo, questo posto mi faceva sentire più a mio agio. Mi faceva pensare alla trattoria napoletana a Messina, al Faro, dove qualche volta andavo con la mia famiglia.

Nel tavolo a fianco a noi c'era un'altra coppia, molto giovane. Mangiavano con appetito, bevevano, ridevano e si scambiavano effusioni. Più in là, al riparo dal sole, su una comoda sedia di vimini una popolana cullava il suo bambino. Con gesti molto calmi e dolci poi si è sbottonata la camicetta e ha esibito con naturalezza un seno prosperoso, dalla pelle bianchissima, percorsa da una vena azzurra, in cui spiccava l'areola bruna della mammella. Ha stimolato il capezzolo con una mano e appena si è inturgidito l'ha offerto al neonato.

Era molto bella, così florida e piena di vita.

Si è accorta che la stavo guardando e, mentre arrossivo imbarazzata, mi ha rivolto un sorriso. La sua camicia bianca aperta sul davanti le lasciava scoperta, oltre al seno, anche una spalla, ma lei non se ne dava cura, anzi sembrava che la esibisse. Mi sembrava orgogliosa della propria femminilità, di quello che stava facendo, e quello che stava facendo le dava palesemente sicurezza e piacere. Non riuscivo a distogliere lo sguardo, quando è arrivato l'oste con i nostri piatti. Spaghetti con i polpi e un fiasco di vino bianco di Ischia. Aveva scelto Pietro. Lui ama la buona cucina, per me invece tutto il cibo è diventato uguale, senza sapore.

Questa volta, però, sarà stata l'aria o forse la vicinanza del mare, ho mangiato con gusto e bevuto il vino.

Naturalmente, non mancava la musica. Pietro mi ha spiegato che qui a Napoli tutti scrivono canzoni. Questi erano strimpellatori che però cantavano molto bene una specie di valzer dolcissimo di cui io non capivo nemmeno una parola. Pietro li ha applauditi, così loro si sono avvicinati e ci hanno dedicato un'altra canzone. Io ho chiesto a Pietro se capiva le parole e lui mi ha detto che sì, le capiva, e che questa era una canzone un po' osé. Parlava di una *Cammisella*. A bassa voce mi ha spiegato il significato di qualche parola e poi il resto l'ho capito da sola, e ho sorriso.

I posteggiatori hanno continuato a cantare fino alla fine del pranzo, quando si è avvicinato il padrone per il conto.

«Perché non portate la signora a fare una passeggiata in barca? C'è ancora il sole» ha detto a Pietro.

«Forse è meglio di no» ha risposto. Ma si capiva che gli avrebbe fatto piacere.

«Perché no, Pietro? Tu sai quanto mi piace il mare.»

Ci siamo guardati. Lui, contento come un ragazzino, mi ha fatto un gesto complice e io gli ho sorriso. Si è tolto la giacca, le scarpe, si è arrotolato i pantaloni e le maniche della camicia e mi ha preso in braccio per farmi salire in barca senza che mi bagnassi i piedi. E poi abbiamo preso il largo. Il mare mi si apriva di fronte, immenso e tranquillo. Pietro ha cominciato a remare verso quella che mi ha indicato come la collina di Posillipo.

La pelle liscia e scura delle sue braccia risaltava sul bianco della camicia, mentre i muscoli si tendevano nello sforzo. Non lo avevo mai visto così, prima di allora.

Giunti sotto un antico palazzo che sorgeva sul mare si è fermato, ha lasciato i remi ed è venuto a sedersi vicino a me, per spiegarmi la sua storia. Sentivo il calore del suo corpo sudato. Invece di ascoltare quello che diceva, mi sono resa conto che lo stavo guardando come non l'avevo mai fatto prima. Era come se tutto d'un tratto percepissi la sua virilità. Ho chiuso gli occhi e mi sono abbandonata a questa sensazione.

«Non mi ascolti?» mi ha detto.

Pensava che, come al solito, fossi persa nei miei pensieri. Eravamo vicinissimi. L'ho fissato senza dir niente. Per un attimo, ho creduto che mi avrebbe baciata. Ero pronta, non mi sarei allontanata. Ma non l'ha fatto.

«Hai freddo, il sole sta calando. Rientriamo.»

Mi sono risvegliata dal torpore che mi aveva preso. Il vino, il sole. Ma soprattutto il mare, il suo profumo, il movimento delle piccole onde. Ritornati a riva, Pietro si è allontanato per andare a pagare il barcaiolo e, quando è ritornato, mi ha preso per mano e ha detto: «Vieni».

Mi sono lasciata portare. In quel momento pensavo che sarei andata dovunque con lui. Ci siamo incamminati lungo una stradina che saliva in mezzo agli alberi e ai cespugli, per arrivare a una piccola costruzione. Pietro si è fermato. Mi ha attirata a sé e, senza dire nulla, mi ha fissata negli occhi. Io non ho abbassato lo sguardo. Allora mi ha preso con forza tra le sue braccia e mi ha baciato. A lungo.

È stato come perdersi, arrendersi, consegnarsi. Sembrava che tutto mi girasse intorno. Mi sentivo completamente in sua balìa. Ed era dolce, molto dolce.

Pietro si è scostato e, tenendo un braccio intorno alle mie spalle come per paura di perdermi, ha aperto la porta con una chiave che ha tirato fuori dalla tasca.

«È solo un piccolo rifugio per turisti in cerca di semplicità.»

Io non ho fatto domande. Siamo entrati e, chiusa la porta con un calcio, ha ripreso a baciarmi e, questa volta, a spogliarmi.

Abbiamo passato tutta la notte lì.

— Napoli, 12 aprile 1910 —

Oggi Pietro non aveva nessuna voglia di uscire. Voleva restare ancora a letto con me. Ma aveva diversi appuntamenti per la sua banda ed è dovuto andare, non senza avermi prima riempita di baci.

Santino è con la giovane bambinaia in villa a giocare, e io sono rimasta sola.

Ho riempito la grande vasca dai piedi a zampa di animale che troneggia nel bagno e mi sono immersa. Sono rimasta nell'acqua calda a lungo e, per la prima volta in vita mia, ho osservato con attenzione il mio corpo. Quasi senza volerlo, ho cominciato ad accarezzarmi come Pietro sta facendo in questi ultimi, incredibili giorni, come volessi sentire cosa si prova a toccare la mia carne. Quel poco di carne che mi ricopre le ossa. Sono troppo magra, eppure mentre Pietro mi ricopre di baci, mi sussurra: «Sei bella, come sei bella».

Sarà vero? Lo pensa veramente? Oppure si dice così, in quei momenti?

L'altra notte, al rifugio, quando si è accorto che tra le sue braccia tremavo, ha cercato di rassicurarmi: «Non aver paura. Lasciati andare, non ti farò male».

Ed è stato così. È stato tutto naturale, e molto intenso. Forse lo desideravo, ma nemmeno lo sapevo. Ma adesso come mi devo comportare? Cosa devo fare? E se dovessi restare incinta, il mio corpo sarebbe in grado di nutrire il bambino? I seni sono troppo piccoli, il ventre non ha nessuna rotondità.

Vorrei tanto poter parlare con Giuseppina. Appena arrivata a Napoli le ho scritto, ma non ci spero molto che risponda. In fondo, già a New York, dopo il mio matrimonio non ci siamo più viste. Lei, lo so, disapprova la mia scelta. E io, in quei giorni, non mi sono nemmeno accorta della sua assenza. Ma adesso no. Adesso sento che mi manca.

Mi sforzo anche di immaginare cosa mi consiglierebbe mia madre se fosse qui con me. E penso a zia Giustina che diceva sempre: «Mangia, Costanza, sei tutta pelle e ossa! Se continui così nessuno ti vorrà, e resterai zitella!».

Voglio ingrassare, voglio trasformarmi in una vera donna. Voglio che il mio seno diventi come quello della madre che allattava a Mergellina.

Così gli abiti che mi vuole regalare Pietro mi staranno bene.

— Napoli, 13 aprile 1910 —

Stamattina, quando ci siamo svegliati, Pietro mi ha attirato a sé e mi ha sussurrato a fior di labbra: «Ti amo». Io non ho risposto, ho fatto finta di non aver sentito e ho detto «Buongiorno» con un dolce sorriso.

«Stai bene?» mi ha chiesto. «Sì» ho sussurrato. Sono sicura che mi voleva chiedere: «Sei felice?». Ma non ha osato.

Allora me lo sono chiesta da sola. Sono felice, adesso? Ora che tra noi è nato qualcosa di nuovo? Felice no. Non so se mai potrò esserlo. Ma sono contenta: contenta di sentirmi diversa, di essere diventata una vera moglie. Contenta di non sentirmi colpevole anche della sua infelicità.

Pietro sembra un bambino, tanto è entusiasta. Ha mille premure, è sempre sorridente e, soprattutto, vuole condividere con me le sue speranze, le sue ambizioni. Crede finalmente che i suoi sogni siano anche i miei.

Ieri mi ha chiesto, tra mille cautele e facendo mille preamboli: «Costanza, sei sempre sicura di non volere andare a Messina?» Me lo aveva domandato più volte sulla nave e io ero stata irremovibile: «Messina non esiste più» gli ripetevo. E così, quando ha visto che il mio viso si rabbuiava, ha subito detto: «No, scusami, non te lo chiedo più».

— Napoli, 15 aprile 1910 —

Ieri Pietro di buon mattino mi ha voluto portare ai Magazzini Mele. La sera dovevamo andare al San Carlo e voleva assolutamente che io indossassi un abito adeguato. «Non è mondanità, ricordalo: è lavoro» ha detto.

Arrivati davanti al Palazzo della Borghesia dove stanno i Magazzini, un moro in livrea si è avvicinato alla carrozza e ci ha accolti con un inchino. Ho sorriso a Pietro e lui ha alzato le spalle come per dire: «Boh, stranezze».

Siamo entrati e devo dire che, anche all'interno, il negozio non aveva niente da invidiare a Macy's. Grandi saloni, banchi di esposizione, commessi ben vestiti pronti a rispondere a ogni richiesta. Al reparto Signore mi sono avvicinata a un manichino che indossava un abito da sera semplice, ma dalla linea originale. Si è avvicinata la caporeparto.

«*Can I help you?*»

«*Thank you, but I'm not English*» ho risposto d'istinto.

Allora ha soggiunto: «*Entschuldigen Sie bitte, kann ich Ihnen behilflich sein?*».

E io, che avevo studiato anche il tedesco, per gioco ho risposto: «*Ich bin nicht mal Deutsche, ich bin Italienerin*».

La signora si è un po' risentita, forse pensando di essere stata presa in giro. Però poi mi ha detto gentilmente: «Scusatemi, signora... il colore dei suoi capelli, la carnagione... pensavo che foste del Nord Europa. Scusatemi ancora. Vi interessava questo vestito?».

«Si» le ho risposto con un sorriso.

«Ma se volete qualcosa di veramente alla moda, allora dovete scegliere un colore vivace, lasciate perdere il nero. Venite con me.»

Pietro mi ha preso per il braccio e mi ha guardata come a dirmi: «E il lutto?»

«Non ti preoccupare» gli ho risposto. «So quello che faccio. Questi abiti dovranno durare un bel po', con quello che costano. Non mi vestirò per sempre di nero.»

Io stessa non credevo alle mie parole.

Alla fine abbiamo comprato due abiti. Quello da sera è di seta color rubino con il corpetto ricamato, mentre quello da pomeriggio è un tailleur di un blu luminoso. Senza ascoltare le mie proteste per la spesa eccessiva, Pietro ha insistito che prendessi anche un mantello di velluto foderato di seta bianca, e guanti, scarpe e borsetta.

«Non mi hai mai chiesto niente» mi ha sussurrato all'orecchio. «Sono libero di fare finalmente un regalo a mia moglie?» Si è fermato un attimo, mi ha preso una mano e, guardandomi dritto negli occhi, me l'ha baciata.

Poi ha tirato fuori da un sacchetto di carta, che aveva in mano, niente di meno che una bottiglia di champagne Mele, un'altra specialità dei Grandi Magazzini, come si leggeva sull'etichetta.

«Stanotte brindiamo» mi ha detto con aria complice.

Ho pensato che finalmente sembravamo ed eravamo davvero marito e moglie.

E poi la sera c'è stato il San Carlo. A dire la verità ho fatto un grande sforzo, per andarci. Mi sono dovuta agghindare tutta quanta perché lui ci tiene molto, ma l'idea di incontrare così tanta gente festosa non mi entusiasmava. Quando però ho messo piede nel teatro, mi sono dimenticata di tutto. Che meraviglia! Perfino il Metropolitan scompare al suo confronto.

Entrati nel nostro palco – eravamo in terza fila, ma centrali – mi sono affacciata e sono rimasta a bocca aperta: gli stucchi dorati, la luce elettrica dei candelieri, il soffitto affrescato, la tappezzeria di velluto rosso… A dirlo così, potrebbe sembrare uno sfarzo esagerato, invece era tutto armonico, raffinato ed elegante.

In ogni palco un grande specchio, che pare sia stato messo perché nessuno applaudisse prima del re, enfatizzava quell'effetto di luminosità diffusa. Pietro si guardava intorno per vedere se conosceva qualcuno, e a un certo punto si è allontanato verso un gruppo di musicisti che aveva contattato per la banda. Io quasi non me ne sono accorta, presa com'ero a guardarmi intorno. Aveva ragione Pietro, quando ha insistito per comprarmi l'abito. Le donne erano elegantissime e tutti gli uomini erano in frac: chi aveva una gardenia all'occhiello, chi un fazzoletto di seta che spuntava dal taschino. E io, che so quanta fatica costa confezionare un abito, non potevo non rivolgere un pensiero a chi aveva trascorso chissà quante ore su ognuno di quei vestiti.

Si sono spente le luci, e quasi mi è dispiaciuto. Ma alle prime note dell'ouverture del *Barbiere di Siviglia* mi sono lasciata rapire dalla musica.

D'istinto ho guardato Pietro che, fisso lo sguardo sul direttore, come suo solito seguiva il ritmo con un impercettibile movimento dell'indice della mano destra. Poi si è aperto il sipario di velluto rosso ed è cominciata l'opera.

Nell'intervallo la mia attenzione è stata attratta da un bassorilievo sull'arco, tra le colonne del proscenio. Una figura alata indica dei numeri romani, mentre in basso una sirena alza un braccio verso di lei. Pietro mi ha spiegato la leggenda: la sirena suggerisce a Crono di far scorrere più lentamente i minuti, in modo da riuscire così a godere più a lungo della bellezza delle arti. La particolarità di questo orologio, ha aggiunto, è che, al contrario del solito, le lancette stanno ferme e le ore girano.

Mi sono soffermata a pensare al trascorrere del tempo.

Forse anche io, come quella sirena, vorrei adesso poterlo fermare.

— Napoli, 16 aprile 1910 —

Pietro ora ci tiene che lo accompagni ovunque e che gli faccia fare bella figura. Oggi mi ha portata al Caffè Gambrinus, chiedendo al cocchiere della carrozza di fermarsi proprio davanti all'ingresso: ancora una volta voleva mostrare a tutti che se la passava proprio bene.

Ci siamo avviati verso uno dei sette ingressi del Caffè insieme a un piccolo gruppo di signore e uomini elegantissimi, esibendo quell'aria disinvolta tipica degli habitué.

Mentre entravamo, uno di loro ha dato di gomito a un amico e ha detto «Che cosa darei per una notte con Rosina!».

Mi sono girata e ho visto due donne molto belle, vestite e truccate in maniera vistosa, esageratamente ingioiellate, sedute tra grandi mazzi di fiori in una carrozza che passava e ripassava davanti al Caffè. Sicuramente per farsi ammirare. Tutti gli sguardi degli uomini erano rivolti verso di loro.

«I più grandi patrimoni sono andati in fumo a causa di donne come queste» ha detto amaramente Pietro. Ho capito che si riferiva al padre. Avrei voluto rispondergli qualcosa, ma ho preferito far finta di niente.

Appena entrati ci siamo ritrovati in una bellissima sala tutta dorature e fregi. Stavamo per sederci, quando un cameriere ci ha fermati e ha chiesto a Pietro: «Mi scusi, qual è il suo nome, ha un tavolo riservato?».

Vedendo che Pietro stava per inalberarsi, ci ha spiegato che in quella sala un tavolo era riservato agli uomini politici, un altro poi era per gli avvocati, a un altro ancora sedevano sempre i poeti e gli artisti. L'altra invece era riservata a Scarfoglio e ai giornalisti. Se lui comunque avesse gentilmente detto chi era, avrebbe potuto farlo accomodare nel posto più giusto. E se magari dopo avessimo voluto assaggiare qualche specialità di Monzù Starace, il ristorante era al piano di sopra.

«Sono un musicista. Il maestro Pietro Malara.» Ha detto con un certo sussiego e una punta di stizza che per fortuna ho colto solo io.

Il cameriere senza batter ciglio ci ha guidato verso una sala un po' più piccola, ma anch'essa decorata e molto accogliente.

Ci siamo seduti a un tavolino in un angolo e, mentre Pietro come al solito si guardava intorno per vedere se conosceva qualcuno, si è avvicinato il cameriere per le ordinazioni. Ha chiesto una birra, spiegandomi che era una specialità della casa e che il nome Gambrinus era proprio quello di un mitico re, inventore della birra. Io ho preferito prendere un caffè e dei piccoli babà.

A un tratto un uomo si è avvicinato, mi ha fatto un breve inchino e poi, rivolto a Pietro ha detto: «Scusate… Voi per caso siete Malara?»

Pietro si è alzato. «Sì, Malara» e gli ha teso la mano. «Con chi ho il piacere?»

«Ma come, non ti ricordi? Sono Guido Del Gaudio! Sapevo che ti eri trasferito a New York.»

«Del Gaudio! Sei tu?»

Si sono baciati e abbracciati e Pietro, tutto contento, lo ha invitato a sedersi. Poi, come se si fossero salutati il giorno prima, hanno cominciato a rievocare gli episodi di quando erano studenti al conservatorio. Naturalmente, mio marito ha iniziato a raccontargli del suo progetto di creare una banda tutta sua, e che era venuto a Napoli a cercare i musicisti.

Del Gaudio lo ha ascoltato con interesse, poi gli ha detto che era stato un peccato, secondo lui, che all'epoca fosse partito per gli Stati Uniti, proprio nel momento in cui l'editore Sonzogno era così disponibile verso i nuovi talenti. Non aveva mai capito perché poi non gli avesse mai mandato a Milano quella sua bella composizione operistica.

«Vostro marito ha un grande estro creativo, lo sapete, signora?». Mi ha fatto piacere sentire questo complimento e mi sono girata verso Pietro, ma lui è rimasto zitto, con un sorriso fisso impresso sul volto, poi ha preso il boccale e ha mandato giù la birra, tutta d'un fiato.

«Perché poi decidesti di andare via proprio quando Martucci, che aveva sempre creduto in te, tornò a Napoli?»

«Insomma, Guido! Scusa, ma questa storia appartiene al passato. Non ha alcun senso parlarne. Avevo deciso di partire e basta!»

Del Gaudio si è affrettato a cambiare discorso, e mi ha domandato con gentilezza dove alloggiavamo. Gli ho risposto che per il momento stavamo in albergo, ma eravamo alla ricerca di un appartamento, visto che ci saremmo trattenuti per almeno due mesi.

«Potrei lasciarvi casa mia, io sto giusto partendo. Come dicevo prima a Pietro, ho abbandonato la musica per occuparmi della ditta di mio padre. Pellami. Ma non mi lamento, eh. In questo campo, al di là dei grandi geni, riesce a brillare chi è molto fortunato o chi è molto ostinato. Dunque, dicevo, siamo entrati in affari con una ditta di Londra e porto con me la famiglia.»

«La casa, dicevi?»

«La casa è vostra, se la volete, mentre io decido che farne. È molto grande, ha un bel giardino. Sta alla Sanità. Venite a vederla domani.»

Pietro ha accettato volentieri.

In quel momento il nostro amico è scattato in piedi per salutare un signore che stava passando. Gli ha detto subito che voleva presentargli Pietro.

Il signore, di statura piccola, con una faccia simpatica e un bel sorriso aperto, si è presentato come Raffaele Caravaglios. Pietro sembrava non stare nella pelle dall'eccitazione. Allora mi sono ricordata del suo nome, era quel Caravaglios che dirigeva l'orchestra nella villa dove prendemmo la limonata.

«Sono onorato, maestro» ha detto Pietro con la voce rotta dall'emozione. «E ci tengo a dirle che le sono immensamente grato per avere innalzato la musica bandistica a un livello tale di maturità da non far rimpiangere a nessuno le esecuzioni orchestrali.»

Poi ha aggiunto tutto d'un fiato, come se avesse paura che d'un tratto potesse sparire, che anche lui dirigeva bande, e che era a Napoli per cercare orchestrali disposti a seguirlo in America.

«Venga a trovarmi al Conservatorio. Faccia vedere questo in portineria» ha detto porgendogli il suo biglietto da visita «e la accompagneranno. Mi farà piacere darle qualche consiglio.»

«La ringrazio» ha detto Pietro.

Caravaglios si è inchinato ed è andato via.

Sembra che le cose si stiano mettendo bene per Pietro. Sono contenta per lui. Se lo merita.

— Napoli, 18 aprile 1910 —

Oggi ho avuto una sensazione di vuoto, come un forte giramento di testa, un attimo di spaesamento, in cui non sapevo dove mi trovavo, chi ero. Mi mancava il respiro e sono corsa fuori al balcone per prendere aria. Mi sentivo come sdoppiata, mi sembrava di non essere più me stessa, di essere diventata un'altra. Una strana sensazione, come stessi cambiando pelle, come fanno i serpenti. Chi è quella donna che si veste, va a teatro e al caffè, fa l'amore con suo marito e ne ha piacere? Che si guarda intorno incuriosita e gioisce di quanto la circonda, di quello che facciamo, vediamo?

Sento la necessità di memorizzare immagini di luoghi nuovi, e in questo, scrivere mi aiuta. Io non ho più un posto che sia mio, come tutti, a cui tornare. Forse è questo. Napoli potrebbe diventare persino la mia città, un posto dove fermarmi finalmente, dove depositare nuovi ricordi, nuovi pensieri. Ho bisogno di sostituire palazzi, alberghi, teatri, caffè, al fango, alla polvere e alle macerie.

— Napoli, 25 aprile 1910 —

Stanotte ho avuto un incubo. Ho sognato che mio padre tornava e non trovava più la casa. Mi diceva: «Hai visto? Per fare di testa tua non abbiamo più dove vivere!». E mentre parlava gli scendeva un rivolo di sangue dalla bocca. «Perciò mi sono ucciso.» E io piangendo gli rispondevo: «Eccola qui, non vedi quanto è bella?». Ma le stanze erano lunghi corridoi bui che non portavano da nessuna parte. D'un tratto la scena è cambiata e io ero inginocchiata accanto a Guglielmo. Costruivamo castelli non con la sabbia, ma con il terreno scuro del giardino della casa dove viviamo ora, alla Sanità. E poi questo giardino si trasformava nel cimitero di campagna dietro casa di mia nonna, al paese, e a ben guardare sembrava piuttosto villa Pace, con tutti i muri crollati.

Mi sono svegliata con il cuore in gola. Ho allungato una mano a cercare Pietro, ma si era già alzato. Sono restata a letto con gli occhi chiusi. Ho tentato di ricacciare indietro le lacrime. Non volevo piangere nella casa nuova. La mia casa. Per scacciare le immagini e i ricordi, mi sono imposta di pensare al giardino. Una specie di giardino segreto che appartiene alla casa e che non mi aspettavo di trovare all'interno di un palazzo in questo quartiere. E così, mentre mi costringevo a riempire la mente delle immagini della fontana di pietra con il puttino, dei cespugli di ortensie, degli alberi carichi di limoni, il battito a poco a poco si è regolarizzato e le visioni del sogno sono diventate sfocate.

Sono ormai trascorsi vari giorni da che ci siamo trasferiti nella casa di Del Gaudio a Supportico Lopez. È una bella abitazione, con il salotto dorato, un allegro parato a fiorellini, un terrazzo da cui si scende nel giardino. Non avevo portato niente di mio, quando sono partita da New York, tranne il quadro del bivacco notturno nel West, regalo di nozze di zio Antonio, e le fotografie della mia famiglia. Le ho esposte tutte vicine, sul cassettone.

Sulla toeletta ho collocato le spazzole d'argento, regalo di Pietro per il mio compleanno, e la nostra fotografia in abiti da sposi fatta come ricordo delle nozze. La camera così mi sembra più mia.

Forse resteremo qui oltre i due mesi previsti, dato che Pietro non è ancora riuscito a ottenere l'appuntamento con il notaio. Mi sono subito ambientata in questo rione e, anzi, mi sembra che ora la vita abbia assunto un contorno più reale.

È un quartiere così diverso, rispetto a quello dell'albergo: accanto ai signori che abitano al piano nobile, in bei palazzi con fregi e stemmi, qui vive una plebe poverissima, vestita di cenci, forse ancora più misera di quella che ho visto a Little Italy.

Non ho paura di uscire sola, nonostante Pietro mi abbia detto che c'è anche brutta gente. Con me sono tutti molto rispettosi.

«Napoli è una città con due anime» mi ha detto. «È il regno dei vivi e dei morti, è il luogo del sole ma anche del buio. Hai visto tutti quei vicoli scuri? Qui ai Vergini, al Cavone, dietro Toledo, quando lo vedono il sole, quei poveretti?»

Ed è così che, secondo lui, si spiega la magia della musica a Napoli. La musica nei vicoli sostituisce il sole. Note invece di raggi, così che la gente abbia quel calore che gli manca.

«Ed è questo che cerco di rendere nelle mie composizioni,» ha aggiunto «l'armonia tra le due anime contrapposte della città.»

Sono contenta che, da quando stiamo qui a Napoli, abbia ripreso a comporre. Dice che la città lo ispira. Quando eravamo al Santa Lucia, talvolta scendeva addirittura in piena notte a suonare nella sala dove c'era il pianoforte e restava lì fino alla mattina.

— Napoli, 27 aprile 1910 —

Abbiamo assunto una cameriera, Concetta. Un donnone pieno di energia che abita in un basso qui vicino, ai Miracoli. Ha sette figli. Dormono tutti in una stanza. Mi ha raccontato che in famiglia pure i più piccoli si arrangiano a fare qualche lavoretto. Mi chiama donna Costanza e questo mi fa un po' ridere. È una brava persona, si preoccupa perché mangio poco. Mi sta insegnando a cucinare i piatti napoletani. Mi è venuta così in mente la povera Carmelina, pure lei napoletana, che tanto litigava con la zia che non apprezzava la sua cucina.

Un'altra presenza frequente in casa nostra è Attilio, il giardiniere, che per conto di Del Gaudio cura le piante. È un uomo dalla pelle ruvida e rugosa, che parla a voce bassa, strascicata, in dialetto, per cui faccio fatica a capirlo, ma è molto disponibile e ho capito che, come me, ama le piante. Mi ha insegnato i nomi di molte di esse e mi ha indicato un albero in particolare che già aveva attirato la mia attenzione. Ha delle foglie piccole di un bel colore verde a forma di ventaglio. È un Ginkgo biloba, mi ha spiegato, viene dall'Asia. I padroni avevano fatto arrivare piante da ogni parte. Ho visto che non c'erano rose e gli ho chiesto se, nonostante fosse un po' tardi, ne poteva piantare qualcuna. Lui mi ha voluto accontentare, ha detto che martedì le porterà. Si è guardato un poco intorno e ha individuato un punto, vicino all'alto muro di cinta, che gli sembrava adatto. Mi è piaciuto perché crescerebbero vicino a una piccola nicchia che ospita una statuetta di pietra e alla vasca circolare che ha al centro un puttino da cui zampillava acqua. Ho pensato che in estate si sarebbero potute mettere delle sedie di vimini per godere del fresco, anche se so che noi non rimarremo così a lungo. Appena Pietro entrerà in possesso dell'eredità, ce ne andremo.

Nel frattempo io e ~~Guglielmo~~ (come mi è venuto di scrivere Guglielmo!) Santino abbiamo rastrellato un po' per gioco il terreno e piantato dei semini. Si è molto divertito. È impaziente anche lui di vedere crescere le piantine. Quando abbiamo finito, mi ha chiesto: «Ma rimarremo qui per sempre?». Non gli ho risposto.

— Napoli, 28 aprile 1910 —

Stamattina, appena sveglia, ho incrociato lo sguardo di Pietro che, sdraiato su un fianco accanto a me, aspettava il mio risveglio. Ho accennato un sorriso e lui mi ha stretto forte a sé, in silenzio. Sentivo di essere amata. Ed è stata una dolce sensazione. Mi sono lasciata cullare dal suo sentimento. E mentre ero lì, rannicchiata contro il suo corpo muscoloso, pensavo che era bello dividere il letto con lui, che aveva avuto tanta pazienza con me. Lui che per natura non è affatto un tipo paziente, anzi.

Quando ho acconsentito a sposarlo non lo conoscevo affatto. In fondo mi sono solo fidata del mio istinto, pensando che Pietro fosse un uomo di buoni sentimenti. Ora so che avevo ragione, ora che ho condiviso con lui la parte più intima del matrimonio. Nel buio ho scoperto la sua dolcezza, la sua delicatezza e la sua generosità.

Quando stamattina mi ha avvisato che sarebbe andato al Conservatorio, dove aveva un appuntamento con il direttore e sperava di essere ricevuto pure da Caravaglios, mi sono proposta di accompagnarlo. Voglio conoscere i luoghi dove ha trascorso la sua giovinezza, dove ha studiato.

Lui è stato piacevolmente sorpreso.

Mentre camminavamo sottobraccio, Pietro mi ha voluto mostrare la Napoli che lui frequentava da studente: via Port'Alba, sempre animatissima e ingombra di bancarelle di libri, la pizzeria dove era solito consumare la pizza "oggi a otto", detta così perché si pagava la settimana successiva, le botteghe dove comprava il materiale scolastico, il negozio di strumenti musicali di via San Sebastiano dove si riforniva di spartiti.

Pietro aveva ragione: il Regio Conservatorio di Musica San Pietro a Maiella è un luogo pieno di fascino. Appena entrati nel portone, mentre lui mi spiegava che un tempo era stato la sede di un convento dei Padri Celestini, un uomo anziano con la visiera ci è venuto incontro scappellandosi

«Maestro Malara! Ma siete proprio voi? Che piacere rivedervi! *Quant'anni so' passati?*»

«Don Salvatore! Ancora qui a combattere con gli studenti!» Gli ha risposto Pietro. «L'altra volta non c'eravate. Pensavo vi foste ritirato. Ma per voi gli anni non passano mai, siete sempre uguale!»

Ci ha tenuto a presentarmelo e mi ha raccontato che don Salvatore stava lì fin da quando era un ragazzino.

«Avete saputo? Il maestro Martucci è morto l'anno passato. Questo posto non è più lo stesso senza di lui. E il vecchio professor Cesi, e Serrao, ve li ricordate?»

Mentre continuavano a parlare siamo entrati in un bellissimo chiostro che un tempo, immagino, era stato un luogo silenzioso di preghiera, mentre ora stava per essere invaso da una marea di studenti accalcati intorno alla statua di Beethoven. Alcuni, più piccoli, portavano la divisa, altri, più grandi, in giacca e camicia si muovevano impacciati da voluminosi strumenti musicali che si portavano dietro. Per un momento ho pensato con tenerezza che anche Pietro, da piccolo, indossasse quella divisa.

Salendo per lo scalone, mi ha raccontato di quando studiava di notte nella camerata, al lume di candela mentre gli altri dormivano. Mi sono chiesta se Pietro al conservatorio avesse amici. A New York non ne ho mai conosciuti.

Camminava tra quelle mura come fosse casa sua, con una punta d'orgoglio e affetto. Per un momento l'ho invidiato. Della mia scuola non esiste più nulla, e i miei ricordi vagano incerti come fantasmi in cerca di un luogo che li accolga.

Mentre ci aggiravamo per le sale superiori mi ha mostrato la biblioteca, con i volumi autografi, i quadri dei musicisti, un antico codice miniato e addirittura la sedia, davanti alla porta del direttore, dove lui, giovane allievo, aspettava di essere ricevuto.

«Dentro quella stanza in fondo» mi ha confidato «ho trascorso dei brutti momenti. Florimo era severissimo, in particolare con me e Francesco Cilea. Solo in seguito ho capito che lui, essendo calabrese come noi, si sentiva un po' il nostro tutore. Era animato da buone intenzioni, ma poi ha finito con il favorire solo Cilea.»

Povero Pietro! Lo capivo: come aveva dovuto sentirsi solo, senza nessuno della famiglia vicino. Mi sono accorta ancora una volta che so molto poco di lui, del suo passato, della sua carriera. Gli ho chiesto perché avesse abbandonato la composizione. Non poteva essere solo per colpa di Cilea, come mi aveva detto.

Si è fatto stranamente tutto rosso. Sulle prime non ha risposto, poi dopo essersi acceso una sigaretta, ha ammesso: «Certo che no».

In verità si era scoraggiato. Dopo il diploma aveva partecipato a vari concorsi a Napoli, ma non ne aveva superato nessuno. Sembrava che per lui non venisse mai l'occasione e non riusciva a capire il perché. Forse erano in troppi. «D'altra parte chi intraprende questa carriera» diceva «deve avere ricchezze su cui poter contare. E lui non aveva più niente, a causa di suo padre che aveva dilapidato il patrimonio. Solo grazie a suo zio riuscì a iscriversi al Conservatorio e a portare a termine gli studi, ma in seguito dovette mantenersi da solo, prima con le lezioni private e dopo con i saltuari ingaggi come sostituto direttore d'orchestra.

«Il 1902 fu l'anno delle grandi decisioni. Avevo ormai una moglie da mantenere, e Napoli non mi offriva nessuna prospettiva. Così decisi di tagliare i ponti.»

Se n'era andato in America come avevano fatto in tanti, aveva abbandonato per sempre la strada della composizione per seguire quella della direzione. Non che gli dispiacesse, in fondo non si era mai pentito della scelta. Ma ora che il successo stava per arridergli, si sarebbero ricreduti, finalmente! Non era da tutti riuscire ad avere una propria banda. E non era solo questione di soldi o di capacità tecnica, ma di sensibilità e intuito. E questi requisiti lui ce li aveva.

Quando siamo tornati nel cortile, il portiere è venuto a informarlo che il direttore l'aspettava e anche il maestro Caravaglios si era liberato. Mentre lui saliva le scale di corsa io sono andata ad aspettarlo nel chiostro. Dovevano essere riprese le lezioni. Dalle aule mi giungeva attutito il suono degli strumenti che venivano accordati e questa disarmonia mi dava, non so perché, un senso di pace.

Appena è sceso, mi sono subito accorta che Pietro aveva cambiato umore. Mi ha detto bruscamente: «Andiamo». Camminava a grandi passi in silenzio, mentre io arrancavo per seguirlo. Mi era sembrato strano che fosse tornato così presto.

Purché non abbia litigato, mi sono detta con un po' di apprensione.

Dopo molte insistenze, alla fine mi ha raccontato quello che era successo. Aveva fatto un buco nell'acqua. Il direttore si era mostrato freddo, lo aveva guardato come se non si ricordasse affatto di lui e, in ogni caso, si era limitato a dirgli con distacco e disinteresse che non conosceva nessun musicista che andasse bene per le sue esigenze.

Quanto al maestro Caravaglios si era scusato, ma non aveva tempo per riceverlo a causa di un improcrastinabile appuntamento alla scuola di musica dell'Albergo dei Poveri con Cilea.

Io, incautamente e senza riflettere, gli ho detto: «Ma perché non chiedi aiuto a Cilea? In fondo siete stati compagni di scuola!».

A questo punto Pietro si è messo proprio a gridare, così, in mezzo alla strada, davanti a tutti.

«Ma che dici, allora non hai capito niente di me!»

Mai e poi mai gli avrebbe chiesto aiuto, nemmeno morto. Se la sarebbe cavata da solo, come aveva sempre fatto. Me lo dovevo ficcare bene in testa.

Mi sono ammutolita. Certo, avevo sbagliato, ma quelle sue urla mi hanno fatto molto male.

— Napoli, 30 aprile 1910 —

Stamattina a colazione, mentre io gli raccontavo con un pizzico di orgoglio le mie imprese di giardinaggio, Pietro ha borbottato tra i denti «scusami», si è alzato da tavola e se n'è andato al pianoforte a lavorare alla sua composizione. Dalla stanza da pranzo sentivo la musica che si interrompeva e, dopo un intervallo, riprendeva da capo: sempre la stessa frase. Era snervante. Ho aspettato un bel po', poi ho capito che si era completamente dimenticato di me. Indispettita per il suo comportamento, ho sbattuto la porta e sono uscita. Non avevo voglia di passeggiare come sempre per Toledo, così mi sono diretta verso Santa Maria di Costantinopoli. Man mano che camminavo l'irritazione aumentava. Mi sono accorta che stavo ripetendo nella mente le stesse parole che mamma usava quando accusava papà che la sua carriera veniva prima di tutto.

Ma io non voglio essere come mia madre. Devo imparare ad accettare che non sono al primo posto nei suoi pensieri. Ci sarà sempre lei, la musica, prima di me.

Per cercare di liberarmi da questi ingiusti risentimenti, mi sono fermata ad ammirare i due leoni di bronzo all'ingresso dell'Accademia di Belle Arti e sono salita poi per le scale per dare un'occhiata oltre il portone. Mentre scendevo il mio sguardo è caduto sull'insegna di un piccolo negozio, "Bottega di colori".

Ho attraversato la strada e sono entrata. Subito sono stata investita da una forte zaffata di odori, una mescolanza di effluvi: inchiostro, cera, olio, trementina. Mi sono messa a curiosare tra gli scaffali e i banconi perdendomi in mezzo a boccette di inchiostri, ciotole di tempera in polvere, matite e carboncini. Mi sembrava di essere tornata indietro nel tempo, quando a New York compravo il materiale per disegnare i figurini. Mentre toccavo tutto, in preda all'eccitazione, è venuto fuori dal retrobottega un omaccione con un camice macchiato di colori. E così, d'istinto, ho chiesto un album da disegno, matite, carboncini, gomma e acquerelli e ho comprato anche una bella scatola di pastelli a olio per Santino.

Sono uscita di lì come fossi appena entrata in possesso di un tesoro.

Miss the Bible, la mia *teacher*, ci diceva sempre che ognuno di noi deve avere un qualcosa che sia solo suo, come una stanza segreta. Noi ridevamo di lei quando faceva queste affermazioni. Invece aveva ragione.

— Napoli, 6 maggio 1910 —

Mercoledì Pietro è tornato molto tardi, era bianco in volto e non riusciva a guardarmi negli occhi. Io ero meravigliata ma non gli ho fatto domande, ho pensato si fosse trattenuto con qualcuno dei musicisti a bere in un Caffè o in trattoria. Gli ho solo detto che la cena era sul tavolo della sala da pranzo, e sono andata a dormire. Ma in piena notte mi ha svegliato il suono del pianoforte. Pensavo di stare ancora sognando. Le note di una sinfonia di Beethoven echeggiavano dal salotto e riempivano la casa. Sono saltata dal letto, irata. Pietro non si è accorto di me e ha continuato a suonare. Proprio nel momento in cui mi stavo lanciando a chiudere il pianoforte, la musica da incalzante è diventata dolcissima, e mi ha come incantato. Sono rimasta in piedi dietro di lui, ad ascoltare. A un tratto Pietro si è bloccato e, con il volto tra le mani, ha cominciato a singhiozzare mormorando: «Che ho fatto! Che ho fatto!».

Ero impietrita.

Ho pensato che mi avesse tradita, che fosse andato con una di quelle signore piene di piume e pennacchi che portano gli uomini alla rovina.

Senza far rumore mi sono ritirata in camera da letto cercando di mandare indietro quei cattivi pensieri. Pietro ha smesso di suonare. Ho chiuso gli occhi per fargli credere che stessi dormendo, poi mi sono addormentata per davvero.

L'indomani ho detto a Concetta di lasciar perdere la colazione e di uscire per fare la spesa. Se Pietro aveva qualcosa da dirmi, non volevo che lei ascoltasse.

Infatti, appena si è alzato mi è venuto vicino e mi ha detto che doveva parlarmi. Ho tremato. E se mi avesse detto davvero che si era innamorato di un'altra? O che voleva lasciarmi?

Invece si trattava di tutt'altra cosa.

Era stato finalmente dal notaio, per l'eredità. Non mi aveva anticipato niente, voleva farmi una sorpresa, venire a casa con il documento e brindare insieme.

Quando me l'ha detto ho tirato un sospiro di sollievo. Ma è stato per poco, perché subito dopo ha aggiunto: «Mio zio ha lasciato tutto al suo ordine religioso, agli orfani. A me niente, tranne il palazzo di famiglia che non si sa nemmeno in che condizioni sia dopo il terremoto».

Sono rimasta immobile, muta.

«Voglio andare a Palmi. Voglio andare a parlare con un legale amico di famiglia per vedere se è possibile impugnare il testamento, per qualche vizio di forma o che so io. Qui a

Napoli non conosco avvocati. E poi devo vedere il palazzo, e magari firmare la procura a vendere.»

Non ho avuto il cuore di rispondere niente. Non gli ho detto "E adesso cosa faremo?" né "È inutile che continui a farti delle illusioni." Non gli ho detto "E la tua banda?" e nemmeno la cosa che più mi atterriva: "Ma soldi, ne hai ancora o siamo rimasti senza un centesimo?".

Ho solo mormorato, con un filo di voce: «Pietro, mi dispiace».

Lui però non mi ha nemmeno ascoltata. Era in quei momenti in cui voleva ostentare sicurezza. Mi ha fatto tenerezza vedere quanto fosse diverso dal Pietro che la notte avevo visto piangere. L'ho assecondato, con la morte nel cuore. Gli ho detto che faceva bene ad andare giù in Calabria, quanto meno a controllare in che stato fosse la sua proprietà.

E così dopo due giorni è partito.

Sulla soglia della porta ha detto: «Ti ho lasciato dei soldi sul comò in camera da letto. In una settimana al massimo sarò di ritorno».

Quando sono entrata in camera e ho controllato il denaro, ho visto che mi aveva lasciato per una settimana quello che noi in genere spendevamo per un giorno.

— Napoli, 10 maggio 1910 —

È arrivato un telegramma molto laconico di Pietro. Dice solo che il palazzo ha subìto danni ingenti e non sa quando potrà tornare.

Anche la speranza di ricavare qualcosa dalla vendita della casa è sfumata. Mi sono resa conto in quel momento che Pietro non è una persona su cui fare affidamento per gli aspetti pratici della vita. In tutto questo tempo non si è nemmeno mai informato di che fine avesse fatto la casa. E poi, ho pensato, tutti quei soldi gettati, l'Hotel Santa Lucia, il lusso. Che assurdità. Ma è stata anche colpa mia. Non ho fatto niente per impedirglielo. La sua vita è concentrata tutta sulla musica. Forse anche gli altri artisti sono così, chissà. Ora dovrà scendere dalle nuvole e mettere i piedi per terra. Che faremo?

Sono andata avanti e indietro con il telegramma in mano, sotto gli occhi indagatori di Concetta che fingeva di spolverare. Di sicuro ha capito che qualcosa non andava, perché ha mormorato, quasi parlasse a se stessa: «*Si ce sta' 'a salute... tutto 'o riesto s'acconcia*».

Per non darle spiegazioni, ho detto che andavo a controllare Santino giù in giardino.

Era il giorno di Attilio, il giardiniere, ma me n'ero completamente dimenticata.

«Signora vi ho portato il Cestro siciliano che m' avevate chiesto.» Mi ha indicato un piccolo arbusto che spuntava da un sacco. «È un gelsomino che di notte emana un intenso profumo, un po' dolciastro.»

«Vi ringrazio. Dove lo posso piantare?»

«Dove volete, basta che ci va *'o sole*. E mi raccomando l'acqua, *nun' adda stagnà!*»

Mi sono messa al lavoro. Ho scavato una buca profonda quanto bastava per collocarci la pianta con la sua zolla, ho preso un poco di concime, ho ricoperto con la terra tutto intorno e alla fine ho innaffiato. Quando ho terminato mi sono accorta che, tutta presa dal lavoro, non avevo pensato più alle mie preoccupazioni.

Me ne sono rimasta ad ammirare il piccolo stelo nudo che spiccava timido tra le piante rigogliose del giardino. Mi piace che cresca qualcosa di cui io ho piantato le radici.

Sono andata a controllare se le rose avevano messo qualche gemma, ma il giardiniere mi ha fatto notare che è ancora presto.

«Chissà se le vedrò fiorire, temo di no, ho paura che tra poco partiremo.»

«*Signurì*, e chi può sapere il futuro? Prendete *a me*. Io me n'ero andato, stavo al Nord, poco alla volta avevo messo su una piccola impresa. Andava anche abbastanza bene ma poi ho capito che non era per me quella vita, ho lasciato perdere *tutt' cose e so' turnato.*»

«E come mai?»

«*Signurì, vulite sapé 'a verità? Mi mancava troppo… 'o burdello.*»

Sul momento l'ho presa per una battuta e sono scoppiata a ridere, ma poi ho riflettuto su quello che voleva dire: per lui il chiasso, la confusione, il disordine di quella città erano linfa vitale.

— Napoli, 11 maggio 1910 —

Per la prima volta da quando sono a Napoli, sono uscita di casa non per spendere denaro, ma per cercare di guadagnarlo. E penso di esserci riuscita. Quando l'ho detto a Concetta, pregandola di restare per fare compagnia a Santino, lei ha sbarrato gli occhi.

«E che dirà *'o marito vuosto*, che dirà la gente del palazzo?»

E poi in italiano perfetto, quasi a canzonarmi: «Una signora come voi che va a lavorare?».

«Concetta, voi state arretrati. Non ti dimenticare che io vengo dall'America, là anche le signore lavorano.»

«Lo so, *signò*, lo so, ma *int' o rione* non lo sanno...»

Non ho potuto trattenermi e mi sono fatta una grossa risata. Quindi, di buon umore, sono uscita di casa.

Mi sono incamminata verso l'unica zona con cui avevo un minimo di dimestichezza, via Toledo. Tanti negozi, tanti caffè, ma dove andare? Mentre mi guardavo intorno, il mio sguardo è stato attirato da uno dei tanti splendidi manifesti dei Magazzini Mele, che sono affissi un po' dovunque qui in centro. E ho avuto l'illuminazione.

Ho varcato la soglia del negozio e salutato con disinvoltura il moro che fino ad allora mi aveva vista arrivare in carrozza in compagnia di mio marito. Sono salita al reparto donne e subito mi è venuta incontro la solita caporeparto. Mi ha salutato gentilissima e mi ha chiesto cosa cercassi.

Imperturbabile, a testa alta, ho risposto: «Lavoro».

«Mi scusi, cosa avete detto?»

«Lavoro, signorina. Cerco lavoro.»

È rimasta a bocca aperta.

«Che lavoro?»

«Un qualsiasi lavoro.»

Mi meravigliavo io stessa della mia disinvoltura.

A un certo punto si è come ripresa dalla meraviglia e, tornata in sé, mi ha detto: «Voi, mi pare, conoscete le lingue. Se ricordo bene inglese e francese».

«Tedesco, inglese e tedesco» ho risposto con piglio sempre più sicuro.

«Ma, non so… comunque venite, vi accompagno all'ufficio del personale.»

Mentre la seguivo, mi complimentavo con me stessa per il mio atteggiamento da donna di polso.

Sono entrata in una stanza dove un signore anziano con i capelli bianchi, il capo chino sulla scrivania, stava lavorando alle sue cose. Quando sono stata presentata come la signora Malara, lui ha lentamente sollevato la testa dalle carte, si è tolto gli occhiali e, appena mi ha visto, si è subito alzato in piedi.

«Accomodatevi, signora. In cosa posso esservi utile? Forse desiderate ordinare qualche tessuto a Londra?»

Ho fatto un terribile sforzo per superare la timidezza e la paura di un rifiuto, ma non c'era disagio né vergogna.»

«Ho intenzione di occupare il mio tempo libero, perché mio marito è partito per un lungo viaggio. Ho pensato che, dato che conosco bene l'inglese e il tedesco, potrei esservi utile. E potrei guadagnare qualcosa per i miei… diciamo così, capricci.»

Cosa che in vita mia mai avrei immaginato di essere capace di fare, ho piegato la testa da un lato e gli ho lanciato un sorriso e uno sguardo civettuolo.

Lui, visibilmente imbarazzato, ha risposto: «Sì, certo, noi abbiamo sempre bisogno di personale che conosca le lingue, non solo per i nostri contatti con l'estero, ma anche per i turisti che vengono in negozio. In genere, però, assumiamo uomini. E poi, una signora come voi… dovrei trovarvi un'occupazione adeguata…» ha aggiunto con uno strano sorriso di meraviglia, o forse di dubbio.

«Oh, non preoccupatevi, qualunque lavoro. Sapete, è per passare il tempo» ho ripetuto con un largo sorriso mentre il cuore mi batteva forte. Mi sono alzata con grazia e lui mi è venuto incontro. Gli ho porto la mano perché me la baciasse.

«Allora ripasso domani. Sono sicura che per allora avrete trovato una soluzione.»

«Certo, signora. Ma non è così semplice, noi selezioniamo con rigore il nostro personale. Dovremo esaminare le vostre competenze.»

Al mio ennesimo sorriso ha aggiunto: «Ma una soluzione speriamo di trovarla».

Chiusa la porta alle mie spalle mi sono allontanata in fretta, pazza di gioia, quando all'improvviso mi sono vista riflessa in uno specchio del magazzino. Avevo sul volto un'espressione nuova, che non mi apparteneva. Non fino a quel momento.

— Napoli, 30 maggio 1910 —

È in fondo poco tempo che lavoro ai Magazzini dei fratelli Mele, ma ho già fatto un po' di tutto. All'inizio, date le mie conoscenze del tedesco e dell'inglese, mi hanno messa a lavorare nel grande ufficio postale e telegrafico che i Magazzini, per concessione statale, hanno aperto in Galleria. Qui ho approfittato per mandare dei cablogrammi a New York, ai Vitale, a Natalia e anche a Giuseppina al Columbus. Ho scritto che abbiamo lasciato l'Hotel Santa Lucia e ho dato loro l'indirizzo della nostra casa. Nell'ufficio postale dei Magazzini Mele sono tutti così efficienti che anche la posta sembra più veloce. E lì sono rimasta per qualche giorno. Erano tutti gentili con me e sentivo che parlavano bene anche dei proprietari e dei dirigenti, molto attenti alle esigenze dei lavoratori.

Confortata da questa certezza, mi sono decisa ad andare a parlare con il caporeparto. Gli ho detto che ero molto felice di lavorare per loro, anche lì, nell'ufficio spedizioni, ma che mi avrebbe fatto piacere che le mie abilità di sartoria, già esercitate a New York, fossero messe alla prova.

Mi hanno accontentata! E ora, da qualche giorno, sono passata nel reparto modifiche degli abiti già confezionati, e mi trovo proprio bene. C'è molto lavoro, ma mi piace. Tutti si complimentano per la precisione e per il garbo che ho con le clienti, anche quelle che non sono mai soddisfatte.

Mi sembra di fare parte di una grande famiglia dove il lavoro, se ben fatto, viene apprezzato e lodato. Quando finisco il mio turno, quasi mi dispiace andare via.

Avevo iniziato solo per aiutare Pietro, ma adesso mi accorgo che mi piace.

— *Napoli, 8 giugno 1910* —

Pietro è tornato. All'improvviso. Quando sono rientrata dal negozio l'ho trovato seduto in salotto che mi aspettava. «Dov'eri ?» mi ha chiesto con uno sguardo che, per una frazione di secondo, mi è parso sperduto. Sono corsa con il cappello e la borsa ad abbracciarlo.

«Perché non mi hai avvisato?»

«Mi sei mancata» ha sussurrato.

Gli ho subito preparato un bagno caldo, camicia e biancheria pulite e poi ho aspettato che finisse di cenare e che Santino andasse a letto.

«Che hanno detto gli avvocati?» ho chiesto.

Ha reclinato il capo, guardando un punto della tovaglia.

Poi ha ripetuto sogghignando: «Che hanno detto gli avvocati? Sono dei buoni a niente! Ecco che sono! Non fanno che citarti articoli di legge, il codice, questo e quello, ma la verità è che non hanno un'idea in zucca!».

È stato un po' in silenzio, poi ha risposto: «A dar retta a loro, sarebbe un'azione giudiziaria lunga e senza nessuna certezza». Mi ha lanciato uno sguardo di sottecchi. «Ho deciso che rinuncio.» Si è versato del vino e l'ha bevuto tutto d'un fiato.

«Vadano al diavolo! Zio Mimì e tutti i preti della malora!» Ha dato un pugno sul tavolo che mi ha fatto sobbalzare. Poi si è alzato e si è messo a camminare nervosamente per la stanza. «Sono venuto fin qui per niente. La terra e la casa valgono meno delle tasse che ci pagherei. Ho venduto tutto, anzi ho svenduto, pur di liberarmene e non è stato semplice. Ha preferito gli orfanelli. Buon per lui. Si è guadagnato un posto in Paradiso.»

«Forse,» ho azzardato timidamente «tuo zio era sicuro del tuo successo. Non ha pensato che avessi bisogno del suo aiuto.»

«Infatti, non ne ho bisogno. Ho fatto senza di lui in tutti questi anni e così continuerò. I soldi sarebbero serviti non certo per me, ma per dare stipendi dignitosi ai musicisti. Ma lui… ha pensato agli orfanelli!»

Gli ho messo una mano sul braccio per fargli sentire la mia vicinanza.

«Che pensi di fare, caro?»

«Be', non c'è da preoccuparsi. Ora che sono qui, basta che… figurati se non trovo qualcosa. Di questo puoi star sicura.»

«Potresti tornare al Conservatorio e cercare di parlare di nuovo con Caravaglios.»

«No. Al Conservatorio, no» ha risposto con tono fermo.

«Comunque,» gli ho sorriso «ho io una buona notizia. Mi avevi chiesto o no, dov'ero stata?»

«Già. Dov'eri stata?»

«Pensa un po', ho un lavoro. Ci avresti mai creduto?»

«Tu? E che lavoro?» ha detto con tono incolore.

Così gli ho raccontato tutto, omettendo solo il modo in cui ero stata assunta, perché avrebbe sofferto troppo se avesse saputo che ero andata a chiedere lavoro come una poveretta. Mi sono inventata che c'era una locandina nel negozio in cui si cercava urgentemente una persona in grado di parlare inglese e tedesco.

Quando ho finito è rimasto in silenzio. Poi ha detto: «Non sono sicuro che mi faccia piacere. Non vorrei che ti abbassassi a fare la commessa in quel negozio. Sarebbe degradante».

«Forse dimentichi che io a New York facevo la sarta, quando mi hai conosciuto» ho risposto freddamente. Ma poi ho aggiunto: «Pietro, non dispiacerti, pensa piuttosto al lato positivo. Tu potrai decidere con calma che fare, senza preoccupazioni economiche impellenti».

«Be', sì! D'altra parte sarà per poco, giusto il tempo di fare i soldi necessari per ritornare a New York in una condizione adeguata alla mia professione. Vedrai, non ci vorrà molto.»

— Napoli, 15 giugno 1910 —

Finalmente, tra tante difficoltà, una buona notizia.

Mi ha scritto Natalia che verranno a Napoli per far conoscere la bambina ai nonni. Mi farà sapere quando. Non vedo l'ora di poter parlare finalmente con un'amica.

Con Pietro non posso confidarmi, devo fingere serenità e sicurezza. Non posso aggiungere i miei dubbi alle sue angosce.

Certo, Natalia non è Giuseppina. Lei mi avrebbe capito meglio di come io capisca me stessa. Siamo cresciute insieme, ci siamo sempre dette tutto. Fin da piccole a Messina non abbiamo mai avuto segreti l'una con l'altra. Lei era l'ultimo legame che mi era rimasto con il passato, l'unico filo che mi poteva ricondurre alla mia infanzia felice a Messina. Purtroppo pare che anche questo filo si sia spezzato. Non ha risposto alle mie lettere e nessuno mi ha dato mai sue notizie. Lo so bene, niente è per sempre. Ma so anche che ormai nulla potrà farmi soffrire più di quanto io non abbia già sofferto.

— Napoli, 18 giugno 1910 —

È un bene, al di là del fatto di guadagnare qualcosa, che in questo momento io abbia un'occupazione tutta mia, perché Pietro non c'è mai, sempre in giro alla ricerca di "occasioni". Ai magazzini si incontrano tante persone interessanti che apprezzano le mie intuizioni e i miei consigli sugli abiti. Spesso si tratta di modelli scelti a Parigi dai due fratelli Mele, ma non tutti stanno ugualmente bene a qualsiasi donna ed è allora che entro in scena io. In un primo momento il mio compito si limitava ad accorciare, a stringere o ad allargare i vestiti scelti dalle signore, poi, poco alla volta, ho cominciato a suggerire piccole modifiche che rendessero l'abito più giusto per quella figura.

Ora invece sono le signore stesse che, prima di scegliere un vestito, chiedono di me. Vogliono il mio consiglio, e questo mi riempie di orgoglio.

L'altro giorno sono stata chiamata in sartoria perché la signora Postiglione, moglie di un dirigente del teatro San Carlo e cliente abituale del negozio, voleva la mia consulenza per la modifica di un abito. Io gliel'ho suggerita e lei ne è stata entusiasta. È una signora sulla quarantina un po' robusta, con un grosso seno che vorrebbe apparisse un po' più piccolo. Per lei è sempre stato un cruccio che nessuna sarta era riuscita a far svanire. Sostenevano tutte, diceva lei, che un bel seno va messo in evidenza, senza curarsi di quello che invece pensava. Io con un altro abito ero riuscita ad accontentarla, e da allora non sceglie più niente se non ci sono io con lei.

Stamattina, alle prove del vestito, mi ha detto: «Cara, come farei senza di voi! Perché non mi portate voi stessa, domani, l'abito a casa, così poi facciamo quattro chiacchiere?».

Io le ho risposto che per le consegne la ditta utilizza i fattorini e qualche volta, per fare scena, addirittura la carrozza trainata da due zebre, sicuramente le aveva viste girare per la città.

Certo che lo sapeva, mi ha risposto. Ma di sicuro la carrozza non sarebbe salita fino al Vomero, in via Palizzi, dove lei soggiornava d'estate. Lì la carrozza con le zebre che ci andava a fare? C'erano solo mucche e broccoli. E si era fatta una grossa risata.

«Lo chiederò io stessa alla direttrice. Voglio che voi gli diate un ultimo controllo prima che lo indossi la sera.»

E così ieri sono salita su un tram e mi sono recata poi alla stazione della funicolare al Parco Margherita. A New York qualche volta ero stata in metropolitana, ma non era la stessa cosa. Qui si saliva e, devo confessarlo, avevo un po' di timore che le funi potessero cedere. Dopo un sobbalzo la vettura è partita, ma mi sono subito tranquillizzata: era un allegro trenino che ha proseguito il suo percorso senza intoppi, anche quando si è infilato in un tunnel scuro.

Arrivata al Vomero, ho sentito un'aria più fresca e profumata. All'uscita, davanti a me, un viale alberato con qualche edificio e, in fondo, un grande piazzale. Mi sono guardata intorno: le strade erano tutte in terra battuta, carretti trainati da cavalli e tanta vegetazione. Ho cominciato a percorrere una via in leggera discesa. Di fronte, in lontananza, mi è apparso lo splendido panorama del golfo di Napoli, che non avevo mai visto dall'alto, e poi pini, alberi di ciliegio fioriti e tanti papaveri rossi nei campi.

Per un attimo mi sono fermata ad assaporare il piacere di quella vista, di quegli odori. Sembrava di stare in un viottolo di campagna e soffiava una piacevole brezza. Ogni tanto una villetta già abitata o qualcuna in costruzione interrompeva il paesaggio campestre. Arrivata in fondo alla strada ho visto una villa più grande, merlata come un piccolo castello. Doveva essere quella, La Santarella, la grande villa di Scarpetta, che la signora mi aveva dato come riferimento, e la scritta incisa in alto, QUI RIDO IO, mi ha confermato che era proprio la residenza del famoso scrittore di farse.

Mi è venuta in mente Villa Sanderson a Messina; sarei dovuta andare ad abitare lì vicino, se mi fossi sposata con Alfonso. Povero Alfonso. Ormai ne ho un ricordo sbiadito, come ho un ricordo vago della ragazza che ero.

Finalmente sono arrivata alla casa della signora Postiglione. Un cancello in ferro battuto dava su un ponticello che conduceva al palazzo. Non ho potuto fare a meno di confrontarla con la casa dove abitavamo adesso e il quartiere della Sanità. Due mondi diversi, lontanissimi, eppure a così breve distanza l'uno dall'altro. Era tutto magnifico, ma forse non riuscirei a vivere qui.

Sono entrata in casa accompagnata da un cameriere, passando sotto una pensilina di vetri colorati che un po' mi ha ricordato la cassa armonica in villa.

Mi è venuta incontro.

«Vieni, cara Costanza. Entra, appoggia qui l'abito. Lo vediamo dopo. Ora ci prendiamo un caffè.»

Siamo entrate nel salotto, ma lei mi ha condotto decisa fuori, su uno splendido terrazzo pieno di piante in fiore.

«Hai visto che panorama si vede da qui? Dall'alto il golfo è ancora più bello. D'inverno naturalmente scendo giù a Napoli.»

Piacevolmente sedute in terrazza con un caffè, all'ombra di un tendaggio che ci riparava dal sole, la signora ha iniziato a farmi mille complimenti, a dirmi che avevo estro, inventiva. Poi mi ha chiesto dove avessi imparato a cucire, da dove venivo e ancora tante cose a cui non mi andava proprio di rispondere. Così abilmente ho cercato di cambiare discorso e le ho parlato di Pietro e anche del suo tentativo fallito di crearsi una sua banda. E via via tessevo le sue lodi e sottolineavo quanto fosse stato sfortunato, fino a che, quasi senza rendermene conto, le ho chiesto: «Non potreste mettere una buona parola con vostro marito, per farlo lavorare al San Carlo?». Ma subito dopo, quasi mi fossi pentita della mia spudoratezza, ho aggiunto: «Scusatemi, ma voi siete così gentile che mi sono permessa...».

«Non ti scusare. Capisco benissimo. Ma mio marito purtroppo non entra nel merito delle scelte dei musicisti. Però glielo dirò. Non si sa mai...»

C'è stato un momento di silenzio, poi lei, alzandosi in piedi, ha detto: «Andiamo su, andiamo a misurare il vestito. Vieni, seguimi».

E siamo andate nella sua camera dove si è tolta la vestaglia e ha indossato l'abito che le avevo portato.

«Perfetto, veramente perfetto.» E, continuando a pavoneggiarsi davanti a uno specchio, ha aggiunto: «Questi tagli, la scollatura... Sei proprio brava. Anche a disegnare, mi pare. Ho visto qualche tuo disegno ai Magazzini. Forse li avevi lasciati lì per caso, nel tuo reparto. Ho chiesto di chi fossero e una tua collega mi ha detto che era una tua cartella».

Sono arrossita.

«Senti, vorrei farti una proposta. Ti andrebbe di venire a lavorare al San Carlo come aiuto costumista? Mio marito mi ha detto che ne stanno cercando una. E poi potresti lavorare per me, creare degli abiti che faremmo realizzare dalla sartoria del teatro, sotto la tua supervisione.»

Ho avuto un tuffo al cuore. Io lavorare ai costumi delle messe in scena delle opere... Al San Carlo, poi. Sarebbe stato magnifico. Per un momento ho sognato.

Ho balbettato qualcosa, ma subito ho rimesso i piedi per terra. Come avrei potuto fare questo a Pietro? Io lavorare al San Carlo, e lui ad arrangiarsi per raggranellare i soldi per poter tornare in America? No, non l'avrei mai fatto. E poi, a breve saremmo tornati negli Stati Uniti.

«Grazie signora» mi sono limitata a dire con la morte nel cuore «ma mi trovo bene ai Magazzini Mele.»

«Come preferisci. Sei una ragazza seria, apprezzo il tuo attaccamento all'azienda. Ma se mai dovessi cambiare idea, fammelo sapere.»

Mi sono ritrovata sola, in quella strada di campagna tra gli alberi di ciliegio in fiore, ad assaporare il profumo di erba fresca, in un silenzio quasi irreale mentre il mio sguardo vagava oltre quel meraviglioso panorama. Non vedevo più Napoli, il Vesuvio, le barche a mare. C'era solo un orizzonte libero davanti a me.

— Napoli, 4 luglio 1910 —

Passano i giorni, ma nessuno spiraglio si è aperto per la soluzione dei nostri problemi. In casa si respira un'atmosfera pesante. Pietro si rifiuta di discutere con me della situazione. Questa volta è lui che ha eretto un muro tra di noi. Quando finalmente ci vediamo per la cena, parla con aria indifferente del più e del meno e ciò mi fa imbestialire. Ormai non credo più alle sue vaghe rassicurazioni. La notte mi rigiro nel letto con gli occhi aperti a cercare una soluzione e mi sono convinta di una cosa: se voglio far quadrare i nostri conti, devo prendere in mano io le redini.

In questo campo, d'altronde, ho sicuramente più esperienza di lui, prima con i pagamenti presso la sartoria, e ora con la chiusura di cassa da Mele, che tante volte spetta a me. Quindi ho comprato un quaderno da computisteria e ho iniziato a segnare entrate e uscite. Ma Pietro, appena l'ha visto, è andato su tutte le furie. Ha detto che era lui l'uomo di casa e non erano cose di cui mi dovevo occupare io.

Io, però, sono sempre più preoccupata. Pietro deve trovarsi al più presto qualcosa da fare, fosse anche suonare il pianoforte in un caffè-concerto o dare lezioni private. Ma non oso dirglielo.

Stamattina, prima di uscire, mi sono fatta coraggio e ho riferito a Concetta che non avevamo più bisogno di lei tutta la giornata e che dopo pranzo non era necessario tornasse. Naturalmente ha capito il vero motivo, e ha detto: «Signora mia *lasciate sta'*, che vi volete mettere voi con le mani nell'acqua a *sciacquà* i piatti? Vi mando mia figlia Rosina a fare la cucina. Le date una cosa, così, è *piccerella, si deve ancora imparare*. Mi fate voi un favore a me».

Concetta è una donna di cuore e sensibile. Una volta, mentre sbucciavamo i piselli, mi ha detto, con quel suo vocione sgraziato, che certo io dovevo aver sofferto molto: lo capiva del fatto che sorridevo con la bocca, ma non con gli occhi. E poiché io la guardavo meravigliata, mi ha detto: «Voi la vedete tutta *'sta allerìa* a Napoli? Nun è vero niente. Napoli è tutto *'nu dulore*. Il dolore, chi vive qua, lo annusa, perché lo conosce da sempre.»

E allora le ho risposto che aveva visto giusto, che avevo perso la mia famiglia nel terremoto. Lei mi ha guardato con occhi pieni di pietà.

«Sentite a me, *c'aggio* perso *duie* creature che tenevano ancora i denti di latte: lasciate *sta'* a New York, *c'avita fa' là?* Restate qua. Voi non ve ne accorgete, ma Napoli vi fa bene. Napoli è come voi. E per questo vi guarisce.»

— 16 luglio 1910, ore 10 di sera —

Quando sono rientrata a casa, in camera da letto, sulla toeletta ho trovato una lettera lasciatami da Pietro in bella vista.

Cara Costanza,
sono io, zia Amalia. Come stai?
Ti scrivo perché sono in preda a una forte agitazione e tu sei l'unica a cui posso confessare senza peli sulla lingua la vergogna a cui nostra figlia Giuseppina ci espose, a noi e a tutta la famiglia. Tuo zio Antonio, che è sua la colpa, solo sua, se ne sta rintanato nello studio e non parla, non so se perché è arrabbiato con la figlia o con me che lo accusai. Ho versato tutte le lacrime che avevo, di dolore, di scorno, di rabbia. Com'è potuta diventare così quella figlia mia, come ha potuto disonorarci così?
Ora cercherò di spiegarti da principio.
L'altro giorno venne a trovarmi una mia compaesana, Nuccia, non so se te la ricordi, ma l'avrai incontrata qualche volta a casa. Io fui contenta, sono sempre qui sola, e la ricevetti come una principessa, ma lei, capii subito che aveva il rospo in corpo. Alla fine se lo fece uscire: «Amalia, vi ho portato un articolo da farvi leggere, lo sapevate già che vostra figlia finì sui giornali?».
Costanza mia, io a sentire queste parole mi feci bianca bianca: sui giornali al paese mio si compariva solo se si ammazzava qualcuno o ti ammazzavano, e non mi uscì un suono dalla bocca.
«Vedete voi stessa, c'è anche la fotografia della signorina Giuseppina Vitale.»

Lessi le parole sul momento senza capire niente, ma ora le tengo qui stampate nella mia testa per sempre, e non se ne andranno più.
Mia figlia sta sulla bocca di tutti perché se ne va in giro a parlare alle donne di cose proibite. Che feci di male perché Dio mi punisse così? Se fossimo rimasti in Sicilia, ora sarebbe una donna sposata, una madre devota. Costanza, perdonami se ti scrivo di argomenti non adatti a essere ascoltati da una signora, ma mi permetto perché ti conosco da bambina. La tua amica, Giuseppina, nientemeno sale sopra a un palco per mettersi in mostra e da lì parla alle donne, dicendo come comportarsi per non avere bambini, come si devono lavare quelle parti… e che devono fare e non fare prima e dopo, con termini che una signora nemmeno sa che esistono. Che vergogna! Il giornale scriveva che molti chiedono di mettere fine a questo scandalo e che sia arrestata per oscenità. Capisci, la mia bambina, messa in galera come una delinquente, come una donna di strada! E quando le hanno chiesto perché lo fa, perché rischiare il carcere – non sa forse che la legge vieta di parlare di certe cose – ha risposto che così le donne non saranno più costrette ad abortire.
Ma io lo so, sono state tutte quelle donnacce a rovinarla, quelle donnacce con cui è andata a vivere invece di stare a casa sua.
Figlia mia, scusami per lo sfogo, ma forse tu sola puoi parlarle e farla tornare alla ragione: a te vuole bene e ti sta sempre a sentire.
Ti abbraccio forte.
Zia Amalia.

Povera zia Amalia. Non sa e non deve sapere che i nostri rapporti si sono interrotti. Come non ha mai saputo niente del suo aborto. Per questo non potrà mai capire i motivi che l'hanno spinta ad abbracciare questa causa che per lei è diventata una specie di missione. Vuole risparmiare alle altre donne le sue stesse sofferenze.

E io sono contenta per lei, perché così ha trovato il modo di dare un senso a quella sua terribile esperienza.

Anche lei, come me, ha forse trovato la sua strada.

— *Napoli, 30 settembre 1910* —

Ormai il tempo per scrivere non so proprio dove trovarlo, eppure negli ultimi mesi sono successi tanti fatti che avrei voluto annotare, e invece non mi è stato possibile.

Innanzitutto Pietro sta lavorando, da agosto, grazie a Natalia che si è dimostrata una vera amica. Quando le ho raccontato delle nostre difficoltà ci ha indirizzato da un parente di Carmine che si occupa di discografia. Pietro inizialmente non voleva proprio sentirlo nominare, ma alla fine si è lasciato convincere ad andare a trovarlo, fosse solo per non fare uno sgarbo a Natalia. E d'altra parte, gli ho fatto notare, era bene essere realistici: per il momento non aveva fatto altro che qualche serata in sale da ballo, sulla costiera sorrentina, o diretto concerti all'aperto, ma la stagione stava per terminare e non aveva altra prospettiva che dare lezioni private. Lui non ha commentato. Ha detto solo: «vengo per farti contenta».

«Questo signore, Raffaele Esposito,» gli ripetei avviandoci verso il negozio «è titolare a calata Sant'Anna dei Lombardi di una rivendita di fonografi, grammofoni e dischi a cilindro.»

«E che c'entra questo con la direzione d'orchestra?» ha replicato lui tutto nervoso.

E io zitta, a fatica, ma zitta. Poi a un certo punto sono sbottata: «Natalia mi ha scritto che da un anno lui e i fratelli si sono lanciati in una società di produzione di dischi. Te l'ho già detto. È sicura che qualcosa troveranno per te. Non è una stupida».

A Sant'Anna dei Lombardi abbiamo chiesto a un giornalaio, se sapeva indicarci il negozio.

«Ah, cercate Raffaele 'o Fruntino? Lo trovate non al primo palazzo ma al secondo.»

Ho guardato Pietro, temendo che solo a sentire questo epiteto volesse fare dietro front. Ma per fortuna non ha detto niente.

Quando siamo entrati ci è venuto incontro, affabilmente, un uomo bassino, bruno, che si è presentato lui stesso con il soprannome che gli davano, Raffaele 'o Fruntino, nonostante a lui spettasse già da tempo il titolo di cavaliere. Ci ha ricevuto in una piccola bottega, così zeppa di grammofoni e fonografi che a stento c'era il posto per due sedie. Innanzitutto ha tenuto a dirci che lui era un amante dell'opera, e si è messo a canticchiare alcune arie per far vedere a Pietro la sua conoscenza della materia. Lui per fortuna si è messo a ridere, e ho capito che in fondo gli era risultato simpatico.

E proprio da questo suo amore per l'opera, ha raccontato don Raffaele, è nata un poco per volta l'idea di produrre musica. Dal niente avevano messo su una vera e propria società che adesso si occupava della produzione dei dischi, in collaborazione con un'importante casa tedesca. «Qui da noi registriamo su un disco di cera dura, poi lo mandiamo in

Germania dove stampano la matrice di rame che alla fine ci rimandano per fare le copie in nichel. Ma ora vorremmo fare tutto noi, senza dipendere più dall'estero.»

C'erano molte novità importanti in campo musicale in quel periodo, e loro avevano avuto l'intuito e la capacità di coglierle. Adesso avevano bisogno di qualcuno che curasse gli arrangiamenti e si occupasse sia dell'importazione della musica americana a Napoli che della spedizione delle matrici in America. Pietro, musicista, aveva vissuto a New York e parlava pure l'inglese: era l'uomo ideale per quel progetto.

Anche a me è sembrato un buon lavoro, ma ho capito subito che Pietro avrebbe rifiutato. Ha ascoltato la proposta e i dettagli con quell'aria di sufficienza che ben conosco. Infatti ha ringraziato e ha risposto subito che non era interessato, che più di un musicista avevano bisogno di una specie di un uomo d'affari e lui non se la sentiva proprio.

Allora il signor Raffaele l'ha guardato in silenzio socchiudendo gli occhi, come a valutarlo.

«Voi non volete un lavoro,» ha detto «volete un lavoro su un piatto d'argento. Ma io vi posso accontentare. Vi offro lo stesso contratto che ho offerto al signor Barna Felsmann, lo conoscete? Il direttore d'orchestra del salone Margherita. Dirigere l'orchestra nello studio di registrazione, con un contratto di settantacinque lire al giorno per tre ore di lavoro. Eh, che ne dite, maestro Malara?»

A stento ho trattenuto un moto di entusiasmo. Ho guardato Pietro, ma vedevo sul suo volto un'espressione titubante, mentre il cavaliere gli spiegava più nei dettagli i suoi compiti. Come direttore avrebbe dovuto selezionare gli elementi per l'orchestra. La responsabilità della riuscita tecnica dell'esecuzione era sua. E avrebbe dovuto sentire i cantanti, provare, fare gli arrangiamenti. E, anche se si fosse trattato solo di canzoni in dialetto, come le chiamava Pietro, e non sempre di arie, loro pretendevano l'assoluta perfezione. La casa si sarebbe chiamata Sirena e avevano già un bel numero di cantanti sotto contratto.

Era un'attività che Pietro aveva già svolto qualche volta a New York, ma ora qui a Napoli sembrava riluttante. Si sentiva sminuito, ha detto, a dirigere in uno studio piuttosto che in un teatro con un pubblico.

«Pensateci bene, maestro, quanto può essere nobile un simile lavoro. Significa mettere la musica alla portata di tanta gente che non si può permettere di assistere a un concerto.»

Alla fine Pietro si è lasciato convincere e ha accettato.

— Napoli, 20 ottobre 1910 —

Adesso Pietro va nella sala di registrazione tutti i giorni, ma non è contento. Lo vedo che non è contento.

A me cerca di nascondere la sua delusione con quell'aria sempre un po' spocchiosa, come fa di solito, ma ormai so che, sotto l'apparente sicurezza, sta andando a pezzi.

D'altra parte i soldi ci servono, e lui gran parte di quello che guadagna lo conserva. Parla sempre di tornare a New York, ma io cambio discorso quando lui comincia a dire cosa farà o non farà, una volta tornato là. Mi irrita che parli di questo.

Ieri ho chiesto un permesso dal lavoro e ho voluto accompagnarlo. Volevo capire perché Pietro non è soddisfatto.

Lavora lì ormai da un po'. Lui si è meravigliato, perché a New York non lo avevo mai accompagnato da nessuna parte.

Nello studio di via Foria mi aspettavo di trovare una specie di teatro dalle dimensioni ridotte, ma si trattava di tutt'altra cosa. Mi hanno detto che il locale una volta era una vecchia stalla che avevano riadattato. Mi hanno fatto accomodare dietro un vetro che dava sulla sala d'incisione, una stanza dal soffitto basso, tutta tappezzata di stoffa, che mai avrebbe potuto contenere un'intera orchestra. I tecnici hanno fatto salire Pietro su un cubo, di fronte all'orchestra formata da soli dieci elementi. Ognuno degli orchestrali aveva legato allo strumento una sorta di imbuto che, durante la registrazione, girava a destra e a sinistra a seconda di dove doveva essere direzionato il suono. E poi, di lato al cubo, c'era una specie di corno molto grande al quale, a un cenno di Pietro, il cantante veniva avvicinato e allontanato da un tecnico a seconda del momento musicale.

Certo, era una cosa completamente diversa da dirigere un concerto in un teatro o una banda all'aperto.

Un bambino che seguiva attentamente il tempo con un grande orologio in mano, a un certo punto ha fatto segno che no, non andava bene, e la registrazione è ripartita daccapo. Poi il signor Esposito mi ha spiegato che erano andati oltre il tempo che il solco del disco riusciva a contenere.

Pietro pensava che la musica si dovesse apprezzare dal vivo, ma io mi sono emozionata quando, dopo, ho sentito la registrazione. Ho pensato a Ruggero, a come era contento del grammofono che gli aveva rallegrato le giornate. E mi è venuta voglia di averne uno anch'io, e comprare tutti i dischi con le musiche dirette da Pietro.

«Allora com'è andata?» gli ho chiesto quando è uscito.

«Male» mi ha risposto. «L'esecuzione risulta asciutta, rudimentale. Avevamo già sostituito gli archi con le trombe, perché il suono delle trombe non rende bene tecnicamente, ma c'è tutto un lavoro ancora da fare. Il sistema è da perfezionare.»

La verità, pensavo prendendolo sottobraccio, è che Pietro è molto pignolo e rigoroso. Non sarà mai contento di niente.

— Napoli, 30 ottobre 1910 —

Oggi me la sono presa comoda, ho fatto le cose a rilento come si fanno la domenica: ho riacceso il fuoco sotto alla pentola del ragù che Concetta aveva preparato il giorno prima, mi sono seduta al tavolo della cucina a sfogliare una rivista. Dopo un paio d'ore sono andata con Pietro e Santino a Messa a Santa Maria dei Vergini. Pietro ci tiene molto alla Messa. Io, invece, ho smesso di credere da tempo.

Dopo pranzo, finalmente, sono riuscita a rintanarmi nel giardino, come faccio la domenica quando Pietro non mi porta in villa per sentire il suo idolo Caravaglios. Il periodo è ancora adatto per mettere le piantine a dimora, mi aveva detto Attilio; tra poco il freddo non lo permetterà più.

Sporcarmi le mani con il terreno, tagliare i rami secchi, vedere spuntare le gemme mi dà sollievo, mi libera la mente. Mi ha molto rattristato, invece, che fossero sfiorite le rose, le mie belle rose, che per tutto questo tempo avevo curato. Poi un rumore improvviso mi ha fatto sobbalzare e sono corsa con il cuore in gola a vedere che fosse successo. Santino aveva fatto un capitombolo arrampicandosi sulla sedia di ferro da giardino. Si è alzato con le ginocchia tutte sbucciate, senza versare una lacrima. Non ha voluto che lo medicassi, è scappato subito dal padre, e solo dopo, mentre correva, ha iniziato a piangere. È un ragazzino strano. Proprio ieri Pietro mi raccontava di aver parlato con il maestro. Lui ritiene che Santino non sia contento, forse perché non si è fatto nessun amico. Dice che lo prendono in giro per il suo accento americano. «Sa come fanno i bambini» gli ha detto. Ma Pietro non vi ha dato peso. Gli ha risposto di non preoccuparsi. Tanto, massimo un mese e partiamo.

Lo dice tanto per dire. Io non ci credo.

— Napoli, 12 novembre 1910 —

Non sappiamo mai quale giorno ci cambierà la vita.

Ho imparato a mie spese, da tempo, come anche il giorno più banale, più insignificante o addirittura quello più felice improvvisamente si può trasformare e portare disgrazie.

E così sono diventata guardinga nell'affermare: ecco, oggi sono contenta.

È successo tre giorni fa. Ero appena tornata a casa, soddisfatta per una piccola gratifica che mi è stata data sul lavoro, quando ho visto Pietro entrare nella stanza, stravolto in viso. Si è slacciato con fare nervoso la cravatta e mi ha detto: «Basta, non ne posso più. Ho lasciato il lavoro. Tra quindici giorni partiamo. Ho chiuso con Napoli e con questa vita».

Mi sono sentita il cuore in gola, mentre il sorriso con cui lo avevo accolto è diventato un ghigno e la mia faccia una maschera.

Pietro allora mi ha detto con aria di sfida: «Che c'è? Non

sei contenta? Non vuoi lasciare quel tuo maledetto negozio?».

Si è diretto alla credenza e si è versato un bicchierino di cognac che ha ingurgitato tutto d'un fiato.

Mi sono sentita punta sul vivo dall'allusione meschina al mio lavoro, dal tono con cui mi stava parlando, dal fatto che aveva deciso tutto lui da solo, senza neanche consultarmi. Proprio ora che per me le cose si stavano mettendo per il verso giusto. Ho dovuto fare uno sforzo per non cadere nella trappola e rispondergli con calma. E quando ho parlato mi è uscita una voce priva di espressione, che non sembrava la mia: «Che è successo per farti decidere così, su due piedi, senza che nemmeno ne parlassimo tra noi?».

«E che c'entri tu? Si tratta della mia professione, della mia dignità.»

Ormai lo conosco, so che quando reagisce così qualcosa lo ha ferito nel suo orgoglio.

«Pietro,» ho ripetuto «mi vuoi raccontare per favore che cosa è successo?»

Si è buttato a sedere sulla poltrona, ha acceso una sigaretta. Poi, senza guardarmi in faccia, come se rivivesse tutta la scena, mi ha raccontato di aver incontrato un collega, uno che gli è sempre stato sullo stomaco, il quale gli ha detto: «Malara, ho saputo che ti sei buttato sulle canzoni popolari. Una buona idea, ma mi meraviglio di te: proprio ora che tutti si danno da fare per correre a New York, perché è il momento d'oro per le bande, te ne sei tornato. Tu non ne dirigevi una?»

Non mi sembrava una cosa particolarmente ingiuriosa, né grave. Ma sono stata zitta. Speravo si potesse ancora rimediare. Mi sono messa a cercare le parole giuste da dirgli. E a un tratto, senza neanche più ascoltarlo, ho avuto coscienza della verità che fino ad allora non avevo mai confessato nemmeno a me stessa. E la verità era che non volevo partire.

«Capisci?» ha detto lui scattando in piedi e alzando il tono della voce, ormai fuori di sé. «Io sto qui, chiuso in uno studio a perdere tempo con le canzonette, quando altri che nemmeno sanno che significa dirigere una banda vanno a New York a inseguire freschi freschi il successo.

«Non mi sembra» gli ho detto «che tu faccia un lavoro da poco, o disonorevole. Il tuo nome comparirà sulle etichette discografiche. E poi non hai detto tante volte tu stesso che grandi nomi di compositori si dilettano a scrivere canzoni popolari? Perché tu non puoi dirigerle?»

«Io non me lo posso permettere. Non sono altrettanto famoso» ha detto mentre si versava un altro bicchierino. «Non è questo che io speravo di fare nella vita. In uno studio tutto è diverso, artefatto.» Mi è venuto vicino e mi ha guardato negli occhi dicendo: «Tu non puoi capire che significa studiare notte e giorno per inseguire un sogno, essere a un passo dal realizzarlo e non riuscire».

«Hai un buono stipendio, Pietro, stai mettendo i soldi da parte. Potrai con calma cercare di assumere i tuoi musicisti, col tempo, e creare la tua banda...»

Ma lui si era allontanato, andava avanti e indietro senza ascoltarmi.

«Ricomincerò daccapo. Riprendo i contatti con Toscanini, con gli altri. In fondo non sono l'ultimo arrivato a New York, ormai.»

«Pietro...» ho annaspato in cerca di qualcosa che lo potesse convincere.

«Partiamo tra quindici giorni. Vedi di iniziare i preparativi. Il signor Esposito è stato comprensivo, mi ha dato il suo benestare. Ho già preso i biglietti.»

Mi sono sentita morire. In un attimo sono precipitata in uno stato terribile di angoscia, in un buco nero.

«Hai preso i biglietti? Come hai potuto… A me non hai pensato?» gli ho detto con un soffio di voce.

«Che c'era da pensare? Torniamo a casa. New York è la nostra casa.»

«La nostra casa? Ti rendi conto che significherebbe per me tornare a New York? La nostra casa adesso è questa!»

Mi ha guardato sorpreso.

«Non capisco» ha detto.

Non capiva? Pensava che io con una bacchetta magica avessi cancellato tutto quello che avevo passato in quel terribile periodo? Non immaginava che tornare a New York significava rivivere tutto il dolore dal quale solo ora a fatica stavo riemergendo? Se pensavo a New York, rivedevo tutto l'orrore di quei giorni, l'incertezza, lo smarrimento. In quell'istante ho avuto la netta sensazione che, se fossi tornata là, sarei sprofondata di nuovo nei miei incubi, e questa volta per sempre.

Ho cercato di spiegarglielo, ma come si possono spiegare razionalmente quelli che sono stati d'animo? Infatti lui non ha capito, nemmeno quando gli ho detto che detestavo New York, perché mi aveva sottratto gli ultimi anni con la mia famiglia.

«La detesti? Ma New York ti ha salvata! Se non fossi partita adesso saresti…»

Si è interrotto, forse capendo che stava esagerando.

Io l'ho guardato truce.

«Lo sapevo che ti dovevo impedire di andare a lavorare in quel negozio» ha ripreso lui. «Ti sei troppo affezionata a quel lavoro. Ma sapevi, no, che era per poco, che saremmo tornati.»

«Sei tu che con il tuo comportamento, con la tua determinazione mi hai insegnato a seguire le mie passioni. Sei tu che hai acceso la mia capacità di desiderare di nuovo.»

Abbiamo litigato. Ci siamo detti delle cattiverie, accecati dall'ira. Pietro a un certo punto ha detto: «Aveva visto giusto Vitale, quando mi sconsigliava di sposarti. Dovevo lasciarti a New York, come avevo stabilito». E io, fuori di me, non so nemmeno che gli ho risposto. So solo che Pietro mi è venuto vicino, rosso in volto, e per un momento ho avuto paura. Ma poi si è fermato, mi ha guardato dritto negli occhi e improvvisamente mi ha baciato. Io credevo di non volere, ma il mio corpo ha reagito in maniera indipendente dalla mia volontà e non mi sono sottratta, mentre lui ripeteva: «Sei mia, lo vuoi capire, sei mia». Alla fine mi sono lasciata andare. Mi stringeva tra le sue braccia così tanto da impedirmi quasi di respirare. Poi mi ha spinto sul divano e mi ha strappato i vestiti di dosso.

Pietro ha creduto così di avermi domata. È sicuro che ora tornerò indietro sulle mie decisioni. Non ne ha parlato più, come fosse questione ormai risolta. Come lo può credere?

— Napoli, 13 novembre 1910 —

Mentre usciva di casa stamattina l'ho fermato e gli ho detto:

«Parliamo un momento, cerchiamo una soluzione...»

È restato in silenzio, con la mano sulla maniglia della porta.

«Pietro, ti prego. Tu non capisci. Non è che non voglio. Non posso. Non ce la faccio» gli ho poi gridato tra le lacrime.

Finalmente mi ha guardato rendendosi conto che sono una persona, forse strana, ma con una sua volontà che non aveva previsto. Ha chiuso la porta e mi è venuto vicino.

«Non starai dicendo sul serio?»

Non ho risposto. L'ho guardato fisso, senza abbassare lo sguardo, per fargli intendere la mia risolutezza.

«E cosa pensi, che io rinunci a tutto per un tuo capriccio?»

«Lo so,» gli ho detto «per te sarebbe un grande sacrificio. Ma ti chiedo solo di aspettare, un anno, due. Oh, Pietro, non potremmo restare qui? Mi sento finalmente serena come non lo ero da tempo. Ho bisogno di mettere radici da qualche parte e a Napoli finalmente comincio a sentirmi a casa mia. Potresti cercare qui, ci sono tante occasioni. Potresti ottenere la direzione di una banda comunale, fare un concorso, che so...»

«Allora non hai capito. Noi partiamo!» ha urlato. «Dovessi costringerti con la forza.»

Sono rimasta per un po' in silenzio, con la morte nel cuore.

«Non posso, Pietro, non posso» ho ripetuto.

«E pensi che io ti lasci qui, da sola?»

Mi sono frenata per non dirgli che io, sola, lo sono sempre stata.

«Io ti amo, Costanza. Ho promesso di avere cura di te. Ma tu rendi impossibile...» si è interrotto e mi ha guardato dritto negli occhi: «Tu non mi ami. Questa è la verità». Ha pronunciato le parole lentamente, con un tono sconcertato, sicuro di avere trovato alla fine la ragione del mio comportamento.

«Non dire sciocchezze» gli ho riposto bruscamente. «Lo sai che ti voglio bene. Quello che provo per te non c'entra.»

«Bene, non c'è altro da aggiungere. Partiamo tra due settimane. Prepara i bagagli.»

«Io non ti seguirò, Pietro» gli ho detto gelida. E mentre pronunciavo queste parole mi meravigliavo io stessa di quello che dicevo.

Ci siamo guardati attoniti.

Allora ha aperto quella maledetta porta ed è uscito.

— Napoli, 28 novembre 1910 —

La nave ormai a quest'ora sarà già partita. Ho guardato oltre i vetri scendere le ombre della sera e le luci accendersi in strada e nelle abitazioni.

Stamattina, gli avevo detto «salutiamoci qui, a casa». Non volevo vedere nemmeno da lontano il porto. Ma ora immaginavo il bastimento, il fischio della partenza, la folla in lacrime, i cancelli che si chiudono. Chissà se Pietro ha lanciato un ultimo sguardo tra la folla, sperando fino alla fine che corressi da lui.

Se n'è andato. Questi ultimi giorni sono stati per me, ma anche per lui, così tormentati, penosi, caotici, che non sono riuscita nemmeno più a scrivere su questo diario. Avevo paura di mettere nero su bianco quello che stavo vivendo. Quando scrivi, sembra più vera ogni cosa, ineluttabile.

E all'improvviso adesso mi ritrovo sola, con nient'altro da fare che vagare in questa casa enorme, avvolta in uno strano silenzio, come se tutto fosse sospeso.

Subito dopo che lui e Santino se ne sono andati sono entrata in cucina e sono inciampata nel piccolo tram di latta del bambino, e ha trillato il campanellino. È bastato questo: l'ho raccolto da terra e sono scoppiata a piangere. E non so se piangevo per Pietro, per Santino o per il giocattolo che lui aveva abbandonato come se non contassi niente per lui. Glielo avevo regalato per il suo compleanno; era stato così contento e adesso, invece, l'ha lasciato qui, tra le cose da buttare, come se fossi anch'io da buttare.

Ho avvolto il giocattolo in una carta di giornale e l'ho messo da parte, insieme al pupazzo di Guglielmo. I ricordi dei bambini che più ho amato.

Poi mi sono detta che dovevo fare qualcosa, qualunque cosa mi tenesse impegnata per non cadere preda della disperazione. Dovevo resistere almeno fino a che la nave non avesse rotto gli ormeggi e diventasse impossibile tornare indietro. Mi sono sentita come Ulisse che si fa legare per non correre verso le sirene. Così sono andata nella camera di Santino e ho cominciato a raccogliere tutte le cose che aveva abbandonato, quaderni, pennini, una palla, un aquilone. Ne ho fatto un unico pacco con la carta d'imballaggio e ho scritto sopra "Per Concetta". Poi sono entrata nel salotto e ho messo un pesante panno di feltro sopra al pianoforte. Sono stata presa da una strana frenesia, quella di cancellare tutte le tracce della loro presenza. *Sì, meglio farlo subito*, mi sono detta. *Fallo ora, altrimenti ogni giorno prolungherai il dolore*.

Ho aperto infine le ante dell'armadio nella camera da letto e quando ho visto lo spazio vuoto, le stampelle appese in fila ben ordinate, come sagome senza forma, non sono riuscita più a trattenermi, a fingere con me stessa, e ho di nuovo pianto. Mi sembra impossibile che non sentirò più il suono così familiare delle sue note a tutte le ore o lo scalpiccio di Santino che corre avanti e indietro per la casa.

Il nostro ultimo saluto è stato impacciato.

«Bene...» ha detto lui nell'atrio. «Ci siamo.» E mi ha rivolto uno dei vecchi sguardi sfuggenti, come se di colpo fossimo tornati ai primi tempi. Come se Napoli non fosse mai esistita.

Sono restata zitta, con un nodo in gola.

«Hai preso tutti i bagagli?» gli ho chiesto con un filo di voce.

Lui si è guardato intorno per esserne sicuro.

È entrato uno dei facchini.

«*Professò*, che dite, *cumminciammo a caricà?*»

Mentre si davano da fare a trasportare i colli pesanti giù in strada ho incrociato lo sguardo di Pietro e ho capito che anche a lui era venuto in mente il nostro primo incontro, tra valigie e facchini. Ci siamo scambiati un mezzo sorriso pieno di amarezza.

«Ti telegrafo appena arriviamo» ha detto con la voce roca per le troppe sigarette che ha fumato in questi giorni. «Fino a che non mi sistemo puoi spedire le lettere dai Vitale.»

Ho annuito.

«Santino, dai un bacio alla mamma» ha detto poi, rivolto al bambino.

«Ciao, mamma» ha detto lui, senza alzare il viso nascosto sotto il berrettino.

Mi sono venute le lacrime agli occhi. Era la prima volta che mi chiamava "mamma". Per me era sempre stato, più che un figlio, un fratellino.

«Ci vediamo presto» gli ho detto abbracciandolo, e lui è rimasto lì, rigido tra le mie braccia.

«Abbi cura di te.» Pietro si è avvicinato e mi ha dato un bacio lieve strofinando sulla guancia i baffi ispidi che sapevano sempre di lozione.

«Anche tu» gli ho risposto con gli occhi umidi.

Non ci siamo fatti nessuna promessa. Come potevamo? Io gli avevo detto: «appena me la sento, verrò». E lui, di rimando: «ti verrò a prendere».

Ha preso per mano Santino e si è avviato alla porta. Poi d'un tratto l'ho visto lasciare la mano del bambino e tornare indietro di corsa. Mi ha stretto quasi a stritolarmi tra le sue braccia, mi ha dato un bacio rabbioso sulla bocca, si è girato e se n'è andato.

Tornerà, sono sicura che tornerà.

11

«Zina, ma poi che successe, Pietro tornò?» le chiedo mentre metto sul fuoco una macchinetta di caffè. Ho trascorso gran parte della notte a leggere il diario e non ho più ripreso sonno.

«No. Non è mai più tornato. Costanza il mese dopo la sua partenza scoprì di essere incinta. Certo gli deve aver scritto. Mi raccontava che il marito le aveva promesso di venire presto a conoscere la bambina, ma non lo fece mai. Inviò solo una sua composizione in dono alla figlia in occasione della sua nascita, e poi se ne lavò le mani.»

Zina si interrompe, sospira e poi si alza per prendere le tazzine da caffè.

«Benedetto uomo! Dopo tanti anni, quando Costanza lo ricordava, veniva sempre presa da un accesso d'ira. Non sopportava l'idea che per Santino si sarebbe buttato nel fuoco e per la sua bambina si fosse limitato a mandare quella composizione. Quattro note che aveva buttato giù a tempo perso, mentre stava qui a Napoli senza far niente. Almeno così mi ha sempre detto la zia.»

«Come, "quattro note"? Se erano solo quattro note, perché avrebbe detto alla figlia di venire a prendere quella musica che il padre le aveva lasciato?»

«E che ne so.»

«Ma Costanza, perché non lo ha raggiunto lei in America con la bambina?» incalzo io.

«Ah! Non me lo chiedere. Per me è un mistero come una moglie possa voler vivere lontano dal marito. Sono cose che io non capisco. Ma Costanza non era una donna come le altre. Appena Pietro partì, non si fece più scrupolo di accettare il lavoro al San Carlo che le aveva offerto quella sua cliente. Così fu chiamata in teatro come sarta di appoggio alla costumista. Poi man mano cominciò a ideare abiti di scena che venivano sempre più apprezzati e lodati, tanto da diventare responsabile della sartoria e costumista ufficiale del teatro.»

La mia bisnonna è stata costumista del San Carlo! Mi gira la testa dall'emozione.

«Era una persona ricca di fantasia, sai. I suoi modelli erano tutti molto originali, così come i figurini che disegnò poi per il suo atelier. Diceva che lavorava tanto per offrire un futuro alla figlia, ma secondo me era perché le piaceva. Il lavoro diventò la parte più importante della sua vita.»

«E Pietro riuscì a crearsi la sua banda, alla fine, come voleva?»

«Non che io sappia. Diresse diverse bande di varie associazioni, era sempre in tournée di qua e di là. Secondo Costanza non aveva lo spirito imprenditoriale che pure ci vuole per mettere su una propria orchestra.»

«Di quella composizione, quindi, non si sa più niente.»

«Ah, starà da qualche parte di sicuro. Io certo non l'ho buttata. Dove sia, però, non lo ricordo.»

La composizione è qui, ancora in questa casa! Non so nemmeno io perché, ma ostento indifferenza e cambio discorso.

«Ma Costanza e Pietro non si videro più, mai più?»

«No. Ci fu un momento in cui lui sembrava proprio intenzionato a venire. Ma la guerra gli rese la cosa difficile. Secondo me, però, veniva per chiederle il divorzio o nel migliore dei casi voleva conoscere la bambina. Io credo che avesse un'altra… in tanti anni. Chissà, forse aveva anche dei figli. Ma non ho mai rivelato queste mie supposizioni a Costanza.»

«E lei? Non trovò un altro uomo? Da quello che mi hai detto, era una donna di grande fascino.»

«Qualcuno di sicuro ci sarà stato. Mi ricordo di un signore, quando ero ancora molto giovane. Forse anche più di uno. Però di queste cose non si parlava una volta. Poi io ero la nipote, che esempio mi avrebbe dato? Lei era sempre una donna sposata, mica come adesso che vedi in televisione tutti questi tradimenti, che non si capisce più niente.»

«E nonna Rosa? Che successe?» Presa da tutta quella storia ingarbugliata, mi rendo conto che ancora non gliel'ho chiesto.

«Rosa se ne andò di casa. Non voleva restare a Napoli, ecco. Voleva farsi una vita altrove.»

La risposta mi sembra vaga.

«Zina, nonna Rosa diceva a tutti che i suoi genitori erano morti. Li ha cancellati dalla sua vita. Perché?»

«Non ha mai perdonato a Costanza quelli che lei riteneva i suoi sbagli» risponde Zina. «La accusava di averla fatta crescere senza un padre. Di non averla portata a New York nemmeno una volta per farglielo incontrare e di non averle dato il permesso, quando era in età, di poter andare da sola. Certo: ce l'aveva sia con la madre, che non si era ricongiunta con il marito, sia con il padre che non era mai tornato per conoscerla. Almeno così mi ha sempre detto lei. Ma per quante spiegazioni ti possa dare, secondo me non c'è ragione al mondo per cui una madre e una figlia interrompano così i rapporti.»

Persa nei suoi ricordi, Zina resta a lungo in silenzio.

«Una volta, ma era già abbastanza vecchia, mi disse: "Sai Zina, credo di aver commesso molti sbagli nella mia vita. Se non avessi te, non avrei nessuno della mia famiglia. Era destino che io dovessi restare sola".»

Penso che sia la stessa frase che ripeteva spesso nonna Rosa, "gli sbagli si pagano". Non ho mai capito se si riferiva a sé o agli altri.

Zina è visibilmente commossa. Per non darlo a vedere, si alza ed esce dalla stanza con la scusa di andare in bagno. Antonietta, che è rimasta zitta ad ascoltare per tutto quel tempo, dopo averla accompagnata torna velocemente indietro per dirmi: «Costanza era cattiva. Credete a me. Non voleva bene a nessuno, nemmeno alla figlia. Sto qui da quasi sessant'anni, ho visto come la vecchia trattava la signora Zina! Doveva fare tutto quello che lei le diceva. Era un carabiniere. Le fece lasciare l'insegnamento perché le serviva in sartoria. Era un'egoista. Non le ho visto mai fare un gesto affettuoso, che ne so, una carezza, un bacio…».

«Ma che dici, Antonietta. Cattiva? Che vuoi sapere tu,» grida tutta alterata Zina «tu che l'hai conosciuta da vecchia!»

Non l'abbiamo sentita tornare.

«Una ragazza che a sedici anni ha trovato il padre in un lago di sangue. Che puoi sapere tu, che si prova in un momento così! E poi il terremoto, un marito che le ha sempre preferito la musica e tutto il resto. Per me è stata come una mamma. *Va' a fa'* la spesa che è meglio. *Va', va'.* E compra pure le alici. Mi è venuta voglia di alici fritte.»

«Alici fritte? Fate come volete.» Mi lancia uno sguardo come a dire "chi la capisce", e se ne va.

Zina si siede borbottando ancora qualcosa tra i denti. Fa fatica a calmarsi e poi, come pentita per la scenata che ha fatto ad Antonietta, mi prende le mani e mi parla con tono dolce: «Scusa, cara, scusami tanto. Che vergogna. Non volevo alzare la voce».

«Non è successo niente, stai tranquilla.»

«È che non sopporto che si parli male della zia. Sì, è vero, non era una donna espansiva, non era di quelle che ti sbaciucchiano, ma mi ha accolto in questa casa, quando mia madre è morta. Me l'ha voluta per forza intestare, preoccupata del mio futuro. Mi ha insegnato il mestiere, mi ha trovato un brav'uomo e mi ha fatto sposare. Ecco chi era.»

«Non l'hai scelto tu, tuo marito?»

«Oh, no. Io ero una ragazza sciocca, timida. L'unica persona di cui mi innamorai fu un soldato inglese, durante la guerra. Si chiamava Bill. Mi diceva che mi voleva bene, che mi voleva sposare. Ma zia Costanza giustamente mi dissuase. Non voleva che capitasse anche a me quel che era successo a lei: io di qua e un marito in un altro Paese.» Sospira, come fanno a volte gli anziani quando ricordano il passato.

«Ma basta parlare di queste cose. Voglio venire a sentirti quando canterai con l'abito di scena e tutto. Sarai bellissima, con quei capelli, sul palcoscenico, sotto le luci. Vi fanno loro l'acconciatura e il trucco?»

«Zina, vediamo prima come va. Se mi prendono, il palco

più bello lo riservo a te. Sei contenta?» le rispondo commossa, abbracciandola.

«In questa casa sono mancati dei giovani, dei bambini. Mi sarebbero piaciuti tanto. Io ero abituata al chiasso, a scuola. Mi divertiva, ma c'erano certe maestre che urlavano sempre, non sopportavano i loro alunni. Io no. Mi sentivo anch'io una bambina tra loro...»

Non insisto a farle altre domande, mi sembra che si stia emozionando troppo.

«Continuiamo più tardi, Zina. Adesso devo andare» mento. «Ho un appuntamento.»

Così chiamo Jessica che mi dice di raggiungerla al museo di Capodimonte, dove ha accompagnato una comitiva di tedeschi.

Nel bosco, stese al sole sul prato, riflettiamo sulla storia di Costanza.

«Ma secondo te l'amava? Nel suo diario non lo dice mai esplicitamente. Ma che figura romantica, un direttore d'orchestra! Io lo avrei amato.»

E scoppia in una delle sue rumorose risate.

«Mah, non lo so. Zina, però, mi ha raccontato che quando Costanza seppe della sua morte, non versò una lacrima. Si chiuse in camera sua e non ne uscì per giorni. Non voleva vedere nessuno.»

«Che non abbia pianto, mi sembra pure normale. Aveva passato tutti quei guai, e doveva piangere per un uomo che l'aveva lasciata sola con una bambina! Ma fammi il piacere.»

«Però, nella lettera per Rosa, lei parla di amore. Io ci credo. E se lo amava, perché non ha preso una nave e non è andata a cercarlo? Era una donna giovane, coraggiosa. Perché non lo ha fatto?»

«Tu l'avresti lasciata una vita che chissà con quanta fatica eri riuscita a ricostruirti, un lavoro importante, per cui venivi apprezzata? Tornare a New York, o chissà dove, per essere chi?» dice Jessica, accalorandosi. «Lei non solo ha ritrovato sé stessa a Napoli, ma per sopravvivere si è addirittura reinventata una nuova Costanza. E so io che significa...» aggiunge in un soffio.

«Hai ragione, è giusto quello che dici. Poi, in fondo è probabile che in questa storia molte cose siano andate perdute, o travisate da Zina o dalla stessa Costanza.»

«A volte la verità facciamo fatica a raccontarcela per primi a noi stessi, figurati agli altri. Per quanto ci si possa sforzare di ricostruire i fatti, ricordati che quello che muove il mondo sono i sentimenti, le emozioni, e quelli non potremo mai conoscerli fino in fondo. Cercare di comprendere i sentimenti con la ragione non è possibile.»

12

Appena mi sveglio il mio pensiero va a nonna Rosa, a quanto poco so di lei. Quando è morta ero ancora una ragazzina, e io, ingenuamente, la guardavo come se fosse nata vecchia, già con quei capelli grigi ritti in testa.

I fatti che conoscevo riguardavano per lo più la sua vita da sposata, tutta casa, marito e figlio; niente a cui una ragazza presti la minima attenzione. Sapevo solo che per un certo periodo, prima della nascita di mio padre, aveva insegnato educazione fisica alle scuole medie.

Una volta mi mostrò una fotografia in bianco e nero scattata allo stadio Olimpico di Roma nel 1937, durante una grande parata.

«Guarda, quel giorno anche tua nonna era lì, tra queste atlete.» Ma poiché non la riconoscevo tra tutte quelle ragazze in gonna e camicetta, pensai come una stupida che se lo fosse inventato, e non le chiesi niente. Del resto anche lei non ci faceva mai domande, non ci chiedeva come andavamo a scuola o chi fossero i nostri amici. Insomma era come chiusa nel suo mondo, non so se per l'età avanzata o perché era fatta così. Io ero solo una ragazzina, non mi facevo troppe domande allora. Riflettendoci ora, doveva essere una donna molto dura anche con sé stessa.

Da bambina mi incuteva timore. Quelle volte che io e mio fratello salivamo su a Genova per andare a trovare nostro padre, avevo sempre la sensazione di essere sotto osservazione: ci squadrava da capo a piedi, quasi a soppesare i danni provocati da nostra madre. Poi sentenziava: troppo grassi, troppo magri, troppo pallidi, troppo poco cresciuti in altezza, ma era sempre un *troppo* negativo; ci dava diecimila lire a testa e se ne andava in cucina a confabulare con la colf, che lei chiamava "la donna di servizio". Qualche volta l'aiutavo a sbucciare i piselli e pure allora dovevo stare attenta a non sbagliare, a non farne cadere nemmeno uno a terra.

Una sola volta fu affettuosa con me e per questo me lo ricordo. Feci un capriccio, chissà perché, e mi misi a piangere, invocando la mamma. Allora lei mi prese sulle ginocchia, mi accarezzò e si mise a raccontarmi una bella fiaba che parlava della fata Morgana che abitava in un castello sotto il mare. Disse che gliela raccontava sempre sua madre. Fu la prima e ultima volta, a mia memoria, che la nominò. Io mi calmai, ma quando gliene chiesi un'altra lei mi mise giù con fare sbrigativo e disse che non ne conosceva più.

Aveva dei modi bruschi la nonna, questo lo ricordo bene, con tutti e quindi anche con mio padre, e nessuno mi ha mai tolto dalla testa che sia stata colpa sua se papà non si è iscritto al Conservatorio. Lui amava tantissimo la musica, ascoltava sempre dischi e suonava il pianoforte così, a orecchio, ed era bravissimo. Quando io gli chiedevo perché non aveva studiato, lui era sempre evasivo. Così come quando gli chiedevo dei suoi nonni, lui era vago e diceva che non li aveva mai conosciuti, che la mamma gli aveva sempre detto che erano morti in America.

In cucina trovo Zina che, con un grembiule davanti, armeggia ai fornelli. Ci salutiamo come ormai facciamo da un po', scambiandoci un bacio, e lei mi dà anche una timida carezza sulla guancia.

«Stamattina cucino io. Antonietta oggi non c'è. Una domenica al mese va a trovare i suoi al paese.» E mi rivolge uno sguardo complice e un sorriso raggiante. «Se non hai impegni e ti fermi a pranzo, ho in mente un delizioso menù.»

Ancora assonnata, non rispondo.

«No, non ti preoccupare, se devi andare vai.»

«Scusa, Zina, resto molto volentieri, grazie.»

«Fai colazione con calma. Io mi siedo qui, accanto a te.»

È eccitata e contenta di occuparsi di me. Mi fa tanta tenerezza.

«Zina, vorrei saperne di più su mia nonna. Tu l'hai conosciuta Rosa, vi siete mai incontrate?»

Zina si incupisce. Tiene le labbra serrate come per paura che le parole le sfuggano di bocca. Non le metto fretta. Ormai sto imparando a conoscerla e so di doverle dare tempo.

«Ogni famiglia, cara, nasconde i suoi segreti. A volte, visti da fuori e dopo tanto tempo, possono anche sembrare cose ridicole, specialmente a voi giovani... Ma allora mi fece tanto male.»

Fa passare altro tempo prima di parlare.

«L'ho vista una sola volta. Sì, ma mi è bastato. È veramente una brutta cosa assistere a un violento litigio tra una madre e una figlia.»

Cerco di immaginare Rosa e Costanza, una di fronte all'altra. Lo stesso carattere risoluto e determinato. La stessa disperata forza d'animo.

«Fu la domenica delle Palme» prosegue Zina. «L'ultima prima della guerra. Ero andata da Costanza per portare la palma benedetta e invitarla a trascorrere la Pasqua con noi. Ci conoscevamo solo da pochi mesi ed ero così attratta da lei che inventavo sempre mille scuse per recarmi a casa sua. Quel giorno, quando aprì la porta, capii subito che qualcosa non andava. Era sfuggente, nervosa, anche la voce sembrava diversa. "Di là c'è mia figlia, è venuta a prendere delle cose sue", si scusò. "Aspetta un attimo in salotto. Veniamo subito." A me sembrò strano che non mi facesse entrare nelle camere, mi aveva sempre ricevuto senza nessuna cerimonia. A un tratto fui colpita da un crescendo di voci che provenivano dalle stanze. Rosa gridava che Costanza era egoista e frivola, incapace di amare. Non aveva voluto bene né al marito e nemmeno a lei, sua figlia. Pensava solo alla sartoria, ai vestiti, alle apparenze. E lei non sarebbe mai tornata a Napoli, mai, perché non le importava niente della sua maledetta casa di moda e di quelle quattro pezze. Costanza allora si mise a gridare anche più della figlia. Come osava disprezzare il suo lavoro, quelle che chiamava quattro pezze le avevano dato da vivere! Ma Rosa rispose, arrogante, che tutte le decisioni prese da Costanza l'avevano fatta solo soffrire. E l'unico modo che adesso aveva per sopravvivere era fare come se lei fosse morta.»

«Santo cielo!» esclamo. «Disse proprio così?»

«Sì, questo disse e questo fece. Gridò che andava a fare il lavoro per cui era tanto apprezzata, insieme a persone che la consideravano. E che almeno era utile alla patria...»

«Ma che lavoro faceva?»

«Rosa a quei tempi organizzava parate sportive per la

Gioventù Italiana del Littorio. Era diventata un'importante dirigente e andava girando di qua e di là in tutta Italia. Costanza le rispose qualcosa, ma parlavano tutte e due a voce troppo bassa perché io capissi che cosa dicessero. A un tratto udii la voce alterata di Rosa che, piagnucolando come una bambina arrabbiata, le gridò che era cattiva, che l'aveva fatto apposta a farla crescere senza padre, così com'era successo a lei! L'aveva fatto per invidia, per far soffrire anche lei. Che suo marito aveva fatto bene a lasciarla e che anche lei la odiava e non voleva vederla mai più! A queste parole seguì un lungo silenzio. Supposi che le avesse dato uno schiaffo. Ero molto spaventata. Avevo solo quindici anni.»

Zina a un tratto tace e mi guarda smarrita.«Non so se faccio bene a raccontarti queste brutte cose.»

Le carezzo una mano e cerco di rassicurarla con un sorriso.

«Certo che fai bene. È la mia famiglia.»

Allora riprende.

«Poi improvvisamente sentii sbattere una porta, e con passo veloce Rosa entrò in salotto. Mi apparve più giovane dei suoi ventotto anni. Folti capelli scuri le incorniciavano un viso paffuto. Era più bassa della madre e non altrettanto magra. Si fermò a guardarmi, non si aspettava di vedermi. Costanza ci presentò. Cercava di recuperare la calma, ma la voce le tremava. "Bene", le disse Rosa, lanciandomi uno sguardo obliquo. "Vedo che hai già trovato chi mi sostituirà." Capii a un tratto che Rosa provava una grande gelosia nei confronti della madre, forse proprio perché non si sentiva accettata da lei. E, rivolta a me, aggiunse: "Stai attenta, cuginetta. È cattiva". Aprì la porta e se ne andò con la valigia. Costanza si lasciò cadere su una sedia senza pronunciare una parola.

Io rimasi paralizzata, non sapevo che fare né tantomeno che dire. Indossai il cappotto per andare via, quando lei si girò a guardarmi e mi propose: "Ti accompagno". Aveva bisogno di camminare. Fu durante quella passeggiata che per la prima volta mi raccontò qualcosa di Rosa.»

Zina si interrompe e beve un sorso d'acqua. È visibilmente emozionata.

«Zina, ma si chiarirono mai in seguito?»

«No. Da allora Rosa fece come aveva detto: finse che la madre fosse morta e la cancellò dalla sua vita. E Costanza nemmeno la cercò più. Tante altre cose sul loro rapporto, poi, le ho sapute un po' alla volta. Lei ogni tanto raccontava della figlia, sempre in maniera confusa, parlando più a sé stessa che a me. Diceva che da piccola Rosa era una cara e dolce creatura ed era molto attaccata a lei. Voleva stare sempre insieme a Costanza, forse per via dell'assenza della figura paterna. Appena usciva da scuola la raggiungeva al San Carlo o persino ai Magazzini Mele, dove stava seduta su uno sgabello ad aspettare pazientemente che sua madre finisse di lavorare. Ma di lavorare, sua madre non finiva mai.»

Zina scuote la testa, come provando ancora pena per loro, dopo tutti quegli anni.

«Proprio nel momento più delicato della crescita, quello che segna il passaggio dall'infanzia all'adolescenza, Costanza si vide costretta a mettere Rosa in convitto. Negli ultimi tempi il lavoro l'assorbiva tanto che non sapeva più come dividersi tra l'attività di costumista al San Carlo e le confezioni di abiti per le clienti dei Magazzini Mele. Nello stesso tempo il suo sogno, il progetto di una sartoria tutta sua, stava per concretizzarsi. Persino la notte non smetteva di fare conti per essere sicura di avere la cifra necessaria, tra prestiti e soldi messi da parte. Presa da tutto ciò Costanza si rese conto di non riuscire più a seguire Rosa» prosegue Zina come a volerla giustificare «e decise allora, per il suo bene, di iscriverla per il ginnasio agli Educandati Femminili. È un convitto prestigioso, frequentato da ragazze delle migliori famiglie di Napoli, che sta proprio qui vicino, ai Vergini. Con questo sperava anche di renderla un po' più autonoma, di guarirla da quell'attaccamento quasi morboso che aveva per lei. I genitori fanno tante cose in buona fede, no? E dopo capiscono che hanno sbagliato.»

Annuisco.

«Ma non andò come Costanza aveva sperato. Quando Rosa capì che voleva chiuderla in collegio, la prese malissimo. Accusò la madre di volersi liberare di lei, di non volerle bene. Aveva trovato per caso una lettera di tanti anni prima in cui Pietro scriveva alla moglie di raggiungerlo appena la bambina fosse stata in grado di viaggiare. Apriti cielo! Si scagliò contro la madre, disse che se era rimasta senza padre la colpa era solo sua. Pretendeva che andassero in America a cercarlo. Comunque, alla fine si dovette rassegnare e fu iscritta al convitto. La ragazza però iniziò subito ad andare male a scuola e ripeté pure un anno. L'unica cosa che faceva volentieri era mettersi la divisa e andare a tutte le parate ginniche. Costanza la lasciava fare, era contenta che sua figlia si interessasse a qualcosa.»

«E poi cosa successe?»

«Le cose poco alla volta cambiarono. Come nell'infanzia era stata l'ombra di sua madre, adesso Rosa trovava qualunque pretesto per starle lontano. Da quello che ho capito, però,

Costanza non si preoccupò più di tanto, perché era certa che, dopo il liceo, cominciando a lavorare insieme, le cose tra loro sarebbero andate meglio. In quei cinque anni la sartoria era diventata una realtà e prometteva sempre più di affermarsi come un atelier di classe. Costanza faceva mille progetti per ampliare l'attività, e in quelle congetture includeva sempre la figlia. Scusami un attimo.»

Prende dal cassetto una pillolina e la butta giù.

«Rosa la lasciava parlare, ma poi, una volta finita la scuola, le annunciò con atteggiamento fermo che non aveva mai avuto nessuna intenzione di entrare a far parte della sartoria. Le comunicò che voleva andarsene da Napoli per frequentare l'Accademia femminile di educazione fisica. Ci fu uno scontro molto duro e Costanza fece lo sbaglio di obbligarla a fare come diceva lei. Aveva organizzato un corso per le sue lavoranti e pretese che Rosa lo seguisse. Rosa finse di accontentarla, ma di nascosto dalla mamma si dette da fare per entrare all'Accademia anche senza il suo consenso. A cose fatte, le disse che andava via e che era inutile cercare di opporsi. Sarebbe andata a Orvieto a frequentare l'Accademia. Come abbia fatto non me lo chiedere, Costanza non lo seppe mai o forse a quel punto preferì non chiederglielo. In ogni caso, Costanza avrà pure fatto i suoi sbagli con la figlia, non dico di no» commenta Zina «ma era una donna sola. Non aveva nessuno che la consigliasse. Mi parlava sempre di com'era stato difficile crescerla, senza un padre, in un quartiere dove tutti sapevano i fatti di tutti, e di come all'epoca una donna senza un marito vicino fosse guardata con sospetto.»

«E così, Rosa non si fece più vedere a Napoli?»

«No. I rapporti si erano ormai logorati e nessuna delle

due provò realmente a ricucirli. Poi, subito dopo la guerra, a sorpresa arrivò da Genova la partecipazione di nozze di Rosa, senza nessun'altra parola. Si era sposata. Forse voleva far sapere alla madre che era viva, che era sopravvissuta, ma lo fece a modo suo, inviandole con un pizzico di malignità la notizia del matrimonio, a cose fatte. Costanza non sapeva nemmeno chi fosse quest'uomo, che lavoro facesse. Alberto Fasani: ecco qua, mi sono ricordata il nome.»

«Sì, mio nonno. Io non l'ho mai conosciuto. Era un ricco imprenditore. Aveva vent'anni più di lei. Mi sono sempre chiesta come mai avesse sposato uno tanto anziano. E Costanza come la prese?»

«Come la doveva prendere? Male, malissimo. Le scrisse, anzi provò a scriverle più volte, visto che ora aveva un recapito, ma non ottenne mai alcuna risposta.»

La osservo in silenzio.

«Lo so che cosa mi vuoi chiedere: perché non abbia mai preso un treno e non sia andata da lei, visto che ormai sapeva il suo indirizzo. Anch'io me lo chiedevo. Da giovane non capivo. Lei si giustificava dicendo che non ce la faceva a viaggiare, aveva un blocco. Aveva quella paura che non so oggi gli psicologi come la chiamano. Certamente era così, non dico di no. Poi, col tempo, ho colto tanti segnali che mi hanno aiutato a capire. Ed è difficile ora spiegare a chi non l'ha conosciuta: era come se lei sentisse di meritare quella punizione, come se fosse giusto così. Le sembrava quasi naturale.»

«Ma com'è possibile?» dico interdetta.

«Figlia mia, Costanza ha perso tutta la sua famiglia in una grande tragedia, non dimenticartelo mai. E non se l'è mai perdonato: come se si sentisse in colpa per essere sopravvissuta. Sembra assurdo, ma è così. Era tutto il suo atteggiamento al riguardo, che mi ha spinto a farmi questa idea. Innanzitutto la sua inerzia di fronte a questa vicenda, così strana in una donna per il resto sempre tanto combattiva, energica e intraprendente.»

Cerco di ricomporre nella mia mente questa storia di incomprensioni, di cose non dette. Una storia piena di forse e di chissà. Povera nonna Rosa, oggi la giudicherei con più indulgenza, se avessi ancora la possibilità di parlarle. E mio padre? Quanto poco ho parlato anche con lui.

«Vedi che era meglio che non ti raccontavo niente, guarda come ti sei intristita!»

«No, non ti preoccupare. Anzi, stavo pensando che oggi sarebbero andate a fare una bella terapia di famiglia, o avrebbero portato il loro dramma in un reality strappalacrime» dico per sdrammatizzare cercando di cambiare discorso. «Piuttosto, parlami di questa sartoria. Era bella? E i soldi, dove li aveva presi?»

«La sartoria, la sartoria... era la cosa di cui era più orgogliosa. La mise su con mille sacrifici, qualche piccolo prestito dalle banche. Napoli era all'epoca una città di grande eleganza. Anche gli uomini ci tenevano molto a vestire bene. Le sartorie napoletane erano famose. Era un bell'atelier, all'ultimo piano di uno storico palazzo in piazza dei Martiri, tutto legno di ciliegio, con salottini di prova e poltrone stuccate d'oro. E c'era anche una grande sala per le sfilate. Aveva tante lavoranti e lei sovraintendeva a tutto. Era frequentato dalla migliore società napoletana, venivano persino da Roma a vestirsi da lei. Certo, tutto questo non proprio subito. Aveva iniziato con una piccola sartoria in via Chiaia, ma in breve si era trasferita in piazza dei Martiri, la piazza più elegante di Napoli. Appena guadagnò abbastanza acquistò questa casa. Quando, dopo la morte di mamma, andai a vivere con lei, mi convinse a lavorare lì. Io non volevo lasciare la scuola, è vero, ma ero anche abbagliata da quel mondo, da quelle signore così eleganti. Lei m'insegnò a vestire. Mi portava dai migliori parrucchieri. Io non ero molto carina, ma lei diceva che non aveva importanza, che l'importante era avere stile. Soprattutto mi occupavo degli ordini e della contabilità. Un po' di tutto, insomma, a seconda del bisogno. Con la guerra, naturalmente, l'attività quasi cessò. Dopo, riuscì a riprendersi, un po' alla volta, e continuò con successo. Poi nacque il prêt-à-porter, le boutique. E così chiuse. D'altra parte aveva ormai più di settant'anni. Quando, da vecchia, sfogliava le riviste femminili, Costanza diceva sempre che ormai l'alta moda era morta, le signore volevano essere tutte una la copia dell'altra.»

«Ah, in questo mi trova d'accordo. Non hai qualche foto dell'atelier?»

«Temo di no, non ricordo, apri quel cassetto alle tue spalle. Prendi quell'album arancione.»

Glielo porgo.

«Questa era Costanza, vedi. Qui è già abbastanza anziana. Leggi dietro che anno è. Io non leggo i caratteri così piccoli.»

«3 maggio 1953.»

«E qui, vedi, siamo in giardino.»

Mentre guardo le fotografie Zina mi racconta di come Costanza amasse quel luogo, lo curasse personalmente, soprattutto dopo la chiusura dell'atelier. Vedo una signora ormai anziana ma ancora snella, con i capelli corti e un viso spigoloso, sottobraccio a una giovane Zina, molto più bassa della zia, che sorride impacciata. Erano state scattate quasi tutte in giardino, una davanti alla vasca in pietra, da cui usciva uno zampillo, un'altra sedute all'interno della piccola nicchia, su sedie di vimini circondate da cespugli di roselline. Un'altra ancora in una posa un po' scherzosa con le braccia intorno al tronco di un albero.

«Carina questa. Che albero era? L'ho visto in giardino.»

«Un Ginkgo. Era un gioco che facevamo spesso quando scendevamo in giardino. Misuravamo la sua circonferenza, per controllare quanto crescesse.»

13

Mancano ormai pochissimi giorni all'audizione e alla mia partenza. Mi devo dare da fare se voglio trovare quella musica. Sta ancora qui, a casa di Zina, ne sono sicura. Giro lo sguardo per la stanza come a cercare ispirazione. Certo, sono passati quarant'anni. Decido di non farmi scrupoli e guardare ovunque, dovessi mettere a soqquadro anche tutta la casa. Inizio dal secretaire. La composizione, magari, può essere finita lì, in mezzo a quel groviglio di carte, dove trovo di tutto: radiografie di Zina, vecchie bollette, cartoline con la pubblicità di detersivi. In fondo al mobile, nascosto dal cumulo di roba, scopro uno scomparto segreto, mimetizzato da un vetro smerigliato. È difficile che la composizione possa stare in uno spazio così piccolo, ma lo apro lo stesso. Trovo un vecchio libretto di assegni, una letterina di Natale di Rosa alla mamma, dove dice che la ama tantissimo, e un ritaglio di giornale del 1968. Incuriosita, leggo.

> Le femministe in lutto: è morta l'infermiera siciliana Jo Vitale, stretta collaboratrice di Margaret Sanger, pioniera della contraccezione e del controllo delle nascite.
>
> È morta nella sua casa di Brooklyn, all'età di ottant'anni, Jo Vitale, all'anagrafe Giuseppina Vitale, nata a Messina

ed emigrata negli Stati Uniti al seguito della sua famiglia nel 1902. Infermiera e ostetrica, ha speso tutta la sua vita nella battaglia per il riconoscimento del diritto delle donne a una scelta libera e responsabile della maternità. Fu più volte arrestata per diffusione di materiale osceno. Lavorò come ostetrica nella prima clinica di controllo delle nascite, aperta da Margaret Sanger nel 1916 e fatta chiudere quasi subito dalla polizia. È anche grazie alla loro determinazione, e a quella di tante altre donne che hanno combattuto per questa causa, che il dibattito sul controllo delle nascite ha avuto la diffusione che meritava. Ed è anche grazie a loro se, nel 1960, si arrivò alla prima pillola anticoncezionale.

In questa casa ogni cassetto apre un mondo.

Riprendo subito la ricerca. È la volta del comodino da notte. Mentre faccio mucchietti, strappo e butto via le carte inutili, all'improvviso mi viene in mente il pianoforte di Pietro. Che fine avrà fatto? Ci sarà ancora? Nell'alzarmi di scatto il pavimento si riempie di fogli e fatture che si sparpagliano di nuovo in disordine. Ma non me ne curo.

Il salotto, come sempre, è nella penombra, con le persiane accostate. Accendo la luce e comincio a svelare uno per uno tutti i mobili ricoperti dalle lenzuola. Ed eccolo comparire, appoggiato al muro: un vecchio Steinway verticale, di legno lucido nero. Sopra, posate lì chissà da quanto, carte da musica ormai ingiallite, scompaginate e con le copertine staccate: spartiti di Chopin, Beethoven, Schubert, una decina di fascicoli del *Metodo per lo studio del pianoforte* di Beniamino Cesi e, sotto a tutte le altre carte, una busta bianca grande, di quelle da spedizione.

Con il cuore in gola tiro fuori le carte e leggo: *Il giardino incantato,* scritto a caratteri gotici, come si usava una volta. Giro veloce la prima pagina: *Opera da camera in un atto di Pietro Malara, libretto di Francesco Puoti e Pietro Malara.* In basso, la dedica: *A Rosa.*

Sento che sto per scoppiare a piangere.

All'interno, prima dello spartito, c'è un cartoncino ingiallito: *Per la mia bambina che non ho ancora tenuto tra le braccia. Papà.*

Non sono tante pagine, è un'opera breve. Leggo il preludio, apro il piano e provo a suonarne qualche nota. Sono sconcertata. Mi chiedo cosa devo fare, adesso. Poi torno in camera a recuperare il cellulare. Chiamo il mio ex maestro di canto, e lui mi procura un appuntamento con il professor Gangemi, una persona di sua fiducia, al Conservatorio.

Consegno a Gangemi l'opera del mio bisnonno e mi sento più leggera, piena di energia positiva. Ma mi basta telefonare a Marco perchè tutta l'euforia si spenga. Non capisce la storia che gli sto raccontando e continua a dire: «Se fosse stato chissà che compositore, oggi sentiremmo parlare di lui». Chiudo la chiamata, decisa a non farmi rovinare una così bella giornata. C'è il sole e me la voglio godere. Mi avvio per via San Sebastiano e faccio un giro tra i negozi di articoli musicali, chissà se sono gli stessi di allora, dei tempi di Pietro Malara. Sono troppo eccitata, devo comunicare a qualcuno la mia gioia. Chiamo Jessica e le racconto che ho finalmente trovato l'opera del mio bisnonno.

«Dài, sbrigati» dico. «Ci vediamo all'Hotel Santa Lucia, sul lungomare. Offro io!»

Non ha alcuna reazione di entusiasmo, come mi sarei aspettata da lei, anzi resta in silenzio. Poi con un filo di voce acconsente.

Entro nella hall e mi guardo intorno. È certamente cambiato tutto dall'epoca del soggiorno di Costanza e Pietro. Individuo degli specchi liberty molto belli e chiedo poi al portiere cos'altro ci sia di antico. Non sa dirmi quasi niente, sa solo che una volta la sala in fondo era detta il giardino d'inverno e che una larga scalinata di marmo portava ai piani superiori. Lo ringrazio e vado a sedermi davanti a una vetrata che dà su via Partenope e sul Castel dell'Ovo.

La sala è deserta. Solo due giapponesi siedono in fondo, impegnati a un computer. Jessica entra ostentando il passo sicuro sui suoi tacchi altissimi, il viso nascosto dietro grandi occhiali scuri.

«Da dove li hai rispolverati questi occhiali anni Ottanta?» scherzo mentre ci abbracciamo.

«Li tengo per le occasioni speciali» dice con indifferenza. «Allora brindiamo? Festeggiamo il ritrovamento? Ma come mai proprio qui?» aggiunge guardandosi intorno.

Non capisco il suo nervosismo.

«Siamo qui, non ridere, perché mi è venuta voglia di ripercorrere i luoghi di Pietro e Costanza.»

«Ah, un pellegrinaggio» commenta senza entusiasmo, mentre si siede.

«Questo era il loro albergo, dove soggiornarono appena arrivati da New York. Pensa come doveva essere bello allora, con il porticciolo, la spiaggia dei pescatori. Peccato: il giardino d'inverno non esiste più.»

Intanto il cameriere ci serve gli aperitivi.

«Stamattina ho fatto una lunga passeggiata. Tipo la giornata dei monumenti, hai presente? Conservatorio, Accademia di Belle Arti, Gambrinus, San Carlo, Palazzo della Borghesia. Tu lo sapevi che i Magazzini Mele erano lì, proprio di fronte al San Carlo?» le dico mentre prendo un'oliva.

Lei non risponde.

«Stai bene?» chiedo. «E scusami: ti vuoi togliere per favore gli occhiali?»

Di nuovo resta in silenzio. Mi protendo verso di lei e glieli sfilo. Inorridisco: l'occhio destro è gonfio, semichiuso, la palpebra violacea.

«Ora sai» dice a voce bassa. «Sai chi è veramente il mio uomo.»

Si rimette in fretta gli occhiali.

«Il tuo uomo? Ma che uomo è? Devi denunciarlo. Ti accompagno io.»

Finalmente sorride.

«No, non ti preoccupare. Non c'è bisogno, me ne vado. Vado a Berlino. Ho ottenuto la borsa di studio. È tutto pronto. Sono sicura, parto senza rimpianti. Adesso basta, brindiamo ai tuoi bisnonni e godiamoci questo bel posto. Brindiamo alla tua bisnonna, alla sua forza, alle sue scelte.»

«Sì, "solleviamo i lieti calici".»

14

Le parole e la musica di un'aria risuonano insistentemente nella mia testa: *Che farò senza Euridice? Dove andrò senza il mio ben?* Sono ancora nel dormiveglia, ma la suoneria del mio cellulare mi riporta alla realtà. Allungo a fatica il braccio sul comodino, afferro il telefono e farfuglio ancora assonnata qualcosa che somiglia a un «pronto».

«Parlo con Lucilla Fasani? Sono il professore Gangemi. Ci siamo visti al Conservatorio, due giorni fa. Ma, mi scusi, forse stava dormendo?»

«No, no, professore, mi dica» rispondo mentre mi precipito fuori dal letto e corro verso il balcone dove la ricezione è migliore. Sta piovendo a dirotto.

«È già partita? Se è ancora a Napoli mi chiedevo se potesse passare. Preferirei parlarle di persona.»

«Tra mezz'ora sono da lei.»

Mi infilo in fretta e furia nell'abito con la gonna patchwork e l'orlo di pizzo, del tutto inadatto, ma è il primo che trovo e, con la testa avvolta nella sciarpa, dato che ho dimenticato l'ombrello a Roma, corro sotto la pioggia. Arrivata a San Pietro a Maiella mi libero dalla sciarpa inzuppata e dico in portineria che ho un appuntamento con il professore Gangemi.

«È nell'auditorium, la sta aspettando.»

La lezione è finita da poco e il professore Gangemi è ancora circondato da un folto gruppo di allievi, ma appena mi vede li congeda tutti. Raccoglie in fretta le carte e mi viene incontro.

«Venga con me» dice stringendomi la mano con fare sbrigativo. Saliamo in silenzio su al primo piano ed entriamo in una stanza adibita a studio. Si siede dietro la grande scrivania e mi invita a fare altrettanto. Spegne il cellulare, estrae lo spartito dalla cartella, con calma lo appoggia sulla scrivania, pulisce con cura gli occhiali e li rimette sul naso. Tutto questo mentre io fremo d'impazienza.

«Dunque...» e fa ancora una pausa che mi sembra durare un'eternità. «Quest'opera è stata scritta nel 1911 dal suo bisnonno Pietro Malara. Le dispiacerebbe gentilmente ripetermi come mai ne è entrata in possesso solo adesso?»

«Come le ho detto, è stato per puro caso. L'ho trovata mettendo in ordine le carte della mia bisnonna, tra vecchi documenti.»

Lui mi guarda come un medico potrebbe guardare perplesso il paziente, chiedendosi se non gli stia per caso nascondendo sintomi importanti che lo aiuterebbero a formulare una più giusta diagnosi.

«Lei dice che non è mai stata rappresentata?»

«Per quanto ne so, no. Aveva mandato quest'opera a sua figlia. Pare che l'abbia scritta per lei, o almeno gliel'ha dedicata.»

«Perché vede,» dice abbassando un attimo lo sguardo sullo spartito «se fosse così, come dice lei... Insomma, questa è un'opera incredibilmente bella!»

Respiro, accorgendomi di avere trattenuto il fiato fino ad allora.

«Ci sono...» continua parlando lentamente «ci sono dei momenti sublimi. Ecco, già il tema musicale del mare, anticipato solo in maniera strumentale...» Sfoglia le pagine dello spartito. «La dimensione dell'alba nel giardino, per esempio, è struggente, con il sole che nasce e il suono delle campane che si ode da lontano. E poi certe soluzioni stilistiche... in questa scena soprattutto, la scena d'insieme, in cui i personaggi di contorno, i popolani del vicolo nel controcanto parlano di fame e di miseria e vengono tratteggiati con crude note realistiche, mentre la protagonista canta l'amore con toni intimistici.»

Gangemi chiude la cartella, si alza e mi tende la mano:

«Un grande compositore, il suo bisnonno, mi creda.»

Mi sforzo di contenere l'entusiasmo.

«Ma se lei dice che è tanto bravo, e le credo, come mai Pietro Malara non ebbe all'epoca il successo che aveva sperato?»

«Ci sono altre composizioni, oltre a questa?»

«Sicuramente compose fino al 1902, cioè fino a che visse a Napoli. Ma non ho altre notizie. So solo che studiò con gli stessi maestri di Francesco Cilea, ma che poi decise di abbandonare la composizione ed emigrò negli Stati Uniti. Lì si dedicò completamente alla carriera di direttore d'orchestra. Non credo abbia mai più composto. Non so altro.»

«Forse negli archivi potremmo trovare qualcosa, qualche opera giovanile, visto che ha studiato qui al Conservatorio.»

Annuisco.

«Perché non ha avuto successo, vuole sapere? Lei mi fa una domanda a cui è difficile dare una risposta. Quello che posso dirle è che il Conservatorio di Napoli, agli inizi del Novecento, non che facesse proprio ostracismo, ma ecco, di certo non mostrava un atteggiamento di apertura verso le nuove istanze mitteleuropee. In generale era scettico verso le novità. Napoli era molto legata, affezionata al genere melodico tradizionale. Il melos è la quintessenza del meridione. Certo, eccezioni ce n'erano, ma appunto erano eccezioni.»

Lo ascolto attentamente e mi limito ad annuire.

«Bisognerebbe leggere le altre composizioni scritte in quegli anni del Conservatorio, per capire meglio. Forse il suo stile da giovane era troppo innovativo, sperimentale, di rottura. Sa come sono talvolta i giovani... Ma questa opera, che lei sappia, non fu nemmeno presentata a un editore?»

«No, credo proprio di no. Questa composizione, da quello che ho capito, fu iniziata qui a Napoli, quando Pietro vi soggiornò insieme alla moglie. Quando lui tornò in America la inviò, così come la vede, in dono alla figlia.»

«Be', un uomo strano. Ed è strano che non abbia almeno provato. D'altra parte, non è l'unico. Spesso i musicisti sono permalosi, suscettibili. A volte basta un solo rifiuto perché entrino in crisi e decidano di abbandonare. Io sono quasi sicuro che se Pietro Malara l'avesse mandata a qualche editore, all'epoca, parlo del 1911, l'avrebbe pubblicata e sarebbe certo stata rappresentata. È un'opera molto matura. L'ho fatta leggere ad alcuni colleghi di cui ho grande stima e tutti ci siamo trovati d'accordo sul fatto che è riuscito mirabilmente a fondere la grandezza della musica melodica di scuola napoletana con il linguaggio più innovativo e introspettivo del Novecento. Le posso confermare questo: è stato un peccato che il suo bisnonno abbia abbracciato la carriera della direzione e abbia abbandonato invece, come sembra, quella della composizione. Se è stato così, è stato un grosso errore.»

«Sì, forse questo è stato il suo errore.»

È il gran giorno. Nonostante tutto stanotte sono riuscita a riposare, ma stamattina mi sento nervosa e agitata come non mai. So bene che è la mia ultima carta.

Ieri sera ho chiesto scusa a Zina e mi sono ritirata in camera. Avevo bisogno di silenzio. Anche lei era agitata, ma voleva mascherarlo con i suoi «Su, non fare tante storie», «Vai, vai, lasciami guardare Gerry Scotti». Ma dopo un po' ho sentito bussare ed è apparsa sulla soglia la piccola sagoma di Zina con in mano uno scatolino azzurro.

«Te lo volevo dare già da un po'» mi ha detto mentre ammiravo il bellissimo anello con i serpenti.

«Zina, è stupendo, ma non voglio che te ne privi.»

«Me l'aveva regalato Costanza. Era di sua mamma e adesso mi fa piacere che ce l'abbia tu.»

Ho infilato l'anello al dito e l'ho stretta forte in un abbraccio. Sono solo stata capace di dire: «Grazie, Zina, ti voglio bene».

«Vado, vado, non perdere tempo con me, che domani è una giornata importante e devi dormire» ha detto con tono brusco per nascondere l'emozione.

Sono già le otto. Farò in tempo?

Mentre la tiro su, la chiusura lampo della gonna si rompe. Cerco in fretta e furia nella valigia una spilla che me la chiuda. Guardandomi allo specchio mi accorgo che il merletto che doveva spuntare dalla camicetta nera si è leggermente scucito. Non riesco a infilare l'ago, se non al terzo tentativo. Le mani mi tremano. Cucio il merletto alla bell'e meglio. È l'ansia che mi fa andare tutto storto. Scelgo il rossetto rosso fuoco e mi guardo di nuovo allo specchio. *Sono un bel colpo d'occhio*, penso, mentre mi spruzzo sui polsi *A la nuit*, di Serge Lutens. Me lo ha regalato Jessica, quando è venuta all'appuntamento per l'aperitivo

«È un profumo buonissimo! Nessuno ti resisterà. Li stenderai tutti, all'audizione. È garantito. E poi, ti ricorderai di me.»

Entro al San Carlo a testa alta, distribuendo sorrisi a destra e a manca, come fossi una diva, per cercare di tenere sotto controllo l'ansia montante. Nervosamente giro e rigiro tra le dita l'anello con i serpenti, e mi sento pervadere da una determinazione e una forza mai provate.

Salgo sul palcoscenico, davanti alla commissione, consegno le mie carte e scelgono due pezzi difficili, su cui mi sono molto esercitata. Finalmente arriva la scarica di adrenalina. E non mi tiene più nessuno.

Quando termino non fanno nessun commento.

«Bene, signorina» mi dice uno con la barbetta. «E ora perché non ci fa sentire una cosa a sua scelta?»

Con movimenti studiatamente lenti tiro fuori dalla cartella la partitura delle due arie tratte dal *Giardino fiorito*. Il pianista gli dà uno sguardo. Capisce che è roba nuova, che lui non ha mai eseguito e mi guarda storto. Certo non deve fargli piacere, teme di incepparsi. Poi a bassa voce mi sussurra «E il tempo?». Gli lancio un sorrisetto ammaliante e faccio un gesto della mano che vuole dire: *Dài, seguimi, non fare tante storie.*

Alla fine, si limitano a dire: «Grazie, signorina, può andare. Le faremo sapere».

Ma capisco dalle loro facce che è andata bene. Sono rimasti a bocca aperta. Ringrazio, saluto reclinando leggermente il capo e me ne vado, sculettando anche un tantino. Non faccio nemmeno tre metri che mi sento chiamare. Mi giro e con il migliore dei miei sorrisi dico: «Sì?».

«Mi scusi, signorina, ma queste due ultime arie che ci ha cantato da dove vengono? Noi della commissione ci siamo consultati e... nessuno le conosce. Chi le ha scritte?»

«Il maestro Pietro Malara» rispondo raggiante.

Epilogo

Osservo la squadra di giardinieri, in realtà sono solo due, due giovani fratelli del quartiere che hanno messo su una cooperativa di recupero di antichi giardini. Mentre lavorano, facendo rinascere sotto le loro mani esperte le antiche rose e altre piante che credevo morte, accarezzo orgogliosa il bellissimo gelsomino, ora tutto fiorito. Sono stata io a chiedere di piantarlo, in omaggio a lei che l'aveva voluto appena arrivata in questa casa. E non posso fare a meno di immaginare Costanza, davanti al suo bellissimo roseto o tra gli alberi che ha tanto amato e che l'hanno aiutata a rivivere. Penso a lei ma non vedo la donna ormai matura, sottobraccio alla nipote, che ha voluto farsi immortalare negli angoli del giardino, né tanto meno la vecchia bisnonna che, malata e disperata, scrive alla figlia. Mi viene incontro, invece, l'immagine di una ragazza, alta, magra, determinata, seria, incurante delle ciocche di capelli che sfuggono dai pettinini e del terreno che le annerisce le unghie, mentre si dà da fare a piantare nuove radici e a strappare via l'erba secca.

Osservo Zina. Seduta su una sedia, con il viso pallido esposto al sole primaverile, assiste con lo sguardo ricco di curiosità, alla rinascita di quel luogo. È diversa dalla vecchia signora che ho conosciuto solo un anno e mezzo fa. Mi sembra più giovane, mentre si diverte a rispondere a tono alle battute del giardiniere. O sono io che l'avevo mal valutata, che l'avevo catalogata tra le cose che stanno per *scadere*?

Al San Carlo, l'altra sera, era adorabile, tutta compunta, le guance arrossate dall'eccitazione, con la sua imperitura giacchettina damascata chiusa da un bottone gioiello, un cappellino che faceva pendant, così meravigliosamente fuori moda, seduta in prima fila, vicino a mia madre nel suo tailleur grigio Armani.

Jessica, no, non c'era. Mi aveva mandato una bellissima corbeille di fiori con un biglietto. *L'ho sempre saputo che ce l'avresti fatta. Ma ce l'ho fatta anch'io. Jessica da Berlino.*

Zina è l'unica che ricordo di avere guardato quando si sono accese le luci. Ero così frastornata che non ho sentito gli applausi del pubblico, i "brava", i fischi di approvazione con cui mi richiamavano sul palco, e non so di chi fosse la mano che mi ha spinto di nuovo fuori.

Certo non di Marco. L'ho cancellato dalla mia vita e in effetti è stato più facile di quanto pensassi.

Qualcuno mi ha portato un grande mazzo di fiori.

Il direttore d'orchestra è salito sul palco e ha raccolto i suoi applausi. Poi mi è venuto vicino, mi ha preso per mano e mi ha riportata, acclamata a gran voce dal pubblico, al centro della scena.

Domani tutti i giornali parleranno della prima mondiale del *Giardino fiorito.*

La voce del giardiniere attira la mia attenzione, interrompendo i pensieri.

«Signora, non mi sentite? Vi sto chiamando da un sacco di tempo. *Ve vulevo fa vedé 'sta meraviglia.*»

Alzo lo sguardo a guardare le cime dell'albero imponente, liberato dalle sterpaglie che ne impedivano la vista completa, ricco di rami e foglie che si aprono a ventaglio contro un cielo azzurro come il mare. E mi ricordo delle pagine del diario di Costanza.

«Il Ginkgo biloba!»

«Brava. Avete visto che resistenza? È qui da più di cento anni. Ma se pensate che a Hiroshima sono gli unici alberi che sono sopravvissuti, non c'è da meravigliarsi.»

Chiedo al ragazzo più giovane, che fa tutto quello che gli dico senza chiedere il perché, di bruciare la sterpaglia.

Osservo le fiamme, il fuoco che via via si consuma, ma sempre rinasce in forme diverse.

Ringraziamenti

La storia di Costanza trae spunto da eventi realmente vissuti da Giuseppina Tarro, la nonna di una di noi due, e dai connessi racconti di famiglia; eventi così straordinari che chiedevano con insistenza di essere raccontati.

Giuseppina nacque a Messina alla fine dell'Ottocento. Era una donna determinata e, a causa delle drammatiche vicende di cui parliamo in queste pagine, anche molto dura. Tutte le vicissitudini da noi raccontate, fino alla partenza per Napoli, corrispondono nella sostanza alla verità. Per quel che riguarda la parte contemporanea ambientata a Napoli ci è piaciuto immaginare che in Lucilla sia passata la vena artistica di Pietro, così come nella realtà le capacità compositive del nonno sono confluite nella creatività musicale del nipote, Mimmo Di Francia, autore di grandissimi successi, tra cui *Champagne*.

Per dare vita a questa vicenda e ricreare quelle atmosfere dell'epoca che dessero loro il giusto risalto, abbiamo naturalmente svolto un lungo lavoro di ricerca sul periodo storico.

Desideriamo per questo ringraziare tutti quelli che, condividendo il nostro entusiasmo, in vari modi ci hanno supportato, permettendoci anche di accedere a luoghi, documenti e archivi: Silvia Gargiulo e Giuliana Guarino della Biblioteca Nazionale di Napoli, Cesare Corsi responsabile della biblioteca del Conservatorio di San Pietro a Majella, Marina Mayrhofer professoressa di Storia della musica alla Federico II, il maestro Enzo Galdi, la direttrice generale del teatro San Carlo, Emmanuela Spedaliere, Simona Frasca per il suo bellissimo libro *The birds of passage*, Marinella Gagliardi per averci fornito il prezioso volumetto di suo nonno Felice De Filippis sul Gambrinus, il compianto Fernando Esposito che ci ha ricevuto nel suo storico laboratorio musicale e ci ha illustrato le prime tecniche di registrazione a Napoli, Gennaro Oliviero per averci introdotto al suo incantevole giardino di Babuk, la cara amica Caterina Di Tonno, valente soprano che ci ha ispirato il personaggio di Lucilla, zia Elena, che quest'anno ha compiuto centocinque anni e ha fornito spunti per la costruzione del personaggio di Zina.

Siamo grate inoltre a Giulio Mozzi per i suoi incoraggiamenti e i preziosi consigli.

Sono state molto piacevoli oltre che utili le chiacchierate con il sagrestano Vincenzo della chiesa di Santa Maria dei Vergini, donna Erminia e le tante persone che abbiamo incontrato alla Sanità, lo skipper Stefano Di Francia, il capitano Eugenio Canitano e il giovane barista David di Little Italy.

Chiediamo infine scusa alle amiche, i mariti e i figli che abbiamo tormentato con i nostri mille dubbi.

Un grande bacio alla piccola Anna che un giorno leggerà la storia della sua trisavola.

Per la loro professionalità indispensabile alla realizzazione di questo romanzo ringraziamo soprattutto la brava e dolce Nicoletta Verna, che ha curato il nostro libro come fosse stato il suo, Giovanni Bartoli, Federico Gerace e tutto lo staff Giunti.

Ultimo ma non ultimo, un particolare ringraziamento ad Antonio Franchini che ha creduto ancora una volta in noi.

MISTO
Carta | A sostegno della gestione forestale responsabile
FSC® C023419
FSC www.fsc.org

Stampato presso Lego S.p.A.
Stabilimento di Lavis